歐陽文忠全集

四部備要

集部

中華書局據祠堂本校刊

桐鄉 陸費逵 總勘

杭縣 高時顯 吳汝霖 輯校

杭縣 丁輔之 監造

恩州賜契丹皇太后賀乾元節大使茶藥詔嘉祐四年十二月二十四日

卿夙將信聘，方止中塗。惟茲藥籙之良，加之一作于茗品之美。特伸頒一作恩賚，式示眷懷。

恩州賜契丹皇太后賀乾元節副使茶藥詔同日

卿肅將聘幣，來及壽觴。載嘉道路之勤，宜有頒宣之寵。仍伸撫勞，當體眷優。

恩州賜契丹皇帝賀乾元節大使茶藥詔同日

卿將命寶鄰，講歡壽節。屬此暄和之候，載惟涉履之勤。宜頒品劑之良，式示眷懷之意。

恩州賜契丹皇帝賀乾元節副使茶藥詔同日

卿夙副聘軺，來陳壽祝。顧川塗之攸邈，屬氣節之方和。俾頒飲餌之

精式助宣調之理

端午帖子

皇帝閤六首

其一

天容清永畫風色秀含薰五日逢佳節千齡奉聖君

其二

綵索盤中結楊梅粽裹紅宮闈九重樂風俗萬方同

其三

寶典標靈日明離正午方五行當火德萬壽續天長

其四

歲時令節多休宴風俗靈辰重祓禳肅穆皇居百神衞滌邪寧待浴蘭湯

其五

香菰黏米著佳名古俗相傳豈足矜天子明堂遵月令含桃初薦黍
新登
其六
聖主憂勤致治平仁風息澤被羣生自然四海歸文德何用靈符號
辟兵
皇后閤五首
其一
繭館覆柔桑新絲引更長紉爲五色縷續壽獻君王
其二
槐綠陰初合榴繁豔欲然翠筒傳角黍嘉節慶年年
其三
煙含玉樹風生細日永宮花漏出遲深殿未嘗知暑氣水精簾拂砌
琉璃

其四

玉壺氷彩瑩寒光避暑宸遊樂未央采艾不須禳毒沴塗椒自已馥清香

其五

蘭茗擢秀迎風紫槿豔繁開照日紅嘉節相望傳有舊深宮行樂自無窮

温成閣四首

其一

香黍筒爲糉靈苗艾作人芳音邈已遠節物自常新

其二

珠箔涼飈入金壺晝刻長鸞臺塵不動銷盡故時香

其三

聞說仙家事杳微世傳真僞豈能知遙思海上三山樂寧記人間五

日時

其四

雲散風流歲月遷君恩曾不減當年非因掩面留遺愛自爲難忘窈窕賢

夫人閣五首

其一

冰壺疑皓彩水殿漾輕漣繡繭誇新巧縈絲喜續年

其二

黃金仙杏粉赤玉海榴房共鬬今朝勝盈襜百草香

其三

光風細細飄香轉綠葉陰陰覆檻涼雲物鮮明時節麗水精宮殿侍君王

其四

蓬萊仙闕彩雲中端日一作午欣逢歲歲同皎潔霜紈空詠扇深沉
玉宇自生風
其五
古今風俗記佳辰樂事深宮日日新巧女金盤絲五色皇家玉曆壽
千春
皇帝回契丹皇帝賀乾元節書
四月日伯大宋皇帝致書于姪大契丹聖文神武睿孝皇帝闕下乾
陽正月紀茲載誕之辰隣聘修歡貺以千齡之祝書言既縟禮幣兼
豐感著之私敷陳罔罄今彰聖軍節度使蕭供等回專奉書陳謝不
宣白
皇帝回契丹皇帝達皇太后賀乾元節書
四月日伯大宋皇帝致書於姪大契丹聖文神武睿孝皇帝闕下壽
節居期隣懽惇契仍導柔慈之旨過申延祝之言兼厚物容用增刻

著顒希侍次達此悰誠今左監門衛上將軍耶律偘等回專奉書陳謝不宣白

恩州賜契丹皇太后賀乾元節人使茶藥口宣

卿等夙奉信函及茲誕節載勤馳傳方止中塗宜有寵頒用伸撫慰

恩州賜契丹皇帝賀乾元節人使茶藥口宣

卿等甫臨誕日來講隣歡載惟將命之嚴宜有勞勤之錫俾伸寵賚式示眷嘉

天齊仁聖帝廟開啓祈祥迎福催生金籙道場密詞三月二十日

伏以高穹降慶方垂佑於邦家彌月告期用薦誠於科籙冀衆真之昭鑒臻百順以儲休

廣聖宮開啓催生道場默表三月二十日

伏以帶韣迎祥慶禖祠之叶應潔壇修薦致精愨以冥祈俾因鱗瑞

以通誠仰冀靈眞之報福

內中福寧殿開啓天祺節道場青詞三月二十日

伏以候臨初煥節紀嘉名肅嚴祕殿之居降集清眞之馭薦之馨苾報以善祥豈惟斂佑於眇躬兼冀均休於庶品

內中福寧殿罷散天祺節道場青詞同日

伏以薰風應候瑞節紀時按琳簡之眞文嚴紫庭之邃宇衆靈來格冥感交通嘉乃羣生蒙茲百福載傾虔意鑒此明誠

後苑親稼殿開建鎭星祈福道場青詞二月二十日

伏以祠祺叶應彌月告祥肅依科籙以薦誠仰冀照臨之降鑒錫之祉福佑以休（一作保）寧惟集慶於邦家永延鴻於基緒

萬壽觀開啓求嗣保安道場青詞

伏以廟社降祥宮庭叶慶載涓吉旦交薦明誠期仰格於清眞俾敷延於祉福永昌基祚遐企靈休

景靈宮天興殿開啓催生保慶道場青詞

伏以誕彌叶慶蠲潔修誠嚴似殿於靈宮誦真文於藥笥通此苾芬一作芳之薦祓其菑害之虞仰冀昭回不符鑒祐

護國顯應公廟開啓保安催生道場青詞

伏以正陽旅月載育開祥式因靈宇之嚴交薦精衷之潔仰冀衆真之貺敷昭百順之休永祚皇圖寶希道蔭

賜新除行刑部尙書依前觀文殿大學士知陳州劉沆讓息命不允詔四月五日

卿嚮以宰弼之崇屢形懇避居留之任因用均勞而休風藹然嘉問時至方深眷倚遽閱奏封顧惟陪輔之邦俾遂便安之請增之美秩優我舊臣豈祗循於故常蓋以示夫褒寵膺受之際逡巡以辭雖言匪飾文見於能讓而令行已出難矣復還其體余懷往祗新命

雄州白溝驛賜契丹賀乾元節人使卻回御筵兼撫問口宣

四月十三日

卿等聘函時達使傳言旋冒茲炎燠之辰涉此川塗之邈宜申宴錫式示眷懷

賜中書門下戒僭奢詔五月四日

敕中書門下朕纘承丕基撫有方夏謂教之不可以家至而行之每務於身先惟是儉勤敢忘勉勵期與羣庶臻于富康而人殆久安驕於佚欲物豐太盛耗以浮虛苟奉養以自私忘僭奢之爲戾士民交黷貴賤靡分惟其彊力之能無復等威之制考於著令雖有舊章顧在攸司鮮聞用法民遂安於常習弊罔革以滋深紀綱既紊於度程風俗以至於流蕩俾朕有欲治之意不能副余之誠心而民多自陷之愚未免煩余之訓導夫令信由於貴始下化先於上行眷予一二之臣其率庶工而警職俾爾多方之衆勿踰常憲一作法以干刑庶漸革於侈風以共趨於治路凡居室之制器用之度冠服之章妾媵

之數其令中外臣庶遵守前後條詔如有違犯仰御史臺及開封府糺察聞奏其諸路州軍即委轉運使提點刑獄臣寮及逐處長吏施行布告中外咸使聞知故兹詔示想宜知悉

西太一宮續催生道場密詞四月二十六日

伏以吉月迎祥靈祺叶應爰即清真之宇虔脩科式之儀冀祓滌於害災俾敷昭於福應載昌儲慶永佑基圖

東太一宮開啓保夏祝聖壽金籙道場密詞四月二十六日

伏以珍館邃嚴格真靈而來宅明誠蠲潔薦馨苾以交修導迎百順之祥及此長嬴之序伏願保圖綿固壽曆延長永敷佑於邦家溥均休於品庶

爲將來祫享禮畢奏謝內中福寧殿幷景靈宮等處諸神表

六月二十五日

伏以清廟有嚴仲冬正序乃先時祭躬講禮文賴真靈之集休俾容

典之咸舉仰膺佳貺彌勵丹衷

爲將來祫享禮畢奏謝諸寺院表同日

伏以宗廟之嚴祭祀惟重矧兹合食之義尤爲盛禮之文乃顧眇躬克成大饗實緊貺祐用薦菲誠

內中爲將來祫享禮畢奏謝露香表同日

伏以月正仲冬禮成大饗所以序昭穆之位格祖宗之靈荷清穹之降休俾盛典之獲舉敢伸昭謝冀達精衷

爲將來祫享禮畢奏謝諸寺院神御表同日

伏以兹者祇率孝心躬修合祭潔精誠而是薦蒙顧享之來臨惟慈聖之降休俾眇冲之成禮敢忘勵翼永荷基圖

爲將來祫享禮畢奏謝永安陵等處表同日

伏以恭承先烈獲守慶基式因冬物之有成載肅廟容而合食上緊不貺克展孝思是惟感慕之誠益勵祇寅之志

爲將來祫享禮畢奏謝泰山廟等處表同日

伏以茲者因歲物之冬成講祭容而時舉豆籩有序禮樂交修顧惟
眇躬克遵盛典實賴明靈之佑敢忘報貺之誠

賜步軍副都指揮使涇州觀察使秦鳳路副都部署王凱赴
闕茶藥口宣六月二十五日

卿祗膺召節方屆都畿載惟道路之勤屬此炎薰之候宜頒良劑式
示眷懷

賜步軍副都指揮使涇州觀察使秦鳳路副都部署王凱赴
闕生料口宣同日

卿出膺邊寄入恪覲容顧就館以云初方奉圭而來見宜頒餼勞式
示眷懷

除宋庠制加恩進封

門下盡其志以饗親因而餕惠爵于朝而示衆所以褒功考祭典而

可稽著國章而有舊矧乃樞機之任惟余鼎鼐之臣飭事齊莊宣力左右方此慶行之始宜推寵數之隆推忠協謀同德佐理功臣樞密使開府儀同三司檢校太尉行兵部尚書同中書門下平章事兼羣牧制置使上柱國廣平郡開國公食邑七千八百戶食實封二千九百戶宋庠履行清純器識深茂夙有佳譽蔚爲名臣文足以爲國華學足以謀王體入則登于三事備罄謨猷出則殿于大邦藹存風績自還機務頗歷歲時秉一德以協恭出處不更其守展四體而盡瘁夙夜匪懈其勞屬盛禮之有成廣推恩而自近按夫輿地特啓於新封加以寵名蓋遵於故事惟是便蕃之錫式伸眷倚之懷於戲君子者邦之基大臣者民之表搢紳之望所屬老成德業之隆豈煩多訓服我休命往惟欽哉可特授依前檢校太尉行兵部尚書同中書門下平章事兼羣牧制置使充樞密使特封莒國公仍賜推忠協謀同德守正佐理功臣散官勳食實封如故主者施行

除李昭亮制加恩

門下朕卜吉孟冬躬薦清廟祖考來格貺以百福之多慶賜遂行均于四海之廣惟予將相之任是謂股肱之良宜擇剛辰誕揚休命忠果守正佐運翊戴功臣彰信軍節度曹州管內觀察處置等使開府儀同三司檢校太保同中書門下平章事持節曹州諸軍事行曹州刺史上柱國隴西郡開國公食邑一萬一千五百戶食實封三千四百戶李昭亮志尚純愨資識敏明世蒙舊德之餘早邁重熙之盛備于器使奮厥材猷好學詩書知將率之爲體兼推威信撫士卒以克和入則有宿衛之勤出則著扞城之效寄之方面屢守於要藩班乃政條頗（一作頻）聞於佳譽乃眷別都之重實司留鑰之嚴擁節秉鈞並享崇高之貴治戎撫俗兼資鎮靜之材茲惟圖任之艱方屬倚毗之意是用因霈恩之浹洽推異數之便蕃廣乃疏封增其眞戶仍疇美績褒以嘉名於戲秉德不回所以見始終之操好謙自守乃能居

寵祿之榮汝其欽哉膺此優渥可特授依前檢校太保同中書門下平章事使持節曹州諸軍事行曹州刺史充彰信軍節度曹州管內觀察處置等使加食邑七百戶食實封四百戶仍賜推誠保德守正佐運翊戴功臣散官勳封如故主者施行

除梁適制特授特進加恩

門下王者嚴其宗廟饗必及其時盡其誠心祭則受其福朕躬執圭瓚率諸臣工因百物之成冬格列聖而合食嘉與有位之衆均茲錫祉之繁矧惟槐鼎之舊臣實繫國家之大體宜優新命以告外庭推誠保德忠亮翊戴功臣定國軍節度同州管內觀察處置等使光祿大夫檢校太傅使持節同州諸軍事同州刺史兼御史大夫上柱國安定郡開國公食邑四千七百戶食實封一千五百戶梁適世冑之華早躋仕路藝文自奮繼踐辭科進階顯榮亟被獎擢優游侍從之列嘗奉於清閒出入中外之勤實勞於夙夜既贊樞府遂登宰司啓

沃之謀話言猶在進退之際禮遇兼隆自歷藩垣頗更歲月近惟大鹵實宿勁兵俾分節制之權以爲方面之重撫茲雅俗藉爾敏材屬熙事之有成均慶恩而方洽是用敘陟崇階之貴兼增食戶之多推茲寵章蓋率舊典於戲執忠信之一節所以事君守富貴而不驕乃能終吉是惟素學寧假訓辭往服茂恩當體予意可特授特進依前檢校太傅使持節同州諸軍事行同州刺史兼御史大夫充定國軍節度同州管內觀察處置等使加食邑七百戶功臣勳封食實封如故主者施行

除許懷德制加恩

門下賞以懋功俾有能之知勸祭之爲澤思在位以咸均嘉戚禮之斯成務推恩而惟廣矧乃耆明之哲是爲心膂之臣宜示優隆式揚誕告衛聖忠果雄勇翊戴功臣殿前都指揮使保寧軍節度婺州管內觀察處置等使特進檢校尙書左僕射使持節婺州諸軍事行婺

州刺史兼御史大夫上柱國穎川郡開國公食邑五千戶食實封一千二百戶許懷德勁勇之質蓋稟天姿忠厚之𡉚自爲國器少有四方之志出逢千載之辰蘊其材謀能自奮勵訓我士卒號令之信甚明爲予爪牙介冑之色難犯爰採軍中之譽俾分閫一作閫外之權遂膺施節之榮專董貔貅之旅宿衛宮禁周旋歲時宣力甚勤有知無不爲之節盡瘁後已加老而益壯之心誠未耗於精明豈但矜於釁鑠屬受釐之均慶方浹宇以蒙休載推圖舊之懷式敘疇勞之典益其封食錄乃功庸於戲享爵祿之崇高荷寵靈之優渥挺金石不渝之操茲惟事上之誠知富貴克守之難用保有終之吉勉矣來効往其欽哉可特授依前檢校尚書左僕射使持節婺州諸軍事行婺州刺史兼御史大夫充殿前都指揮使保寧軍節度婺州管內觀察處置等使加食邑七百戶食實封三百戶仍賜衛聖忠果雄勇宣力翊戴功臣散官勳封如故主者施行

翼祖皇帝冊文

維嘉祐四年歲次己亥十月壬戌朔十二日癸酉孝曾孫嗣皇帝臣某敢昭告于高祖翼祖簡恭睿德皇帝伏以皇天眷命興德造邦始基之功實自積累獲嗣丕烈敢忘翼勵孟冬吉月歲事既成合祭以時舉茲禮典惟是備物將以誠慤之心神其歆之錫以多福謹以一元大武柔毛剛鬣粢盛薌合薌萁嘉蔬嘉薦醴齊嚴恭備物式薦虔心高祖妣簡恭皇后劉氏配尚饗

真宗皇帝冊文

維嘉祐四年歲次己亥十月壬戌朔十二日癸酉孝子嗣皇帝臣某敢昭告于皇考真宗膺符稽古成功讓德文明武定章聖元孝皇帝伏以古之以孝而饗親者氣節既至感其思心祠禴嘗烝禮以時舉然猶未厭其志也則又大合祖宗而享焉顧惟小子克守成業治民事神動有丕訓是用躬執圭瓚薦其芬芳僾一作愾又作慨然如聞

來格來歆謹以一元大武柔毛剛鬣粢盛薌合薌萁嘉蔬嘉薦醴齊

嚴恭備物式薦虔心皇妣章穆皇后郭氏皇妣章獻明肅皇后劉氏

皇妣章懿皇后李氏配尚饗

淑德皇后冊文

維嘉祐四年歲次己亥十月壬戌朔十二日癸酉孝孫嗣皇帝臣某

敢昭告于皇祖妣淑德皇后尹氏伏以彤管有煒內德茂焉清廟載

嚴合食爲重十月惟吉備物有容威靈來臨昭穆序配薦以誠潔神

其顧思謹以一元大武柔毛剛鬣粢盛薌合薌萁嘉蔬嘉薦醴齊嚴

恭備物式薦虔心尚饗

賜樞密使宋庠讓恩命第一表不允批答

省表具之朕以因時致享克展於孝思已祭受釐大均於慶澤乃眷

耆明之哲實予體貌之臣肅臨事之有容既交神而蒙貺宜推異數

以示眷懷雖嘉好謙曷止成命所讓宜不允

賜樞密使宋庠讓恩命第二表不允斷來章批答

省表具之卿蘊純和端愨之誠富敏贍通明之學惟時舊德實我柄臣當祀事之有成廣慶恩而方洽疇其封爵錫以號名茲爲寵章蓋舉常典無煩避讓其往欽承所讓宜不允仍斷來章

賜樞密使宋庠讓恩命第一表批答口宣

熙事既成方大均於祭澤寵章所異宜首及於樞臣當卽往膺勿煩沖讓

賜樞密使宋庠幷河陽三城節度使判河南府文彥博加恩告敕口宣

朕以饗親致孝餕惠均恩宜有寵章以褒舊德往欽新命當體眷懷

閤門賜華原郡王允良感德軍節度使允初告敕口宣

蔚爲賢王陪我祀事旣膺福貺宜被寵靈往體予懷祗服新命

賜皇弟奉寧軍節度使華原郡王允良讓恩命第一表不允

批答

朕合食祖考以昭孝推恩宗族以展親所以厚人倫明教愛卿以近屬肅然在庭能盡志以修容不違禮而終事方慶典之均洽宜寵章之所先好謙之懷雖可嘉尚已出之命其往欽承

賜皇弟奉寧軍節度使華原郡王允良讓恩命第二表不允斷來章批答

卿擢秀宗英作屏王室從我祠事罄其齊明因餕惠之均恩示推仁而睦族避讓之節固已識於沖懷敦諭既勤宜往祗於成命

賜皇弟感德軍節度使允初讓恩命第一表不允批答

朕因時孟冬薦鬯清廟蒙祖考之來貺均慶賜以推行乃眷宗藩宜優寵數蓋克遵於舊典何過自於撝謙其欽訓言往服休命

賜皇弟感德軍節度使允初讓恩命第二表不允斷來章批答

朕親款太宮致饗列聖蒙神貺其百福思慶及於多方乃眷宗藩宜優異數惟是便蕃之錫式推敦睦之仁嘉乃沖懷形于懇避禮有常節無爲過恭命之已行難或中止

賜皇弟華原郡王允良感德軍節度使允初讓恩命第一表不允批答口宣

卿以宗藩之近參閟祀之嚴爰疇乃勞優以異數宜思祗受勿復固辭

賜皇弟華原郡王允良感德軍節度使允初讓恩命第二表不允斷來章批答口宣

卿以宗支之賢陪廟祀之重均茲慶典遽述讓誠命出已行理難中止所宜祗受以副予懷

內制集卷第六

內制集卷第七　集八十八

賜河陽三城節度使同中書門下平章事判河南府文彥博

加恩告勅詔

朕因孟冬之吉辰饗太宮而合食膺受神貺推行慶恩眷惟同德之臣方處居留之任宜優異數少示眷懷旣敷告於外庭其往祗於休命

內中福寧殿開啓祫享預告道場青詞十月十九日

伏以宗廟之嚴祫祭爲重乃卜孟冬之吉躬修合食之儀仰企上靈冥孚陰佑俾克成於盛禮冀永錫於純禧式展孝思用膺神貺

在外五嶽四瀆四海幷諸神廟等處謝祫享禮畢祝文十月十九日

屬者卜吉孟冬致饗清廟聖靈來格福祉沓臻荷神貺之不違俾縟儀之克舉敢忘神報達此明誠

泗州塔下并峨嵋山開啓謝祫享禮畢道場齋文
茲者冬物告成因饗親而達孝神釐來貺既均慶之以時惟盛一作
成禮之弗違荷巨慈之旁祐卽靈場而申報冀冥鑒之孔昭薦此誠
明期於福應
太平興國寺開先殿開啓孝明皇后忌辰道場齋文十一月
一日
伏以柔明之範瞻厚德而已遐感慕之思託洪慈而申薦載嚴寶殿
恭啓貝函惟淨福之是資冀靈游之永祐
太平興國寺開先殿開啓孝明皇后忌辰道場功德疏右語
右伏以真覺之慈應物溥示於能仁孝思之感以時式臨於諱日俾
延淨侶交奏梵功冀承勝利之因永獲冥深之祐
賜西南蕃蠻人張光現等敕書十一月三日
汝世守邊疆遠輸忠順時修職貢附達款誠載嘉勤恪之心宜示褒

優之錫

賜宰臣富弼乞退不允批答

省表具之夫知人之明可謂難矣而任賢之術茲豈易哉若乃聽之不聽信之不篤施設之方未盡弗極其材遲速之効有時莫能少待則被其任者實亦艱歟卿以純一忠亮之誠蘊宏深遠大之業朕虛己以聽推心仰成至於一二之臣是惟同德下逮衆多之論曾靡閒然方將甄敘賢愚修明法度務究本根而更治不求歲月之近功期於有成茲乃予意奈何中道而將止夫亦奚託以爲辭矧上下既交寧有不通之志而君臣相遇豈爲易得之時當體余懷勉安厥位所乞宜不允

賜外任臣寮進奉助祫享銀絹等勅書

朕卜吉孟冬合食清廟禮樂交舉臣工畢從嘉守土之修官咸以時而來助各以其物粲然在庭載省勤誠良深歎尚

賜觀文殿學士禮部尚書王舉正乞致仕不允詔十一月十

四日

夫朝廷之廣大賢儁之衆多必有皤然耆壽之臣以當上所優禮之

異或事思所訪則有老成俾時之式瞻以爲人望故禮雖七十猶有

不得謝者焉卿懿文高行有君子之風清節令問爲當世所重閱書

祕殿日侍清閑進讀經筵坐論道德固非有官司之責筋力之勞宜

思少安副我眷待

鎭潼軍華陰縣雲臺觀修整眞宗皇帝御容等殿今已了當

扶請御容入本殿奉安祝文十一月十四日

屹爾名山斯爲福地翼然寶構式奉威靈繕完旣新考卜惟吉鑒茲

懇至永以妥安

鎭潼軍華陰縣雲臺觀修整聖祖及眞宗御容等殿今已了

當乞請御容入本殿奉安靑詞十一月十四日

伏以靈峰甚峻仙宇載嚴爰考吉辰奉寧真聖式伸祇告昭鑒乃誠

賜相州觀察使劉從廣進奉乾元節馬詔

卿蔚有敏材膺于寄任遠瞻壽節効乃誠勤在庭之獻肅陳事上之忠可見省閱之際嘉歎不忘

賜觀文殿大學士尚書戸部侍郎知定州龐籍乞退不允詔

勅龐籍省所劄子奏以年齒衰殘自去年七月後累奉表及劄子輸瀝懇誠尋蒙差知定州亦曾面告秪乞一年許賜請老歸第伏望早賜差人承替得遂前懇事具悉夫難進易退雖士節之甚美而尚賢優老亦朝家之所先故禮稱引年而有不得謝卿以儁德爲時舊臣柬於予衷任以方面材猷甚壯視聽方彊矧夫邊候無虞民事尤簡固可以優息藩屏養頤精神而遠慕昔賢願還官政雖止足之意誠可尚於高懷而眷遇之深難遽從於來請所乞宜不允故玆詔示想宜知悉冬寒卿比平安好遣書指不多及

賜河陽三城節度使同中書門下平章事判河南府文彥博辭加恩不允詔十一月十七日

勑彥博省所上表陳讓祫享禮畢加恩事具悉朕屬者潔齋精誠薦見宗廟蒙神之貺受福孔多推慶賜以大行均中外而咸及矧我同德乃時舊臣惟體貌之隆宜加於異數而褒優之意未稱於予衷嘉讓節之甚勤顧成命之難止所讓宜不允故茲詔示想宜知悉冬寒卿比平安好遣書指不多及

賜樞密使檢校太尉同中書門下平章事宋庠讓恩命第二表不允斷來章批答口宣

卿陪祀疇勞啓封加命再形懇讓深識沖懷顧定志之弗移宜承命而毋忽

西太一宮開啓祝聖壽年交金籙道場青詞十一月二十三日

伏以萬物堅成樂歲功之斯就四時迭運荷乾施之無窮爰即靈場

載啓科式薦以芬芳之潔通於杳默之神伏願威鑒昭臨福禧穰集

固穹隆之壽曆延緜永之皇圖下逮羣生咸均餘祐

萬壽觀寧華殿開啓溫成皇后忌辰道場青詞十一月二十

九日

伏以妙道無方推乎善應清真昭格通以明誠追內則之有儀藹餘

芳而未遠式臨諱日俾按醮科爰即琳宮肅延羽士冀資冥福永助

仙游

閤門賜許懷德張茂實告敕口宣

卿素稱忠勇備著勞能俾更旄節之榮仍董貔貅之旅往膺寵命其

體眷懷

賜觀文殿學士禮部尚書王舉正乞致仕不允詔十一月二

十九日

卿精深之學足以待問清懿之望足以鎮浮嚮從守藩念遠賢之在外來侍經席冀開予於未聞惟道德之所資非耆舊而誰處雖引年之制禮固有常而愛老之心予寧敢怠所宜勉近醫藥輔安精神期臻壽康以副虛佇所乞宜不允

賜馬步軍副都指揮使張茂實赴闕生料口宣十二月六日

卿遠趨召節方居都城惟茲餼品之豐式舉彝章之舊往祗寵錫式體眷懷

班荊館賜契丹賀正旦人使到闕御筵口宣十二月九日

卿等歲元茲始隣好時修載馳使傳之勞方次都門之近宜伸頒錫式示眷懷

正月五日賜賀正旦人使內中酒果口宣

卿等夙將信聘來結隣歡方伸宴飫（一作飲）之豐式示眷懷之意芳醪嘉實宜厚寵頒

賜侍衛親軍馬軍副都指揮使張茂實讓恩命不允詔十二月十五日

卿蔚有材武稱於周行早罄忠力膺予寄任自分齊鉞屢易名邦俾更節制之權入總禁嚴之旅扞城宿衛皆汝職焉載閱來章雖嘉讓節趨祇成命宜體眷懷所讓宜不允

內中福寧殿開啓天慶節道場青詞

伏以新陽叶律肇正於歲端嘉節紀時蓋遵於國典載嚴祕殿遐企上真薦茲蠲潔之誠杳達清冥之應冀承靈貺永祐皇圖

內中福寧殿罷散天慶節道場青詞

伏以元符肇貺先聖是膺紀爲令節之名著乃仙科之式用嚴禁密恭薦苾芬冀真馭之昭臨貺嘉祥而茂集基圖永固動植均休

賜新除建雄軍節度使依舊殿前都指揮使許懷德讓恩命第二表不允斷來章批答十二月五日

省表具之御披從行伍之微董我師徒之衆嘉爾勞舊優之寵榮乃思功効之未彰能形避讓之沖懇已行之命其往欽承事上之忠無或怠忽所讓宜不允仍斷來章

內中御侍已下賀皇帝年節詞語

妾等言伏以堯官謹曆萬物惟新夏數得天四時以正恭惟尊號皇帝陛下睿明稟哲慈儉保邦正朔頒行極舟車之所至仁恩一作慈溥及順天地以發生妾等忝備掖庭獲瞻黼座順三微之首月祝萬壽於無疆

賜夏國主進奉賀正旦馬駞詔

王正首歲玉曆頒春眷惟繼世之忠克効守藩之職勤修時貢來旅明庭言念傾輸良深歎獎

皇帝回契丹皇帝賀正旦書

正月日伯大宋皇帝致書于姪大契丹聖文神武睿孝皇帝闕下歲

端更始順陽律以布和信聘時修講隣歡而增固閱書言之勤好加篚幣之腆豐感戢所深述宣罔既今懷化軍節度使耶律嘏等回專奉書陳謝不宣白

皇帝回契丹皇帝達皇太后賀正旦書

正月日伯大宋皇帝致書于姪大契丹聖文神武睿孝皇帝闕下玉曆頒時寶隣交聘兼馳使騶别枉信函載傳慈懿之言益固講修之好顓希侍次達此悰誠今歸德軍節度使耶律思寧等回專奉書陳謝不宣白

賜起居舍人知制誥劉敞等奬諭詔十二月九日

勑劉敞省所進祫享詩事具悉祫大祭也禮久闕焉朕因時孟冬躬薦圭鬯永惟祖考之烈格于天地禮樂之盛昭乎一作于物容宜有儒學之臣形爲頌歎之美卿議論宏博辭章爛然敷訓告以代予言是惟其職發揄揚而稱上德聊見餘才省閱已還嘉尚良切故茲奬

諭想宜知悉

賜刑部郎中充天章閣待制錢象先等奬諭詔十二月九日

勅象先省所進袷享詩事具悉袷大祭也禮久闕焉朕因時孟冬躬薦圭瓚永惟祖考之烈格于天地禮樂之盛昭乎一作于物容宜有儒學之臣形爲頌歎之美覽奏篇之來上慶熙事之有成文采可觀歎嘉于再故茲奬諭想宜知悉

賜屯田員外郎國子監直講梅堯臣奬諭勅書十二月九日

勅梅堯臣省所進袷享詩事具悉汝行懿而粹學優而純以詩自名爲衆所服況乃詠祖宗之功德述禮樂之聲容宜被朱絃以薦清廟載披來獻深用歎嘉故茲奬諭想宜知悉

賜西京作坊使知麟州王慶民奬諭勅書十二月十七日

勅王慶民省所奏準密院劄子節文以臣撰成麟府二州絹圖一面幷序目二冊詣闕上進事具悉古之用兵者必因地形制方略然後

可以策勝敗之算運奇正之謀爾以材武之資有明敏之識自膺柬
寄出守邊封而能周知山川險易之形歷覽亭障屯防之要列爲凡
目粲爾一作可條陳不惟指掌於披圖足以因時而制變遽茲來上
深體乃忠省閱以還歎嘉曷已故茲獎諭想宜知悉

集英殿告還宣祖皇帝昭憲皇后御容赴奉先禪院慶基殿
奉安祝文
伏以祖烈昭宣威神緬邈顧祠庭之夙敞崇寶構以載新冀卽妥安
永伸一作申嚴奉

奉先禪院法堂上告還宣祖皇帝昭憲皇后御容赴內中奉
安祝文
伏以早嚴寶殿以佇神游今奉威靈卽安清禁仰惟鑒格歆此精衷

景靈宮奉真殿開啓真宗皇帝忌辰道場看佛經都功德疏
語

伏以威神在天奉真遊而時格覺慈宣化敷慧福以無窮追諱日之
甫臨演祕言而申薦永繄仁佑式慰孝衷

景靈宮奉真殿真宗皇帝忌辰道場看道經都功德疏語

伏以琳宮嚴敞奉真馭以來臨寶笈飛華演靈篇而甚祕式屆遏音
之日載深濡露之懷遐薦福因永資道蔭

景靈宮廣孝殿章懿皇后忌辰道場看佛經都功德疏語

伏以諱日斯臨孝心增感永慕至慈之德載瞻大覺之雄既集善因
遐資福果

景靈宮廣孝殿章懿皇后忌辰道場看道經都功德疏語

伏以春露既濡孝思罔極即仙庭之祕邃誦金簡之精微仰冀清真
永資遐福

賜新除建雄軍節度使殿前都指揮使許懷德讓恩命第一

表不允批答口宣

卿以宿衞之勤勞能備著俾移使節式示眷懷宜體優恩勿持堅讓

賜新除建雄軍節度使殿前都指揮使許懷德讓恩命第二

表不允斷來章批答口宣

卿夙推才武久擁節旄俾易名藩用伸優遇無煩固避往服新恩

賜觀文殿學士尚書右丞田況乞致仕不允批答嘉祐五年

正月八日

省表具之卿德量足以容衆材識足以濟時蔚然君子之風綽有大臣之體自嬰疾恙求解樞機朕心惻然深以爲惜乃惟書殿之清職自非耆哲而弗居俾從優游以便頤養所期福善之理當蒙勿藥之休還來輔予以盡賢業遽形引謝良異眷懷所乞宜不允

皇第九女封福安公主制正月二十四日

門下朕稽有國之彝章著皇女之稱謂取其主以同姓所以見王體之尊必也錫之美名所以彰禮命之寵載涓吉日敷告在庭皇第九

女岐嶷之姿有生知之異稟柔順之質得天性之自然方嚴保傅之規以養肅雍之德俾遵舊典褒以徽章嘉乃妙齡盛哉儀服考僉言而惟允非予意之敢私於戚隆仁恩以厚親玆惟教愛習圖史而循法緊乃夙成祗若訓言往膺渙渥一作命可封福安公主仍令所司擇日備禮冊命主者施行

皇第十女封慶壽公主制同日

門下詩紀王姬之盛車服之制甚嚴漢優帝女之儀湯沐之封並列蓋敦國體匪曰親私惟始被於寵章常推擇於嘉號載稽成憲誕告外庭皇第十女寶婺分暉仙源襲慶天姿異稟溫而有儀姆教不煩生而知善方居妙歲蔚有令猷朕仰承燕翼之謀玆膺一作膺玆蕃衍之祉俾新禮命式示褒榮於戚寵秩既崇在乎有德名稱甚美享乃多休祗服茂恩勿忘明訓可封慶壽公主仍令所司擇日備禮冊命主者施行

內中御侍已下賀皇帝乾元節詞語正月二十六日

妾等言正陽旅月式符誕聖之期令節稱觴共獻無疆之壽伏惟尊號皇帝陛下法堯聰睿躬禹儉勤厚德浸於黎元至仁同於覆載舟車所及聲教咸均罄茲率土之濱共効南山之祝妾等欣逢嘉會獲侍嚴宸敢望清光恭陳善頌無任歌時樂聖懽呼激切之至

內制集卷第七

珍倣宋版印

乾元節謝內中露香表嘉祐五年正月二十六日

伏以清穹眷佑皇緒丕隆方陽月之正時屬誕辰而著節仰瞻霄極薦此芬馨冀膺斂錫之祥永保延鴻之慶

乾元節謝內中真宗皇帝表同日

伏以佳名著節載誕紀辰永惟涼眇之躬獲荷顯休之業動遵聖訓期保慶基怵惕之懷孝思罔極

乾元節謝內中章獻明肅皇太后章懿皇太后章惠皇太后表同日

伏以天陽正候壽節紀時深惟載育之恩緬慕至慈之德敢忘翼勵期保延鴻

賜樞密副使右諫議大夫張昇乞解罷第一表不允批答正月二十九日

省表具之朕惟一二左右之臣出納樞機之命必有同德爲時老成卿質厚器閎材優識敏風力甚勁晚而不衰議論有稽言而必中朕所體貌民之具瞻豈宜退徇謙沖自厭繁務盡瘁事國矧惟素懷推心仰成當體予意所乞宜不允

除文彥博易鎮判大名府制二月十五日

門下朕惟將相之崇資是爲文武之極選隆其名器所以重朝廷列于蕃宣所以屏王室矧乃居留之任必屬老成之人爰擇剛辰敷告有位具官文彥博器閎而厚識粹而明學得其方通古今而知要才周於物適大小以惟宜自奮發於聲猷早更揚於中外居則參裨乎國論出則宣暢乎皇威兩踐台司首當柄用賢愚式序舉百職以咸修綱紀甚明贊萬機而至悉自（一無此字）懇避鈞衡之任出司管鑰之嚴逮此逾時蔚然休問眷言邦哲實簡予衷是用更其擁節之榮委以別京之重勁兵所宿實資總制之權雅俗惟淳兼賴撫綏之政

於戲與國同體是謂股肱之良惟民具瞻方隆師尹之望顧我舊德豈煩訓辭往其欽哉祗服休命可特授依前檢校太師同中書門下平章事潞國公行陝州大都督府長史充保平軍節度使判大名府兼北京留守司事充大名府路安撫使加食邑七百戶食實封五百戶功臣散官勳封如故仍放謝辭發赴本任主者施行

除李昭亮檢校太保判定州制二月十五日

門下嚴師律以宣威是為將率之事謀王體而坐論必屬廊廟之臣惟二柄之是兼蓋一時之首選顧於寄任宜副倚毗爰告外庭式揚休命具官李昭亮資質純厚器識通明世有勳庸蔚為舊德家傳韜略濟以美材爰自壯齡早膺獎擢訓齊士伍號令信於恩威宿衛朝廷勤勞著於夙夜屢被蕃宣之寄實資鎮撫之才惟留鑰之別都乃宿兵之重地歲時滋久譽望益嘉眷言中山還爾舊治是用易以將旄之寵增其帝傅之崇於戲宣國威靈用綏寧於邊鄙求民疾苦以

班布於教條俾無北顧之憂惟我老成之倚往踐厥位時惟欽哉可
特授檢校太傅依前同中書門下平章事行兗州大都督府長史充
泰寧軍節度使充定州路都部署兼安撫使判定州加食邑七百戶
食實封三百戶功臣散官勳封如故仍放謝辭發赴本任主者施行

除李端懿寧遠軍節度使知澶州制 同日

門下至治之時常不忘於武備用兵之要在先擇於將臣禮樂詩書
必資於學智信嚴勇又兼以仁是惟難才豈不慎選用諏 一作擇 剛
日敷告外庭具官李端懿器質宏深資識敏茂地聯近戚無富貴之
驕世濟美材躬儒素之行粵從壯歲綽有令名學問足以與謀忠信
可以事上而能克勵名節靡皇宴安每思報國以有爲嘗請治民而
自効北州之政稱最東土之人甚思惟留務之是居顧歷時而頗久
俾加褒進爰考僉同是用寵以節旄委之蕃翰於戲爲政而先無擾
所以靖民除戎以戒不虞是宜有素緊乃通明之略副予東任之懷

往惟欽哉膺此休渥可特授依前檢校刑部尚書充寧遠軍節度使
知澶州加食邑七百戶食實封三百戶散官勳封如故主者施行
賜禮部侍郎參知政事曾公亮乞罷不允詔二月十八日
卿以敏識精學參贊萬務儁德茂行表儀百僚而思慮之勞偶嬰疾
恙藥石之効聞比康平嘉謀話言日以虛佇封章屢上引避甚堅豈
未體於眷懷而每煩於開諭宜專輔養以副倚毗所乞宜不允
賜新除寧遠軍節度使李端懿讓恩命第一表不允斷來章
批答口宣同日
卿聯國懿戚惟時美材久居留使之權俾委將旄之任載嘉沖挹思
避寵榮宜體眷懷無煩牢讓
閤門賜新除寧遠軍節度使知澶州李端懿告敕口宣同日
卿世胄聯華資材甚茂早膺器使頗著聲猷俾進總於中權式增榮
於戚里所宜祗服以體眷懷

賜新除工部尚書知秦州張方平陳讓不允詔三月十六日

卿識茂器閎智優學博施於有用謂靡不宜乃眷西陲最爲重地惟撫綏備禦之任必通明敏給之才予難其人於爾爲得委遇之意則惟其勤避讓之誠夫何于再勉祇其往當體朕懷

賜樞密副使尚書禮部侍郎程戡乞退休第二表不允批答

三月十六日

省表具之朕惟朝廷之禮廣大材賢一作賢材之士衆多必有耆哲之臣以爲時望之重卿早被獎擢藹然聲猷參聯鈞軸之崇協贊樞機之要履躬之懿久見於純誠事上之忠志期於盡瘁顧方深於毗賴而懇避於寵榮封章繼來敦諭亦至引年以禮雖嘉止足之賢優老虛懷未忘眷遇之意往安厥位宜體予衷所乞宜不允

大相國寺大殿上開啓爲民祈福道場齋文五月三日

伏以南薰被物方茲長育之明西覺稱雄允賴慈仁之濟俾延淨侶

虔啓法筵冀迎百善之祥普洽萬生之衆

賜宰臣富弼第二表乞退不允批答五月十五日

省表具之卿事君一心憂國百慮簡拔寒俊而多得遺才愼重賞刑而惟恐過舉蔚然德業方厚倚毗而綱憲之司異同輿論或事非大體或言涉難明因其捃摭於至微益見始終之無過雖開廣言路務在兼容而進退大臣豈當緣此所宜篤卿自信之志成朕不惑之明渙然無疑來復厥位所乞宜不允

賜宰臣富弼乞退第四表不允斷來章手詔

省四上表乞解機務事具悉朕力排讒構之言兼採搢紳之望委卿以重任待之以不疑惟致治之至難方同心而共濟勉以無怠庶幾有成而執法之臣以言爲職議既不一理難必從遂其好勝之私因於積忿而發事緣藹昧語涉中傷遽罷憲司以釋羣惑雖朕之不明不敏既能爲卿而辨之而卿亦何嫌何疑遂將去朕而不顧避辭已

確敦諭亦勤其體予懷復安爾位使天下曉然知朕任賢而勿貳也
所乞宜不允仍斷來章付富弼

賜樞密副使張昪生日詔一作口宣五月十九日

卿以業履之清優任樞機之密勿余所禮遇時之具瞻爰屆誕辰俾
加慶賜

賜荊湖北路救濟飢民知州獎諭勅書五月二十七日

夫修人事所以禦天災安吾民豈不在良吏爾學優從政職任治人
因凶歲之疫飢體詔書之隱惻既免罹於殍殣仍不夭於札瘥再惟
敏事之材深得卹荒之禮第課來上予心所嘉宜有褒章以旌善績

賜河陽三城節度使同中書門下平章事文彥博進奉謝祫
享加恩詔六月十七日

詩云君子邦之基記曰夫臣民之表予所寵異禮宜優隆乃因祭福
之均恩首效駿良而來獻載惟誠恪深用歎嘉

賜定國軍節度使知幷州梁適進奉謝恩馬詔六月十七日

大鹵之雄中權爲重時有舊老來于予衷寵之旄鉞之榮委以蕃宣之寄效駿良而來獻將誠懇之甚勤省覽已還歎嘉曷已

賜觀文殿大學士知定州龐籍進奉謝恩馬詔六月十七日

書殿之職號爲清優舊德之臣所宜寵異乃求駿足以副勤誠曾非貴物之心實體事君之節省閱于再歎獎不忘

賜虔州觀察使定州路副都部署劉渙進奉謝恩馬詔同日

國家慎選材武委之事權優其寵榮所以責効厚其頒予所以養廉乃因物以達誠見事上之惟恪省閱于再歎嘉不忘

賜定國軍節度使梁適進奉謝恩馬詔

卿惟時舊德爲國將臣推恩典以既優俾家庭之增寵乃輸良貢以効誠勤省閱以還歎嘉彌切

賜外任臣寮進奉賀祫享禮畢勅書六月十七日

朕以孟冬卜吉大祭伸虔惟熙事之既成寳庶邦之共慶載披來貢

深見輸忠省閲以還歎嘉良切

賜翰林學士尚書兵部員外郎知制誥吳奎乞知青州不允

詔七月二十一日

卿強學博覽足以通古今嘉謀讜言足以承顧問朝夕獻納余有望

焉矧方委之劇煩嬰以事任懋乃賢業宜有施於朝廷奮乎壯猷豈

暇便於鄉里其安爾職深體眷懷

賜新除宣徽南院使檢校太保鄜延路馬步軍都部署經略

安撫使判延州程戡讓恩命第一表不允斷來章批答八月

八日

省表具之迺者卿數上封章懇辭樞要兼引年而爲請思還政以自

頤眷惟耆舊之英誠久劇繁之任俾增書殿之職仍參講席之聯是

曰清優豈忘顧遇而進見之際聰明未衰迺遷使領之華往重邊陲

之寄予意所屬僉言允諧雖沖尚之可嘉惟成命之難止所讓宜不允仍斷來章

賜知建昌軍楊儀進奉銀珠稻米勅書八月十六日

勸力農而務本惟汝之官登嘉穀以告豐乃時之瑞粲然良實來効貢囊載惟修職之勤式綏憂民之意省閱于再歎尚不忘

賜右諫議大夫知梓州呂居簡進奉乾元節無量壽佛一幢勅書同日

壽觴紀節罄率土以均歡妙像有儀獻無疆之善祝嘉乃愛君之意見於事上之恭省閱以還歎嘉良切

賜新除翰林學士依前禮部郎中知制誥權知開封府蔡襄上表乞依舊知泉州不允詔八月十五日

卿學通古今足以備獻納政適寬猛足以臨劇煩而得材之難顧常勞於選任矧居外茲久寧自逸於便安是宜勉旃來服新命綽有餘

力夫何微疾之辭居然寵名固爲榮養之樂其毋必讓當體至懷

賜屯田員外郎王公袞獎諭勅書

鄉者長人之官備盜不謹害我命吏驚兹遠民汝於斯時能奮厥効督捕甚急饋餉有方致兹兇徒卒就擒戮第功來上覆實不虚載嘉勤勞深用褒歎

東太一宮立冬祝文九月二十四日

四時適序萬物堅藏嘉歲事之有成繄神休之是賴承兹靈貺報以吉蠲惟冀享誠益敷多祐

延福宮性智殿開啓皇后生辰道場齋文同日

伏以坤德流徽式臨於誕日貝文宣妙恭仰於巨慈載嚴秘邃之庭駢集清修之侶冀資壽福時啓靈場伏願毫相分光法雲假蔭憑兹勝利永保遐齡

延福宮性智殿開啓皇后生辰道場密詞九月二十六日

伏以寒律正時適臨於艮月曾沙誕慶爰紀於嘉辰夙清秘殿之嚴

並集祇園之侶冀因勝利延錫禧一作休祥永輔坤儀益隆壽祝

故贈濮王允讓十月九日坼攢祭文同日

日月惟吉山川既佳啓茲攢塗往卽襄事顧歆薄奠宜體哀悰

故贈濮王允讓十月十八日起靈祭文同日

儀物既備川塗甚夷往卽佳城卜茲吉日靈其顧享副此哀懷

故贈濮王允讓十月二十日下事祭文同日

惟靈稟德甚茂享年不遐余心所哀卹與斯備往卽安宅享茲克誠

撫問護葬使向傳式詔同日

葬之爲禮古所重焉方將事以在塗顧勞心於祇役眷賴之意不忘

于懷

撫問西京幷汝州路祔葬隨護宗懿已下勑書同日

日月惟吉川塗匪遐顧襄事之有期嘉送終之盡禮勞勤備至眷矚

叚深

撫問尚宮沈氏勅書同日

輀旌就道霜露戒時載惟將護之勞無怠祗勤之意

撫問西京幷汝州路管勾修墳幷沿路巡檢道路及管勾一

行靈轝程頓排辦等朝臣使臣內臣等勅書

卜吉趨時送終備物顧風霜之方厲念事役之爲勞

賜宰臣富弼上第一表乞解罷機務不允批答

省表具之夫宰相之事非可以歲月考而一二數也其在朝廷選賢

任能而各得其職下俾民俗遷善遠罪而不知其然至於法度修紀

綱正然後相與愼守而安行之以臻于治此朕所以虛心一意日有

望於卿者也今事有緒而卿辭焉豈朕德之不明將顧時之不可中

道而止夫何謂哉俾予獲用材不盡之譏而卿涉苟安自便之計予

所不取卿其勉焉所乞宜不允

賜宰臣富弼上第三表乞解罷機務不允斷來章批答

省表具之卿博通古今之學深達治亂之原德業之隆名稱甚感朕方虛己而任不愧知人之明而自秉鈞衡宣勞夙夜惟是小大之政損益施設惟卿之爲罰罪賞功進退能否惟卿之聽時有異論豈無多言一切屏之惟卿之信若乃恭己南面庶幾輔予享其成功登于至治亦惟卿之圖其三者人君之所難予罔敢忽其一者在卿之不止庶克有成而無名屢辭實所難諭卿其體玆至意究乃素懷所乞宜不允仍斷來章

內制集卷第八

珍倣宋版印

表奏書啓四六集卷第一　集九十

諫院謝賜章服表同王素　慶曆三年九月

臣某等今月日準閤門告報奉聖旨來日改賜章服者臣等尋以列狀具言供職以來未有能効不敢卽受乞賜停寢明日朝于垂拱退立廉下俟命不報方共彷徨未知進退而閤門吏已迫臣等入對及見于延和有司贊使俯伏受命臣等不勝惶恐趨出以辭伏蒙遣中使宣諭云出自宸衷並不因臣僚薦舉不得辭讓臣等知君命甚寵不可必讓因退而拜受俯伏之際竦動羣臣伏惟陛下聖德仁慈優容臣下凡有上殿者多因事陳述自乞章服故陛下不因臣等奏事之時特召賜見又宣明命告以出自宸衷蓋不欲使臣等雷同徼倖之流而爲外人譏議乃知陛下愛惜臣等至於如此臣等愛君憂國之勤自宜如何伏惟天地之恩無物可稱欲伸報謝惟有至誠今陛下以一章服賜臣等尚不欲令外人所非伏況陛下上承社稷之重

下制元元休戚之命舉動得失所繫者大則臣等固當事無大小一一規正致陛下纖過小失不見於外然後可以稱臣等報君之心如陛下所以愛惜臣等之意臣等無任

辭召試知制誥劄子慶曆三年十二月

臣今早準中書傳指揮令臣到聚廳處尋問得有聖旨令臣就試伏念臣自忝諫垣言事無狀日月未久恩渥已頻凡朝廷任用非人僥倖干進在於臣職皆所當言豈有自爲僥倖以冒榮寵其召試指揮伏乞特賜追寢取進止

辭召試知制誥狀同前

臣今日準中書召臣聞有聖語令臣就試已曾略具劄子辭免退而循省未止憂驚伏念臣本乏才能豈堪任用誤蒙聖獎擢在諫垣竊自思維無以論報但竭愚慮知無不爲凡姦邪在朝僥倖求進多以激訐沽名未察臣心紛然議誚臣亦自省忠國之節特惟陛下知之

而可畏之言何由悉辨但誓不敢干進庶幾久乃自明今若驟覓寵榮越次升用則是譏議者謂臣向之所爲果是沽激本非爲國而去惡但務傾人而進身不惟使今後朝廷擢用忠言之臣不以自明而取信兼恐小人見言者得進既速則各務奔趍一長其風遂成媮弊蓋上干於國體非止徇於臣私況臣供職未久言効無聞方今百度未修四夷多事言者正當以失職坐黜豈可以亡狀遽遷其召試之命必望特賜追寢緣臣早來爲中書催召倉卒之際論述未詳謹再具狀奏聞

辭直除知制誥狀同前

今月六日準中書召臣試尋會具劄子并奏狀辭免今日忽聞已有聖旨更不召試直除知制誥者伏以聖恩優異至寵至榮臣所以敢茲懇請者蓋以上繫朝廷任人之體非專臣子飾讓之私唯冀聖明察臣悃愊竊以朝廷進用臣下患忠邪不分欲辨忠邪須覈情僞今

一言事之臣得速進則小人好進紛然爭以口舌爲事至其甚弊理難抑絶則後來有讜言之士必雷同以干進見疑使君子小人情僞何別故臣以謂任人之體惟言事者不可以速冒寵榮臣累得對便殿奏事之際常陳此說伏況臣供職已來日月未久幸值陛下切於求理優容直言然而夷狄未賓盜賊未息官吏未汰黎民未蘇以事考言其効安在而數月之內恩典頻仍當黜而升宜罰而賞繫於國體則如前所陳揣於臣私則自知若此且夫設官賦禄本以勸善擢臣一人好進者得以奔趍無勞者皆容忝冒所損已多伏望聖慈憫臣愚訥直降恩命特賜寢停

辭免第二狀同前

昨以準中書劄子爲臣累辭恩命奉聖旨不得辭讓者伏以臣之事君有誠無飾若理必當受則豈敢虛辭上煩聖聽自陷矯詐蓋臣所陳述者上繫朝廷事體非獨專狥臣私如臣之愚本以言事者速進

則僞言者誘以爭趨今若辭讓而不獲則僞讓者終於得進損之又損不如不辭臣猥以非材已在言責若陛下欲擢臣以責効則今所居之職自足展効但患無能若以寵典爲賞勞又無可賞伏況此來恩命特出聖心臣子至榮人所願得苟非深思熟慮理須避讓豈敢固自稽遲以干典憲伏望聖慈察臣至誠至懇所除誥勅早賜追還

舉呂溱自代狀同前

准先降勅節文應兩省臺官尚書六品已上諸司四品已上授官訖具表讓一人自代於閤門投下方得入謝者

右臣伏見著作郎直集賢院知蘇州呂溱首登辭科素有文學不肯碌碌以希倒進請補外郡躬勤政事今蘇州治狀爲兩浙第一臣嘗與溱同在館閣聞其論議服其度量材美甚衆非臣所如擢以代臣庶允公議謹具狀奏舉以聞

謝知制誥表同前

臣某言伏奉制命蒙恩特授臣右正言知制誥者伏以王者尊居萬民之上而誠意能與下通奄有四海之大而惠澤得以徧及者得非號令告詔發揮而已哉然其爲言也質而不文則不足以行遠而昭聖謨一作謀麗而不典則不足以示後而爲世法居是職者古難其人乃以愚臣而當此選臣某中謝伏惟尊號皇帝陛下茂仁聖之姿荷祖宗之業日慎一日曾未少懈而自羌夷負固邊鄙用師勤儉率先於聖躬焦勞常見於玉色雖有憂民之志而億姓未蘇雖有欲治之心而羣臣未副故每進一善則未嘗不欲勸天下之能每官一賢則未始不欲盡人材之用雖以爵祿而砥礪尚須訓誡之丁寧尤假能言以諭至意可稱是者不又一作大艱歟伏念臣雖以儒術進身本無辭藝可取徒值嚮者時文之弊偶能獨守好古之勤志欲去於雕華文反成於樸鄙本懼不適當世之用敢期自結聖主之知陛下獎之特深用之太過此臣所以懇讓三四至於辭窮而天意不回寵

命難止尚慮頑然之未諭更加使者以臨門恩出非常理難屢瀆及
俯而受命伏讀訓辭則有必能復古之言然後益知所責之重夙夜
惶惑未知所措伏況文字之職廁于侍從之班在於周行是爲超擢
不徒揮翰以爲効自當死節以報恩惟所使之期於盡瘁

龍圖閣直學士河北都轉運使謝上表闕 慶曆四年八月

謝獎諭編次三朝故事表慶曆四年九月

臣修言今月二十八日進奏院遞到詔書一道以臣前奉詔編次三
朝故事成上進訖特賜獎諭者聖后當天孝循先志嘉與左右奉爲
大法成編上聞懼不稱旨蒙詔溫諭以榮以悸臣某中謝臣聞藝祖
造邦翕受駿命文綏武服震讋萬方十七年閒大業以定神宗享御
睿謀獨斷照姦以察用賢以誠政清法明夷夏安樂章聖紹衣上下
錯國既安玉帛走於庭犀革橐於庫刑賞有典禮樂有經草木人靈
咆懋歡喜恭惟皇帝陛下以甚盛之德位久大之業日旰坐朝昧爽

思道置器安處納民大中尙惟一祖二宗之遠謨有百世無疆之丕
訓君臣所以固附天人所以調諧法令所以必行邦國所以從乂天
垂日皎布在方冊爰詔近侍採摭要實祕在大府用裨聖政蓋守成
念夫至艱孝者先乎善繼睿心遠紹振古與偕臣親被上音適終論
次慮失煩簡隕越待罪聖度兼貸錫以褒言誓捐微軀仰荷鴻覆瞻
望宸扆無任激切

謝賜慶曆五年曆日表

伏以聖人在上天地節陰陽和一日十二辰五星二十八舍皆安次
而行四時八風六律二十四氣各應時而至臣愚幸同萬物俱被長
育而得與草木自別使知寒暑之期臣某中謝伏惟尊號皇帝陛下
聰明睿智天縱多能向因萬機之餘親考上元之曆以授百職以同
萬方而臣官任轉輸兼司按察若乃加正朔於四海頒政教於明堂
陛下揔其要而舉其大端至於經時節勸農桑候豐凶勤畜積順時

令察姦非則臣敢不守其職而行其小者庶無失業以答洪恩

滁州謝上表慶曆五年十月

臣某言臣伏蒙聖恩授臣依前右正言知制誥知滁州軍州事已於今月二十二日赴上訖者謗讒始作大喧羣口而可驚誣罔終明幸賴聖君之在上列職尙叨於清近爲邦仍竊於安閑祗荷恩榮惟知感涕臣某中謝伏念臣生而孤苦少則賤貧同母之親惟存一妹喪厥夫而無託携孤女以來歸張氏此時生纔七歲臣愧無蓍龜前知之識不能逆料其長大所爲在人情難棄於路隅緣臣妹遂養於私室方今公私嫁娶皆行姑舅婚姻況晟於臣宗已隔再從而張非己出因謂無嫌乃一作仍未及笄遽令出適然其既嫁五六年後相去數千里間不幸其人自爲醜穢臣之耳目不能接思慮不能知而言者及臣誠爲非意以至究窮於資產固已吹析於毫毛若以攻臣之人惡臣之甚苟罹纖過奚逭深文蓋荷聖明之主張得免羅織之寃

枉然臣自蒙睿獎嘗列諫垣論議多及於貴權指目不勝於怨怒若臣身不黜則攻者不休苟令讒巧之愈多是速傾危於不保必欲爲臣明辯莫若付於獄官必欲措臣少安莫若置之閑處使其脫風波而遠去避陷穽之危機雖臣善自爲謀所欲不過如此斯蓋尊號皇帝陛下推天地之賜廓日月之明知臣幸逢主聖而敢危言憫臣不顧身微而當衆怨始終愛惜委曲保全臣雖木石之心頑實知君父之恩厚敢不虔遵明訓上體寬仁永堅不轉之心更勵匪躬之節

賀章獻明肅章懿二皇后祔廟表慶曆五年十月

臣修言伏覩十月九日赦書章獻明肅皇后章懿皇后祔廟禮畢者大孝發於宸衷刑于四海休氣蒸乎美澤賚及萬方華夏歡呼人一作神祇咸一作感悅臣某中賀恭惟尊號皇帝陛下自天生德繼聖垂衣率勤儉以在躬推仁恩而浹物動稽先訓謙弗自專奉二后之慈靈永懷罔極詢百執之公議所據有經然後肅清廟以載嚴由閟

宮而升祔上儀交舉大慶咸均孝思永奉於烝嘗懿範有光於典策

臣守藩地近（一作遠）受國恩深欣盛事之親逢與蒼生而共樂

賀祔廟禮畢進奉銀五百兩狀

右臣伏以廟容祔室一人式奉於孝思方物充庭萬國率從於奔走

前件物堅剛挺質粹美稱珍勉修邦貢之儀用罄臣忠之節

謝賜慶曆六年曆日表

祗膺寵錫伏積兢榮臣某伏惟尊號皇帝陛下愛人育物精意奉天

日用而百姓不知聖德與四時合序是以星辰順軌日月清明陰陽

和風雨節恭己南面授人以時屬此歲端大頒玉曆臣職在守土愧

無他能謹守詔條其敢失墜

謝賜慶曆七年曆日表

臣修言本州進奏院遞到詔書一道賜臣慶曆七年曆日一本者天

序方周王正肇建凡爾守邦之吏皆蒙頒曆之恩匪以為私蓋遵彝

典臣某中謝伏惟尊號皇帝陛下乾坤覆載日月照臨不言而四時行有作而萬物覩而乃考覽氣象精窮天人著爲玉曆之文以叶明堂之政舟車所至正朔咸加雖被謫以窮居亦以時而受賜臣敢不虔遵聖訓順布民時上副欲治之心少逃曠官之責一作咎

慰申王薨表慶曆七年五月

臣某言臣得進奏院狀報五月二十三日以皇叔申王德文薨皇帝幸後苑舉哀挂服者伏以申王德文位崇王爵地重宗藩遽背明時奄然殂謝伏惟尊號皇帝陛下仁親九族孝治萬方成服發哀恩隆禮備臣忝居侍從遠守詔條不獲躬詣闕庭以伸奠慰臣無任哀感之至

賀鴻慶宮成奉安三聖御容表慶曆七年七月

臣修言伏覩南京鴻慶宮成奉安三聖御容者一人致孝式表於奉先三后在天並垂於鴻祐人靈交感華夏歡呼臣某中賀伏惟尊號

皇帝陛下以上聖之姿撫重熙之運親執玉斝禮天地之神祇時奉烝嘗報祖宗之功德乃眷別京之重載崇原廟之儀衣冠出遊仰稽於故事郡國嘗幸俾得以奉祠實隆廣孝之風以著不刊之典臣猥叨辭職方守郡條瞻盛禮以阻陪效歡聲而徒切

謝加上騎都尉進封開國伯加食邑三百戶表慶曆七年十二月

訓辭深厚恩典優隆祇服以還戰兢無錯臣某中謝伏念臣材非世用行與時違過蒙獎擢之私忝居侍從之列坐尸厚祿安處善邦當見帝以親郊莫陪嚴祀洎受釐而均慶亦被寵光進爵賜勳即封加戶併茲榮數及迺無功敢不退自省循益思砥礪上答乾坤之造更堅犬馬之誠

賀平貝州表慶曆八年閏正月

伏聞閏月一日攻下貝州殺到妖賊王則者盜孽竊興人一作神祇

共忿果憑睿算悉殄兇徒臣某中賀伏惟尊號皇帝陛下推仁育物浸澤在人常服一作克儉以躬行惟足兵而在念至於多捐金幣講好戎夷務休戰爭蓋惜士卒德至深而莫報恩既厚則生驕敢肆妖狂自干斧鉞驅脅一作脅驅士衆閉守城闉既違天而逆人宜不攻而自破而況聖神運略將相協忠不遺一人咸即大戮悖慢者讋而肅恪一作恪肅昏愚者知有誅夷銷沮姦萌震揚威令臣幸忝郡寄欣聞德音

揚州謝上表慶曆八年二月

臣修言準樞密院遞到誥勅一道伏蒙聖恩授臣起居舍人依前知制誥知揚州軍州事已於今月二十二日赴任訖者貶所脫身遽叨臨於督府歲成無狀仍敘進於官聯被渥以優撫心增懼臣某中謝伏念臣材非適用行輒違時徒知好古之勤自勵匪躬之節誤蒙獎拔驟玷寵榮小器易盈固已宜於顛覆盡言取禍仍多結於怨仇仰

恃公朝臣雖自信在於物理豈有不危矧利口之中人譬含沙之射影謂時之衆嫉者易爲力謂事之陰昧者易爲誣上一作幸緊天聽之聰終辨獄辭之濫苟此冤之獲雪雖永棄以猶甘而況得善地以長人享及親之厚祿坐安優逸未久歲時亟就易於方州仍陟還於秩序有以見聖君之意未嘗忘言事之臣孤拙獲全忠善者皆當感勵姦讒不効傾邪者可使息心非惟愚臣獨以爲幸此蓋伏遇尊號皇帝陛下乾坤覆載日月照臨察人常務於究情行賞必思於有勸致茲恩典施及懦庸誓堅終始之心少答生成之造

潁州謝上表皇祐元年二月十三日

臣修言伏蒙聖恩就差臣知潁州軍州事臣已於二月十三日赴上訖者規求安閑坐享榮祿雖大君之德曲示含容而爲臣之心豈自遑處臣某中謝伏念臣材能淺薄性識昏蒙偶自弱齡粗知學古謂忠義可以事國名節可以榮身自蒙不次之恩亦冀非常之效然而

進未有纖毫之益已不容於怨仇退未知補報之方遽先罹於衰病
神與明而並耗風乘氣以交攻睛瞳雖存白黑纔辨蓋積憂而自損
信處世之多危伏蒙尊號皇帝陛下造化陶鈞高明覆載閔其孤拙
未即棄捐付以善邦俾從私便所冀療治有驗瞻視復完則及物之
仁荷更生之大賜使身不廢猶後效之可圖

謝轉禮部郎中表皇祐元年四月

臣某言蒙恩授臣禮部郎中知制誥依舊知潁州者恩出非常榮逾
始望人以臣爲寵臣以喜爲憂伏念臣自小無能惟知嗜學常慕古
人而篤行不思今世之難行而自遭遇聖明驟蒙擢拔急於報國遂
欲忘軀結怨仇者皆可畏之人所違忤者悉當權之士既將行己又
欲進身惟二者之難兼雖至愚而必達況臣粗知用捨頗識廉隅故
其自被讒誣迨於降黜當舉朝沸議未嘗以寸牘而自明及累歲謫
居不敢以半辭而自理其後再經寬赦移鎮要藩會未逾年遽求小

郡蓋臣知難當之衆怒尚未甘心思苟免之善謀惟宜退迹則臣於榮進豈敢僥求此蓋皇帝陛下日月照臨乾坤覆載不忘舊物曲軫睿慈謂臣貶職之人悉皆牽復憫臣無名之罪久未雪除故推敘進之文特示甄收之意然臣近於去歲早已改官建此便蕃豈宜叨竊欲固讓則有嫌疑之避欲遽受則懷忝冒之慚進退之間淩兢失措惟當盡節上報深恩

謝復龍圖閣直學士表皇祐元年八月

臣修言今月十八日樞密院遞到誥勅各一道伏蒙聖恩授臣依前禮部郎中充龍圖閣直學士仍舊知潁州者恩還舊職事雪前誣感極心驚涕隨言出臣某中謝臣伏見前世材賢一作賢材之士身結主知勳德之臣功施王室然尚或一遭謗毀欲辨無由少忤要權其禍不測顧如臣者何足道哉臣材不逮於中人功無益於當世用之未見其効去之無足可思矧罔極之讒交興而並進易危之迹何恃

而不顛而聖心不忘恩意特至辨罔欺於曖昧沮仇嫉於衆多雖暫居譴謫之中而屢被陞遷之渥今又特蒙甄錄牽復寵名以臣之愚豈比前人而獨異推其所幸蓋由聖主之親逢謂宜如何可以論報再念臣稟生孤拙本乏藝能徒因學古之勤粗識事君之節苟臨危效命尚當不顧以奮身況爲善無傷何憚竭忠而報國誓期盡瘁少答高明

南京謝上表皇祐二年七月

臣某言伏蒙聖恩就差臣知應天府兼南京留守司事臣已於今月二十四日赴上訖者守宮鑰之謹嚴敢忘夙夜布政條之纖悉上副憂勤寄任非堪兢營並集臣某中謝伏念臣賦才庸薄稟數奇屯毀譽交興兩謍過實寵榮踰分動輒招尤念報效之未伸敢不竭忠而盡瘁因風波之可畏則思遠去以深藏造此六年外更三守學偷安而杜口負素志以媿心朽質易衰已凋零於齒髮良時難得尚希慕

於功名豈謂皇慈未捐舊物擢從支郡委以名都惟此別京舊當孔道簿領少勤於職事廚傳取悅於路人苟循俗吏之所爲雖能免過非有古人之大節未足報君

謝明堂覃恩轉官加勳表皇祐二年十月

臣某言今月十三日進奏院遞到誥勅各一道伏蒙聖恩授臣尙書吏部郎中加輕車都尉依前龍圖閣直學士仍舊知應天府兼南京留守司事及放朝謝者天地號令風雷鼓行一氣所均萬物咸被遂容僥倖亦與褒升臣某中謝伏念臣材不逮人識非慮遠徒有事君之節未知報國之方冒寵貪榮已踰其量見利臨得曾不知慚此者伏遇尊號皇帝陛下堯舜聰明禹湯勤儉修前王之曠典述先志以繼成昭致精禋躬臨路寢膺受上天之多福推與萬方而不私臣於此時限以官守講議制禮不預議郎博士之流助祭陪祠不在諸侯方物之列旣乏一言之獻又無執事之勞徒隨翟闇共享餘賜普天

率土難異衆以獨辭踦厚跼高但撫躬而無措

表奏書啓四六集卷第一

謝賜對衣狀至和元年六月

右臣伏以粹然玉色方覲於清光賁以身章遽蒙於寵賜授受之際兢懼交相伏念臣材靡及中器非周用遘光華之在旦荷榮祿以逾涯非惟罪謗之多罹實亦禍罰之並至苟存遺體僅續餘生敢謂伏蒙尊號皇帝陛下覆燾之恩幽微必及召從廬次復以官聯當陛見之云初陳笥衣而有煥飾躬增耀愈彰不稱之譏處物雖愚猶識謝生之所臣無任

辭翰林學士奏至和元年九月

臣今日準閤門告報蒙恩除臣翰林學士所降勑告臣未敢祗受竊以內制之職選用非輕臣以庸虛繆塵侍從歲月雖久能効無聞居外任不歷煩難在朝廷未有補益見居學士之職已甚厚顏豈敢更希榮進況臣屯蹇之迹憂患所侵齒髮凋殘心志衰耗鄉侍老母久

纏疾恙尋丁憂制僅有餘生累歲以來學業荒廢詔誥之任尤非所當欲望聖慈察臣衰拙所有恩命特賜寢停臣無任

謝宣召入翰林狀

使車入里君命在門閭巷驚傳豈識朝廷之故事搢紳竦歎以爲儒者之至榮在臣之愚何以堪此竊以文章一作詞之任自古非輕待遇寵榮至有私人之目詢謀獻納因加內相之名恩既異於常倫人愈難於稱職伏念臣器非宏遠識匪該明學不通古今之宜材不識方圓之用久叨塵於侍從曾莫著於勞能而自出守外藩近遭家禍苟存餘喘復齒周行風波流落者十年天日再瞻於雙闕進對之際已蕭颯於霜毛慰勞有加賜憫憐於玉色形神若此志意可知身已分於早衰心敢萌於希進加以羇危之迹仇嫉交攻進退動繫於羣言論議多煩於睿聽雖覆載之造每賜保全而孤蹇偷安常思引去敢謂伏蒙尊號皇帝陛下俯憐舊物曲軫宸慈因內署之闕員俾備

官而承乏臣敢不勉尋舊學益勵前修感遺簪未棄之仁竭駑馬已疲之力庶伸薄効少答鴻恩

謝對衣金帶鞍轡馬狀同前

右臣伏蒙聖慈以臣入院特賜衣一對金帶一條金鍍銀鞍轡馬一疋者禁林促召彌峻於近班慈澤逾涯復叨於蕃錫退循昧陋曷稱暉榮伏念臣素乏藝文久塵清近神都繁浩常懼於曠官內署凝嚴遽叨於廁職便蕃曲被兢慄方深豈謂載厚宸慈式垂寵賚兼金錫帶榮踰廓落之名在笥頒衣媿甚曳婁之刺輟以內閑之駿飾精寶校之光俯耀微軀仰慚殊渥庸何醻補但誓糜捐臣無任

乞洪州劄子嘉祐二年

臣去冬曾有奏陳乞差知洪州一次尋以差入貢院無由再述懇私伏念臣本以庸愚叨塵恩寵一入禁署迨今三年進無補於朝廷退自迫於衰病眼目昏暗腳膝行步頗艱右臂疼痛舉動費力雖翰苑

事無繁劇聖恩曲賜優容然非養病尸居之地兼臣鄉里在吉州昨於丁憂持服時歸葬亡母荒迷之中庶事未備本期服闋還朝上告聖慈乞一近鄉州郡貴得俸祿因便營緝而自叨禁職荏苒歲時貪寵忘親此又人子之責也所以夙夜彷徨不能自止欲望聖慈憫臣衰朽察臣懇迫特許差知洪州一次取進止

辭侍讀學士劄子嘉祐三年三月

臣準閤門告報伏蒙聖恩授臣兼侍讀學士臣伏見侍讀之職最爲清近自祖宗以來尤所愼選居其職者常不過一兩人今經筵之臣一十四人而侍讀十人可謂多矣臣以愚繆忝廁翰林又充史職太常禮儀祕閣祕書省尚書禮部刊修唐書然則在臣不謂無兼職而經筵又不闕人忽沐聖慈特此除授蓋以近年學士相承多兼此職朝廷以爲成例不惜推恩比來外人議者皆云講筵侍從人多無坐處矣每見有除此職者則云學士俸薄朝廷與添請俸官以人輕一

至於此欲乞罷臣此命不使聖朝愼選之清職遂同例授之冗員況臣材識淺薄自少以來粗習辭章過蒙進擢俾塵禁署中年衰病常憂廢職至於講說經義博聞強記矧復非臣所長今耆舊之臣經術之士並侍講讀者足以備顧問承清光欲望聖慈矜臣不材自知俾免冒榮之誚所有告勑不敢祗受取進止

再辭侍讀學士狀嘉祐三年三月

右臣準中書劄子以臣辭免侍讀學士恩命奉聖旨不許辭讓者伏念臣猥以庸虛過蒙獎擢禁署爲一時清選既已忝竊經筵況近例多兼何必辭讓蓋以臣身見兼八職侍讀已有十人爲朝廷惜清職遂爲冗員況講席不添人未至闕事所以敢陳聱說乞免冒榮臣伏見國家近年以來恩濫官冗議者但知冗官之弊不思致弊之因蓋由凡所推恩便爲成例在上者稍欲裁減則恐人心之不足在下者既皆習慣因謂所得爲當然積少成多有加無損遂至不勝其弊莫

知所以裁之中外之臣無有賢愚共知患此而臣爲陛下學士職號論思豈有目覩時弊心知可患無所獻納而又自身蹈之今既已陳述若又不自踐言則貪榮冒寵不止尋常之責而虛辭飾讓又爲矯僞之人此臣所以恐迫惶惑不自知止也伏望聖慈矜臣至懇察臣狂言許寢新恩俾安常分謹具狀奏聞伏候敕旨

辭開封府劄子嘉祐三年六月

臣伏聞內出誥勑各一道付閤門除臣兼龍圖閣學士權知開封府臣以庸拙久塵侍從初無勞效以伸補報日夕循省常愧心顏今者曲蒙聖慈悞加選用豈可苟避繁劇輙希辭免蓋臣有不得已者須至縷陳臣自前歲已來累有奏列一作狀乞一外任差遣蓋以臣久患目疾年齒漸衰昏暗愈甚又自今年春末忽得風眩昨於韓絳入學士院勑設日衆坐之中遽然昏踣自後往往發動緣臣所修唐書已見次第所以盤桓欲俟書成便乞補外豈期聖造委以治煩臣素

以文辭專學治民臨政既非所長加以早衰多病精力不彊竊慮隳官敗事上誤聖知兼所修唐書不過三五月可以畢手置局多年官吏拘留糜耗供給今已垂成若別差人轉成稽滯只委臣了畢則恐無暇及之欲望聖慈矜臣衰病才非所長欲乞別選材能許臣且仍舊職候唐書成日乞一外任差遣以養衰殘今取進止

乞洪州第二劄子嘉祐四年正月

臣輒有愚懇上干聖聽出於至誠不敢緣飾臣本以愚懦別無材能過蒙恩私列在侍從初無補報之效每以尸素爲慚昨者忽被選差俾權京尹臣雖知材力淺薄衰病侵陵當此浩穰實難辦濟直以忝廁翰苑迨今數年所職清閑過享優逸一旦遽蒙煩使不可再辭亦欲勉強年歲之間少陳筋力之效苟無曠敗乞一外州不意眼目舊疾遽然發動蓋自供職以來旦旦常於燈燭下看讀文字及簽書發遣自早至夜率以爲常全藉眼力而臣舊患已及十年兩目眊然中

外具見近一兩月來暗昏疼痛屢在假告不無廢事人雖未責臣豈
自安臣自前累曾陳乞江西差遣一任欲乞檢會臣前後陳乞依蔡
襄例除臣洪州一次俾解繁劇以養衰殘伏望聖慈特賜矜允今取
進止

乞洪州第三狀

右臣近罄懇私自陳衰病願罷權尹乞一外州伏蒙聖恩降詔不允
臣以庸繆過叨獎擢不能陳力輒欲辭勞當被刑誅敢期詔諭理宜
祗惕明訓勉勵疲駑而敢再干天聽固自愚執者蓋臣有不得已也
臣舊患兩目於今十年近日以來發作一作動尤甚眵淚浸漬睛瞳
眊昏視物稍多其痛如割欲頻請假告則浩穰之地豈自遑安欲竭
力枝梧則疾患內攻有難勉彊夙夜憂畏不知所為欲望聖慈憫臣
衰殘察臣愚拙許解繁劇假一遠外之州俾之待罪臣無任瞻天祈
恩激切之至謹具狀陳乞伏候勑旨

乞洪州第四劄子

臣近兩曾陳乞差知洪州一任未蒙恩許蓋以臣衰病不支難當任使素心所切苟欲便私非敢自圖外州以就優逸臣年雖五十三歲鬢鬚皓然兩目昏暗自丁憂服闋便患腳膝近又風氣攻注左臂疼痛舉動艱難一身四肢不病者有幾以此貪冒榮祿兼處劇繁實知難濟矧自權行府事以來三致臺諫上言兩煩朝廷起獄其他碌碌常事亦無分寸可稱蓋其資材本自庸虛加以精神日漸耗竭處之清職則論議謀猷無一可取擢以煩使又心力疲憊自訴不能上賴聖慈憐憫雖未欲遽棄於外而臣自處實所難安伏見侍從之班交相出入昨呂溱劉敞並請補外不三數歲今悉召歸況如臣者留之無所補去之無所惜者哉欲望聖慈矜臣此志乞一外任差遣得以養理衰殘誓於餘年少圖報效今取進止

辭轉給事中劄子嘉祐四年二月

臣近曾陳乞外任差遣伏蒙聖慈許臣解罷府事兼授臣給事中臣本以庸虛誤蒙獎任不能陳力況未及朞遽以衰病自求罷去理當黜責以勵不才豈宜非時濫被恩賞況臣權府之初已蒙加以兼職到今才及半年有餘不因朝廷別有差使只是自以疾病求罷豈可又轉一官雖聖恩優厚過寵衰殘而臣自揣量無容濫受所有恩命乞賜停寢只許令臣歸院供職所貴少安疲病今取進止

再辭轉給事中劄子同前

臣近準閤門告報蒙恩授臣給事中臣尋曾瀝懇乞賜寢停今準中書劄子奉聖旨不許辭讓便令授告敕者臣本庸材蒙陛下擢在翰苑言語侍從既無所納以伸報效任以煩使又自陳疲病訴以不能然則如臣久冒寵榮果堪何用上賴聖君優容未加黜責豈可授命之日已蒙加職不久罷去又復轉官此臣所以慙懼徊徨不敢即授也臣竊見前知府呂公弼差知益州授樞密直學士及公弼辭免不

行徙領郡牧遂却只依舊充龍圖閣直學士王素蔡襄並因方面之寄乃遷職是則罷府供職京師者不當別有遷轉此近例也臣非敢飾僞上煩聖聽直以恩寵頻併理當辭避欲望聖慈察臣無所堪用矜臣能自揣量俾寢新恩免貽羣議今取進止

舉呂公著自代狀同前

臣伏見司封員外郎崇文院檢討呂公著出自相門躬履儒行學贍文富器深識遠而靜默寡欲有古君子之風用之朝廷可抑浮俗置在左右必爲名臣非惟臣所不如實當今難得之士臣今舉以自代

進新修唐書表嘉祐五年七月戊戌爲提舉編修曾公亮作

臣公亮言竊惟唐有天下幾三百年其君臣行事之始終所以治亂興衰之迹與其典章制度之英宜其粲然著在簡冊而紀次無法詳略失中文采不明事實零落蓋百有五十年然後得以發揮幽昧補緝闕亡黜正僞謬克備一家之史以爲萬代之傳成之至難理若有

待臣某中謝伏惟尊號皇帝陛下有虞舜之智而好問躬大禹之聖而克勤天下平和民物安樂而猶垂心積精以求治要日與鴻生舊學講論六經考覽前古以謂商周以來爲國長久惟漢與唐不幸接乎五代衰世之士氣力卑弱言淺意陋不足以起其文而使明君賢臣儁功偉烈與夫昏虐賊亂禍根罪首皆不足暴其善惡以動人耳目誠不可以垂勸戒示久遠甚可歎也乃因邇臣之有言適契上心之所閔於是刊脩官翰林學士臣歐陽脩端明殿學士臣宋祁與編脩官知制誥臣范鎮臣王疇集賢校理臣宋敏求祕書丞臣呂夏卿著作佐郎臣劉羲叟等並膺儒學之選悉發祕府之藏俾之討論共加刪定凡十有七年成二百二十五卷其事則增於前其文則省於舊至於名篇著目有革有因立傳紀實或增或損義類凡例皆有據依纖悉綱條具載別錄臣公亮典司事領徒費日月誠不足以成大典稱明詔無任慙懼戰汗屏營之至

辭轉禮部侍郎劄子嘉祐五年七月庚子

臣准閤門告報蒙恩除臣禮部侍郎令臣授告敕者臣伏思聖恩所及必以臣近進唐書了畢凡與修書官並均睿澤竊緣臣與他脩書官不同檢會宋祁范鎮到局各及一十七年王疇一十五年宋敏求呂夏卿劉羲叟並各十年已上內列傳一百五十卷並是宋祁一面刊脩一部書中三分居二范鎮王疇呂夏卿劉羲叟並從初置局便編纂故事分成卷草用功最多如臣者蓋自置局已十年後書欲有成始差入局接續殘零刊撰紀志六十卷是臣到局月日不多用功最少今來一例受賞臣實愧心兼臣自嘉祐二年蒙恩轉諫議大夫三年蒙恩加龍圖閣學士四年蒙恩轉給事中到今方及一年豈可又一作加以無功濫賞臣不敢虛飾辭讓煩黷朝廷理有不安實難自默欲望聖慈特寢新命令取進止

再辭轉禮部侍郎狀

右臣今月二十二日奉被詔書一道以臣乞寢新除禮部侍郎恩命不允事伏念臣出自孤寒累蒙獎擢職忝學士官至給事中前後所授恩命不少豈敢頓於此際過飾僞辭取好讓之虛名爲有識之所誚實以臣撫心内愧不敢自欺蓋以唐書置局已十餘年纂錄垂就臣最後至接續分撰卷數不多用功最少不敢與從初置局及在局年深用功勤勞人一例受賞所陳情實皆有據依不敢過言兾爲可信敢謂特煩詔諭前例所無上體聖恩便合祗受而臣迫於懇悃實所難安夙夜徊徨莫知所措若以臣雖無功效不欲獨遺欲望聖慈稍加裁損或於階勳食邑一有所霑俾臣得不過分足以爲榮臣若自欺不言則冒寵雖多爲愧愈甚臣不勝激切戰懼屏營之至謹具狀陳乞以聞伏候勑旨

賀壽星表至和三年二月誤雕在此

臣某等言天雖不言事以象見保祐聖德其祉無疆臣某等中賀伏

惟尊號皇帝陛下以憂勞勤儉之志躬自發憤而以仁慈寬厚之惠愛養元元下洎萬邦小大諸物咸欲各正性命而畢安其生上天降監宜有以報庚寅之夕星見南方占考天文福在人主惟天去人不遠如此災祥在德可不戒哉臣等忝備詞臣無所裨補惟願清心屏欲以隆南山之固而享一有夫字無疆之休

乞洪州第五劄子嘉祐五年七月

臣猥以庸虛過蒙獎擢久列侍從訖無補報年齒老大疾病侵陵聽重目昏聰明並耗髮白手顫精力俱衰兼以父母墳塋遠在江外未有得力子弟照管誠心迫切臣自三四年來累曾陳乞一外任差遣中間緣奉勑刊修唐書未見次第所以盤桓歲月不敢再三堅請今來唐書已得了當欲望聖慈差臣知洪州一次所冀退養衰一作疎拙兼便私塋取進止

乞洪州第六狀嘉祐五年　月

右臣近瀝懇私上干睿聽以臣年衰多病父母墳墓在遠無人照管乞一次江西差遣至今未蒙恩旨臣以病攻於外（一作內）事迫於中（一作外）既不自安實難緘默將期得請不避煩言重念臣不幸少孤先父遠葬鄉里在吉州之吉水昨臣丁母憂日又扶護歸葬然臣方在憂禍故事力有所不周臣但仰天長號撫心自誓秖期服闋便乞一江西差遣庶幾近便營緝至於種植松柏置田招客蓋造屋宇刻立碑碣之類事難倉卒蕆於一二年間勉力可就當是時鄉人父老親族故舊環列墓次並聞臣言自臣除服還朝皆引領望臣歸踐前約而臣遷延荏苒一住七年是臣欺罔幽明貪戀（一作其）榮祿食言不信罪莫大焉兼臣稟賦奇薄衰羸多病兩目昏暗已踰十年近又兩耳重聽如物閉塞前患左臂疼痛舉動無力今年以來又患右手指節拘攣至於鬚鬢蕭颯（一作條）久已皤然臣自視形容如此不惟不宜濫廁賢材英儁之士出入朝廷以取笑於搢紳之列實慮早衰

易殞恐遂不得一償素志以爲終身之恨臣自數年以來雖累曾陳
乞而懇誠不至天聽未回亦嚮欲伺候唐書了畢今者幸已成書上
奏其餘所領並是尋常職務別無朝廷差委勾當未了事件臣是敢
罄述愚衷備盡微瑣伏念臣本乏材能初無階援特蒙睿奬拔自常
流置在侍從殆今十有七年矣訖無補報孤負恩榮伏望聖慈察臣
心志凋零形骸朽悴閔臣昔當少壯銳意立朝今而衰退一至於此
哀臣情實迫切乞賜檢會數年以來前後陳乞特許與除知洪州一
次臣雖疲儢猶能遵奉詔條修舉常職誓殫犬馬之力上酬天地之
仁臣無任徊徨激切謹具狀奏聞伏候勑旨

乞洪州第七狀同前

右臣奉被今月二十一日詔書一道以臣陳乞江西差遣宜不允者
伏念臣早以孤賤誤玷恩榮而生稟拙艱動罹謗咎往自河北斥守
滁陽在外十年遂至白首頃除憂制還奉內朝幸蒙聖恩收以桑榆

置之翰苑凡今仕宦光寵孰不樂在朝廷職任清優顧亦無出禁近臣豈不思嚮之流落引領欲一作願還而乃卻蹈風波自投遠外此之愚計豈近人情蓋以臣事迫心危有不得已凡諸懇悃嘗具剖陳不敢煩言況已罄盡再念臣遭遇明聖過被恩私犬馬無知猶能報效而臣性旣疎簡識非明敏少以專學而自愚不能趨世以濟務效當求實而安事虛名才貴適時而一無可用至於上所詢訪時有論議亦碌碌隨衆人未嘗有所建言縱令有之亦不足采惟有文字繆爲流俗過稱而自供職禁庭殆今七載屬中外無事文書甚簡不過月赴四五直飽食甘寢止撰青詞齋文一兩通只此爲臣所能是臣事業去之亦何闕於事存之又奚補於時將何以上煩睿慈曲示恩意特頒詔諭前例所無捧讀驚惭繼以感涕臣亦竊聞近日兩制臣寮多求外任彼皆材業有素年齒方彊又無事於外方可以且留供職惟臣材無可用年又漸衰外有私營冀償夙素欲望聖慈畀之一

郡使其志畢願從若天幸餘齡未塡溝壑則遺簪舊物尙或冀於見
收而疲馬君軒豈不知於有戀臣無任祈恩激切之至謹具狀陳乞
以聞伏候敕旨

辭侍讀學士狀嘉祐五年九月

右臣準閤門告報蒙恩除臣兼侍讀學士者竊以學士不宜兼侍讀
臣於前歲已具陳論當時蒙恩遂許辭免在於今日豈宜復授得非
以方今經筵闕人而臣在學士中適當次補聖恩優異不忍獨遺臣
以衰殘久塵禁署已兼龍圖閣學士而在院學士多未有兼職況臣
前已有言理宜自踐欲乞許臣只兼舊職其經筵闕侍讀別賜除人
所有誥敕臣不敢祗受今取進止

辭樞密副使表嘉祐五年十一月

臣某言伏奉制命蒙恩特授臣依前禮部侍郎充樞密副使仍加食
邑實封散官勳賜如故者成命始行驟驚於衆聽撫心增懼曾莫以

自容臣某中謝竊以樞要之司朝廷慎選出納惟允實贊於萬機禮遇均隆號稱於二府顧任人之得失常繫國一作體之重輕苟非其材所損不一伏念臣器能甚薄風力不強少喜文辭殆浮華而少實晚勤古學終迂闊以自愚而自遭逢盛明擢在侍從間嘗論天下之事言出而衆怨已歸思欲報人主之知智短而萬分無補徒厝危躬於禍咎每煩聖造之保全既不適於時宜惟可置之閑處故自叨還禁署逮此七年屢乞方州幾于十請瀝愚誠而懇至被明詔之丁寧雖大度幷包猥荷優容之賜而羣賢在列敢懷希進之心豈謂伏遇尊號皇帝陛下急於求人思以濟治因柄臣之並選憐舊物以不遺然而致遠之難力不勝者必速其覆量材不可能自知者猶得爲明敢冀睿慈察其迫切俾回渙渥更選儁良如此則器不假人各適賢愚之分物皆知報何勝犬馬之心

謝樞密副使表

臣某言伏奉制命蒙恩特授臣依前官充樞密副使尋具表陳免蒙降批答不允斷來章者右樞虛府充位宜求於儁賢多士盈庭誤選乃先於庸妄既牢辭之靡獲徒冒寵而爲憂臣某中謝伏念臣少本賤愚初無志慮爲小人之事力不勝於負薪程有司之文學止期於干祿過被仁恩之樂育早從英俊之並遊遂叨侍從之流久玷論思之地方時求治殆無補於毫分一作分毫顧質早衰況漸凋於齒髮但思藏縮敢望甄陞矧惟贊萬事之機必也極一時之選豈容濫得猥以備員當命令之始行方惶惑以自失而睿恩至渥召旨甚嚴莫諧懇避之誠徒負貪榮之媿此蓋伏遇尊號皇帝陛下廓天地之量垂日月之光憐樸直之無他謂疲駑之可勉俾承闕乏以効拙勤臣敢不奮勵無能之姿感激難逢之會職思其位庶免於曠官謀不以身少期於報國

辭參知政事表嘉祐六年八月

職參論道宜極選於一時授匪其人實駭聞於衆聽恩榮所被跼蹐難安臣某中謝伏念臣本乏材能徒緣幸會列于侍從白首無聞置在樞機素餐已甚雖聖主之恩天地曲示含容而朝廷之事毫釐動關利害豈止曠官之誚每懷誤國之憂矧惟政事之臣實代天工之任俾之贊貳宜擇材賢伏望尊號皇帝陛下收誤獎之恩廣僉諧之訪憫疲駑之已試備見無庸求俊乂於在廷擢之不次俾獲安於舊職冀免速於罪辜報効之誠殞糜後已

謝參知政事表

贊貳國鈞參聞廟論謂宜不次而選冀得非常之材迺以敘遷俾之承乏誤恩過被訴讓靡從臣某中謝伏念臣少迫賤貧偶勤學問儒者博而寡要況匪多聞文章世之空言豈能適用徒以早遘亨嘉之會驟蒙獎拔一作擢之私叨言語侍從之流逮今踰紀玷出納樞機之任初乏可稱幸先彈理之未加每欲逡巡而引去敢期睿眷俾與

政機優以寵章進其爵秩望非意及榮與憂并此蓋伏遇尊號皇帝陛下堯德聰明禹躬勤儉博求俊乂以濟治康謂臣旣朴且愚必能循於忠謹雖愚而懦尚可策其疲駑猥以備員遂茲冒寵臣敢不益堅素守自勉不強惟殫犬馬之勞上答乾坤之造

辭明堂加恩表嘉祐七年九月

祭之爲惠雖澤貴乎均而賞不因功則士無以勸旣難安於兢愧敢自避於黷煩臣某中謝伏念臣性本顓愚學無師法才不適當世之用識不通治古之原誤蒙聖知擢自平進俾參國論幸有蘊而得施坐耗歲時訖無稱而取誚方懼素餐之責敢懷濫得之心屬宗祀之有嚴奉精禋之致孝陪一二大臣之後旣竊窺於威儀獻千萬歲壽之觴獲共慶於成禮然而賜之胙餕蒙福已多加以寵榮在臣豈稱伏望尊號皇帝陛下回高明之聽察懇至之誠推一人有慶之恩賜先於幽遠憫小器易盈之量俾免於覆顛特收渙汗之行仰冀曲全

之造

謝賜飛白幷賜宴詩狀嘉祐八年正月

右臣去月二十七日伏蒙聖慈召赴天章閣觀太宗真宗御集次赴寶文閣觀御飛白書賜以金花牋字遂賜宴於羣玉殿臣本出寒儒遭逢盛旦誤被擬擢參贊鈞衡陛下憂勤萬機德被四海邊鄙不聳年穀順成民物熙閑聖心怡豫臣於此際旣得以尸素偷安而又獲親侍清光便蕃恩錫一時之盛事千載之難遇臣不勝至榮至幸謹課成召赴天章閣寶文閣觀祖宗御集賜飛白羣玉殿賜宴五言八韻詩一首隨狀上進干瀆宸嚴無任惶恐戰汗屛營之至

謝覃恩轉戶部侍郎表嘉祐八年英宗登極四月上

皇明繼照如日之昇睿澤霶流溥天咸被時惟朽儒亦玷光華臣某中謝伏念臣本以庸虛僅知學問識不周於往行一作時用材莫逮於中人方其壯年喜論時事名聲濫得招謗咎以偕來榮寵踰涯蹈

憂危而亦至晚被先朝之誤獎俾陪二府之後塵居無補於休明方自期於引避遽號弓而結恨雖殞體以何追伏遇皇帝陛下奮發乾剛嗣承天統當茂業繼文之始乃歡謳歸啓之初宗社獲安人神洽一作合慶矧惟新之號令方無間於幽遐顧於茲時其敢獨異俯從祇受但益凌兢敢不勉勵衰殘感遇今昔更竭疲駑之效庶伸塵露之微

謝皇太后表

嗣聖當天法重離而正位鴻恩浹物均萬國以同休遂容尸素之臣猥被優隆之渥臣某中謝伏念臣名雖學古性實迂儒徒誦習於典墳靡該通於今古爰從束髮遭會明時蒙先帝之誤知與羣英而並進紫樞黃閣叨陪論道之司白首丹心徒有報君之志屬綴衣之揚命奉圭瓚以承祧方推慶賜之行遽荷便蕃之寵伏遇皇太后殿下坤元厚載母道居尊惟茲聽覽之初務霈汪洋之澤臣敢不勉脩職

業上副憂勤送往事居忘身盡節庶展涓埃之效少酬覆燾之私

表奏書啓四六集卷第二

辭特轉吏部侍郎表治平元年閏五月

受寵若驚況被非常之命事君無隱敢傾至懇之誠仰黷高明惟知
跼蹐臣某中謝伏念臣性姿庸近識局昏冥學古自愚非有適時之
用論材甚薄豈堪任重之難徒以荷先帝之誤知自孤生而拔擢犬
馬未報但虞墳壑之有時弓劍忽遺遽歎攀髯之莫及而屬皇明繼
照聖治惟新送往事居雖策疲駑而自勵進思退補未知罪戾之所
逃至於貪踰分之寵榮冀無功之爵賞非惟愚慮所不敢及顧有公
議其將謂何而甫茲彌年再以增秩方命書之始下駭羣聽以生疑
此臣所以剖瀝肺肝不能自止彷徨夙夜莫獲偷安伏望皇帝陛下
回日月之餘光廓乾坤之大度察其悃愊一作迫假以矜寬雖成命
已行國體當嚴於出令而從人之欲天高幸或於聽卑特收渙汗之
恩以息誼譁之論庶安常業誓畢愚衷

再辭轉官第一劄子

臣此者伏蒙聖恩特除臣吏部侍郎依舊居職臣早來獲對天顏雖略具陳述退而循省未盡懇誠伏念臣本以常材誤蒙任使問其所職則皆朝廷之大事較其成効則無尺寸之可稱外惟碌碌以隨人內則區區而自守當陛下聖政惟新之始勵精求治之時雖天度包容未加斥罷而臣心自揣常負驚憂豈謂宜黜而升當責而賞非惟臣自知不可顧於物論其謂如何況自去年陛下即位之初均慶之典臣已首叨遷秩今來恩命實出非常在臣之愚難以自處欲望聖慈矜察特賜寢停今取進止

第二劄子

臣今日伏蒙聖慈差中使傳宣令於後殿告謝臣與趙槩等遂詣垂拱殿門請對欲再具敷陳續奉聖旨須管便受告勑臣以聖駕已起君命甚嚴惶惑之間不知所措雖已受告勑尋於延和殿得對已曾

瀝懇備述聖恩非次義實難安蓋以無功受賞者衆以爲非若竊事爲功則罪又大矣伏以陛下承先帝已定之命入繼大統此天人之意也而卽位之始偶因過哀致違和裕既而勿藥有喜聖躬清寧蓋由宗社神靈顯此異事欲彰皇天眷祐陛下使不由人力而致康復而臣今乃貪以爲功坐獲厚賞此臣所謂於義難安者也至於陛下未親庶政之間中外幸得無事此有宋百年四聖相繼威德在人顧臣等輩有何施設過蒙睿獎以此疇勞況臣猥以庸材參聞國政上所賞罰臣職奉行若羣臣之間有功狀不明迹涉僥倖尙當裁抑以絕濫恩而臣乃自貪寵榮以速議論此臣所以區區不能自已也故聖恩雖極優異而臣不免屢瀆天聽一作聰伏乞早回聖斷追寢成命俾臣獲安常分以息羣言今取進止

第三劄子

臣今日伏蒙聖慈差入內高品陳日新至中書傳宣令臣繫新除官

臣尋與曾公亮等具劄子奏乞候來日覆奏伏緣此來恩命出於非常臣與韓琦等進退惶懼夙夜思維雖君恩至優違則有咎然事體所繫義有難安所恃者睿聖聰明必察臣等懇誠之至聖心寬恕不以臣等屢黷爲煩欲望天慈省閱臣等前後所陳事理曲加裁擇特賜寢停於此四方旱災百姓嗷嗷之際是臣等合被責之時免濫受非次之賞則臣不勝幸甚臣誠迫意切言不成文干冒冕旒伏俟誅戮今取進止

謝特轉吏部侍郎表

驟膺渙渥備瀝愚誠雖至辭窮罔避煩言之爲黷重乎令出莫回成命於已行秖受以還驚（一作兢）惶失節臣某中謝伏念臣學不通於元本材不足以經綸但知守拙以爲忠每務師心而自信徒以遭逢先帝拔自衆人久參侍從之聯遂玷機衡之貳而屬大橫啓兆嗣統膺期方初政之清明思百度之修理內量譾薄實憂以聖而責愚矧

迫衰殘方念乞身而告病不謂皇慈曲被寵數屢加當覃大慶之初已無功而冒賞曾未踰年之久復進秩以叨榮此蓋伏遇皇帝陛下聖政惟新用人務廣謂才難於求備思悅使以忘勞憫其勤劬錫以優洽雖榮踰於望表亦寵與其憂幷誓殫犬馬之微少答乾坤之造

乞外任第一表 治平二年正月二十三日上二十五日批答不允

臣某言臣聞事君以忠本期盡瘁不能者止亦貴自知敢傾悃愊之誠仰瀆高明之聽臣某中謝伏念臣本由寒素偶踐科場祗希干祿以養親敢冀逢時而見用蓋以腐儒章句之學豈堪王佐之材童子雕篆之文固異賢人之事而誤蒙睿獎俾貳宰司訖無豪髮之可稱常懼滿盈之必覆加以年齡迫於衰晚氣血損於憂傷惟兩目之舊昏自去秋而漸劇精明晚藹瞻視茫洋冬春以來職業多廢當聖君求治之始是羣臣宣力之時自嗟犬馬之微生遽先疲乏惟恃乾坤

之大度曲賜含容雖未責於曠官亦難安於尸祿與其坐待於彈劾豈如自乞於哀憐伏望推天地之恩回日月之照察其愚直不敢矯誣許辭政事之名假以州符之寄則臣不止偷安而養拙亦將自療以求痊倘冀昏瞳之復明會圖後効而論報

第一劄子

臣所有誠懇昨日獲對便坐已具敷述蓋臣自去年八月喪一女子凡庶常情不免悲苦因此發動十年來久患眼疾又爲老年全服涼藥不得自深冬已來氣暈昏澁視物艱難接此春旱陽氣上攻遂至大段妨事然臣愚心祗欲俟壽聖節隨班上壽一展臣子之誠以爲榮幸然後懇求罷去所以勉彊遷延至今緣此是臣私故瑣屑雖臣子之於君父理當無隱然難委曲盡載表章所以先具奏陳冀蒙省察臣以非才過蒙任用使其聰明彊健猶懼不能稱職況此衰病何以堪處昨日雖面奉聖旨令且未要入文字蓋臣迫於情懇退不自

安今已具表陳乞伏望聖慈哀許令取進止

第二表正月二十六日上二十九日批答不允

臣某言臣近貢封章乞解政事伏奉批答不允者天甚仁而溥愛人有欲而必從苟睿聽之未回由懇誠之不至敢干斧鉞再瀝肺肝臣某中謝伏念臣學不通經材非適用徒以遭逢亨會進冒寵榮一玷機衡五遷歲律伏遇皇帝陛下握圖撫運嗣統當天覽決萬事則堯舜之聰明愛養羣生則禹湯之勤儉賢材並進聖治惟新臣於此時得與大政何脩何飾而可以稱職旅進旅退而莫知所爲已慚廊廟之訏謨既無遠略惟有簿書之瑣屑尚可宣勞而苦此雙瞳莫能久視眊然終日兀爾尸居上無以副人主之憂勤下無以伸臣子之報效久而不去罪則奚逃此臣所以夙夕彷徨難安自默者也伏望皇帝陛下曲回天聽少軫皇慈念臣日侍冕旒察臣心非木石祿位者人情之所顧惜孰肯妄辭筋骸者物理之有盛衰不能無乏哀其可

憫寬以不誅俾諧得請之恩當識謝生之所

第二劄子

臣受國厚恩叨與機政材識庸下不能有所補報上賴聖君含垢未即斥去而又不思勉彊竭力以脩職業輒以衰疾自陳欲圖安便重煩聖念特降中使傳宣賜以訓誨丁寧切至而又頑然未即聽從在臣之罪可誅者非一臣以方具表陳乞理當闔門俟命不得進見闕庭面陳悃愊臣聞自古君臣去就之際與今不同蓋昔之公卿解職便歸田里其朝居君側暮已絶於朝廷所以臣重去其君君亦難其臣之去然猶去者相繼今則不然凡辭職任者皆不去祿仕或優游侍從之班或出守藩要之地豈爲避寵辭榮乃是免勞就逸實人臣之僥倖也況如臣者尸祿終日無勞可均實以兩目俱昏是十年舊疾自去秋發動日益昏澀看讀文字艱難憂慮職事曠廢有誤國家所以敢布懇誠乞憐君父冀一閑僻處將養三二年或目復清明却

乞一邊遠繁難處展効乃是臣自爲僥倖之計與辭榮避寵者不同欲望聖慈不以爲難早賜恩許今取進止

第三表正月二十九日上二月二日批答不允

臣某言近上表章乞解政事伏蒙聖慈再降批答不允者臣聞事君以忠信爲本立朝以進退爲難惟不自疑乃能取信於上苟無大過庶幾善退其身昔之爲臣全此者少今臣遇聰明之聖主固不自疑荷好庇之寬仁幸無大過是以敢因疾病直露情誠而封章屢陳俞旨未賜臣竊謂日月之明無不照豈不諒臣之乃心得非天地之恩有所憐未忍許臣之遽去在臣自揣何以克堪豈合更此多言上煩宸聽所難遂默蓋切懇私臣某中謝伏念臣以中下之才被非常之任日諧進見則蒙眷待之優隆退接同寮則絕纖毫之間隙自可安然樂職亦復何所憂危況千載一遇者盛時之難逢高秩厚祿者常情之貪得苟非迫於衰病豈敢固自欺誣伏望皇帝陛下曲軫睿慈

俯哀愚款念其蒲柳質易朽而先衰譬若馬牛力已疲而則止賜其如請恕以苟安則臣刮膜袪昏尙冀清明之來復捐軀殞命終圖報效於餘生

爲雨水爲災待罪乞避位第一表治平二年八月

臣某言臣聞任非其人則官必曠職時多闕政則天爲降災惟譴咎之有歸難僥倖於獨免臣某中謝伏念臣本以庸妄遭逢威明擢貳宰司與聞國論不能叶宣上德輔導至和頻年已來害氣交作春饑已甚饉疫相望秋潦暴興覆溺無數下致生民之愁苦上貽聖主之焦勞臣獨何心安於厥位舉朝廷之典法便合黜幽賴覆幬之寬仁尙容自劾伏望皇帝陛下特回天造俯察愚忠俾解政機推行憲罰以塞上穹之降責以警庶位之脩官然後別選儁賢俾居參輔益圖更化之術上副求治之心自然人神以和災異咸弭不惟臣適其分亦俾國無屈刑

第二表

臣某言近以雨水之變上表待罪蒙降批答不允者上天告戒比屋罹災虔思消異之方願避進賢之路特迂聖訓未諒愚誠退自省循豈遑安處臣某中謝伏以天人之相去不遠見於事者若響之應聲賞罰之至要易知舉其大則以一而警百是以政有得而有失則災祥以類而來官若成而若虧則黜陟以時而舉伏念臣猥由愚陋進冒寵榮一貳政機五更歲律相府之事無不揔既皆得以與聞斯人之居不聊生欲於何而歸咎辜朝廷之委任貽君父之憂勞此而不誅何以勵衆伏望皇帝陛下奮然睿斷赫以皇明理其曠敗之懲正厥經常之法置之散地全以寬恩誓堅犬馬之心終效涓埃之報

第三表

臣某言近以雨水之災再上表待罪蒙降批答不允仍斷來章者陰沴干時聖心軫慮明詔一下羣臣震惶况居任責之司敢爲幸免之

計臣某中謝伏惟皇帝陛下自膺眷命光紹丕圖揔覽萬機之繁講
求三代之治旰不遑食勵文王之小心行之以勤躬伯禹之盛德固
已生民受賜品彙蒙休宜召至和以來嘉應而善氣未效時災荐臻
惟天聰明異不虛出示人警戒咎必有歸所以三事之臣連章瀝懇
況臣最爲濫竊尤玷寵榮方平日以尸居不知引分及敗官而宜罰
其敢逃刑伏惟皇帝陛下俯抑至慈深思大譴退其不肖以爲脩政
之先不以空文庶得應天之實

再乞外任第一表治平三年三月二十四日上二十七日批

答不允

臣聞忠以事上雖見義而必爲力有不能則知難而當止是惟臣子
進退之分實繫國家利害之機則其居也敢懷竊位之安其去也豈
止全身之計輙殫拙訥上瀆高明臣某中謝伏念臣本以庸妄出於
孤平一作單學不通方識非慮遠徒以遭逢先帝誤被聖知擢自諸

生俾參大政伏遇皇帝陛下膺期出震繼統當天方聖政之惟新思羣材而並濟臣以衰遲之朽質久當機要以妨賢有守經泥古之愚無應變適時之用考於外論早合黜幽伏蒙皇帝陛下廓大度以兼容謂衆惡者一作之必察特加庇覆俾獲保全固當勉勵疲駑誓圖報效而臣量盈器極福過災生兩目眊昏積年舊苦中消渴涸新歲所加精液銷澌志與神而並耗革膚肢削氣將力以俱殫臣若猶彊殘骸竊貪厚祿坐取敗官之責上累知人之明苟以此致興於人言則乃是可畏之公議異夫誣謗難復主張此臣所以深自揣思敢陳悃迫一作愊伏望皇帝陛下曲回睿眷俯察愚忠念其獲親日月之光頗歷歲時之久居常碌碌曾莫異於片言一有紛紛遂獨當於衆怒尚乏周身之智豈堪爲國之謀因其自訴於病衰幸俾獲逃於罪戾退之散地得盡餘齡則臣永荷天地之恩敢忘犬馬之報

乞出第一劄子

臣昨日獲對便坐輙述懇私乞解政事之任緣臣疾患累日氣血虛乏頭目昏眩不能久立不得久侍天顏悉陳悃愊伏自濮園之議既興言事之臣荒唐不學妄執違經非禮無稽之說耻於不用不勝其忿遂厚誣朝廷借以一作臣為名因乃一作以肆言訕上指臣為姦邪首議之人陛下至聖至明洞見中書與兩制所議本末察臣無罪曲賜保全而呂誨等附下罔上語言悖慢無復君臣之禮以至斥黷母后非毀詔書等事陛下皆屈意含容不加顯戮止於退罷而已及詔定濮王典禮不如誨等所誣既又詔牓朝堂諭以本末由是中外釋然凡素為誨等誣誑衒惑之人皆識朝廷本意但恨曉諭之晚今則是非已正曲直已分臣所被誣亦已獲雪然則更何所辨豈合有言而臣義有不得已者蓋以執政之臣天下之所瞻望朝廷以為重輕若其名譽烜赫非止一人之榮乃是朝廷之光也其或身名毀辱非止一人之辱乃是朝廷之辱也昔唐文宗甘露事後小人用事宰

相李石爲其所惡乃遣盜殺之不中而斷石馬尾石遂求罷文宗雖知石賢相可惜亦不得已而罷石爲荆南節度使蓋顧國體當爾也今臣固無李石可惜之賢而其所被毀辱者何止斷馬尾而已呂誨等連章累疏惡言醜詆陛下爲臣愛惜留中而不出誨等自寫章疏宣布中外今閭巷之人皆能傳誦雖誨等急於賣直取名肆其誣罔不暇惜國體而自爲傳播如臣者豈合彊顏忍恥猶安厥位使天下何所瞻望凡臣所貪以爲榮者乃朝廷之辱也由是言之臣豈得已哉使臣無疾病猶當懇自一作白引去况臣不幸適值自春來痟渴不止昨日面奉德音陛下悉已知臣所苦聖恩憫恤爲之惻然伏望陛下特賜除臣近京一郡俾養衰殘則臣未死之間誓當別圖報効

今取進止

第二表三月二十八日上四月三日批答不允

臣近貢封章願還政事伏蒙聖慈特降批答不允者臣聞愚誠雖微

而苟至可以動天大仁博愛而無私未嘗違物敢殫懇悃再冒誅夷臣某中謝伏念臣智識非精器能甚淺稟生奇薄自少嘗履於艱虞雖處困窮所守粗知於名節而自早蒙擢用思奮猷爲不善自謀遂致怨仇之積罔知避禍屢觸陷穽之機先皇帝深察孤忠悉排羣議甄收奬進終始保全以至晚年致之二府念初無於報効徒久玷於恩榮逮逢神聖之嗣興顧已歲時之三易問其職業曾無補於毫分聽於諠譁則不勝於詆辱猶殭尫殘之質坐懷寵祿之貪昔一作古云高位之疾顛何況千人之所指繼以恙疴之苦薾然氣血之衰藥石之功既難求於速効機政之地豈宜久於曠官伏望皇帝陛下曲軫睿慈俯哀危懇謂獻納討謨之任已無益於明時而沮傷憔悴之餘寔難安於久處許其引避寬以優容儻後來因此以得賢則臣去猶爲於有補苟未塡於溝壑誓終竭於涓埃

第二劄子

臣近再述懇誠上干天聽乞解重任伏蒙聖慈特降批答丁寧訓誨未賜允俞臣本庸材不堪大用遭逢聖主誤被獎知陛下急於求治取信輔弼言無不從臣於此時不謂不得君不謂不得位而智識駑下初無補報既不能建明大義鎮遏羣言又不能和會衆心叶于一德遂致浮詞異論中外諠譁惟務含胡無一言以辨正但欲因循苟於無事以此養成羣小誣謗聖朝上則煩黷睿聽下則自取身辱雖陛下閔臣拙直衆怒獨當察臣暗愚不識陷穽然臣拙於謀身不堪任用已驗如此可黜不疑陛下聖度寬仁曲加保庇以爲弊履舊物不忍一旦棄捐然臣夙夜彷徨不能安於自處者蓋以朝廷輕重繫在大臣若大臣望重則朝廷尊大臣望輕則朝廷不重大臣望輕猶爲不可何況惡言醜詆毀辱百端今豺狼當路姦邪在朝之語下傳閭巷外播四夷以是而言何止望輕而已陛下有臣如此豈不爲朝廷之辱哉雖陛下至聖至明察臣無過臣能自信無愧於心而中外

之人不可家至而戶曉百辟之瞻望衆人之譏誚臣亦何顏以處之與其負慚俛首以見搢紳孰若乞身遠去少避指目是則聖恩許臣解罷俾臣稍獲便安乃是臣居位也以榮爲辱其去也以黜爲升惟望天慈曲從人欲今臣已上第二表伏望聖慈曲從人欲除臣蔡亳一州差遣

第三表四月初四日上初七日批答不允斷來章

臣近以疾患自陳乞解重任伏蒙聖慈再降批答不允者坐貪國寵旣以難安仰叫帝閽期於必達臣某中謝伏念臣早緣幸會親遘休辰以一經之腐儒參萬機之密論違時背俗速謗招尤雖無獨立弗懼之明粗懷可殺不辱之節所以彊顏忍恥不知軒冕之榮加之多病久衰難勝筋力之任近從去歲益以中乾渴如鼴鼠之飲河喘若吳牛之見月多言外噪衆疾內攻心已自危豈足當於謀慮力雖欲彊幾或一作不至於踣顛方奮銳於壯時猶無可道迨摧傷於晚節

亦復何堪雖幸聖君容覆之恩豈逭神理滿盈之罰苟不知退其將殞生伏望皇帝陛下推天地之私回日月之照察臣粗識廉恥閔臣遽此衰疲丐以一州俾從素志如此則力排羣議已荷於保全遂養殘生更繫於亭育雖同草木之賤尚識造化之仁

第三劄子

臣近以疾病乞解重任除一蔡亳州差遣已三上表及兩具劄子陳述伏蒙聖慈累降批答不允斷來章者臣竊伏思惟臣之披瀝肝血祈天請命之懇其說甚詳而其誠至矣陛下每降答諭丁寧獎勗所以過賜優待臣之恩禮亦已至矣而臣不能仰遵聖訓力疾就職而猶更哀鳴上煩天聽者蓋臣義不獲已與近日韓琦曾公亮胡宿等從容於進退者事體不同也臣以非才被任違時忤衆自招謗怒不容其身今上自朝廷下至閭閻巷陌遠洎四海外及夷狄皆能傳呂誨等章疏矣其罔誣醜詆之語莫不能道之矣而臣以顧惜國體既

不當更與誨等辨正便合引避去位而以是非曲直付之公議乃爲合理昔漢世大臣有被誣以罪者例不對理陳寃蓋其人或遂廢黜或被刑誅所以更不自辨可矣未有論議喧沸不自辨明而頑然自安其位者也今朝廷處臣者何位任臣者何事所繫事體者如何而誨等詆臣者何語臣其可安處此位者乎昨濮園之議自手詔告示中外後凡中書論議本末邪正及誨等加誣詆訕等事皆已幸蒙辨正矣惟臣所被邪謀首議姦諛徼寵之惡名既不能自辨若又不識廉恥頑如木石遂安其位陛下謂有臣如此其可當國家之大任乎此臣所以夙夜思維誨等詆臣者諛佞希榮寵耳故惟有懇辭重任遠避寵榮乃可以塞小人之口然則陛下聖恩一許臣罷去是爲臣辨誣謗全名節其賜臣者多矣厚於賜以高秩重祿萬萬也臣幸蒙陛下知獎久矣臣之心迹聖鑒昭然洞見表裏此臣不當復言臣所謂辨誣謗全名節者爲中外之人不可家至戶曉者爾蓋非早自引

去無以塞誣謗臣者之口也夫爵祿朝廷所以寵臣下也使身心安泰名譽光顯者居之則不勝其榮也若毀辱媿恥憤悶憂鬱者居之適足爲苦耳伏望聖慈察臣哀切懇迫之誠不以臣比從容於進退者特許臣解罷政事除臣一外任差遣則臣雖死之日猶生之年今取進止

第四劄子

臣近以疾病乞解重任已具劄子罄述懇私更不敢重疊敘陳上煩天聽臣以非才誤膺獎任存之既無所惜去之何足可思然而不早罷去此乃陛下至仁至慈憐臣衰殘不忍遽一作遂便棄捐務欲退人以禮今臣表章劄子各已三上伏蒙三降批答丁寧訓勗未卽允俞中外之人皆知陛下曲意留連恩禮已足伏乞出自宸斷早賜恩許除臣一外任差遣

第五劄子

臣昨日獲對威顏備陳懇迫而言意拙訥不能感動愚誠雖切天聽未回夙夜省循莫遑安處臣本庸材不足比數然而職所任者國政身所繫者國體而遭罹誣枉毀辱百端既不自辨明便當引去加以年齒凋耗疾病侵凌豈可勉彊衰殘不知廉恥此臣所以披肝瀝血干冒誅夷不能自止者也再念臣材識駑下過蒙陛下獎用固當奮發事業粗立功名上報君恩次雪身辱然臣出入二府已七八年迄無一言建明一事可採以前日之碌碌如此可知後日之無所為也若終於尸祿偷安苟貪榮寵不惟上辜委遇實亦自負初心蓋材力短長固有不能勉彊若進退名節尚可自擇前世人主之待其臣也事非一端或高其行義不奪其志或許其閑退俾自安全不必悉以高秩厚祿但曲從所欲便是君恩伏望聖慈察臣悃愊特許臣所乞則臣未盡之年尚知論報今取進止

辭覃恩轉左丞表治平四年正月神宗登極二月上

臣某言伏奉制命蒙恩特授臣行尚書左丞依前參知政事加階食邑食實封及賜功臣者澤施無外雖務極於汪洋寵至若驚實難安於啓處敢傾拙訥上黷高明臣某中謝伏念臣本以妄庸早由平進一經之學乃自守之迂儒十駕其駑終不堪於遠用徒以旦暮千載遭逢兩朝擢貳鈞衡坐淹歲月國恩未報但虞塡壑以遺羞金鼎已成豈謂攀胡之莫及幸遇皇帝陛下重離繼照正統當天萬物覩而咸忻大號渙其均慶致茲孱朽亦玷光華然夫位高而疾顚者是亦其勢然器滿而必覆者蓋由於量過敢忘戒懼誠迫懇私伏望皇帝陛下特軫睿慈俯矜愚守當萬機之新政收厚賞於無功則臣雖蒲柳之易一作已衰尚冀涓埃於後效

謝覃恩轉左丞表

臣某言云云大慶均行霶流而甚渥鴻恩曲被俯僂以無容臣某中謝伏念臣性質迂愚器能淺陋言不足以備典謨之奧學不足以通

治亂之原徒以早荷兩朝之誤知拔自孤生而奬用疲駑雖一作難
勉訖無補於毫分歲月屢遷猶坐貪於寵祿方懼黜幽之典敢希冒
進之榮此蓋伏遇皇帝陛下光紹寶圖惟新聖政繼離明而大照推
乾施以無偏致此妄庸首霑渙汗臣敢不退思警懼益勵衰疲感風
雲際會之難依日月光華之末少圖後效莫盡夙心

表奏書啓四六集卷第三

乞根究蔣之奇彈疏劄子治平四年二月

臣近因誤於布衣下服紫襖爲御史所彈臣卽時於私第待罪蒙聖恩差中使傳宣召入中書供職今竊聞蔣之奇再有文字誣臣以家私事臣忝荷國恩備員政府橫被汙辱情實難堪雖聖明洞照察臣非辜而中外傳聞不可家至而戶曉欲望聖慈解臣重任以之奇所奏出付外庭公行推究以辨虛實顯示多方取進止

再乞根究蔣之奇彈疏劄子

臣昨日曾有奏陳爲臺官蔣之奇誣奏臣以家私事乞以之奇所奏出付外庭公行推究以辨虛實未蒙降出施行臣夙夕思維之奇誣罔臣者乃是禽獸不爲之醜行天地不容之大惡臣若有之萬死不足以塞責臣若無之豈得含胡隱忍不乞一作與辨明伏況陛下聖政惟新萬方幽遠咸仰朝廷至公不疑爲辨曲直而臣身爲近臣忝

列政府今之奇所誣臣之事苟有之是犯天下之大惡無之是負天下之至寃犯大惡而不誅負至寃而不雪則上累聖政其體不細由是言之則朝廷亦不可含胡不爲臣辨明也大抵小人欲中傷人者必以曖昧之事貴於難明易爲誣汙然而欲以無根之謗絕無形迹便可加人則人誰不可誣人人誰能自保欲望聖慈特選公正之臣爲臣辨理先賜詰問之奇所言是臣閨門內事之奇所得必有從來因何彰敗必有蹤跡據其所指便可推尋盡理根窮必見虛實若實則臣甘從斧鉞若虛則朝廷典法必有所歸如允臣所請乞以臣劄子并蔣之奇所奏降出施行

乞罷政事第一表

臣某言臣聞事君之節雖盡瘁以爲期量力而行有不能而則止敢黷蓋高之聽瀝陳至悃之誠臣某中謝伏念臣本出羈單粗知業履逢右文崇學之代竊並羣英之遊當好問納諫之朝獲從諸老之後

遂蒙擢用叨貳機衡幸四海之無虞得容尸素荷三聖之殊遇特察孤忠坐貪寵祿之榮不覺歲時之久而餘齡彎晚百疾交侵四體羸甚已衰之蒲柳雙瞳眊昏幾不辨於驪頃自去秋累陳愚款先皇帝惻然垂閔慰以恩言許至新年俾解重任萬乘之仙遊忽遠孤臣之素願莫從方今聖統嗣興皇明繼照人神胥悅中外晏安顧無避事之嫌敢遂乞身之請伏望皇帝陛下特回睿眷俯察懦衷念孤根之易危哀小器之難用置之閑處賜以保全如此則天地之仁曲從於物性犬馬之報尙識於主恩

又乞罷任根究蔣之奇言事劄子

臣爲臺官蔣之奇誣奏陰私事已具劄子乞差官根究明辨虛實伏緣臣見任政府在於事體理合避嫌欲望聖慈先罷臣參知政事除一外任差遣臣旣解去事權庶使所差之官無所畏避得以盡公根究臣竊慮朝廷未明虛實不欲直以此事罷臣職任臣已別具表章

伏乞早賜施行

神宗御札治平四年二月二十四日差中使朱可道賜

春寒安否前事朕已累次親批出詰問因依從來要卿知　付歐陽

脩

謝賜手詔劄子

臣伏蒙聖慈差內臣朱可道傳宣撫問仍賜臣手詔委曲慰安臣孤危之迹橫爲言事者誣以莫大之罪自非遭遇聖明特爲窮究則當爲寃死之鬼然事出曖昧上煩天造累行詰問必見蹤由臣仰恃聖君在上內省於心必冀終獲辨雪臣無任捧詔涕泗感天荷聖激切屏營之至謹奏

乞詰問蔣之奇言事劄子

臣近爲蔣之奇誣奏臣以陰私事前日再具劄子乞詰問之奇自何所得因何蹤跡彰敗乞差官據其所指推究虛實伏緣之奇所誣臣

者乃是非人所爲之大惡人神共怒必殺無赦之罪傳聞中外駭聽
四方四方之人以謂朝廷執政之臣犯十惡死罪乃曠世所無之事
皆延首傾耳聽朝廷如何處置惟至公以服天下之心若實有之則
必明著事迹暴揚其惡顯戮都市以快天下之怒若其虛妄使的然
明白亦必明著其事彰示四方以釋天下之疑至如臣者若實有之
則當萬死若實無之合窮究本末辨理明白亦不容苟生若托以曖
昧出於風聞臣雖前有鼎鑊後有鈇鉞必不能中止也以此言之繫
天下之瞻望繫朝廷之得失繫臣命之死生其可忽乎其得已乎伏
乞以臣所奏詰問蔣之奇得於何人其人所說有何事更不得徒說
虛辭直具所說人姓名及所聞事狀據實聞奏臣所瀝血懇必望朝
廷理辨虛實乞不留中

再乞詰問蔣之奇言事劄子

臣近累陳血懇煩黷天聽爲彭思永蔣之奇誣奏臣陰私事乞辨明

虛實伏蒙聖恩累賜詰問至今未聞有所指陳竊以臺憲之司雖許
風聞言事然所謂風聞者謂事不親見而有聞於他人耳然其說必
有其人其人必有姓名若所聞小事則有不足論若所聞大事繫人
命之死生則必須審問所說之人事狀虛實然後可以上言況之奇
明列章疏伏地頓首堅請必行若不明見事狀審知虛實豈敢果決
如此及朝廷窮究又却不指定所聞之人姓名亦不明言有何事迹
但飾游辭無所的確蓋之奇初以大惡誣臣期朝廷更不推究便有
行遣及累加詰問遂至辭窮也不然思永之奇懼見指說出所說人
姓名後朝廷推鞫必見其虛妄所以諱而不言也臣忝列政府動繫
國體不幸枉遭誣陷惟賴朝廷至公推究別證虛實使罪有所歸則
臣雖死之日猶生之年也臣竊慮朝廷須所說人姓名思永之奇無
所指說必以朝廷拒諫爲言此乃辭窮理屈而妄說也臣謂若朝廷
聞言事不行則是拒絕言者今以所言事體不可直行須當根究虛

實乃是用臺官之言即須行遣爾豈足爲拒諫也

封進批出蔣之奇文字劄子

臣以拙直受恩兩朝惟以至公之心爲報國之効凡於親舊不敢有纖介阿私是致怨怒臣深者造爲飛語誣臣以家私陰事是人倫之大惡所以語駭人聽易於傳布竊以言事之臣謂之天子耳目之官本期裨益聰明若聞外有怨家仇人造作飛語中傷執政之臣正當奮然嫉惡爲臣根窮起謗之人辨別虛實明其誣罔使後凶人不敢陷害良善以彰朝廷之明此乃言事之職今思永心知事無實狀而不能爲臣辨明反碌碌隨衆騰口搖舌蔣之奇專用怨仇人飛語便以虛爲實上惑聖聽及至朝廷再三詰問須要事實則各不能明指一人之言明陳一事之據思永既云無實狀則知虛妄可知之奇則飾游辭謂風聞於衆且臺官雖許風聞而朝廷行事豈可不辨虛實大凡可駭之語易於傳布假如怨仇之人有誣大臣以叛逆不道者

飛語一出則必騰口相傳豈可便以傳聞之衆致大臣族誅如此則
爲大臣者終日恐懼彌縫不暇何敢盡公行事以身當怨而一夫之
怒飛語騰出可以搖動朝廷則正人端士不立足矣以此言之則思
永之奇專用風聞惑亂聖聽爲耳目之官罔上欺君其害豈細今閭
巷小民有罪猶須證驗分明案節圓備方可行刑之奇言臣死罪未
明虛實豈可含胡伏乞朝廷以至公之明必爲分別令事理窮盡止
於兩端不過虛與實而已實則臣當死虛則之奇安得無罪使事實
而臣不死不足以顯之奇之言使事虛不罪之奇不足以雪臣之寃
枉臣非敢固惜名位不自引去但以寃若不得雪則身是罪人朝廷
自當行法豈容臣自引退若虛則幸望朝廷辯別分明使中外之人
知臣無罪然後可以容臣自陳引去臣初乞朝廷差官根究虛實故
當乞解權任以避嫌今既蒙朝廷直行詰問故臣合杜門俟命乞不
留中降出施行

乞辯明蔣之奇言事劄子

臣先於慶曆中擢任諫官臣感激仁宗恩遇不敢顧身力排姦邪不避仇怨舉朝之人側目切齒惡臣如讎適會臣有一妹夫張龜正前妻女嫁臣一疎族不同居姪晟於守官處一作所與人犯姦是時錢明逸爲諫官遂言臣侵欺本人財物與之有私既蒙朝廷置獄窮勘並無實狀事得辨明而當時執政之臣惡臣者衆其陰私事雖已辯明猶用財物不明降臣知滁州今惟趙槩知此事甚詳若非仁宗至聖至明察臣無辜爲臣窮究則臣豈復更有今日仁宗豈有用臣至此今臺官方舉前事彈錢明逸陷害良善不意蔣之奇自又効尤欲望朝廷特加裁察若以蔣之奇所對語無事實知其虛妄乞早賜明告中外以辨臣冤若猶疑於虛實之間則乞更加盡理推窮辨正

再乞辨明蔣之奇言事劄子

臣近以蔣之奇誣奏臣家私事乞賜辨正杜門俟命今已多日雖蒙

朝廷累賜詰問之奇則但云得自彭思永而思永又云事無實狀是曖一作藹昧之言若此便欲加臣十惡大罪雖州郡小民犯罪官司斷獄必未敢便斷其死臣孤拙無黨特被兩朝眷遇忝列政府橫被小人誣以禽獸不爲之惡本因臣以至公報國以身當怨不徇親黨阿私至多積仇怨造作飛語中傷而以忠取禍之奇乃以虛爲實欺天罔上及至朝廷詰問則辭窮理屈並無實狀指陳至於彭思永亦自言曖一作藹昧無實各自乞罷去若臣果有實狀何故惜而不言何故自言無實狀而自乞罷去以此見思永之奇專欲以曖一作藹昧之事惑亂聖聰使臣不能自辨冀望朝廷更不辨明便以風聞行法況聖君在上公道方行臣必不能枉受大惡之名當舉族碎首叫天號冤仰訴于闕庭必不能含胡而自止當陛下聖政惟新之日使執政之臣守闕號冤固知非朝廷美事然臣以惡名不可虛受將不得已而爲之期於以事必辨而後止臣無任懇血哀號激切之至取

進止

神宗御札三月四日差中使朱可道賜

春暖久不相見安否數日來以言者汚卿以大惡朕曉夕在懷未嘗舒釋故累次批出再三詰問其從來事狀訖無以報前日見卿文字力要辨明遂自引過今日已令降黜仍出牓朝堂使中外知其虛妄事理既明人疑亦釋卿宜起視事如初無恤前言賜歐陽修

謝賜手詔劄子同日

臣今日伏蒙聖慈差中使朱可道傳宣撫問賜臣手詔爲言者汚臣以大惡已令降黜仍出牓朝堂令中外知其虛妄勑臣宜起視事如初無恤前言者臣捧讀感咽不知涕泗之橫流竊伏自念天地父母能生臣身不能免臣於憂患陛下神聖聰明無幽不燭察臣孤危辨臣寃枉使臣不陷大惡得爲完人至德大恩過於天地父母萬倍則臣餘生之命是陛下所延之命今日之身是陛下再造之身雖盡此

命捐此身亦不能上報至德大恩之萬一而臣又有大罪者蒙國寵
榮忝居重位處危機之地而自任拙直不防禍患怨仇所積謗怒交
興當陛下即位之初外有機政之繁內有孝思感慕之戚於此之時
致言事者以陰私之惡醜穢之言上黷聖聽煩陛下曉夕在懷爲臣
親加詰問特賜辨明臣之此罪何以自贖捫心內省何以自安臣無
任感天荷聖歔欷惕涕泗激切屛營之至臣已依詔旨來日詣閤門祗
候入見冀面天顏别陳血懇次

乞罷政事第二表

臣某言臣近貢封章乞解職任伏奉批答未賜允俞者臣聞高而必
危蓋處易傾之勢滿則招損實存至戒之言敢再瀝於懇私輒自干
於斧鉞臣某中謝伏念臣本以庸妄出於遭逢誤被國恩俾參政論
材非適用而當重任之難智不周身而履危機之地既不能於阿狥
故多積於怨仇謗怒之興紛紜靡一所恃者聖君在上公道方行雖

構造中傷人言可畏而聰明聽察天鑒孔昭旣悉辨於罔誣遂判分於枉直俾臣不陷大惡得爲完人今亂國之讒已蒙於遠屏立朝之士皆保於自安則臣仰銜再造之鴻慈正合捐軀而自效然念臣病羸之質年迫已衰寵祿之盈理難久處頃事先帝之日屢貢乞骸之言間奉德音亦蒙恩許一麾之請素志甚勤伏望皇帝陛下推天地之仁回日月之照閔其孤拙曲賜矜從予之一州俾自退處亦有民社可宣教條苟知盡瘁之方未失事君之節

第三表

臣某言臣近再上表乞解政事除一外郡差遣奉今月八日批答所乞宜不允者臣聞士之行己所愼者始終之不渝臣之事君所難者進退而合理苟無大過善退其身昔之爲臣全此者少臣頃侍先帝屢陳斯言今之懇誠蓋迫於此臣某中謝伏念臣識不足以通今古材不足以語經綸幸逢盛際之休明早自諸生而拔擢方其與儒學

文章之選居言語侍從之流每蒙過獎於羣公常媿虛名之浮實暨晚叨於重任益可謂於得時何嘗敢傷一士之賢豈不樂得天下之譽而動皆臣忌毀必臣歸人之愛憎不應遽異臣之本末亦豈頓殊蓋以處非所宜用過其量惟是要權之地不勝指目之多周防所以履危而簡疎自任委曲所以從衆而拙直難移宜其舉足則蹈禍之機以身爲斂怨之府復盤桓而不去遂謗議以交興讒說震驚輿情共憤皇明洞照聖斷不疑孤臣獲雪於至冤四海共忻於新政至於賴天地保全之力脫風波險陷之危使臣散髮林丘幅巾衡巷以此沒地猶爲幸民況乎擁蓋垂襜其榮可喜撫民求瘼所寄非輕茍可效於勤勞亦寧分於內外伏望皇帝陛下曲回天造俯察愚衷許解劇繁處之閑僻物還其分庶獲遂於安全心匪無知豈敢忘於報效

又乞外郡第一劄子

臣前日獲對便坐已具血懇披陳爲臺官一作臣寮誣臣以陰醜之

事臣聞詩曰中冓之言不可道也所可道也言之醜也蓋陰醜之事君子之所深惡猶不可自道於口而況上達君父之聽汚黷朝廷驚駭中外事雖起於誣罔然本臣而發此臣所以夙夜慙懼而無地自容也伏況當陛下卽政之初日有軍國萬機之繁乃以人口不道之事上煩聖慮蒙陛下曉夕在懷親批詰問再三窮究得其虛妄之狀特賜行遣曉告中外使臣大冤獲雪人疑盡釋夫辨枉直雪幽冤以釋天下之疑以快輿情之憤此固陛下神聖聰明自是新政之一事然亦因臣致勞聖慮此亦臣所以夙夜慙懼而無地自容也秖此二事臣自修省已不能安然而上賴陛下至寬至仁必以此事是臣寮中傷臣非臣自作以紊煩朝廷以此必賜矜恕然臣有不得已而必不能處者蓋臣所以致此大謗者本出怨仇之口由臣拙直多忤於物而在位已久積怨已多若使臣頓然變節勉學牢籠小人以弭怨謗非惟臣所不能亦非陛下所以任臣之意若使臣復居於位秖如

前日所爲則臣恐怨家仇人以臣不去必須更爲朝廷生事臣亦終不能安況臣一二年來累爲言者攻擊心志摧沮加以衰病所侵兩目昏暗四支骨立顧身已如此而人情又如此亦復何心貪冒榮寵伏望聖慈憫臣之志誠可哀矣察臣之迹實難安矣特許臣解罷除一外郡則天地保全之恩何以論報臣今已上第三表伏乞早賜降出施行

第二劄子

臣近者虔露懇誠乞解政事已三上表殆今累日夙夕俟命跼蹐靡遑臣竊伏自思理宜罷退者其事非一臣聞所謂大臣者必能宣布上德叶和中外使人心悅豫朝政肅清此乃輔弼之任也臣性既簡拙恥爲阿徇又復愚暗不識禍機多積怨仇動遭指目謗怒毀辱不可勝言一二年來屢爲言者攻擊以臣一人無日不煩君父不惟朝廷未嘗少靜而臣亦未嘗少安則臣之小一作不材不堪大用從

可知矣臣又思朝廷每用柄臣必取人望者以其爲衆人所服故使處衆人之上也今如臣者舉必爲衆人所怒動必爲衆人所怨讒謗忌嫉叢集於一身以此而居要任者八年矣其未陷於禍咎者臣竊自怪以爲晚也所賴者聖君在上朝廷至公察臣孤危辨正誣罔使臣不罹枉横得爲完人臣於此時不自引去是不知進退矣臣竊見前世元勳舊德社稷之臣一有間隙尚或罹於禍咎而臣能薄材劣竊位已久語其勤則勞一作功効未著於毫髮詢於衆則怨毀已積於丘山所謂衆怒難犯孤根易危豈敢與人自結仇敵昨緣思永等誣臣以大惡之名於義不可虛受若不辨於今時則無以自明於後世故臣屢乞辨理者蓋事不獲已而爲之非敢與言事者爭勝負也而自思永等得罪以來言事者固已恥於不勝若臣復處事權遷延不去彼必自疑而不安是臣下有衆人之怨嫉旁爲言事者切齒他人視之猶爲臣寒心顧臣何以自處伏望聖慈哀臣言之至懇察臣

勢已難安矛之一州俾自藏縮如此則臣大寃已雪旣彰新政之清明孤迹獲安又荷聖恩之優假言事者但得臣去亦稍釋其忿必無疑而安處別不爲朝廷生事則臣之一去所利甚多惟乞出自一作於睿斷早賜允俞

第三劄子

臣今月二十日伏蒙聖恩以臣所上第三表乞解政事特降批答不允仍斷來章者聞命以還憂惶殞越懇誠所迫欲止不能臣以非才誤膺委用歲月已久不知引避而寵祿盈滿福過災生仇怨旣多謗讒一作讒謗大作衆情不與孤迹已危陛下旣已深察一有臣字而哀憐之矣臣之憂危迫切披肝瀝血之誠亦已屢瀆於天聽而陛下固已諒臣至誠至懇察臣事勢當去而無疑矣然而聖恩未忍遽許臣解罷者必以不欲令臣因言者而罷爾蓋自思永等遠竄牓朝堂告示以來中外皆知臣事已辨雪陛下至聖至明言事者不能動搖

朝廷矣今臣自以懇請與言事者不復相關若賜允俞是陛下出臣於萬死之中保全其終始而使之善退也如此則臣之大寃已蒙辨雪危迹又保安全陛下天地父母之恩自非殞骨糜軀何以論報臣自上三表後已兩具劄子披陳必已蒙省覽臣之血誠竭於是矣今更不敢煩言上黷睿聽惟乞聖慈哀憫早賜施行

謝傳宣撫問劄子治平四年三月壬申

臣今日伏蒙聖慈差中使傳宣撫問以臣累表乞解政事之職已除觀文殿學士刑部尙書知亳州仍問臣幾日朝參者臣近以迫切之誠累形章表上煩天聽合被罪誅乃蒙睿恩曲賜矜許旣特加美職又超轉官資仍假善邦俾從私便臣孤危之迹已荷保全衰晚之年猶貪榮寵但以未受新命無由入謝又蒙聖造曲賜記錄丁寧慰諭趣其入見恩數優異舉族歡呼伏緣自二十六日後前後殿不坐臣欲乞候御殿日參假冀面天顏別披血懇次

辭刑部尚書劄子治平四年三月二十六日

臣今月二十六日伏蒙聖恩賜臣告勑各一道授臣刑部尚書充觀文殿學士知亳州臣猥以庸材久竊重任雖策勵駑蹇訖無補報而荏苒歲月漸迫衰殘所以屢陳危懇之誠上干宸造者正以願避寵榮冀全衰朽而天私曲被恩命過優既加以美職又超轉官資臣竊尋前例參貳之職出處非一而推恩之數罕有若臣之優者況臣近遇覃慶已叨遷秩未逾兩月恩典頻仍無功之賞度越常格非惟臣自循省莫知所措而名器所假人言謂何欲望聖慈憫臣孤拙察臣畏避寵榮之懇特許臣只以本官兼職或止轉一官庶俾少安常分臣誓竭晚節上報鴻恩今取進止

謝觀文殿學士刑部尚書表

職清書殿實爲儒者之榮望峻天臺仍忝刑官之重內循譾薄仰玷光華臣某中謝伏念臣稟質迂愚粗知業履因時幸會遂竊寵靈無

拾遺補闕之勤常陪法從非大冊高文之手久廁翰林晚綴宰寮俾

聞國論荷三朝之眷遇每絫懦衷幸四海之清平得容尸祿居滿盈

而不戒積災釁以自貽屬聖統之嗣興赫皇明而繼照誣言詰服已

大釋於羣疑危跡保全俾不虧於素守犬馬含恩於報效桑榆柰迫

於衰遲屢貢懇私上干聰睿遂蒙開允俾解繁機然而晚節餘生本

期避寵清資顯秩益更貪榮被優渥之非常但淩兢而失措此蓋伏

遇皇帝陛下聖神御極亭育推仁閔孤拙之勢危無容自立謂疲駑

之力竭難責遠圖曲軫至慈俯從誠請仍憐舊物特示殊恩顧非木

石之頑宜識乾坤之造颯然素領雖難強於筋骸皎若丹心猶自期

於塵露

進永厚陵挽歌辭三首引狀治平四年閏三月

右臣伏蒙聖恩差臣知亳州軍州事見發赴本任次伏見大行皇帝

將來八月遷坐于永厚陵中外羣臣咸進挽歌辭臣以非才久竊重

任遭遇先帝蒙被聖知恩極昊天未知論報痛深喪考徒切攀號臣今謹撰成大行皇帝靈駕發引日挽歌辭三首謹隨狀上進伏候勑
旨

亳州謝上表治平四年六月

臣某言伏蒙聖恩授臣觀文殿學士刑部尚書知亳州軍州事已於今月二日赴上訖者貳政非才雖獲奉身而退分符善地猶懷竊祿之慙祇荷寵靈惟知戰懼臣某中謝伏念臣章句腐儒之學也豈足經邦斗筲小器之量也寧堪大用而叨塵二府首尾八年荷三朝之誤知罄一心而盡瘁若乃樞機宜慎而見事輒言陷穽當前而橫身不避竊尋前載未有能全一昨怨出仇家構爲死禍造謗於下者初若含沙之射影但期陰以中人宣言於廷者遂肆鳴梟之惡音孰不聞而掩耳賴聖神之在上廓日月之至明悉究譸誣遂投讒賊再念臣性實甚愚而疎於接物事多輕信者蓋以至誠如彼匪人失於泛

愛平居握手惟期道義之交延譽當朝常丐齒牙之論而未乾薦禰之墨已彎射羿之弓知士其難世必以臣爲戒常情共惡人將不食其餘而臣與遊既昧於擇賢在滿不思於將覆自貽禍釁幾至顛隮上煩睿聖之保全得完名節於終始洎懇辭於重任尤深惻於皇慈雖避寵辭隆僅能去位而清資顯秩愈更叨榮莫逃僥倖之譏實負心顏之靦斯蓋伏遇皇帝陛下乾坤大度堯舜至仁察臣自取於怨仇本由孤直憫臣力難於勉強蓋迫衰殘既獲免於非辜仍曲從於私欲遂同萬物俾無失所之嗟未盡餘生敢忘必報之效

謝賜仁宗御集表治平四年　月

臣某言伏準御藥院告報伏蒙聖慈賜臣仁宗御集一部一百卷者倬彼雲章方聯於寶軸刻之玉版忽被於恩頒臣某中謝恭惟仁宗皇帝睿哲聰明寬仁恭儉每虛心而訪道務嚮學以崇儒天縱生知臻作者之謂聖功高德盛由煥乎其有文伏惟皇帝陛下纂紹丕圖

善繼先志惟仁祖發揮於衆製乃英考序述而成編昭如三光並照
萬物法彼後世同符六經方副本之頒行非近輔而莫獲敢期睿眷
尚及愚臣寵異羣邦光生蔀室載念臣出身寒苦自少遭逢晚蒙獎
任之殊嘗與賡歌之後捐軀論報餘生已負於素心拜賜爲榮撫事
但零於清血

亳州乞致仕第一表熙寧元年春

臣某言臣聞難進易退者禮經之格言知足不辱者道家之明戒苟
貪榮而不止宜招損以自貽況災疾之所纏顧筋力之難強輒披悃
愊自冒誅夷臣某中謝伏念臣生也多屯少雖有志而識不明於大
體用不適於當時徒以荷三朝之誤知屬四方之無事遂容章句之
學竊與機政之司遠更二府之繁蓋亦八年之久既不能遇事發憤
慨然有所建明又不能與世浮沉默爾以爲阿狥每多言而取怨積
衆怒以難當繼逢時事之方艱思欲乞身而未獲不虞暗禍陷臣於

風波必死之淵上賴至仁脫臣於鮫鰐垂涎之口以至平生所守之名節晚暮未盡之年齡豈臣能於自全皆陛下之所賜既懇辭於重任仍假守於善邦固已坦無危疑幸此優逸而風霜所迫鬢髮凋殘憂患已多精神耗盡加之肺肝渴涸眼目眊昏去秋以來所苦增劇兩脛惟骨拜履俱艱雙瞳雖存黑白纔辨顧形骸之若此尸寵祿以何安伏望皇帝陛下特軫睿慈俯從人欲許還官政俾返田廬白首明時幸遭垂衣之治酣歌聖化願追擊壤之民雖居畎畝之間永荷乾坤之造

第一劄子

臣輒瀝（一作有）血懇上干宸慈臣本以庸虛誤蒙奬擢（一作擢用）濫塵二府獲事三朝無德（一作一事）可稱無言（一作一言）可採既不能報國又不善謀身怨嫉謗讒喧騰衆口風波陷穽（一作檻阱）僅脫餘生憂患既多形神俱瘁齒髮凋落疾病侵陵故自數年以來竊有退

休之志而臣猥以非才久叨重任連值國家多事所以未敢遽言頃自去春伏蒙陛下矜憫孤危保全晚節許解政事得從外補臣於此時遂乞守亳一作乞守亳社蓋以去潁最近便於私營及入辭之日亦具奏陳乞枉道至潁脩葺故居幸蒙聖恩皆賜允許臣自到亳以來殆將暮歲一作歲暮舊苦痟渴蓋已三年腰脚細瘦惟存皮骨行步拜起乘騎鞍馬俱覺艱難而眼目昏花氣暈侵蝕視一成兩僅分黑白職事至簡猶多妨廢坐尸厚祿益所難安然臣嚮者不敢啓言而今乃輒茲有請者蓋以方今朝廷無事中外晏然臣亦幸無任責之重其進退之際既無所嫌避又不繫重輕故敢直以臣子之私誠自乞君父之憐憫臣以守官在外不得親伏旒扆之前縷陳悃愊臣今已具表章欲乞一致仕名目就近於潁州居止以養殘年伏望聖慈特賜開許臣無任祈天俟命

第二表

臣某言臣近貢封章乞還官政伏奉詔答未賜允俞退自省循奚勝
殞越臣聞神功不宰而萬物得以曲成者惟各從其欲天鑒孔昭而
一言可以感動者在能致其誠敢傾虔至之心再瀆高明之聽臣某
中謝伏念臣本以一介之賤叨塵二府之聯知直道以事君每師心
而自信然而既乏捐軀之效又無先覺之明用之已過其分而曾不
自量毀者不堪其辱而莫知引去幸賴乾坤之再造得逃陷穽之危
機仍許避於要權俾退安於晚節今乃苦於衰病莫自支持顧難冒
於寵榮始欲收於骸骨敢期聖念過軫天慈謂雖迫於桑榆未忍弃
於草莽竊以古今之制沿襲不同蓋由兩漢而來雖處三公之貴每
上還於印綬多自駕於車轅朝去朝廷暮歸田里一辭高爵遂列編
民豈如至治之朝深篤愛賢之意每示隆恩之典以勸知止之人故
雖有還政之名而仍享終身之祿固已不類昔時之士無殊居位之
榮然則在臣素心雖切退休之志迹臣所乞尚虞僥倖之譏伏望皇

帝陛下惻以深仁矜其至懇俾解方州之任遂歸環堵之居固將優游垂盡之年涵泳太平之樂惟辛勤白首迄無一善之稱孤負明時莫報三朝之德此爲慚恨何可勝陳

第二劄子

臣近以疾病衰遲再上表一作封章瀝陳血懇乞一致仕名目以養殘年聖恩憐憫不忍遽棄特降詔諭未賜允兪承命之際惟知感泣臣竊以七十之制雖著禮經而歷代以來人臣進退多不拘此有年已過而不得去者有年未及而可以去者蓋以人有賢愚理難一概一作致其或上智高才元勳舊德用捨去就繫朝廷得失輕重者故雖年已過之理不得去而人皆不以爲非也若中常之人碌碌備位存之既無所益去之亦無可思其用捨不爲得失去就不繫輕重其人苟能量分知止奉身而退朝廷則必嘉其趣尚而成就其志故雖年未及而特許其去而人亦不以爲非也彼中常之人者居常則無

足可稱及能識分自量不待年及而知止則尙有一節可取故人君推樂賢養士之心務欲奬成其名節所以不待年及而亦一作方許其去也如臣愚陋不敢過自陳其不肖輒竊自比於中常之人所謂碌碌備位存之無所益去之無可思而用捨去就不繫朝廷得失輕重者臣某是也然臣比於中常之人猶有不及者貪冒榮寵過其涯分荷三朝之恩德而無所報効被小人之摧辱而不能遠去固非有識分知止之明而直以疾病侵陵心神昏耗力不能勉然後不得已而自陳耳此臣自媿於心者也雖然臣以犬馬之賤蒙陛下天地養育之恩始終保全以至今日惟晩暮一節尙賴君父之仁奬成其志臣今已具第二表陳乞伏望聖慈特賜開許一作允今取進止

第三表

臣某言臣近者再貢封章乞從致仕伏奉詔書宜不允者竊稽典禮退止一辭上黷睿慈臣今三請雖未忍弃捐之意曲煩再諭以丁寧

而不勝迫切之誠尙冀終蒙於開可臣某中謝伏念臣稟生至陋力學不強徒以略誦仁義之言粗知廉恥之節早緣一藝擢自諸生智非先見之明材無適用之敏但知報國不敢謀身惟枉尋直尺之不爲故圓鑿方柄而難合以至被侵凌於羣小遭詆毀之百端而臣忍辱強顏踰時歷歲蓋思責任之方重顧於去就而難輕今者幸蒙寬恩獲保孤拙脫於死地優以便藩旣無效於勤勞徒坐尸於寵祿加以艱危備歷憂患已多老將疾以偕來形與神而俱瘁昔而少健黔驢之伎已殫今也病衰駑馬之疲難強始露肺肝之懇乞收骸骨而歸迹臣前後之心可見遲徊之久不敢爲於妄舉蓋幸冀於必從伏望皇帝陛下推天地之仁垂日月之照察臣旣非狷憤以肆一朝之忿又非矯激而希高世之名本由多難之餘誠以不能而止矜其朽憊賜以哀憐許上印章退居田里使病樗擁腫盡爾天年斥鷃逍遙遂其物性幸克成於素志惟仰賴於鴻私

第三劄子

臣輒有血懇上干天慈意迫言煩合從誅戮臣近以衰年疾病三上表章乞一致仕名目伏蒙聖恩一作慈累降詔諭未賜允俞祗服訓辭惟知感涕臣聞陳力就列不能者止此臣子之常分也臣以庸謬遭遇三朝誤被獎擢叨塵二府論其報効初無取一作補於毫分積為怨仇則不勝於詆訾雖忠邪善惡上則難逃聖鑒之明毀譽是非下則一付至公之論可以撫心省己自信不疑其如蹇拙孤危亦已甚矣而猶貪冒榮寵不知進退以至橫遭誣陷幾至顛擠上賴陛下推天地父母之恩以保全之察其誠心許解重任假以善地從其私便偷安苟祿優幸已多而臣量盈器極福過災生衰疾所嬰積年滋甚中虛渴涸若注漏巵腰脚伶俜僅存皮骨舊患兩目氣暈侵蝕日加昏暗簽書文字轉覺艱難一郡之間事多曠廢是敢直露肺肝願還印綬而皇慈垂惻未忍遽弃三賜詔諭慰以恩言中外之人皆知

聖君恩禮之數過厚於臣者至矣而臣之懇悃迫切不能自止之誠亦已至矣伏望聖慈憫臣衰殘哀臣懇迫特賜允臣累表所乞俾以本官致仕（一作政）歸老田閭（一作廬）則臣雖死之年猶生之日今取

進止

第四表

臣某言臣累貢封章乞從致政伏奉詔書所乞宜不允者未忍遽捐幸曲憐於舊物尚茲再黷蓋中迫於危誠進冒誅夷俯深殞越臣某

中謝伏念臣以一介無能之賤荷三朝特達之知仁宗擢自諸生俾參二府先帝力排羣議深察孤忠暨逢神聖之纂臨竊幸風雲之感會至於辨正誣枉保全始終雖天地之施無私恩非責報而犬馬之微自效力不逮心繼之衰疾之纏綿加以年齡之晚暮寵榮既過小器盈而必顛筋力已疲飛鳥倦而思止輒露乞身之請願諧解組之歸而皇慈惻然明詔屢下示廓含容之大度慰安憔悴之餘生祇服

訓辭惟知感涕然而忠信所以事上理無弗踐之空言進退各有其宜力或不能而當止雖禮著引年之制必待及時而身有負薪之憂亦容辭仕是敢再殫悃愊仰冀哀矜伏望皇帝陛下軫堯舜之深仁推乾坤之曲造憫其確至賜以允俞俾還潁尾之居遂養漳濱之病再念臣早從壯歲粗學文辭久冒榮階常豐祿賜尚能遇樵夫而談道宜上德以諭愚民與故老而揮金均君恩而榮里巷此聯一作談王道揮賜金似衍二字以終晚節永荷鴻私

第四劄子

臣近者累具章表劄子披述懇誠上干宸造乞一致仕名目歸老田廬伏蒙五降詔書未賜俞允訓諭丁寧恩意深至捧讀之際惟知感泣而臣情迫於中不能自止者蓋以疾病侵攻心志衰盡欲於未填溝壑之間自爲苟且朝暮之計是敢更瀝肝膈一作膽冀蒙哀憐臣自治平二年已來遽得痟渴四肢瘦削脚膝尤甚行步拜起乘騎鞍

馬近益艱難而兩目昏暗多年舊疾氣暈侵蝕積日轉深視瞻恍惚一作恍恍數步之外不辨人物至於公家文字看讀簽書動成妨廢臣本庸常之人非有深識遠慮每見比來臣僚多因疾病致仕其人既遂閑退往往稍復康安一作寧臣伏自念無才無能叨竊榮寵滿盈之罰福過災生亦欲量分知止辭去官祿庶於晚暮之年少免災疾之苦又臣所患眼目一作疾自今年春夏以來日更增加其勢未止惟恐年歲之間遂成廢疾若幸於未廢之前獲遂退休之請與其病廢尚竊美名臣之愚慮所希實止於此臣遭遇明聖過蒙知獎其孤危蹇拙之迹荷保全終始之恩可謂至矣而未知報效遽迫病衰天心仁憫必垂矜惻臣不敢避煩言屢瀆之罪今已再具表陳乞伏望聖慈特賜開許今取進止

第五表

臣某言臣近者累具陳乞願還官政伏蒙聖慈五降詔書未賜俞允

上恩曲諭已至矣而丁寧下愚弗移但頑然而迷執論罪合當於誅戮原情尚冀於矜從臣某中謝伏念臣以空言少實之文守泥古不通之學遭逢亨會玷竊寵靈祿利已豐乃辭臣力息私未報輒欲便身推是以言固難逃責若乃艱危險陷僅存將盡之餘齡沮辱摧傷無復平生之壯氣加以形骸衰颯疾病侵凌顧難戀於軒裳遂退甘於畎畝語其此志又若可哀自伸五請之勤已涉三時之頃天慈惻隱聖度優容謂駑馬雖疲念服轅之已久而蓍簪至賤閔舊物而不忘固當上體至仁勉安厥位而夏秋交際痾疹日增弱脛零丁惟存骨立昏瞳眊瞀常若冥行既未知痊損之期終當廢去而苟遂退休之懇尚竊美名是敢更殫悃愊之私冀動高明之聽伏望皇帝陛下推乾坤亭育之施回日月照臨之光少寬屢瀆之刑俯徇至誠之請庶使戒滿盈而知止免災疾以全生老安治世之和永荷終身之賜

第五乞守舊任劄子熙寧元年　月

臣今月六日準樞密院遞到詔書一道以臣上第五表乞致仕伏蒙
聖恩未賜俞允者伏念臣以庸虛淺末之學遭遇三朝荷非常不次
之恩寵未知報効之方而遽迫衰病自懼盈滿思慕古人知止之節
願於聖世獲遂退休陛下仁聖寬慈俯哀誠悃既恕其屢瀆之罪未
加誅戮而又推天地父母之恩不忍遽令退去六降詔書丁寧訓諭
感極惟泣不知所容再念臣昨蒙恩許守此便郡以養衰殘今到任
已及一年蓋爲脚膝乘騎鞍馬艱難憂慮非時別有移替欲望聖慈
許臣且更於此將理一二年間若稍獲安痊則不敢上煩聖聽臣以
孤危蹇難之迹荷陛下始終保全之恩以至今日猶以衰殘疾病之
懇煩君父含容養育之私臣無任

辭免青州第一劄子熙寧元年八月九日

臣今月八日準樞密院遞到誥勑各一道蒙恩授臣兵部尚書依前觀文殿學士知青州者伏念臣近以疾病衰殘累上表章陳乞致仕天慈憫惻六降詔書未賜俞允臣以訓諭丁寧不敢更煩睿聽然臣久患脚膝乘騎鞍馬艱難又到任已踰一年深慮非時別有移替已具劄子奏陳乞且於亳州將理一二年間若稍獲痊安冀可陳力敢謂聖恩優異命出非常超轉官資移委大郡再念臣累年痟渴衆所具知肌體瘦削精神昏耗本以衰羸懼難勉勵遂乞休致今青州所管一路寄任至重實藉幹才以臣居之必至曠敗兼臣所患脚膝道路乘騎鞍馬艱難欲望聖慈特賜矜察許臣且守舊任冀得將理衰殘所有誥勑臣未敢祗受已送軍資庫寄納今取進止

第二劄子熙寧元年八月二十八日

臣今月二十七日準樞密院遞到詔書一道以臣辭免青州恩命所乞宜不允者臣竊惟表海名邦青爲重地聖恩優借以寵衰殘豈合固辭上煩宸聽伏念臣情有迫切不能自已者蓋臣近以疾病侵陵心志昏耗方瀝血懇乞從退休陛下曲賜矜憐不忍廢棄丁寧訓諭未賜俞允今則忽被新恩有此遷擢乃是臣乞退休而得進秩方稱疾而領要任則臣嚮所陳請矯激欺詐以要恩寵之罪何以自逃雖天度寬仁未以此責臣而臣之心顏何以自處使臣筋力可以勉強猶當陳述義理必冀獲辭以免清議之責況臣衰病羸悴實如累表所陳陛下推天地父母之恩未忍廢退且令苟祿養疾於便郡臣已不勝僥倖之慙豈敢更望遷進況亳州於近邦之中尤爲善地前後曾任兩府臣寮如陳執中宋庠皆得養疾於此者甚多伏望聖慈憫臣衰病哀臣誠悃俾臣且守舊任更將理一二年間苟其筋力稍完則臣盡瘁薄效豈無犬馬識恩知報之心所有降到詔勑臣不敢祗

受見在本州軍資庫寄納伏乞早賜許臣繳納臣無任

第三劄子熙寧元年九月

臣今月十四日準樞密院遞到詔書一道以臣辭免青州恩命所辭宜不允及準中書劄子奉聖旨令臣便受勑告疾速發赴青州本任者伏念臣自去春蒙恩許解重任俾守便郡以養衰殘方及一年忽被恩渥超轉官資移委藩鎮聖恩眷異便當祗受豈合固辭上煩睿聽臣罪當萬死然念臣義迫情切不能自止者緣臣久患眼目腳膝心志昏耗自懼盈滿乞從休退六蒙詔諭丁寧深至臣上體聖眷殊常未敢固辭再黷方且乞更將理一二年冀少痊安庶可勉彊而不圖遽被遷擢之命臣竊思聖恩本以憫臣憔悴加以寵榮以慰臣之衰暮而臣蹇薄覊危不能上副恩眷今進退皆觸於罪戾蓋臣若進而祗受則有違章累懇矯激欺詐以邀恩寵之罪而其罪大若退而懇辭則有稽違君命煩言屢黷之罪然比於矯詐邀恩則其罪似輕

在臣愚計自擇則固當逃大罪而就輕罪臣又竊惟陛下所以保全愛惜臣者至深至厚矣亦必不使臣至於大罪也故臣披瀝肝血不敢避煩言屢黷之誅臣所患眼目腰脚前奏已具陳述不敢虛矯欲望聖慈於未許臣休致間且令臣守舊任便於將理所有勑告見寄納本州軍資庫稽留君命多日臣曉夕憂惶如履冰炭伏乞早賜許臣繳納臣無任

辭轉兵部尚書劄子熙寧元年九月

臣近蒙恩除臣兵部尚書移知青州臣已三具劄子辭免伏奉今月二十五日詔書所辭宜不允者聖恩優異訓諭丁寧便當祗命而行豈合上煩睿聽罪宜誅戮無以自逃然臣懇血之誠猶有不能自已者伏念臣本以衰羸疾病方乞退休遽茲遷擢義迫難安所以懇祈辭免至於恩典超優遷轉頻數使臣不因疾病乞退亦合懇辭蓋臣近自去春由尚書吏部侍郎轉左丞未逾兩月又超轉三資除刑部

尙書今纔逾歲又超轉兩資尙書六曹一歲之閒超轉其五無功之
賞公議豈容此臣所以不避煩言屢瀆之罪而上干宸造也然臣已
三被詔書慰諭深切進退惶惑不知所措敢不力勉衰殘上副恩眷
臣今更不敢辭免青州差遣若得祗守舊官而往庶幾可免矯激邀
求之責伏望聖慈察臣悃愊一作迫特許免臣轉官恩命繳納近降
誥敕所有青州差敕臣見別候指揮今取進止

青州謝上表熙寧元年十月

臣某言伏蒙聖慈特授臣兵部尙書依前觀文殿學士知青州軍州
事充京東東路安撫使臣已於今月二十七日赴上訖掌國五兵叨
進中臺之秩宣風一面俾綏東土之人祗荷寵靈徒知殞越臣某中
謝伏念臣學非通敏材實空疎幸逢千載之休明誤被三朝之獎擢
久陪法從嘗與政機國恩未報而身已先衰世途可畏而命亦多蹇
頃緣災疾遂決退休敢期上惻於皇慈未忍遽捐於舊物而復過推

優渥以慰癃殘惟孤拙之無堪蹈艱危一作虞而已甚世之所榮者
臣之所懼人以爲寵者臣以爲憂是敢輒殫悃愊之誠累黷高明之
聽迫於危慮罔避煩辭而聖度幷容寬其罪戾恩言屢降譬以丁寧
知成命之難回勉靦顏而祇受而況全齊舊壤負海奧區民俗富完
而鑿井耕田各安其業詔條寬大而奉法守職足以脩官內省庸虛
奚勝忝幸此蓋伏遇皇帝陛下日新求治天覆推仁謂簪履雖爲於
賤微尚堪收錄而犬馬苟豐於豢養猶可使令臣敢不策勵疲羸勤
思夙夜庶期盡瘁少答鴻私

謝南郊加食邑五百戶表熙寧元年十一月

紫壇高峙式薦於精禋皇澤霶流推行於大慶祇膺寵數伏切兢營
臣某中謝伏惟皇帝陛下出震膺期繼文興治百度講明於新政羣
生涵泳於至和乃考舊章聿思報本謂三歲一郊之禮必舉以時俾
四海九州之人並受其福遂因景至躬款陽丘萬國充庭其誰敢後

六卿聯事各以其官而臣職忝領條位拘守土執豆籩而祇役罔獲

施勞逮燀翟之餕餘遽蒙均惠無功受賞莫遑俯傴之辭盡瘁事君

惟誓靡捐之効

謝傳宣撫問賜香藥銀合表熙寧二年三月

臣某言今月二十五日伏蒙聖慈差入內內侍省西頭供奉官王延

慶傳宣撫問仍賜臣香藥一銀合者祇命有嚴瞻天威而不遠撫躬

增惕拜君賜以爲榮臣某中謝伏念臣本以妄庸幸緣遭際進陪國

論莫贊萬機之微出布政條未聞五月之報屬北州之災饉隣東土

之封疆皇帝陛下子育黔黎仁深覆載閔扶攜而轉徙軫宵旰之焦

勞而臣職在撫綏任叨寄委曲煩訓諭備極丁寧仍因使傳之馳特

示恩頒之寵臣敢不恪官自警祗事以時惟善是從勉企前人之迹

俾民受賜上寬明主之憂

謝賜漢書表熙寧二年三月

臣某言臣伏蒙聖恩賜臣新校定前漢書一部已於今月日據進奏院遞到臣已祗受訖者俯躬承命拭目生輝臣某中謝竊以右文興化乃致治之所先著錄藏書須太平而大備惟漢室上繼三代之統而班史自成一家之書文或舛訛蓋共傳之已久詔加刊定俾後學之無疑一新方冊之文增煥祕書之府而奏篇之始方經衡石之程賜本之榮惟及鈞樞之近敢期孤外特與恩頒此蓋伏遇皇帝陛下曲軫睿慈俯矜舊物謂其嘗與臣隣之列不忍遽遺憐其自喜文字之間俾之娛老然臣兩目昏眊雖嗟執卷之已艱十襲珍藏但誓傳家而永寶

乞壽州第一劄子熙寧二年冬

臣輒瀝誠懇上干天聽一作聽臣本以妄庸逢時竊祿寵榮踰分報効無聞頃在亳州嘗以疾病乞從休退聖恩憐憫未忍遽捐累降詔諭丁寧備至適會東秦闕守誤被選差超轉兩官委以一路臣亦屢

陳朽憊既不獲辭便當策勵疲上副憂寄而臣迫以年齒晚暮近日以來心力俱耗事多健一作廢忘腰脚舊苦拜起艱難兩目氣暈尤更昏然僅分黑白雖勉力支持日虞曠敗兼臣到任已及一年有餘欲乞就移淮潁閒一差遣以便私計伏望聖慈特賜憐憫許差臣知壽州一次冀一作庶就閑僻苟養衰殘今取進止

第二劄子

臣近以疾病乞就移知壽州一次伏奉今月九日詔書宜不允者聖恩優假訓諭丁寧迫以危誠不能自默再煩睿聽罪合誅夷伏念臣舊患眼目已十餘年又苦渴淋亦五六歲年日加老病日加深睛瞳氣暈侵蝕幾盡脚膝瘦細行步艱難自入今歲以來心神又更昏耗事多健忘動輒差失九州一路寄任匪輕勉彊疲殘日虞曠敗況臣貪冒榮寵過分已多年齒衰遲又復如此理宜量力知止早自退休蓋臣昨在亳州累陳此懇伏蒙陛下至仁至慈憐憫舊物不忍遽棄

屢煩恩詔委曲慰安欲令且更勉勵故臣今者未敢別有陳請秪欲求淮潁之間一便郡苟竊俸祿以盡餘生庶幾上副聖君天地父母含容養育之恩伏望睿慈特賜矜許今取進止

謝擅止散青苗錢放罪表熙寧三年夏

臣某言今月二十九日準中書劄子以臣奏乞不俵秋料青苗錢事奉聖旨不合不聽候朝廷指揮擅行止散之罪特與放免者有罪必誅是爲彝典原情以恕特出深仁聞命驚慚省躬涕泗臣某誠惶誠感伏念臣以一介之微賤荷三聖之獎知寵祿既豐初無報効筋骸已憊尚此遲徊曲蒙大度之弁容誤委一方之寄任職當撫俗責在分憂方茲旰昃之勞心豈敢因循而避事昨遇國家新建官司而主計大商財利以均通分命出使之車交馳於郡縣悉發舊藏之鏹取息於民坻而臣方久苦於昏衰初莫詳其利害既已大諠於物議始知不便於人情亦嘗略陳衆弊之三冀補萬分之一屬再當於班給

顧已逼於會期雖具奏陳乃先擅止據茲專輒合被譴呵豈謂伏蒙
皇帝陛下深軫睿慈俯矜朴拙免從吏議特貸刑章夫何草木之微
曲被乾坤之施臣敢不益思祇畏更勵操脩戒小人之飾一作遂非
希君子之改過冀圖薄效少答鴻私

辭宣徽使判太原府劄子熙寧三年四月

臣準今月二十九日入內東頭供奉官馮宗道到州傳宣撫問賜臣
告勑各一道伏蒙聖慈除臣宣徽南院使判太原府事伏念臣久苦
老疾自今春眼目疼痛及渴淋舊疾作脚膝細瘦行步艱難自二月
已來交割却本州公事見今在假將理所有今來恩命優異寄任非
輕以臣非才固不敢當兼以久嬰疾病未得痊安見別具奏章陳乞
一小郡差遣次所有賜到勑告臣未敢祇受已於青州軍資庫寄納
別聽指揮次今取進止

同前

臣前月二十九日伏蒙聖恩差中使齎賜臣告勑除臣宣徽南院使判太原府事臣尋已具奏陳未敢祇受今輒再瀝危懇上干天聽意迫言煩敢避誅戮伏念臣自至青州忽已踰歲適值年時豐稔盜訟稀少足以偷安竊祿而臣自以年齒日加衰殘日甚心識昏耗難於勉彊以謂一路九州不可常幸於無事每憂緩急有誤寄委所以去冬累陳衰病乞移一淮潁間小郡未賜允俞之間遂接春陽戒候爲風氣上攻眼目驟加昏痛因此服藥過度發動渴淋舊患甚於初得疾時腰脚枯瘦行履艱難自三月後來不免兩次交割却本州公事在假將理百方治療終未痊損敢期於疾一作病告中忽被睿恩有此差遣一作選不惟寵命優異非臣敢當兼以久病淹延筋力難彊欲望聖慈曲賜哀憫特許檢會臣前所陳乞於淮潁間移一小郡俾養殘年所有大原重任必難久闕人伏乞別選用人上副憂寄今取進止

同前五月一日

臣近蒙聖恩除臣宣徽南院使判太原府事續準中書劄子奉聖旨令臣依前降指揮疾速起發仍赴闕朝見訖發赴本任者伏念臣以老疾經春方在病假中忽被此恩命自揣才力難當寄任不敢祗受尋已具辭免仍乞一淮頹閒小郡見別聽候朝旨次今取進止

同前附馬供奉入奏

臣此者伏蒙聖旨除臣宣徽南院使判大原府事特差入内供奉官馮宗道賜臣告勑各一道兼傳宣撫問續準中書劄子奉聖旨令臣疾速起發仍赴闕朝見訖赴任者伏緣臣以非才久病心力衰耗難當擢任之寵兼自春以來疾病久在假告已於四月二十九日五月一日兩具劄子奏聞辭免恩命至今一無至今二字秖候提點刑獄席汝言到任交割公事別聽朝旨次欲望聖慈矜察早賜允俞今取聖旨

同前

臣今月二十二日一作二十日準進奏院遞到詔書一道伏蒙聖慈以臣辭免恩命未賜允俞者訓諭丁寧理宜秖受懇誠迫切尚敢煩言伏念臣本以妄庸謬叨器使寵榮踰分福過災生五七年來纏綿疾病嚮蒙聖念許解政機仍與近藩俾從優便臣以高秩一作爵厚祿非爲養病之資竊位素餐難又偷安以處所以決謀休致累上封章陛下尚以一作念簪履之微曲憐舊物不忍遽棄屢賜安存旣又徙一作賜以東州兼委兵民之任然而雖名一路不係邊防所管九州苦無軍馬加以歲時稍稔盜訟頗稀臣得以偶免曠隳蓋出天幸而臣常竊自念年齒日以嚮暮筋力知不復完與其臨事而后辭不若量分而先止故於一作自去冬再瀝懇私乞一小郡冀就一作稍遷於淮潁得漸近於田廬敢期病告之中忽被優殊之命超轉一作遷時貴職付以極邊使臣未至一作遇衰殘尚非所受而況實難勉

彊敢不必辭再念臣自在亳州累乞致仕殆今三歲矣而口誦退休之言身貪榮進之寵既自違於言行豈不愧於心顏雖聖度之兼容必公議之難遏伏望睿慈曲加憫察特賜追還新命許換近潁一州則天地父母之恩敢忘犬馬之報今取進止

同前

臣今月十五日準樞密院遞到詔書一道伏蒙聖恩以臣辭免宣徽南院使判大原府事充河東四路經略安撫使恩命乞差知蔡州一次所乞宜不允者聖訓丁寧已煩再諭臣誠迫切難避嚴誅臣竊以朝廷之用人臣子之事上蓋常察其進退不違於理則可以知其大節之所守而予之爵祿將以為寵則必使不犯清議之所非授受之間可謂兩難矣故高秩厚祿人臣所願必也處之無媿然後得以為榮或其義有不安所以容其自免今陛下寵臣者至矣任臣者優矣而臣不幸心懷自媿義有難安敢更竭此一作敢不更竭懇誠必期

哀許伏念臣妄以迂儒遭逢三聖寵踰其分器小易盈爰自中年早苦多病臣因竊思前世爲人臣者不待伏於牀第然後稱疾不必廢其支體然後辭官但其一作以心志已衰筋力難彊則義當知止不可貪榮爾此臣所以不待年及累乞退休而睿聖慈仁不忍遽棄六賜詔諭備極恩憐而臣上體聖眷之優殊不敢自決而引去然止當跧伏閑處偷安竊祿譬諸已乏之馬牛俾盡餘生於芻豢而已此乃粗爲合理其如事則不然蓋臣前歲以老告便超兵部尙書今春以疾辭又轉宣徽南一無南字院使辭淮南一州則領淄青九州免京東一路則總幷代四路是每求退則得進每辭少則獲多使其一出偶然人情猶或少恕若其每舉必爾則公議豈復可容雖幸人之未言顧臣何以自處此臣一無此字所謂心懷自媿義有難安者也使臣筋力猶彊尙合懇辭恩寵況臣疾病積有歲年已具奏陳累一作屢干聽覽臣亦竊聞議者以臣脚膝一作腰脚未至着牀枕一作第

眼目猶可分人物便謂尚堪驅策致此誤蒙選任殊不知臣心志已衰精神並耗雖未伏枕實一行尸再念臣本出書生老於文字賦才非敏以學自愚故歷官以來多觸罪辜屢罹憂患蓋以不通時務不習人情加以晚年繼之衰疾識慮昏眊一作耗舉事乖違大抵時多喜於新奇則獨思守拙衆方興於功利則苟欲循常至於軍旅之間機宜之務則又非其所學素不經心蓋以病悴已衰之軀持昏眊乖違之見任素非所學之事一有敗闕雖戮臣身不足以塞責而誤國之計如後患何使臣粗有愛君憂國之心豈敢不思及此而貪榮苟得臣一作蓋已所宜必辭者三義所難安一也精力已衰二也用非所學三也然於三者之中其二尤急若其義所難安者幸蒙聖恩獲免俾臣不取非於清議而無愧於晚節則陛下之賜臣者榮於高秩厚祿之賜遠矣至於用非所學致誤國家之計貽朝廷之憂則當君父旰昃憂勞求治之時聖慮所宜留意也伏望聖慈哀臣誠至之言

察非矯僞之飾特賜允臣屢請追還新命一作授換一小州則臣雖
死之日猶生之年今取進止

蔡州謝上表熙寧三年

臣某言臣伏奉勑命就差知蔡州軍州事已於九月二十七日赴上訖者負薪嬰疾獲辭四貴之遷剖竹分符尚忝一麾之守荷寬恩之優假撫朽質以兢慚臣某中謝伏念臣本出孤平一作貧粗親文藝遭逢亨會叨竊寵榮方犬馬之壯時早無施於尺寸況桑榆之晚景嗟已迫於衰遲一昨誤被選掄擢升要近付以一方之民政委之四路之兵機惟寄任之匪輕揣庸虛而內懼輒陳懇悃屢瀆高明敢冀
天慈不違人欲還其舊職易以近藩惟古豫之名邦控長淮之右壤土風深厚物產豐饒雖宣化班條慚無異術而守官循法足以偷安此蓋伏遇皇帝陛下惻以至仁包之大度既不責其避事又曲從其便私哀爾尫殘容其僥倖仰被乾坤之造顧非木石之頑臣敢不勉

自勵其筋骸更殫盡瘁之節苟未塡於溝壑尙知圖報之方

蔡州再乞致仕第一表熙寧四年四月

臣某言臣聞士之致政而傳家雖著禮經之常制昔有乞骸而稱疾不待年及者固多況臣久苦於病衰早歲已陳於悃愊敢茲再黷仰冀哀憐臣某中謝伏念臣以一介之妄庸荷三朝之眷奬因時竊位嘗俾贊於萬機積日累年訖無稱於一善徒緣朴戇動觸機危每煩君父之保全不殞終身一作始終之名節嚮由災疾願謝軒裳披瀝肺肝累奏封而五上留連寵祿復歲序之三遷間被誤恩驟加擢任顧已難於策勵遂復力於懇辭上賴慈仁曲加憫惻既不責其避事又曲從其便私得善地之寬閑俾殘軀之養息而臣年日加老病益交攻新春以來舊苦增劇中痟渴涸注若漏巵弱脛零丁兀如槁木加以睛瞳氣暈幾廢視瞻心識昏耗動多健忘雖聖君之念舊廓大度以兼容而隳職曠官實爲可畏貪榮竊食難久自安伏望皇帝陛

下日月照臨乾坤亭育察其情實賜以矜從許解郡章歸榮里閈俾其酣詠樂時之盛化優游為世之幸民以畢餘生永依鴻造

又劄子

臣輒瀝懇私上干宸造愚誠所迫罪戾難逃臣自頃蒙恩許解政事即曾乞一近潁州差遣庶得漸謀歸者上荷至仁憫臣衰病允其所乞差知亳州到任之明年遂乞致仕聖念惻然憐其舊物不忍廢置凡五上表章四具奏劄皆蒙詔答未賜允俞臣以不敢更為煩黷遂且中止尋又蒙恩超轉臣兵部尚書安撫淄青一路既不獲懇辭遂勉力就任而臣迫以昏衰事多曠廢甫及一年則又陳乞壽州亦以近潁冀便於歸老未得請間尋又蒙恩除臣宣徽使移守并門付以河東一路官益榮任益重而臣身益老病益加不勝憂懼之情所以累瀝血懇上煩天聽伏蒙睿慈察其誠實養疾便私悉如其請臣自到今任忽已半年幸值歲物豐成民一作盜訟稀少坐尸厚祿足以

偷安臣上戴陛下天地父母之恩未知論報之所而身與願違蓋自冬春以來舊苦愈增上渴下淋晝夜不止脚膝細瘦僅存皮骨行履跪拜艱難加以眼目昏暗視物睛痛有妨簽書看讀公家文字載念臣昏衰疾病既已累年量分知止亦非一日寵祿之榮無容久竊臣今輒具表章再伸舊請乞一致仕名目欲望聖慈特賜開許今取進止

第二表熙寧四年五月

臣某言臣近上表章乞從致仕伏奉詔書所乞宜不允者睿訓丁寧曲加慰諭愚衷懇迫尚敢黷煩將再干於冕旒宜先伏於砧鑕臣某中謝伏念臣世惟寒陋少苦奇屯識不達於古今學僅知於章句名浮於實用之始見於無能器小易盈過則不勝於幾覆徒以早遘千齡之亨會誤蒙三聖之奬知寵榮既溢其涯憂患亦隨而至稟生素弱顧身未老而先衰大道甚夷嗟力不前而難強每念恩私之莫報

兼之疾病以交攻爰於守亳之初遂決竄漳之計逮此三遷於歲律又更兩易於州符而犬馬已疲理無復壯田廬甚邇今也其時是敢更殫螻蟻之誠仰冀乾坤之造況今時不乏士物咸遂生鳧鴈去來固不爲於多少鳶魚上下皆自適於飛潛苟遂乞於殘骸庶少償其夙志伏望皇帝陛下哀憐舊物隱惻至仁察其有素非僞之誠成其識分知止之節曲從其欲賜報曰俞俾其解組官庭還車故里披裘散髮逍遙垂盡之年鑿井耕田歌詠太平之樂其爲榮幸曷可勝陳

又劄子

臣此者伏奉詔書以臣再乞致仕未賜允俞恩旨稠重伏讀感涕臣自熙寧元年初有陳乞迨今四年之間凡八上表章五具劄子其懇悃迫切言意重複干冒天慈煩黷聖聽固已可厭而可責矣而蒙陛下未加誅譴曲爲優容八被詔音（一作答）丁寧慰譬此天地父母之仁可謂至矣然臣猶有不得已者臣前嘗奏述古之爲臣不必伏於

牀枕然後稱疾不待廢其支體然後辭官但其心力已衰不能勉彊
則自宜知止而不可貪榮此臣前次陳乞之時所志止於如此爾蓋
自守毫迨今又已四年身比前日加老則氣血比前日益衰而疾病
比前日益不支持但未伏牀枕廢支體爾此臣不能自已者也臣竊
伏思聖君久已察臣區區而未允其請者必以臣歷事三朝最爲舊
物聖恩眷眷未忍廢棄而年又未及去之大早耳然臣前又嘗奏述
今之致仕與古之人不同恩禮優幸不爲廢棄至於年未及而早去
亦今昔人臣常事臣竊見實錄所載太宗時有大常少卿孔承恭者
年纔六十一便乞致仕太宗皇帝欣然許之仍特降詔書褒獎以敦
勸人倫蓋當時議者不以朝廷許承恭早去爲非而但稱承恭之善
又以有臣如此可以勸勵風俗自爲朝廷美事也欲望聖慈少紓聽
覽果若致仕優幸不爲廢棄雖年未及又議者不以爲非而反爲朝
廷美事則理無可疑而臣若蒙哀憐得遂其請則上不損朝廷之體

下不失優幸之恩而又竊知止之名爲一時之佳事則臣之受賜者多矣臣不勝意迫言煩惶懼激切俯伏待罪之至今取進止

第三表同前

臣某言今月二十一日準樞密院遞到詔書一道伏蒙聖慈以臣再乞致仕未賜允俞者恩深煦嫗感極涕洟雖情有迫於危心不知自止而辭已窮於累牘幾至無言惟以至誠期於必達自乞憐於君父不復訊於蓍龜臣某中謝伏念臣家世單平性姿中下少從官學本免饑寒不自意於遭逢遂進階於華顯然而羣材方茂蒲柳未秋而早衰衆駿並馳駑駘中道而先乏而況荷難勝之任用竊逾分之寵榮風波憂畏而慮已深疾病侵淩而老亦至故自辭於機政即願謝於軒裳蒙上聖之至仁念三朝之舊物每曲煩於訓諭久未忍於棄捐竊惟臣之事君必本忠信言不顧行是爲罔欺而臣口日誦於田閭身坐貪於祿利可畏至公之議何施有靦之顔每自省循莫遑啓

處是敢罔避再三之煩黷猶希萬一之矜從伏望皇帝陛下特軫天慈俯回睿聽察前言之可復蓋屢請者有年哀下愚之不移俾卒成於素志徇其所欲乞以殘骸臣若得上還印綬於有司自駕柴車而即路晚節知無於大過沒身永荷於鴻私

謝致仕表熙寧四年六月

臣某言今月十七日進奏院遞到勑告伏蒙聖恩除臣太子少師依前觀文殿學士致仕者愚誠懇至曲軫於皇慈寵命優殊特加於常品本期得謝更此叨榮臣某中謝伏念臣猥以庸近之材早遘休明之運不通之學旣泥古以難施無用之文復虛言而少實是以三朝被遇四紀服勞蒙德重於丘山論報亡於毫髮而年齡晚暮疾病尫殘輒希知止於前人不待及期而後請自陳悃愊屢至瀆煩旣久歷於歲時始曲蒙於開可仍超加於異數非止賜於殘骸道愧師儒乃忝春宮之峻秩身居畎畝而兼書殿之清名至於頭垂兩鬢之霜毛

腰束九環之金帶雖異負薪之里一作重何殊衣錦之歸使閭巷咨嗟共識聖君之念舊搢紳感悅皆希後福之有終豈惟愚臣獨受大賜此蓋伏遇皇帝陛下無私覆物博愛推仁以其夙幸遭逢密契風雲之感會嘗經服御不忘簪履之賤微致此便蕃萃于衰朽雖伏櫪之馬悲鳴難戀於君軒而曳尾之龜涵養未離於靈沼餘生易畢鴻造難酬

乞免明堂陪位劄子熙寧四年八月

臣伏準今月二日詔書以明堂大禮特令臣赴闕陪位者臣竊惟大饗之禮國家盛典千官分職以奉事萬國駿奔而在庭方以老病衰殘退伏閭里尚蒙天慈曲加記錄特賜詔召俾與侍祠之列此臣子之至榮至幸豈臣克堪而臣不幸早嬰災疾瀝懇累年近蒙聖恩許以歸老而自春涉秋舊苦增劇脚膝細瘦行履拜跪艱難伏況祠事恭虔出於彊力而臣迫此疾苦不獲祗赴召命無以上副君父記錄

愛憐之恩臣不勝惶恐

謝免明堂陪位表

合宮大啓爰講於上儀明詔忽頒俾祇於嚴召被恩言之優渥撫病質以兢營臣某中謝伏惟皇帝陛下仁聖聰明憂勤慈儉遂羣生而涵育臻至治於和平乃因萬物之成秋爰卽九筵而展禮陟降薦獻百官以職而各供膺受福釐一人有慶而咸賴而臣近辭印紱方伏田廬當與庶民並蒙餘澤敢期睿眷尚錄孤孱俾陪在外之臣來預侍祠之列載念臣自緣災疾幸獲退休殆未踰時尚嬰舊苦雖朝廷禮樂之盛得與者爲榮而犬馬筋力之衰告疲而已久既不能於策勵姑自信於奇屯太史滯於周南惟知歎命子牟瞻於魏闕但極馳心

謝明堂禮畢宣賜表熙寧四年九月

臣某言臣今月十七日伏蒙聖恩特差右班殿直王昌賜臣衣一襲

金腰帶一條銀器一百五十兩絹一百五十疋米麵羊酒等者太室精禋方集神明之貺肇門增耀亦霑慶賜之優祗受以還兢營失措臣某中謝伏惟皇帝陛下垂衣致治盡志奉先率循三歲之舊章時舉季秋之大饗四方萬國執玉帛以盈庭羣卿百司潔豆籩而恭事而臣以衰殘之病質荷寬假之深仁方居畎畝以偷安莫覩朝廷之盛禮璽書賜召不遑祗命而趨使指就臨特被匪頒之寵此蓋伏遇皇帝陛下容之大度推以至慈念簪履之雖微猶爲於舊物閔桑榆之向暮俾慰其餘生惟嗟犬馬之已疲莫報乾坤之大施

代作三首續添

代進奉承天節絹狀

右臣伏以重熙纂歷載誕啓辰正宁陳儀允昭於嘉會庶邦脩貢咸効於駿奔前件絹三壤所宜九賦攸出備諸宰旅實織筐以非工竊比野人得美芹而是獻虔誠斯至欣頌咸同

代進奉土貢狀

右臣伏以百嘉咸茂允賴聖功九貢所儀備存方志前件物出於繭稅載厥仙經疏密有程甘馨可采以時述職庶六尙之攸資向日傾誠保億齡而是祝干涣宸造臣無任

代薛孺乞御篆神道碑狀

右臣輒瀝哀懇上干睿聽人子之志蓋急於顯親天心至仁仰冀於從欲伏念臣先臣奎早以孤直遭逢盛明自結主知參預國政讜言忠節著在朝廷遺德餘芳宜刻金石伏見兩府舊臣之家所立神道碑多蒙聖恩賜以御書名額臣今欲於先臣墓隧刻立碑名欲望聖慈特賜御篆神道碑額所冀神翰之光照臨幽壤不獨榮其後嗣實以勸於事君謹具狀陳乞以聞

表奏書啓四六集卷第五

表奏書啓四六集卷第六　集九十五

上胥學士偃啓 天聖六年

某聞在昔築黃金之館首北路以爭趨附青雲之名使西山而起價誠以求千里之迹者先其市骨得一字之寵者榮於衮章而況天下之風采聳聞口吻之雌黃並出以末塗之佁儗說定鑒於妍媸目論所加能令重於九鼎髦端或倚可使逸於太霄是宜殫重趼宿舂之勞懷漫刺署里之字鋪論有素題品攸歸伏惟某官稟粹天英抽華道祕虹蜺遠映拂霄堮而垂光黼黻摛文絢雲河而發藻遊士鄉而著品入聖域以踐優爽爽之聲軼前良而通美琅琅其璞瑞昭世以稱珍爰自覽輝下翔階木特起掎袂於羣英之彀頡弁乎千齡之辰列坐棘以聯曹署法庭而奏讞若若懷綬宛轉於一綸翹翹聘車雍容於半刺陳仲舉以題輿而擅美何恭祖以纏幘而馳稱垂腰佩刀見賞三公之器追鋒給傳終膺雙武之皮第連最以推高貢初儀而

上獲公車以兩令而持牘綈几以十篇而奏文禪衣曲裾暮召大臺
之對尚方給札霈灑鴻都之毫雖西岷者冊書之藏是開乎仙室而
東壁者文章之府載郁於時風居爲顯化之階式是育材之地爰膺
麗正之選首被集仙之名白蟫芸簡以生香茲焉辟惡紫袷荷囊而
備問最近清光固已丹轂解嘲天祿草經而擬聖金刀博學太一秉
藜而下觀頃緣泛駕之求亟發違行之訟恥從吏對出檢猾商謂軒
冕之儻來視同於寄物履名教之中樂坦照乎清襟旋關掌於郡條
久從容於別乘一麾出守固雅尚之所存千里佩青乃上心之攸注
距楗江之清郡標軍壁之上游犬鼈之警無譁賈室之繁甚富足以
坐堂聽訟閑閤凝神秀野頒春過蘅臯而倦目清言捉麈臨雅俗以
鎮浮然而未央居半夜而生思安石以蒼生而待一作特起望之補
吏意雅在於本朝主父出遊帝已嗟於見晚行奉一封之傳入隨二
節之趨見堂堂之姿送之迄目對顒顒之表威不違顏登涉乎赤墀

之塗進重於高門之地卓然遠韻度越諸公霑芳潤者漱其清芬仰龍光者思其一作於末照英風有煥物議攸歸矧此妄庸𥁞希品目伏念某社櫟樠槁膏棗鈍昏抱器質以何堪賦天機而甚淺睎髮華旦徒跂於清流措足英躔終慚於遠到自遭家之不造早遂一作逢生於百憂茹歎之音悲存乎手澤動明之韻遠失於先時西華以孤露而見哀庾信以流離而多感矧復齊氣多緩嵇筋甚駑乏朽木之先容無一錢而爲地旁䫥而論都邑則被傖父之訶頑鈍以取世資但聽斲輪之曉終非令器第困窮塗一昨竊萬家之應書隨車而上計方策條對廬至狠弁雅拜匪儀失於盤辟甘觸閽而引去但飲墨以蒙羞臥漳濱而養痾竄身茲久弔湘纍而感賦斐語迷招當樹之於無何宜匠者之不顧而或竊先生之餘論企諸公之末暉聞伯夷之名增其懦氣伏海濱之下久以望風是敢強飾固陋之容庶伸伏拜之謁綴窮愁之汗簡奏蕪累之庸音竊覘崇閎將塵隱几登太

山者小天下在培塿以宜慚奏咸池而張洞庭非蛙咬一作蛙蚊之可度然一作伏遇某官量陂無際宇蔭甚穠一作濃推轂成猷噓枯振德裹陽秋於皮裏不言備乎四時吞雲夢於胸中兼容盡於一介幸望許承音旨少貶光塵曲垂褒采之私俾獲題評之目如是則六轡在手驥足何滯於蟻封五色成文樂節或資於牛鐸荷恩有素累牘奚陳

胥學士答啓

伏蒙眷私以盛製文筆二編先之長牋爲贄者恭以某人象輿異稟龍輔至珍奉弈世之貽謀克隆堂室傾羣言之妙旨深達淵源伏一作服膺聖域以惟勤策足俊躔而迥異敏學該乎變貫英識極於覃研秉節高奇發清吟於梁甫締交名勝綴雅聚於蘭臺飄飄之逸思無窮籍籍之芳塵自遠偶蚴一飛之翼行躋多士之魁何誤采於虛聲辱遠垂於厚顧方披睟表遽捧雄篇恣探賞以忘勞信窺測而靡

暇幽意絢於道德高義薄於雲天飛染遒麗以盈箱彫繢紛華而滿眼賞孫詩之零雨何止一章贊沈賦之碓星豈惟數句固將備西崑之玉府奚獨易東堂之桂枝允矣難能誠哉可畏雖亨衢自至靡資左右之先容而名路共成敢惜齒牙之餘論

謝胥學士啓

近贄蕪音仰塵紬几載形答復深極褒稱弊帚無庸愧藏家而自享重言外獎干尺牘以必珍始繩窮而匣開爛然在目旋骨驚而心折至矣聞音退揆頑疎陰加震疊竊以昔者詹袞垂乎一字寵極於華章汝月更乎坐評自成於往法得河南之口占多藏去以爲榮獲江左之筆蹤則神明之來復至有不喜人事常堆案而弗訓靡答私書或矜才而格物未若翠緌鳴玉之彥蘭臺金馬之英品風流坐正物之源交士林忘公侯之貴俯存寒素之目毋密謦咳之音鬼墨流英洒鴻都百金之筆犀談對客發荊州一日之函有煥私藏因爲殊遇

某倥蒙惟舊操檢弗支乏沃若之軒髦有尾兮之長醜顧右臂而爲
彈早歎蘮疲雖左肘之生楊徒能殫化爰以自童髮之交剪浴聖日
之光華勉紹箕裘懼隳門素冠乎枝木莫踐化人之場鈍若神椎爰
對囊錐之願一昨與偕外計續食縣官之郵召詣中臺果玷浮華之
目州閭貶於素論篋衍棄於祭芻委末路而弗振與清涂而自隔然
或鼓舞至化呻吟變儒效騷人之鬱伊蕃漳濱之模楷品之上下曾
弗齒於鍾評擲中宮商宜遠慚於孫賦奚辨麗而可紀徒歔欷以與
譏何弗避於詆訶輒外彰於嗤鄙踸踔短韻迨無取於縶韉盧胡見
貽乃自珍於乾璞所期用覆醬瓿譬十年之練都投置皮箱資一笑
於相樂伏蒙某官憫茈愚之無似加品目之惟優醜以愛忘音緣賞
奏許上修名之謁獲伸拜德之恭後堂執經飫陪一肉之賜西齋坐
宴密親三雅之歡執如意以指譚務車轂而推引噴咳珠玉大小以
之成珍指顧飛沈眄睞於焉起色出乎望表溢乃情涯而復俾十倍

而增榮示一嗛而為美當黯闇之多瑕枉虞筆以摛文縟旨星稠蟻牋雲落布帛之言甚暖暴以秋陽齒牙之論所加重於大呂謦以明月闇投於人不意此音猥來入耳謹當納藏行褚歸耀當閭襲以十綈為天下之至寶脫復一讀解體中之不安貴洛紙而爭傳與吳刀而共布隱恩所及頂踵奚勝

謝國學解元啓天聖七年

右修啓伏覩解文濫膺名薦肆三合雅方列於冑筵旅百在庭遽陪於方貢惟遴東之彌衆叨首舉以為榮飾讓無從循涯有溢竊以姬庭講治務多士之思皇漢席遲一作優賢以得人而為盛然皆謹能書而上獻始揚進造之名隨計吏而與偕乃署秀廉之等一適謂之有德九變選乎知言所以樂育羣材並贊郁乎之化潤色鴻業協暢炳然之風用登至平皆由此道而況成均講藝昭五帝之遺文辟廱環流聳三宮而對峙自京師而首善俾天下之向風卓爾不彝垂之

來葉皇上握褒文而統理坐法宮以垂精並舉豐規丕揚先烈恢迓衡之至治攬入彀之羣雄躬孝武招徠之勤紹永嘉敦樸之舉取之數路並用文武以兼通託之百朋思講天人之相與並申辨論之法持爲孝秀之門責士著以占名謹一作詳鄉評之清議一郡國之衆咸一作或使得以應書百孝廉之羣皆勸令其趨駕固以厚一馬乘軺之聘光束帛賁園之招張羅挂雲盡取於逸翮傾崐取琰無復於遺珍超振古以無前契千齡而猶是而復詔大胥之掌版登遊倅於上庠謹從事以新書先考言而明試才可嘉於辨麗擇之妍詞言析理以精詳求於閎論當此三道使無諱以著千篇對有百人盡揮毫欲善其事自非行能高妙業履優殊闚覽乎九家之流含漱乎六藝之潤講乎高誼而已久識必研幾施之當世而可行言皆詣理則何以當重圍之樹棘並列於名闈佩後席之容刀得趨於臺試如脩者天機甚淺俗韻素冥嚮未徹於一臯器不賈於當世瑣尾成乎長醜

寒素本乎後門撫頑鈍以無庸常拙艱而茹歎首戴蒲而服業早失先疇書剖楹而發函僅存手澤毀瓦居慚於志或作求食不龜安可以得封勉爲佔畢以呻吟動取戲儒之詬病睎髮光華之旦徒慶於逢辰策足英雄之躔奚能於遠到嘗因續食於縣次獲陪待詔於公車對策無爲終以空言而罷雅拜非禮幾坐舉者之人辱皮相以堪羞耗心氣而都盡諱窮極於反袂鎩羽嗟其觸隅學揣摩而不成反喤於丘嫂旁離騷而發詠幾吊於湘纍志銷落以堙沈迹零丁而孤苦頃自脫身僑籍著錄師黌學狗曲以見譏肄鱣堂而卒業入梁茲久敢期英俊之並遊論都未成殆以傖荒而見隔對合鱛而記食躐訛履以倦遊會深詔之急賢俾命鄉而論士靡慚衒鬻之技上充跰弛之求輒以復來勉茲再鼓當翰場之斯闢接雋軌以並馳忝千兔之毫筆不停而爭綴舉連帷之袂袍何自以大紛會是鯫生最當前列躑躅燥吻舌不下以喬然彫琢曼詞思彌枯而兀若率有枚生之

累句僅同雎苑一作范之後成日佇報聞陰圖引去夫何濫吹之曲誤中程文之規用冠譽髦越陞上級屏間誤墨本無望於成蠅竈下焦桐豈有思於爲器玷茲褒采實駭羣倫顧揚粃以增羞在冠鼇而曷稱再循竊據實用覥顔此蓋伏遇某官表燭羣倫丹青上化雌黄在口捉麈尾而不休翦拂長鳴託旌一作旄端而可逝因興民於三物務推轂於諸生致此妄庸及於甄采敢不仰銜提獎益勵進修磨鈆鈍以爲銛策蹇步而睎驥踐兮箕舌已簸糠而在前沛乎鴻毛使培風而直上用於知己答乃初心過此以還未知所措

謝進士及第啓天聖八年

楓宸蠖濩方贊趨而在庭雲幄靚深遽臚傳而唱第竊顧無庸一作用之品仍躋異等之科祗服寵靈實增震悸竊以思皇之詠多士雅頌播於姬庭間出之有異人文章炳乎漢德選知言於九變東都下深詔之辭開孝秀之一門唐家有得賢之盛皆所以招徠時彥樂育

人材講求精祲之原潤色帝王一作皇之美卓爲往範垂照來今丕哉文物之華屬我神靈之運國家右賢興治若古敷猷休聲塞乎淵泉至德溥於烽火彌文上化疏璧水以環流儲精太寧坐蒿萊而講道爛乎舜日之晏晏煥乎堯章之巍巍而且優游巖廊夢想豪俊下賢書而旁午諭上意之丁寧復詔策於廉科謹鄉能於歲舉馳封一馬使者在道而相望翹首羣英天下嚮風而咸靡逮計車之偕上首方貢以前陳委密侍之鉅賢先春闈而覆較氊筆署乎重棘奏可而後行錦几坐乎中楹親臨而明試森陳奏牘逮兩令之不勝精閱書衡幾百斤而未止自匪該明治具佩服儒規行實藹乎徽猷識宇包乎賢業寖明寖昌之畢講學際乎天人之交至纖至悉而不遺言達於國家之體則何以上當乙覽榮中甲科聯俊乂以服官陪英雄而入轂如某者風猷靡立操植素淪樹樗甚乎液樠膏棗嗟乎昏鈍戴枝冠而竦誚切愧命儒問天一作尺咫以不知終然懵學加以素鍾

舛運生遘百罹自翦髮以交垂已不髦而茹歎逐耕夫而衣褐早去先疇署生版以占名轉隨僑籍流離末路佁儗後塵借譽羣公之遊本無題目接足諸生之後多見排根嗟慼際之親逢忍窮途而自竄陪貢廉於百羣每與計偕飲試畢之一升嘗從罷去退慚踸踔數此隻奇撫骨嗟乎淪鋪卷迹甘於藏竄然而昆裘學冶惜先芬而懼隳母髮垂星感親闈之思養未及衰於駒齒勉自奮於駑筋乘下澤以去鄉棄裂繻而爲誓車騎乏甚都之雅風塵有化俗之勞上國連衡仰攀於俊軌橋門掎（一作倚）袂獲覘於邦光會泛駕之求才輒應書而充賦以孝廉而射策本無百六之能自衒鬻之上書蓋逾千數之衆逮漢庭之籍奏咸以名聞同矍圃之去賓僅有存者顧（一作故）惟庸妄首玷甄陞獲召於公車之庭給試乎上方之札致狂言之誤擇叨署第以開榮若若飛華交垂宛轉之綬諄諄其誨載聆郁穆之言浸雲澤以芬流沐天光之下燭竊慚鉛鈍嘗厠翰場屢以下中之才

當乎第一之選宜不失於舊物期仰答於知人然其戰屢勝而後驕鼓至三而乃竭綆短褚小嗟遠用以奚勝弓撥矢鉤惜前功之皆廢誠以九閽坐狄百戟森庭就列瞻天駭威臨於咫尺爭觀落筆紛立若於堵牆悦訝鈞庭之夢遊驟覺幹魂之驚去僅成牽課靡中科程瀆睿覽之至精宜報聞於獨罷尚賴蕤旒之過聽兼求箕斗之虛名謂籤揚之在前常先於羣彥以薦藉之良厚重違於大臣猥自下流參聯上列省逢辰之至幸實叨恩之有因此蓋某官闡繹帝猷雍容朝首粉澤光華之治表燭薦修之倫膺上心之柬求主斯文之盟會言皆有味務推轂以彌勤先爲之容俾朽株之見用致茲孱瑣及此抽揚敢不慎服官箴遵修士則鞭後策足更希遠致之塗鎔金鈞泥尙依陶者之力誓殫用拙之効少酬再造之恩過此以還未知所措

代王狀元拱辰謝及第啓天聖八年

右某啓云云坐狄啓扉並集千人之俊賜袍在筒驟紆一采之綸矧

惟蕞爾之軀仍玷褎然之首仰膺渥渙伏積震惶竊以周陳三物以
賓賢必愼乎命鄉之選漢開數路而求士乃盛乎得人之稱用能暢
郁乎之文一變而至道飾炳然之化三代以同風闈是齊明之猷允
屬神靈之日國家景炎興運赤伏膺圖敷四葉以重光式九圍而用
乂銷鋒偃革外憺乎靈威卷領垂衣坐朝乎夷憬上方穆然無事監
于太清崇庠序以興文飾弓旌而招俊莘歌式宴咸預於計偕洊棘
樹圜載嚴於籍奏敞中楹而親試署異等以精求所宜得命世之偉
才爲一時之清選夫何么一作側陋前玷寵光如某者業履空疎才
猷散戻門緒本乎寒素人品幾乎下中竊逢待旦之盛期寖被右文
之上化激昂稚節策發蒙襟漫雞白以樹碑偶能於童戲炙簡青而
嗜學常訪於師嚴徒有志於雕蟲僅不成於刻鵠陸機閱史尙靡識
於撐犂枚皐屬文徒卒成於骫骳早緣妄動竊企英游貢版齎行常
從於未薦佩刀脫去尋觸於報聞何天幸之聿臻遵賢書之薦降濫

乎事舉猥以名聞洪惟聖治之光華蔚有俊才而遝集並進乎千篇之牘精覽於百斤之衡曾是孤生絕企殊級豈期庸鄙偶中科程採乎一日之長冠乃諸生之列既行能之無取加世胄以非高躡踔後塵迹靡參於俊軌雌黃餘論名不齒於人評驟從底下之才擢居第一之選顧掎裳之在列誠揚粃以貽譏明命已行固無容於反汗多言可畏諒彌甚於鑠金豈非思致異才揖怒蛙而茲始將招駿足假死骨以爲先則何以靡遺譾薄之姿偶首清明之舉再省循而是懼實奬擢一作拔之有因斯蓋伏遇某官黼黻斯文丹青至化嘉猷屢進務推轂以爲先賢路一開使騰夷而有始敢不仰銜恩遇進勵操脩循士則以爲勤佩官箴而有守在鈞以播既由陶者之爲摩頂無忘誓答知人之賜過此以往未知所圖

代謝唐簽判俞啓天聖八年第一甲

伏自某人飛策上第就辟初筵千里奮乎鴻軒方訝雀知之晚一木

爲乎大廈豈無燕賀之私屬被責於吏訶方罷歸於士伍翟公之門有大署意欲謝交嵇康之性不便書寖而成懶屏居田里遂隔音徽豈謂某官俯示存臨過敦禮意逎金逎玉堅乎久而不渝如璧如珪問以音而厚賜服勞謙而自牧若飲醇而醉人恭佩恩勤敢亡寤寐伏況以英英之善譽丁晏晏之休辰德行中乎妙科諮謀參乎大府運籌帷幄豈足盡於上才垂光虹蜺固莫量於逸致內惟衰退但積欣愉

答李秀才啓

脩再拜天錫友兄足下此月八日叔父自貴郡回轅首得所賜書教一筒開闔數四歡喜無量逃虛既久驟聞足音以跫然迷魂若招頓歸常幹而來此惜乎一失交臂之舊（一作樂）再見囘星之周薰歇燼銷壞斷土絶昔人以三月不見尙或嗟於生鄙羣居久離則弗能於無過況孤暌之有素邈師友以斯疏姸皮裹骨而益癡獨學面牆而

奚嚮薰濡弗及寡一作孤陋已增豈意此音猥來入耳美乎此四字一作人且羨美溢雲紙以摛思掞春華而發藻厚乎養鳥誤奏咸池之和豁若覩天驟發醯雞之覆茲焉匠一作五者之規矩誓訂漳濱之模楷承平居之無俚方枕塊以罹憂不見齒而三年合乎禮制加於人之一等時以孝聞願思肯構之不忘無使過哀而至毀而況天錫標一作振絕俗之雋軌包大賢之茂器學兼九變辨雕一作智刻萬物竊伏一鄉之評宜首幽人之聘而屈試方策見枉有司薦紳寃嗟道路讙鑠且夫好惡之異古今所均仲尼至賢乃取侮於盜跖帝莖大樂猶見非於墨子撫絃在乎流水難矣賞音珍髢鬻於九戎誰其識寶使懷道而委芥動直士之盱衡然而泰先否而後傾禍爲福之所伏鷙鳥將擊先卑而飛流川久壅其決孰禦一作必在願養高而全道密中藏而竢時掩乎十仞以韜光去則萬里而不息良工晚成者器必大寧以朴而示人逐水一作策又作末先至者驥之能豈

與鶩而爭路斯皆雅量之素蘊誠非兩好之溢言某之妄庸本無似肖誤蒙甄擢遂見收齒衆珉入寶至璞使之見遺我輩登科前賢所以媿讓循涯已溢覗目無容江關復重音問睽阻時既昏而將暮人在陰而鮮歡遂懷英俊之並遊恨無羽翮而飛肉冀綏吉履之福以迎來譽之光紙盡筆窮辭不逮意

與西京留府交代推官仲簡啓天聖九年三月

某啓此者竊吹一作玷下科濫巾一作升大府懷檄之嘉一作喜容外見迫感於逮親負薪之足力不彊靡遑於媿讓在業官之資始懼傷錦以貽譏況上邦英俊之躔大相熒煌之座幕中諸彥泛泛蓮池之賓門下並遊一一蘭臺之衆一作聚勉策駑筋之緩仰陪席聘之珎問祈招而不知因慚諮訪奉南陽之坐嘯曷有籌謀賴乎天幸之來續於賢者之躅睨伐柯而取則獲企前規告舊政以乞靈得師餘矱已積想風之慕彌增竊抃之懷俟焦墨以戒辰即齎行而首路傾

依一作系之至談悉非終

謝人投贄啓

伏蒙某人寵貽妙製兼枉長牋欽玩懿辭僾銘丹臆恭以某人機神邃茂識理淹和徽名籍布於士鄉晬表挺生於王國言章絢美搴六藝之英蕤一作精奇思緒蘊華潄五河之芳潤揆茲逸軌冠乃烝髦今國家崇柬駿珍寤求孝秀下細文於方國騰賁帛於丘園而某人夙蘊瑰材褎膺温詔占磐鴻而啓繇俟華鹿以送賓顧以某體質頑疏聲猷隘薄誤中程文之選猥參籲俊之求承版謁以見臨袖瑤華而伸貺仰衡清眷荷褒袞以奚勝載抃蒙襟念英瓊而曷報欽降至極敷染奚周所示盛編輒敢留借

謝石秀才啓

某啓累日前伏承惠然見過仍以嘉什一筒寵示者獵纓拜賜刮目披文紙弊墨渝不能捨手伏以某人英躔逸軌天驥上才好學屢空

浸潤淵源之奧知言九變窺見天人之交久已擅一鄉之評早亦應
萬家之令然而奏磬俚耳難矣賞音抱石荆山終爲至寶而自慕幅
巾於衡巷乘下澤於鄉閭晦丘園之養高輕鴈繚而堅臥冥飛已遠
笑弋者之何求齷齪坐談嗟律魁之獨棄而以錦帶居士白蓮社人
効菩薩之坐家去塵自遠掃維摩之一室敢入者稀是宜邈爲方外
之遊隔乃一作此俗中之軌而乃過存庸妄曲借獎題因隱几之閑
居抽吮毫之餘思灑乃藻麗用飾愚矇爲鼷鼠而抉機僅成輕發養
鵁鶄而奏曲徒使眩悲矧夫峭格峻高春華掞美暢來雲依月之句
擅落花映草之評內惟聚鈍之姿奚稱衮褒之寵去天尺五已服於
清標和者數人蔑聞一作階於絕調未遑賡報徒用靦慙

上隨州錢相公惟演啓明道二年初惟演以使相判河南府

後落平章事以崇信軍節度使歸本鎮

此者及期被代投版言歸宿官早愧於迷方書課靡能於自脫徒以

無庸之迹曾希一盼之榮當懷檄以云初屬擁旄之方始相公坐於雅俗鎮以無爲民豐四輔之年市息三九之盜行郊憩樹絶無兩造之辭託乘載賓惟奉百金之宴而況西河幕府最盛於文章南國蘭臺莫非乎英俊豈伊末迹首玷初筵至於憐嵇懶之無能容禰狂而不辱告休漳浦許淹臥以彌旬偶造習家或忘歸而終日但覺從軍之樂豈知爲吏之勞芘德已深遊藩未幾旣而持山國之瑞節改戎乘而啓行荊州遽失於所依周南遂留於滯迹稍以引去無復並遊之人翛然自存時有思歸之嘆每臨風而結想徒零涕以懷恩相公以彝鼎之勳極公臺之重獨立不倚羣言互興中山之篋雖盈南海之車終辯繫辭有云崇高莫大乎富貴古人歎曰富貴必履於危機伏惟推盈虛消長之言究動靜吉凶之理秉珪璋之德何卹瑕疵挺松筠之心不變霜雪雖流路之謗未免三年以居東而在廷之臣豈無一言之悟主佇聞來復以慶終亨願無以理而自明當要既久而

復見區區之志實在於斯徒有戀軒之心未知報恩之所

謝校勘啓景祐元年用王文康公薦入館

仰服恩榮實增震慄竊以校讎之職是一作辨正爲難委方冊於程文折羣疑於獨見一作斷脱絢組之三寸簡編多前後之乖舛盤庚之一篇文章有合離之異以仲尼之博學猶存郭公以示疑非元凱之勤經孰知門王一作五而爲閏況乃西崑冊府備帝者之來臨蓬萊道山非人間之所見自匪識窮元本學漸淵源究百世之放紛揔羣言而博達則何以效官天祿對青藜而屬書抱簡羽陵拂白蟫而辨蠹如脩者器惟庸妄族本羈單雖出逢千載之期而生有百罹之苦入橋門而著錄最後諸生閱月旦之坐評敢希一目徒以浸潤聲明之代優柔教育之仁過時之年已捍堅而難入少作可悔終雕刻以無功早濫吹以決科旋釋巾而補吏逮親而得斗祿雖慰於子心斂版以揖上官遂成於俗狀學久矣而將落思元然而欲枯進無取

當塗之資退已失故時之步歲月其忽徒有志於分陰英俊並遊方問途而孤進內顧拙艱之若此敢懷榮遇以爲心豈期天幸之來特被柄臣之薦敢辱知人之美蓋因連茹而陞蒙曲造之并容俾考言而善擇顧蕪庸之末學已屢試於有司鼫鼠之有五能盡於是矣鉛刀之堪一割其可再乎固無可喜之文過辱太優之等俾從賓席入預書林一進階而可榮何勝於睿渥三下拜而聞命深服於訓辭天闕乍趨迷目睛而眩轉芸臺深敞近星象以昭回恣窺金匱之書坐費太官之膳內循忝據有溢情涯此蓋伏遇昭文相公獎物均私樂材推美圓方有範大陶冶以埏鎔高下不欺正權衡而輕重閔此庸懦曲以甄收誓堅頂踵之誠永荷丘山之賜

謝襄州燕龍圖肅惠詩啓景祐二年秋時公自館閣謁告視妹家

昨日伏蒙知府龍圖卽席寵示五言詩一章者僭聞古者賓主之間

獻酬已接將見其志必有賦詩託於詠嘆之音以通歡欣之意然而工一作正歌三夏使者再辭及於皇華然後拜貺是則施於貴賤各有所當脩賤士也何足當之伏惟某官以侍從之臣當藩屏之任德爵之重與齒俱尊學通天人識洞今古綽有餘裕多爲長言談笑樽俎之間舒卷風雲之際成於俄頃蓋其咳唾之餘得而祕藏已如金玉之寶豈伊孱陋敢辱褒稱形於短篇以爲大賜伏讀三四且喜且慚譬夫四面之宮鏗鏘之奏愚者驟聽駭然震蕩及夫心平悸定然後知於至和在於頑蒙獲此開警然貺之厚者不敢報之以薄禮所尊者不敢敵之以平顧惟愚庸豈得賡繼但佩黃金之賜無忘長者之言

夷陵上運使啓景祐三年

脩近以狂言當蒙大譴荷乾坤之厚施全螻蟻之微生得一邑以庇身使之思過竊三鍾而就養猶足爲榮獲在公庥是爲天幸伏以運

使郎中懿猷經遠茂業康時當一面之利權竦百城之威讋凡居屬部皆仰餘輝顧此孤生最爲沉迹時蒙眄睞曲賜拊存安其惶懼之心慰乃危疑之慮敢不銘之肌骨佩恩紀以無忘策其筋骸盡疲駑而爲報將謀就道即遂公趨瞻企門閎忻愉罔旣

謝朱推官啓

某啓伏念某出自寒鄉本非茂器束髮州里絕無一日之評影纓王畿竊階羣俊之後加以識非遠到才不及中惟至治之方隆顧上官之並恪蘋蘩之不失職咸盡其能庖祝之各有司悉共爾位豈伊下列遂敢奸官因忿躁之使然奮狂愚而不顧惡訐爲直仲尼之所深譏盡言招人武子之猶不免在於庸妄宜抵譴訶尚賴至仁特加寬議投之遐僻使自省思猶寸祿以事親守一同而庇邑有民與社足爲政以劾勤退食自公敢忘心於補過是惟天幸徒自靦顏伏遇某官式佐郡符屈臨賓席烜赫天下方想於風猷從容幕中暫爲於府

望是惟辱昧得庇光華然而從事有便宜之權縣吏本徒勞之迹負弩而隨伍伯當備前驅折腰以揖上官敢羞斂板況茲巽懦素本孤危犯忌於時竄身無所棄貿道上過者踐之搖尾穽中人誰憐爾豈謂某官哀其戇朴賜以存憐削去常儀自敦高議猥因介使先辱長緘過形溢美之辭曲盡至勤之意片言之辱榮於儀父之褒一顧所臨增其大呂之律徒益撝謙之威美豈宜鄙陋之敢當歲律已殘寒威方肅更祈珍攝以副傾依

回王舍人堯臣啓景祐四年

伏審某官光膺寵擢入掌命書竊以三代之與兩漢之治蔚聲名之爲盛何前後之相望蓋以高文大冊之所傳遺風餘烈之盡在是以代言之任難乎命世之才至於雷動風行金相玉振至意難諭必盡於丁寧盛德有容兼資於粉澤適當休運允屬鉅賢伏惟某官識際天人學通今古而自親膺聖擇第中甲科聞乎風采而天下悚一作

聳然論之人物而時無先者若乃從容禁署潤色皇猷使德澤之流下淪於民髓文章之盛交映於國華遂階榮塗以致公輔斯皆雅度之素蘊考於羣議而猶稽豈惟愚矇私獨稱贊某跡居遐邑名在罪人忽以踰時未能補過省孤危之已甚惟藏縮以為宜豈望龍光之末輝希咳唾之餘潤匪期齒論猶錄疎頑先以珍函越於常禮遺簪已棄尚以舊物而見憐窮谷久寒忽如温律之來煦幽憂併釋榮感兼深瞻望門閎無任飛越

謝李秀才贄見啓寶元二年在乾德日

某啓自某獲罪於時竄身南楚楚之為邑既陋且窮詩稱荆蠻以比戎狄羈遊宦學之不至風俗言語之不通頑然囚拘誰與為偶孤陋之誚古人所憂今者上蒙寬仁徙之善地始得與士君子揖讓進退周旋方將沐而薰之自與人齒秀才首辱玉趾贄以長牋升自賓階肅有儀矩開函啓紙粲然詞章蓋夫逃於虛空聞足音而尚喜友於

賢者況邦士之所推願斥簿領沈迷之勞以從閒燕仁義之樂區區之意言豈足殫

回穀城狄令啓

某啓此者縣徒云至書牘見貽載道鄙文曲加榮獎伏以某官以文飾吏學古任官講事勸功脩舊起廢示之典一作曲禮固已警於愚民刻以銘文又將貽於來者足見仁人之意非惟吏最之優顧爾訥辭殊非善敘已然之諾將止以奚能既出之言雖追而莫及豈敢逃於衆誚但慮玷於清猷慙愧之誠敷陳罔罄

上執政謝館職啓康定二年十二月因崇文總目成書自館閣校勘還集賢校理

脩啓今月日蒙恩以本官充前件職者受命之始榮懼交并伏以國家悉聚天下之書上自文籍之初六經傳記百家之說翰林子墨之文章下至醫卜一作卜醫禁呪神仙黃老浮圖異域之言靡所不有

號爲書林又擇聰明俊乂之臣以遊其間因其校讎得以考閱使知天地事物古今治亂九州四海幽荒隱怪之說無所不通名曰學士一日天子闕左右之人思宏（一作閎）博之彥出贊明命入承顧問遂登宰輔以釐百工一有取焉多從此出所以平居優游崇奬（一作素）服其業館以禁署食於太官詩菁莪之育人材易鼎飪之養賢者凡在茲選得非茂歟然而廩重職閑則未免尸祿官無吏責則可容幸人若脩者以寒陋之資被文藝之舉自初嘗職已與書筵於時上有鴻儒侍從之才下多羣賢論撰之衆而修方被罪譴竄之荊蠻流離五年赦宥三徙山川跋履風波霧毒凡萬四千里而後至於京師其奔走之役憂思之勞形意俱衰豈暇舊學比其來復書已垂成遂因衆功豈有微効奏御之日鳧鴈而前倒蒙褒嘉正以職秩雖因時而幸會實有靦於面顏此蓋伏遇某官柱石之功佐佑明主鈞衡之任進退百官方疇衆勞不忍獨棄遂令忝冒出自生成在於顓愚何以

論報雖未能著見德業以稱君子教育之仁猶可以作爲歌詩稱頌
聖朝功化之美過此以往未知所裁

囘滑州知郡啓慶曆三年三月自滑倅召知諫院四月答此

啓

伏審某官顯膺美詔移領陪藩凋弊之民方仰恩於惠眗撫綏之術
況舊著於政謠猥以下僚獲陳大府近膺朝命俾擢諫垣實自揣於
非才豈敢同於飾讓日祈聰睿哀此孤蒙庶所請之曲從即依仁而
有幸凡云瞻企但切忻愉初暑方隆就塗甚邇伏惟上爲邦國倍保
興居

囘賀瓌慶帥天章滕待制宗諒謝賜龜紫啓慶曆三年

伏以龜紫之重唐制所難武元衡牛僧孺爲宰相裴度爲中丞李宗
閔爲學士方有是賜聖朝推恩庶位半乎朱藍然被之則負器藝兼
名實者惟一人所貴恭惟知府待制歷諫局以蹇正聞領麾守以惠

養及臨邊鎮靜訓士精研歲功遽成時議頗鬱果褒三品之麗特煥五府之光其在欣慰增倍衆多展慶未皇靡毫爲贈載仰明庭之命如瞻君子之容

謝知制誥啓慶曆三年十二月

此者蒙恩授前件官并職者祇荷寵靈不任戰懼伏念某學非逮古材匪適時勵孤進以立朝偶四方之多事雖聖聰廣納獲盡狂夫之言而闇慮空勞未聞愚者之得方虞官謗敢冀主知擢自周行塵于華選代言禁掖已愧才難兼職諫垣猶當責重補報不可以淺則憂愧不得不深此蓋某官過採庸虛嘗形獎飾致茲忝冒驟此寵榮敢不勉拙以勤誓身許國上酬天造次答己知懇悃之誠敷宣曷罄

上提刑司封啓慶曆五年冬此後皆滁州作

伏念自臨貶所屢辱誨音霜雪方嚴見不彫之雅操蕙蘭其意佩可服之清芬慰此孤危奚勝感佩某人學通治亂識達古今奮經遠之

才謨慰甚高之議論六條頒政早欽善最之奇列郡按刑行迓陟明之典隆冬式序保履惟和瞻企禱祈交于誠素

回校理邵學士必啓慶曆五年冬

伏審召試榮庭升華儒館方思馳賀遂辱飛牋伏惟某人性稟生知材惟秀出學通今古究明人事之始終辭富典謨煥發文章之雅頌（一作爾雅）蔚然茂器藹著休聲惟上相之知人務薦賢而報國況此圖書之府素爲俊彥之遊峻乃清資豈止文翰之樂茲焉養士以取公輔之材豪英既登朝野共慶顧茲淪謫敢謂記存已懷欣抃之誠又積感銘之懇患於澁訥匪可殫陳

回河北安撫王騏驥啓

右脩啓此者伏承顯奉朝恩峻遷使職寵光甚渥輿論僉和卓然高世之才久蘊經時之略山川指畫千里如在於目前帷幄坐籌百勝無窮於術內是宜聽之前膝副乃沃心遂寬北顧之憂行正中權之

任敢期眷與尙顧衰殘辱誨問以彌勤積感銘之徒切傾瞻企詠兼
集悰靈

回賈狀元黯啓慶曆六年

伏以狀元廷評行久著於鄉書聲素馳於文囿果先羣彥榮中甲科
英雄入於彀中衆稱妙選風采傾一作駭乎天下爭仰餘光蓋以擢
才之難近世爲重趨好尙而成俗則文章坐變其風繫利害於斯民
則公輔常由此出一賢既進拔茅皆可以彙征一士以一作已旌勸
善不勞於家至得人之要其利若斯鴻惟治朝臻此盛事方深竊抃
遽辱惠音顧惟棄置之餘宜此退藏之窟久稽裁敘但切一作積悚
惶

回賀楊翰林察啓同前

伏審某人榮奉宸恩入陞禁署伏惟慶慰恭以某人聲猷峻立德宇
宏深學洞淵源煥發六經之蘊文含純粹邈追三代之風雍容侍從

之華東注顒昂之眷亟由星掖入踐鑾坡天邑之雄雖暫煩於尹正
國鈞之重行即俟於疇庸事業炳於丹青勳德光於鼎鼐實繫縉紳
之望非惟禱頌之私某幸守陋邦遥聞美拜迹宜藏密非敢怠於致
誠恩厚記存特辱垂於榮問忻愉感愧交集難陳

上都運待制啓慶曆六年夏

昨者解官河外竄迹淮壖顧乃孤危便於藏縮雖瞻依之甚久在訊
候以闕脩某人天稟中和材惟周洽凜然風操早肅於朝倫蔚若謀
猷實禆於聖治自輟從於侍從暫臨總於劇繁足食彊兵雖並資於
經畫先機別事誠有繫於安危況成績之已彰佇褒功之不次時炎
燠若天宇泰然更冀珍調以符傾禱

回賀李待制柬之啓慶曆七年九月

伏審肅奉寵靈峻升侍從得賢之慶固宜發於歡愉待罪之人方自
思於藏密遂稽馳賀敢謂不遺先辱榮函可勝愧色伏惟某官懿文

經國敏識造微學探姬孔之淵源世濟皐夔之德業立朝正色凜風憲以載嚴造膝沃心賴仁言之甚博遂膺簡注升著清華上寬乃顧之憂聊假有餘之力作時霖雨當均及於疲民秉國大鈞實久顒於羣望涼秋之謝嚴律將凝冀爲邦朝善綏福履

賀文參政彥博啓慶曆七年九月

伏以光膺制命參秉國鈞爰擇令辰已諧禮上伏惟慶慰恭以某人學通繫表識照幾先懿文爲大國之光華偉望乃一時之柱石上心所柬適符賚弼之祥輿頌載喧久渴爲霖之望果膺寵數式副具瞻進退羣材運誠衡之輕重調和元氣登至治於升平然後正台衮以代天工列功勳而銘廟器符爲元志一作德以重熙朝某幸在陶鎔惟知慶抃商秋式序歲物方成伏請上爲邦家精調寢膳

回賀集賢韓學士絳啓慶曆七年十月

伏承被召試文升華儒館伏惟歡慶伏以某人天麟異稟廟璉至珍

學通今古之淵源言合質文之體要英躔高步羣俊聳一作戢以望
風雄敎籠材妙選稱爲得士果膺帝柬入燿書林給札揮毫聳如墻
而駭目奏篇稱善喧貴紙以傳都惟祕府之育賢乃熙朝之盛美優
游歲課豈鉛槧之是專選取國材實棟梁之此出蔚然茂業奚測遠
塗方懷抃躍之私遽辱置郵之問仰御隆眷徒切愧誠冬序云初天
和善保傾瞻感頌交集悰靈

上致政王太保啓

某啓昨者太保還政王朝榮歸故里暫留齋舫云止陋邦竊省孤危
方嬰罪譴一作讁逃虛易喜蓋人迹之罕逢道舊爲歡矧平生之有
素特荷眷私之厚不爲位貌之嚴金玉之堅弗渝於彌久松筠之操
獨見於天寒感慰所一作攸深幽憂如釋捨舟趨陸去險騰夷懷組
鄉閭雖暫伸於夙尚追鋒疾置將入副於精求惟期善衞襟靈以迎
休寵

回泗州通判勾龍都官書

右修啓此者特蒙惠顧遠辱誨言副以雄編俾之試目通判都官識窮淵韞學探本原一作元講於仁義之餘深得風騷之旨雜然衆體各極其精時無鍾期誰識高山之意人非季札豈知治世之音矧惟朽拙之無堪方幸退藏而自屏敢期時彥不我鄙遺諭之累幅之勤貺以百篇之富四面之宮並奏驟聽於鏗鍠三歎之音有餘豈窮於杳默但駭夜光之投闇徒令海鳥之驚魂媿乏重言以起連城之價用爲永好惟期十襲之藏感幸之誠敷陳罔既

回和州通判啓

日睽風表曠有歲時邈絕奉於聲塵蓋卒奔於事役幸茲鄰壤首辱誨言綈縟旨之勤隆若清徽之晤挹政修闕決難久滯於材猷臺彥飛英即入承於光寵更希珍攝以副禱祈

謝黃巖李主簿啓

伏念爲邦誠樂懷舊則勞風月佳時久辜燕集文酒勝處動渴清狂
亦惟愛忘未棄疎外猥蒙流問但喜拜嘉某官力學多文射策得雋
枳棘甚賤非翔鳳之所棲杞梓惟材宜大廈之可用窮冬不雪多温
少寒勾稽之餘嗇神爲最益期勤懋庸迓升揚

回陳殿丞啓

伏念暌闊英猷貿遷時篇竄身窮僻方便於自藏惠問周隆遽承於
曲顧欽雅材之高妙播華譽以芬揚貳政藩宣諒難於滯俊飛綏臺
閣行被於寵遷歲律斯回陽和將布善綏嘉履以副願言

賀文相公拜相啓慶曆八年正月

伏審就降命書入持宰柄伏惟慶慰恭以某官際天蘊識名世標才
以文章甲賢科以忠義挺臣節華要之選翺翔逮周素蘊內充所臨
必最化行右蜀政貳中樞屬邊寇之肆狂仗使威而殄滅暫形籌略
已取蕩平還居廟堂副聖主仰成之意坐調鼎鼐洽羣生咸遂之和

凡被陶鎔皆知抃頌矧居庶列實倍常情

表奏書啓四六集卷第六

珍倣宋版印

與晏相公殊書皇祐元年知潁州日

春暄伏惟相公閣下動止萬福脩伏念曩者相公始掌貢舉脩以進士而被選掄及當鈞衡又以諫官而蒙奬擢出門館不爲不舊受恩知不謂不深然而足迹不及於賓階書問不通於執事豈非飄流之質愈遠而彌疎孤拙之心易危而多畏動常得咎舉輒累人故於退藏非止自便今者偶因天幸得請郡符問遺老之所思流風未遠瞻大邦之爲殿接壤相交因得自伸懇悃之誠庶幾少贖曠怠之責伏惟相公朝廷元老學者宗師尚屈蕃宣行膺圖任伏惟上爲邦國倍保寢興企望旌麾無任激切

答胡秀才啓當是從官在朝時

脩啓竊以考行選賢故人皆修德而自厚論才較藝則下或衒己而忘廉誠誘養之道殊致進趨之勢異寖久之俗益薄惡而可嗟習見

爲常遂安恬而不恠伏以秀才學優墳史詞富文章能力行以自強
方韞藏而待價豈期誤舉遂爾遺材惟賢食之不家顧亙時之難得
譬夫餓者雖恥嗟來因而無言亦將不及旣一慙之莫忍遂兩訟以
交興逮乎究窮果自明白矧朝廷之選士惟寒俊之是先雖爾初屯
理將後得必也涖官學古爲政臨民當獄訟而平心視斯爲戒利公
家而忘己効此必爭苟終身之不回雖一作維一眚之何患如此則
圭璧之玷猶或可磨日月之更其將皆仰至於較定能否明辨是非
形長者豈度之私貌妍者非鑒之惠但慚淺識惟竭至公漁者讓泉
思古人而莫見私門受謝亦鄙志之不爲

辭副樞密與兩府書嘉祐五年十一月

右脩啓伏奉制命特授依前官充樞密副使者聞命若驚撫躬無措
伏念脩稟生孤苦賦性拙踈才不足以適時少本無於遠志早迨逮
親之祿學爲應用之文而自叨塵侍從之聯荏苒歲月之積初無實

効少補明時中被謗讒固多憂而速老素非強力加困病以成衰白首禁林厚顏時彥方欲自請江湖之上漸謀田畝之歸屢瀝危誠未蒙恩許敢希聖選登貳樞庭夙夕內循俯仰惟懼已形懇奏期必寢停伏望昭文相公借以閔憐察其悃迫幸因對見特爲開陳俾遂牢辭庶安常分謹奉狀披聞

又謝兩府書同前

此者叨膺聖選俾貳樞庭渙命已行循涯匪稱伏念脩學非臻奧才不逮中仰屬昌期猥塵膴仕抱孤忠而自許顧獨立之易危竊比古人每常嗟其巽懦有志當世徒自愧於衰遲雖策厲之愈勤信技能之奚取久尸厚祿進無補於高明屢乞方州冀漸謀於退縮敢期誤寵繆及匪才此蓋伏遇昭文相公叶贊大猷翊宣元化爲時柱石持物權衡急於甄才過及庸品第堅一節力勉不能上酬聰睿之知次答陶鎔之賜

謝參政與兩府書嘉祐六年閏八月

寵兼憂而並至恩與責以俱深叩讓靡從撫循無措伏念脩稟生孤懦賦識迂愚力微非致遠之才學陋無適時之用徒緣士類早借稱揚幸會聖時過加獎擢旣叨塵於侍從遂竊與於謀謨待罪樞庭顧無分一作功而可錄備員政府用累日以敘升豈惟致寇之虞奚逭曠官之誚此蓋某官心存體國道廣濟時謂庶政之交脩必羣材之博取誤加品目俾玷光靈雖冥拙之無知豈忘感勵茍疲駑之可策尚冀涓塵鄙訥之誠敷陳罔罄

回池州呂侍讀溱謝到任書嘉祐八年春

伏承祗奉明恩已臨善治雖未充於士望聊有漸於復亨深慮危心君子固嘗多難處窮與否昔賢因以知人矧遠器之莫量佇華塗之歸踐過承謙挹曲損諭言感愧之誠敷宣罔旣春和在候福履增休

英宗覃恩轉官回前兩府賀書嘉祐八年四月

叨膺渙渥敘進官聯祇荷恩榮豈任戰懼伏念某識非周物學不逮人蒙先帝之誤知自諸生而獎擢久塵侍從蔑著聲猷不圖衰病之齡進備政機之貳幸久安於無事容充位以素餐未知報國之方遽結遺弓之恨屬皇明之繼照均慶萬邦發大號以惟新推恩一切致茲濫及莫獲懇辭內省庸虛實虞顛覆此蓋某官爲時元老協德一心言成華衮之文志樂菁莪之育素加品目遂至叨踰方懷感勵之私遽辱誨存之枉佩銘悚愧交集襟靈

回文相公辭起復使相判河南書嘉祐八年四月

伏承光奉制書起從哀次未皇馳賀特辱貽函伏惟留守太師相公望重縉紳道高巖廟出處之際繫中外之重輕弛張有宜兼將相之文武蔚爲元老柬在先朝雖孝性之隆專守經而執禮而權時之制或以義而斷恩副聖君仄席之思見忠臣許國之急諒難遵於固避幸勉屈於至情傒方與蒼生同茲引領遽煩誨諭但極感悰

回富相公辭樞密使書嘉祐八年五月

此者伏審光膺制命登贊國機渙號始行羣情胥悅伏惟樞密相公搢紳舊德社稷元勳維石巖然朝廷以爲輕重長城隱若中外繫其安危嚮由執禮以居憂重於至性之難奪聖君仄席而勞想樞庭虛位以待賢自聞召節之來歸故雖行路而相慶矧惟庸昧早辱知憐幸陪副貳之聯得企光塵之末賴庇冀逃於罪戾望賜有過於蒼黔敢謂謙撝例貽誨翰罔知承命但極感悰

又回富相公謝書同前

伏承顯奉制書茂膺寵數伏惟歡慶伏惟樞密太師相公學優孔孟道協皐夔屏于萬邦申伯之兼文武秉乎一德仲山之不剛柔嘉謀早著於先朝時望久隆於巖石屬嗣聖繼明之始乃宵衣講治之初首速元臣來還宰席三接之際羣心以安出納樞機雖爲於要任調和鼎鼐當正於鴻鈞始塞輿談實非私論敢期謙眷曲示誨函既深

忭躍之誠復積悚銘之抱

回鄭獬錢公輔二舍人謝新除書嘉祐八年八月

伏承顯奉制恩陞華禁掖允膺聖選式協輿談朝廷之體尊嚴王者之居淵默德澤宣布必使入人心之深號令發揮而能鼓天下之動惟是代言之任實資博古之英伏惟某官履行敦方材猷敏茂藹一鄉之佳譽掩衆俊以名科通達古今固已優游於儒學出入侍從是宜顧問於清閒果被僉俞並司典訓竦萬方之視聽追三代之文章遂陞榮塗益奮賢業共慶得人之盛方深竊忭之私遽辱謙撝特貽誨翰感銘之素敷敘奚殫

回皇子神宗辭使相封淮陽郡王書嘉祐八年九月

伏承光奉制書峻膺寵數伏惟驩慶竊以命官有秩正上下之等威制禮緣情以親疎而隆殺惟是國家之舊典蓋推天下之至公郡王相公識稟誠明學窮原本篤於樂善因天性之自然舉必有儀秉君

子之常德地崇冢嗣望著宗英兼歷將相之榮顯被山川之錫有光典冊允叶朝僉豈謂仁私曲貽誨翰感銘之素敷述奚殫

與安撫密學啓

伏自安撫密學顯奉寵靈出分寄任邊甿被德蔚興襦袴之謠宸眷倚材隱若金湯之固實藉威名之重卽疇勳績之華入踐廊廟之崇以副搢紳之望祁寒在候福履凝休瞻頌傾虔罔殫庸鄙

賀延州程太尉戡加節度使再任啓治平元年

伏審賜節中宸建侯鉅屏伏惟慶慰恭惟太尉閣下剛明稟哲純一端誠嘉猷夙著於本朝偉望尤先於舊德久鬱巖廊之用屢淹藩翰之居惟關陝之一方苦干戈而累一作屢歲用兵之後疲傷尤急於撫綏難信之盟醜黠宜先於經制是膺帝眷實允朝僉大纛高牙雖暫煩於節度鴻鈞元鼎行卽俟於登庸乃公議之久然匪私情之獨禱春陽式序幕府肇開伏惟上爲邦家精調寢膳

轉吏部侍郎回謝親王書治平元年五月

祗膺渙渥交積兢慚伏念某學問不強顓蒙自守流離當世而寡合幸會先朝之誤知拔自衆人俾參國論而屬承祧嗣慶布治惟新以聖主而責愚臣方懷惕懼假小人而乘大器豈不隮顛故當成命之初行屢竭愚誠而必請而君恩至篤天聽莫回此蓋某官借以餘光致茲冒寵仍貽誨翰曲賜褒揚感佩之私敷陳罔旣

回頴王書治平元年六月

右脩啓伏承顯膺帝制榮啓國封伏惟歡慶某官宇量閎深機神敏悟玉質非由於追琢天姿自發於純明德威地尊乃王家之屏衞色温言厲爲宗籍之表儀顧惟爵秩之崇實繫朝廷之體眞王錫號蓋遵有國之彝章寵命始行方愜至公之輿議豈期謙挹曲示誨函感戢之私欣瞻併集

賀頴王書同前

右某啓伏承顯頒帝制榮啓國封伏惟歡慶某官純茂凝姿温仁秉哲濟之學問而以廣其業履夫崇高而能守以謙蔚然德譽之隆式是宗藩之列遂膺典册進位真王胙之土以建邦實資親屏爵于朝而示衆蓋匪私恩方寵命之初行聽僉言而惟允莫遑伸慶徒積忻瞻

回宋相公庠謝除司空致仕書 治平元年十二月

右脩啓伏承顯奉制書入膺召節 一作節召 遂諧歸政之請兼陞論道之崇伏惟慶慰司空相公道覺天民學臻聖域兩朝碩望文武兼資四海具瞻搢紳取法雖欲優游於進退實繫輕重於朝廷矧初政之日新方任人而圖舊所以奏封累上眷遇彌隆終於雅志之重違難徇輿情之所惜聳高風以勵婾俗介眉壽而膺百祥若賢若愚以榮以祝況惟庸懦早荷知憐方深欣頌之私遽辱誨存之厚感銘之至敷敘奚周

回文相公謝服闋入覲書治平二年　月

右某啓伏承榮奉制恩顯膺寵典伏惟慶慰恭惟相公道兼文武功著鼎彝言行搢紳之表儀出入朝廷之輕重自執至情而不奪勉從制禮之難逾爰被徽章遂趨召節介圭來覲方優體貌之隆前席嘉謀即正弼諧之任實繫士夫之素論豈惟朽拙之焉依敢謂謙撝特貽誨翰感銘之至忻抃交深

又回文相公服除還侍中移判永興書治平二年四月

右脩啓竊承顯奉制恩荐膺寵拜伏惟歡慶恭惟太師侍中器深宏達業茂經綸弛張文武之才出入將相之任而曰者來覲冕旒之邃喜聞履舃之聲從容話言固多仁者之利體貌耆哲是惟先帝之臣宜加異數之優以爲一面之重雖方勞於憂顧藉有素之威名然而患輕四支不足爬搔於蟣虱坐制萬里理當根本於朝廷即期廊廟之來歸始慰士夫之素望過蒙謙挹曲示誨言趨賓阤以無由積感

悰而徒切

又回文相公辭避樞密使啓同前

右脩啓此者伏承顯膺制命首贊樞庭伏惟某官業茂兩朝望崇百辟嚮自入親法座欣體貌於元勳出撫西師藉威名於擴俗然而籌謀當出於帷幄根本固在於朝廷果茲煖席之未遑已被追鋒之迅召揚庭誕告方喜動於朝紳仄席來儀固渴聞於嘉話竊承謙挹尙欲逡巡敢謂不遺亦貽善誨卽期前賀但切感銘

回杭州蔡端明讓謝到任書治平二年十月

右脩啓伏承出領要藩已諧禮上伏惟歡慶某官剛毅體仁粹明迪哲直道信於中外高風凜乎搢紳頃煩持橐之清資葢賴富民之餘術經綸之業蓄素藴以未施偃息于藩邈沖懷而自遠雖重違於誠請實深鬱於輿情諒煖席之未遑卽追鋒而迅召遂登大用顧匪私言寒律向嚴神襟善嗇瞻凝感著交集悰靈

回吳侍郎奎辭副樞書治平二年二月

右脩伏承顯奉制恩寵陞樞近伏惟某官材兼文武業茂臯夔左右帷幄之謀謨出入朝廷之輕重自丁至戚暫解繁機執喪禮以過哀雖君命而難奪祥琴甫御召節甚嚴尚少鬱於登庸姑復還於舊物光輔一人之新政式副四海之具瞻敢謂謙撝曲貽誨翰方屬臥漳之告莫伸賀廈之誠感抃之私敷陳罔既

回諫院傅龍圖卞攀達書治平四年三月

脩猥以非才久竊重任報効初無於毫髮怨仇已積於丘山近蒙睿恩曲徇誠請與之近郡俾養衰年荷聖主之保全賴公朝之議論俾獲奉身而退方懷去德之思諫院龍圖舍人深閔孤危特迂誨翰意愛勤甚有踰平時風義凜然可激薄俗仰止門仞莫遑敘違銘之肌膚永以佩賜瞻依之懇敷道奚周

亳州到任謝兩府書治平四年

脩此者祗荷朝恩出分郡寄退循忝冒徒積兢慚伏念脩學知行己
而智不周身才匪適時而任參大政用過其量危而必顛乃物理之
宜然偶天幸而獲免昨以怨仇並作讒謗交興蓋逢堯舜之聰明方
與夔龍而左右講新至治銷伏狂邪而市虎之言雖驚於衆聽投豺
之惡遽屏於遠方得逃九死於非辜實荷更生之大賜今者特蒙睿
眷深察孤忠樂土近藩已曲從於私欲清資顯秩仍過竊於寵靈捨
衰疲勉強之勞就空曠逍遙之適然而坐思補報歎心存而願違却
視風波猶寢驚而夢噩顧獲全身而至此豈非宰物之深功仰佩恩
私但銘肌骨載念脩以至愚之朴陋蹈可畏之危機徇物從時既昧
自容之計拂衣遠去又無先見之明惟貪得於暮年致以身而取辱
而識雖不早悔尚可追至於緝風雨之敝廬治松菊之三逕少假歲
年之頃卽爲田畝之人固將追野老而行歌永陶聖化恃仁人之在
上必保餘生尚有斯誠猶煩再造炎歊方盛機務至繁上爲廟朝精

調寢膳瞻依之懇敷述奚周

回頴州通判楊虞部書

脩啓茲者赴郡假塗久留賓次過承眷與日接宴言遽此睽違實增感戀但以梔車之始視職方初雖云陋邦粗有人事加以大暑遂成病軀旦夕之間方思布款急遽之至先以惠音且承別來福履清勝脩以衰朽得此退藏如夙昔之所聞皆少過於其實惟寂寞之爲樂須漸久而益佳餘非悉談更冀多愛

回西京留守韓侍郎贄書治平四年六月

右脩啓此者祇荷朝恩出分郡寄顧惟庸妄早乏聲猷才非經濟之謀位玷光華之寵進陪國論無補於休明動觸禍機可嗤於朴戇賴聖神之燭理獲終始以保全許解要權俾逃重責仍分善地以養衰齡留守龍圖侍郎清德鎮浮純誠接物曲敦故舊不我鄙遺遠形誨獎之言以慰孤危之迹嗟時久薄孰爲金石之交因歲大寒方見松

筠之色凜然高誼可激婾風永佩恩私但銘肌骨晤言未遂溽暑方
隆更冀珍調以符瞻詠

回寶文呂內翰溱書治平四年九月

右脩啓茲者伏承寶文內翰被召禁林升華內閣仰惟道德名望之老久淹言語侍從之流以望之之忠誠兼孔光之慎密豈止典謨潤色朝廷遂變於斯文固已朝夕論思天下獲受其陰賜雖未正秉鈞之任而姑副仄席之求凡在搢紳皆同抃慶況於庸鄙最荷知憐而多病早衰思乞骸而已久因閑成懶顧與世而益疎豈無嚮慕之私殊闕寢興之問敢期惠眷先辱誨言世路多虞方歎風波之惡歲寒已甚始知松栢之心感慰之深敷陳奚旣清霜戒候內直方嚴惟冀
珍調以符瞻詠

賀樞密使呂太傅公弼書治平四年

右脩啓伏承顯膺寵典登進樞庭成命始行輿言僉允伏惟某官存

誠直諒蹈道中和學臻三代之英世濟八人之美論思獻納已多補益之勤謨明弼諧久韞經綸之業三朝眷遇一德老成尙虛黃閣之居姑正紫樞之位坐籌帷幄方資制勝之謀正席鈞台始慰具瞻之望顧惟衰朽早辱知憐惟與蒼黔同深慶抃

賀韓相公琦罷相轉司徒兩鎮節度使判相州書治平四年

冬

右脩啓伏審榮被恩俞勉從懇請極便蕃之寵命均休逸於名邦伏惟司徒侍中誠明發揮德業久大三朝顧遇百辟表儀挺金石之純誠當國家之大事上所取信有疑決於元龜民之具瞻爲望重於九鼎屬聖神之嗣統方毗倚於老成而功高不居志確難奪爰併推於異數用顯荅於元勳孰不秉旄詎有兼持於雙節昔嘗衣錦今而盛服於九章極古今儒者之至榮保進退君子之全德顧惟庸懦久辱知憐聆誕告之頒行極私誠之竊抃隆寒戒候大旆啓行伏惟上爲

廟朝精調寢膳一作寤傾依瞻頌筆舌奚殫

囘青州吳資政奎書治平四年

右僃啓伏承光被制恩出臨藩服斯民之幸將蒙豈弟之仁有識所嗟共惜忠賢之去伏惟資政侍郎智周物表性自誠明學窮仁義之本原識達古今之治亂匪躬之操出入三朝秉心不回進退一德方聖神之嗣統賴耆哲以倚衡送往事居其勤亦至沃心造膝爲益已多毅然君子之剛卓爾大臣之節信於中外明若丹青雖就逸均勞暫侍殿邦之重而用人圖舊諒難煖席之安顧惟衰退之蹤終託光輝之末隆寒戒候大旆啓行上爲廟朝精調寢膳

囘陳州王密學陶賀冬書治平四年

右僃啓天心來復七日之亨有初陽氣潛萌萬物之生以此茲謂履長之慶宜膺多福之祥伏惟某官性稟純誠識窮至韞講明道德是惟舊學之臣啓沃謀猷蔚有嘉言之話暫遂偃藩之便已勞側席之

思郎膺圖任之求庸慰具瞻之望顧慙衰朽方卜退藏自期田畝一作里之獲安惟幸仁人之在上傾依祝詠交集悰靈

回諫院吳舍人充書熙寧元年二月

右脩啓伏承光奉制恩入司書命得人爲一作之盛輿頌同欣伏惟某官器稟純明道探淵蘊清名峻望獨映於一時碩學高文素推於羣彥果被上心之柬進膺寵命之華紅藥翻階直禁垣之清切紫荷持橐陪法從以雍容文章追三代之風號令警四方之聽允歸鴻筆增重本朝顧惟衰朽之退藏方與搢紳而竊抃豈期謙眷特枉誨函感服之私敷言罔旣

與開封知府呂內翰公著書熙寧元年四月

伏自某官輟從邇列暫領陪藩竊顧愚矇獲茲庇賴載惟孤拙每荷優容積於佩德之誠無異遺民之愛恭惟入趨宸扆榮署天鑯仰匪日以政成郎疇賢而柄用始茲歊溽宜乃高明伏惟上爲邦家精調

寢膳

回王先輩安國謝賜及第書熙寧元年

某啓伏審先輩顯承嚴召明試雄文立若堵牆駭筆端之灑落程之衡石留帝覽以稱嗟遂膺賜第之榮式副求賢之意講明仁義之奥久以充中發揮德業之光實從茲始凡居交舊孰不欣愉雅眷不忘惠音斯及其爲銘佩難罄敷宣

謝判大名府韓侍中惠書啓熙寧二年夏

右脩啓伏念東秦僻處在海一涯全魏相望遡風千里特枉惠音之問實惟眷與之私兼承鎮撫之餘克集休祥之祐伏惟某官道優文武業茂皐夔爲百辟之表儀首三朝之勳德從容進退雖不有於成功出入勤勞實未忘於憂國頃遂便藩之請豈遑煖席之安屬北州大震之災加仍歲洊饑之後流亡殍踣民未復於故居招輯綏來上方倚於元老豈不少煩於思慮夫何暇顧於衰殘乃知才大經綸固

多餘裕契敦道義曼出常情辱知己之既深輒忘言於敘感統臨寄重炎煥時繁更祈上爲邦家精調寢餗卽還大用均福羣黎叢爾孤生但同輿頌

回宮教丘寺丞書熙寧三年六月

右脩啓不聆嘉話忽已再朞晩節無堪久思歸於南畝上恩未忍猶復委於東州但謀屏迹以深藏敢冀時髦之枉顧遠貽誨問寔慰病衰示之進退之方勵以始終之節愛人不苟知君子之用心服義甚高俾懦夫之有立仰銜眷與徒極佩銘載嗟疾恙之攻兼以年齡之迫雖請纓自効豈不竊慕於功名而伏櫪已疲第恐難勝於鞭策未期披款徒以傾馳暑伏方炎襟靈善嗇區區之懇敷布奚殫

回李舍人壽朋書熙寧三年冬

右脩啓此者伏承顯膺寵命入直禁垣臺閣登賢搢紳共慶舍人器涵閎遠德蘊純深講仁義之淵源極天人之精祲備言語侍從之列

承清閒顧問之榮時望蔚然輿談久屬果被上心之柬進司書命之
嚴惟帝制之坦明必訓辭之深厚金相玉振煥三代之文章雷動風
行警四方之耳目遂歸鴻筆增重本朝顧惟衰病之餘敢辱眷勤之
貺遽先惠問益認撝謙感服欣愉敷陳罔旣

賀王相公安石拜相啓熙寧四年春

伏審榮膺帝制顯正台司伏惟慶慰伏以史館相公誠明稟粹精浸
窮微高步儒林著三朝甚重之望晚登文陛當萬乘非常之知論道
黃扉沃心黼扆果被往諧之命遂膺爰立之求左右謀謨方切倚衡
之任搢紳中外益崇巖石之瞻竊顧病衰悋居官守莫陪班謁徒用
馳誠春序布和政機惟密伏惟上爲邦國精調寢興欣抃之誠敘陳
罔旣

致仕謝兩府書熙寧四年六月

某啓此者獲解郡章許歸田畝荷聖君之念舊越常典以推恩內自

省循惟知感涕伏念某猥以一介之賤幸會千齡之期學業素荒早
接儁游之末謀謨無取晚陪國論之餘訖於報効之蔑聞徒蹈危機
之可畏而年齡遲暮疾病侵攻乃以難強之筋骸坐尸踰分之榮祿
自陳懇悃頗歷歲時猶蒙上之哀憐久乃賜其閑可奉身而去悵負
國之已多受寵至優但捫心而自愧此蓋伏遇某官權衡萬物佐佑
三朝思輔治於和平務敦行於仁厚不遺故舊期俗革於媮風過借
寵光俾民知於愛老致茲渙渥併及衰殘已自屏於明時惟永藏於
大賜

代辭胥學士啓已下續添

某聞駑蹇之材雖謝終戀於故軒頡頏之羽方歸尚懷於廣廈何則
物由時制質以願遺瞻後來以不遑豈卑飛而自適矧在最靈之品
優叨再造之仁拘文憲以難踰捨藩牆而輕去翩如秋蔕臨一水以
將歸爵若晨霞與孤舟而遂往恩渥山積感緒絲棼竊念某材實儒

庸識惟黯淺謬偷生於人壤獲遘幸於王塗弓冶傳家耒耜遵業嘗畏圈牢之誚樂聞詩禮之言逮過弱齡粗堅苦節且親闈就養宦路隨方西走巴賨南浮江澨登稽山而訪古學謝前良歷劍阪以刊銘文慙往哲何嘗不跂清徽於朝闈詠鴻藻於聖門丈席是依寸晷惟競僅偕童刻之技終無老成之風性既愚而不移齒及壯而自惕幸遘當陽求士上哲持衡勉趨翰墨之場濫齒孝廉之舉袍紛紛而若雪志凜凜以懷霜鑒本無私敢逃於蚩鄙科非有備遽荷於甄收玷妙簡以惟精撫微生而何幸洎春闈之較藝叨雲陛以策名山木呈材自選掄而爲器冶金効用荷鎔造以成功進匪時來幸由恩假自此從風宦牒授任選臺俾外掌於司刑尋參榮於軍幕幸洽熙熙之壤姑隨冉冉之趨若乃民命所矜在一成而致慎憲條具設知五聽之惟難允非幹明曷副欽恤而某身專吏局世匪法家象斗之制斯嚴肇聞甲令礫鼠之能素寡舉乏片言剏乎人有刻木之嫌口擅鑠

金之利或行如點虜或巧過騰猿居多納履之防頗奉酌泉之戒事機匪一識局難周惟曠弛之是憂在憲章而可懼弱羽未沈於泥滓福星聚列於珠躔幸遇某官京輔移轅軍牙涖政金鼇虛署久稽上笏之榮銀兔分符寔重專車之任撫治綱之大振使訟牒以寖銷茂草鞠屝甘棠蔽坐不謂斗筲之役載依旌棨之門榮立府庭恪奉條教卿雲之蔭雖廣潤及於纖荊冬日之愛至高惠先於一物降包荒之大體示含垢之深仁賜以雍容優其顏色嘗與言於麈柄許獻技於鈴齋曲矜蹇蹇之軀過損循循之誘重念某襟靈不爽道藝非優自竊吹於秀科頗空食於官舍嘗欲温故於案几之暇勵力於歲月之餘冀少益於顓愚庶上裨於亨遇而寡聞自任扞格奚勝學圃遂荒整一經而不治文緒難繹懼彌日而無成露狂狷以居多默聰明而爲甚斷無他技動乏所長徒祗事於麾旄固無施於塵露豈謂伏蒙某官恢山藪之量納菲葑之言叵掩疵瑕荐加題品褒采一介靡

遺五管之微甄拔下流有過衆人之遇舉空疎之器爰定品於優長飾闒弱之姿將類能於閑敏矜其拙効嘉乃妄庸上辱哲明曲形表薦且俾預官聯於轂下參器使於民間苟檢操之有渝引簡書而共守所念名編桂籍已塵玷於大猷迹廁金臺復叨居於始賞恩踰素望理邁常均永懷肉骨之私寧止捐軀之報方幸輝光末運使節少留顧旅翮之有依適諧棲集何飛蓬之易轉遽至飄離俄及戍期倏辭藩岳結課蔑聞於最賦省躬幸免於常刑初履有光優慈是賴而自解曹符而退處終歲律以寓居荷眷待以特殊沐霑濡之至澤越後筵之禮分接右席之賓儀置酒梁園幾逢於美景觀容相圃屢奉於清歡給舳艫以備行假輿臺而補乏士林增耀民巷改觀今則已揆良辰將還舊華建樂郊而去德戀大幕以銷魂行當聞優詔於塗中俟歸艎於日下瀛洲秘局式瞻侍從之班温樹近司永託陶鎔之造願趨槐府獲效蓬心攬涕敘誠隕首誓報卑情無任

代人辭官狀

温辭甫及渥命駢臻竊用退思匪遑祇受伏念某本以孤宦託於盛時專室之性甚愚外廷之游粗足寅緣聖獎寵溢朝榮屬潛邸之署官首膺表擢陪學鑾之講道無所發明旋預政機益承恩紀欽纘圖而布慶亞司會以名官險薄奚勝深懼覆於公餗毫分未報自愧食於土毛而乃曲被宸慈驟隆禮秩既褒異於邦爵復登貳於天官震悸來并靦墨無措已陳車府之奏冀息鄉校之譏方聽俞音尙希舊貫伏望某官軫念庸識鑒諒危衷享其所宜勿使其進冒誠有所訴特示於保全獲追寢於恩章實有依於德廕

上李學士啓二首

某猥策草茅之愚近膺寒素之日沿宦牒而便道許以過家入里門而下趨遂茲稅鞅想孤生之弱植早自困於無津竊希上國之並游偶以諸生而著錄久彈鐔於外舍託推轂於名卿然而泰機後門最

嗟於晚出蘭臺雅聚本格於清流某官躧履起迎一顧增價借以左右之譽視如子姓之親辱謝公之齒牙憐其未立經平子之題目時不敢更一作不敢更非遂憑外奬之華獲致榮階之漸仰銜殊遇陰誓銘藏至於當便坐而執經對諸公而隸筆聞麈尾之餘論入於耳而不忘得師門之一言書諸紳而故在越流離於下國悵洵遠於崇閎在陰鮮歡歲崢嶸而倏盡一作忽逃虛既久音聲咳而不聞跂仰墮鱣之庭豈勝疲馬之戀

同前

某啓伏自學士被渥帝宸躋榮史局嘗貢躍蠡之懇諒塵隱几之觀然而偃宣父之風草蔕一作帶何勝於餘燧望長安之日葵心愈屬於愛輝計六氣之順調降百祥而穰簡恭以學士星奎稟粹玉鎮凝華敏學兼該復一變而歸乎道美文鼓動導元氣而洩其和自丁千載以親逢出協五靈而瑞聖當天下之第一履大名而久居爰屬國

家國紀無疆之休慎求良史之實仰惟俊望允彼僉諧入聚石渠之書坐擅鴻都之筆畢聖人之能事曲暢大猷約春秋而謹元修明舊法乙其處者三月上覽以忘疲勤成書於一家官藏而永祕益注帝心之東行聞柄用之求推相如之文章坐朝而當大冊取公孫之儒雅作相以繩羣臣豈伊紬繹之勤可滯久賢之業竊揆妄庸之質永懷棲庇之心緹律已窮凝寒方凜冀保和倪之妙益迎福履之綏遂跂門牆卑情不任

右四六四篇散在諸本之中胥學士啓專敘獄官非公甚明今加以代字辭官啓初似爲晏元獻作徐考官職則又不然或是他人之文李學士二篇據蔡康祖跋云王銍性之搜求文忠公遺文已多某復於家藏李邯鄲錄遺中得此啓狀按公天聖八年登科淑已爲史館檢討尋遷直集賢院於公爲先進逮景祐三年公貶夷陵淑在翰林以書附遞問五代史公巽辭答之則初第或曾投啓

但公後來奏疏極口詆淑今第一啓乃有沿牒過家弁子姓師門等語與公出處交際殊不相應吉綿本既已收入姑存之

回頴州呂侍讀遠迎狀熙寧三年

右某啓某此者誤恩擢任嗟癃病之不堪危懇力辭蒙睿慈之垂憫許從易地俾養衰齡方趨便道之行適遂過家之樂敢期雅眷遠辱惠音雖瞻款之尚遥若話言之已接傾馳之素欣感交深謹奉狀謝

與頴州呂侍讀賀冬狀同前

右某啓伏以七日告期候天陽之來復百祥佑德宜君子之承休知府侍讀侍郎經濟嘉謨論思碩望宣風撫俗一方式藉於鎮臨獻可告猷三接佇升於近密屬迎長之屆日當受祉於無疆頌詠傾勤敷宣罔既謹奉狀賀伏惟照察謹狀

右公熙寧三年改知蔡州與呂正獻公二狀今載呂公五州錄公嘗典數郡凡應用之文如頒曆恤刑賀正賀冬歲歲皆當上表而

集中纔見一二至於監司隣郡往復書啓亦僅有之按蘇丞相跋公帖在書簡第二卷謂南京幕府二年府事外章奏書疏悉以見託然則公委人代作者固多此二狀未知出公手與否姑存之

謝張先輩啓明道前吉綿本及文海皆有之

早者公步至伏蒙以七言雅什一篇爲贈者承命之辱拜賜甚嘉亟掄心而玩辭殆驚魂之去體伏以秀才卽先輩象輿稟異廟璉凝姿服懿行以翊中騰藉華而冒遠遊聖門而入其閫洞際天人之交塞藝圃而漱其芳獵取菁英之妙自叨一日之雅已服百人之豪方育賢而在阿久俟時而踠足第一鄉之品推月旦之美評游諸公之門有名鄉之躧履而乃過存庸妄之品曲借交游之光采箕斗之虛名靡責其實謂糠粃之無用偶置于前特遺夢草之餘妍摛寫陽春之雅曲加華衮之一字寵示榮褒鸞珍髦於九戎委之非所夠復警辭猋駭峭格鋒生挫萬物以揮毫入無間而抽祕蕩蕩默默而滿坑

滿谷雅韻迭揚郁郁紛紛而非霧非煙文華炳發屬苦中於清聖方臥歎於酸痟倏駭無因而至前不醉為之而彊起病酲都釋颯若清風之襲人紬繹並輝汞訂至珍之藏衍顧迫持於歸鞅慚弗獲於披風恭佩之私談非終悉

回發運主客啓見文海及仕塗必用

伏審顯膺寵命榮總使權伏惟慶慰恭以某官才猷經世問望光朝資敏議以通微竭精誠而濟務自居漕職克邁官能九年之一作厚儲已豐於茂最三載考績遽被於陟明重膺東注之求奚測亨騰之勢幸依使部致辱誨函銘佩欣祈併交悰悃

與辛郎中啓慶曆二年冬倅滑州見緘啓新範

右某此者得請便親署官近郡始臨舊府邈想清風依聽訟之甘棠餘音疑可愛步飛觴之月榭遺址尚存其如邊鄙多虞公私並乏簿書期會常苦紛紜罇俎笑談豈如疇昔方茲感愴誠疑愧遽辱誨存顧

冬律之嚴凝喜天和之保嗇佇膺茂渥以副企翹

與呂轉運啓見紱啓新範

伏審顯奉宸恩入趨天闕方欣庇賴遽失於焉依仍沭撝謙特貽於嘉問某人珪玉茂德棟幹上材藹清望於朝端束乃心於帝眷列城按俗誼美政於民謠會課及期走旌賢之召節轡去思而雖甚諒峻陟以非遙冬序方凝神襟善嗇傾祈禱戀交集感悰

答運使啓見紱啓新範

伏審榮膺帝渥出領漕權方懷竊抃之誠遽辱誨存之惠某人廟瑚重器國棟上材茂績藹於朝端嘉猷均於宸束果被僉諧之命實資富庶之謨攬轡有初已風行於列郡追鋒訊𥘉召即柄用於本朝矧託公庥但深久禱

賀新發運啓見紱啓新範

伏審榮拖使權已諧禮上猥居屬郡竊庇公庥方深欣幸之私遽辱

誨存之厚伏惟某人才優學古業茂經時久妙柬於上心屢委分於
劇任果疇懿績亟被陟明投刃皆虛豈足煩於餘地期年入報行別
迓於寵靈屬此春和冀綏福履欣依禱頌倍萬常情

與李吉州寬啓慶曆五年冬初到滁州見緘啓新範

伏念待罪山城絶迹人事敢期音誨屢以顧存欽嶷風義以甚高若
話言之方晤坐麾千里矧茂最之已深入覲四門佇寵光之休被冬
凝在候福履惟寧瞻詠感銘倍爲誠素

別紙附

人至辱書爲誨承臨郡之暇體況甚休鄉郡多幸得賢侯爲立學舍
蒙索鄙文竊喜載名廡下遂不敢辭筆語麤惡幸望與伯鎮學士評
改而刻石也冬冷千萬加愛

與許發運啓慶曆六年滁州見緘啓新範

伏念僻守郡封殆不通於轍迹邈詹風采缺馳問於興居恭惟按省

之餘克保粹和之妙治朝急士方渴佇於宏材漕最淹賢況已升於
美績卽期迅用以奮遠圖企頌之私縷言非罄

又慶曆六年春滁州見緘啓新範

伏念暌異風徽屢更年律河壖阻邈常辱郵音淮郡僻荒亦蒙誨問
荷顧存之至厚慰艱拙以茲多此者伏審某人榮被恩命近移使節
望行舟而非遠伸良覿以未涯惟賢業之素彰藹勳勤而夙著佇從
公議別霈寵光豈此漕輸可淹傑俊春陽方盛福履惟休感詠詹依
交集誠悃

上李端明狀見緘啓新範

伏審遠驅旌旆已及郊圻和氣所充與民謳而先浹餘塵可望欣馬
首之獲詹卽遂攀迎交深祝詠某不任激切依歸之至

回知郡賀冬狀見緘啓新範

天序欲周物生伊始惟君子福綏之吉順陽和來復之時卽迓寵光

以符善禱敢祈隆顧先辱惠音荷慰誨之尤多積感銘而但切

與楊太傅狀見緘啓新範

右某伏念畫圻雖邇遘德未由幸時接於誨音艮若披於徽采夫何定瑣辱此記憐春序已暄神襟善嗇佇膺茂渥以副傾祈

答李寺丞狀見緘啓新範

早欽秀望忽枉榮緘以州部之相望加門闌之最舊過形來問但切中藏

答王供奉狀見緘啓新範

乍間清徽兩蒙芳訊審憩車之伊始欣妙嗇以惟和卽奉渥恩以符瞻禱

與鄰郡官狀見緘啓新範

伏念封圻甚密官守有常雖傾企德之勤尙阻披風之便承屢形於謙顧常曲示於誨言冬序方凝陽和將動伏惟爲國自重以副瞻祈

答賀赴闕狀見緘啓新範

近蒙朝旨召赴闕庭方瀝懇以致辭敢辱書而爲賀仰承詔擧眷但切悚惶

謝真州知郡見緘啓新範

伏念幸守陋邦獲鄰善壤側聽下車之始已喧載路之聲方渴仰於風徽遽先貽於誨問某人材雄通敏器蘊宏深撫俗班條綽聞於餘裕陟明陞最行被於殊恩方此春陽冀綏福履禱祈感詠言述非周

謝劉真州見緘啓新範

幸鄰善壤日孰政聲雖談笑之靡親辱誨言之屢及少浣詹翹之懇奚勝感愧之私行因溢路之謠入被中臺之召清和始屆寢寐增休縷縷之誠一一奚既

右張先輩啓公所作無疑四六集偶失編入餘得之仕塗必用緘啓新範者皆京師舊本也或出公手或人代作其說與蘇丞相跋

語同

表奏書啓四六集卷第七

諫院

論按察官吏劄子慶曆三年

臣伏見天下官吏員數極多朝廷無由徧知其賢愚善惡審官三班吏一作二部等處又只主一作具差除月日人之能否都不可知諸路轉運使等除有贓吏自敗者臨時舉行外亦別無按察官吏之術致使年老病患者或懦弱不材者或貪殘害物者此等之人布在州縣並無黜陟因循積弊冗一作官濫者多使天下州縣不治者十有八九今兵戎未息賦役方煩百姓嗷嗷瘡痍未復救其疾苦擇吏爲先臣今欲乞特立按察之法於內外朝官中自三丞以上至郎官中選強幹廉明者爲諸路按察使自來雖差安撫使緣管他事不專按察今請令進奏院各錄一州官吏姓名爲空行簿以授之使至州縣遍見官吏其公廉才幹明著實狀及老病不材顯有不治之迹者皆

以朱書於姓名之下其中材之人別無奇効亦不致曠敗者則以墨書之又有雖是常材能專長于一事亦以朱書別之使還具奏則朝廷可以坐見天下官吏賢愚善惡不遺一人然後別議黜陟之法如此足以澄清天下年歲之閒可望至治只勞朝廷精選二十許人充使別無難行之事取進止

論乞詔諭陝西將官一作臣劄子同前

臣風聞昊賊今次人來辭意極不遜順所請之事必難盡從事既不成則元昊必須作過朝廷須合先爲禦備竊慮沿邊將帥見西人入朝惟一作準望通好便生懈怠萬一西賊驟出急兵擊吾弛惰則立見敗事乞速詔邊臣密諭與西賊辭未遜順必不通和之意各使先知絕其顧望早爲準備庶不敗事仍慮邊將謂一作料朝廷此時議雖未合若後次更來必須和好因此便無討賊之志仍乞便因詔諭示以激厲之言云朝廷以昊賊罪大意在討除今不許其和好者蓋

以外有爾輩在邊必望破賊成功之意使其不生退心臣見唐武宗英武之主所任宰相李德裕最號有材當時用兵征伐指揮將帥處置事宜動以詔書約束勸厲故終成功業國家用兵以來未聞以賞罰號令激動人心使其竭力者此最宜留意取進止

論元昊來人請不賜御筵劄子 同前

臣竊知昊賊所遣來人將欲到闕風聞管勾使臣須索排備一作比次第甚廣及聞纔至欲賜御筵管領臣知昊賊此來意極不遜臣料朝廷必欲要其臣服方許通和若欲如此則便須有以挫之方能抑其驕慢庶可商量今若便於禮數之間過加優厚則彼必以一作謂我爲怯知我可欺議論之間何由屈折若果能得其臣順一作能得其心則待議定之後稍加禮數一作待亦未爲遲仍須杜漸防微常爲挫抑之計豈可一事未成先虧國體其元昊一行來人伏乞凡事減勒無令曲加優厚若因此得其抑挫而臣服則吾計無失如其必

不臣服則免至虛虧事分取進止

論楊察請終喪制乞不奪情劄子慶曆二年

臣近見丁憂人茹孝標居父之喪來入京邑奔走權貴營求起復已爲御史所彈又聞新及第進士南宮覲聞母之喪匿不行服得官娶婦然後徐歸見在法寺議罪孝標官爲大常博士覲在場屋粗有名稱此二人猶知如此則愚俗無知違禮犯義者何可勝數矣蓋由朝廷素不以名教獎勵天下而禮法一隳風俗大壞竊以風化之本由上而下伏見起復龍圖閣待制楊察累有章奏乞終母喪而朝旨未允夫臣子之行惟孝與忠察以文中高科官列近侍而能率勵頹俗以身爲先陛下宜曲賜褒嘉遂成其志使還善化俗自察而始豈可不通人情膠執舊弊推祿利之小惠廢人臣之大節臣謂近侍奪情本非一作以軍國之急不過循舊例示推恩而已今察以節行自高志在忠孝知貪冒祿利爲可恥若朝廷抑奪其情使其於身不得成美

行而于毋有罔極之恨豈足謂之推恩乎方今愚俗無知違犯禮義至使繫獄訟嚴刑罰而不能禁止脫有一人欲守名教而全忠孝以勵天下者又爲朝廷不許則風俗之弊其咎安在伏乞早降恩旨許其終喪不獨成察之志亦以爲朝廷之美取進止

論韓琦范仲淹乞賜召對事劄子同前

臣伏見自西鄙用兵以來陛下聖心憂念每有臣寮言及西事必皆傾心聽納今韓琦范仲淹久在陝西備諳邊事是朝廷親信委任之人況二臣才識不類常人其所見所言之事不同常式言事者陛下最宜加意訪問自二人到闕以來只是逐日與兩府隨例上殿呈奏尋常公事外有機宜大處置事並未聞有所建明陛下亦未曾特賜召對從容訪問況今西事未和邊陲必有警急兼風聞北虜見在涼甸與大臣議事外邊人心憂恐伏望陛下于無事之時出御便殿特召琦等從容訪問使其盡陳西邊事宜合如何處置今琦等數年在

外一旦歸朝必有所陳但陛下未賜召問此二人亦不敢自請獨見至如兩府大臣每有邊防急事或令非時召見聚議或各令互述所見或只召一兩人對見商量此乃帝王常事祖宗之朝並亦如此不必拘守常例也取進止

論罷鄭戩四路都部署劄子同前

臣伏覩勑除鄭戩知永興軍仍兼陝西都部署自聞此命外人議論皆以為非在臣愚之實亦未便竊以兵之勝負全由處置如何臣見用兵以來累次更改或四路都置部署或分而各領一方乍合乍離各有利害惟夏竦往年所任鄭戩今日之權失策最多請試條列臣聞古之善用將者先問能將幾何今而不復問戩能將幾何直以關中數十州之廣蕃漢十萬之兵沿邊二三千里之事盡以委之此其失者一也或曰戩雖名都部署而諸路自各有將又其大事不令專制而必稟朝廷假如邊將有大事先稟於戩又稟於朝廷朝廷議定

下戩戩始下於沿邊只此一端自可敗事其失二也今大事戩旣不專若小事又不由戩則部署一職止是虛名若小事一一問戩則四路去永興皆數百里其寨柵遠者千餘里使戩一一處分合宜尙有遲緩之失萬一耳目不及處置失宜則爲害不細其失三也若大小事都不由戩而但使帶其權豈有數十州之廣數十萬之兵二三千里之邊事作一虛名使爲無權之大將若知戩可用則推心用之若知不可用則善罷之豈可盡關中之大設爲虛名而以不誠待人其失四也今都部署名統四路而諸將事無大小不稟可行則四路偏裨各見其將不由都帥則上下相効皆欲自專其失五也今都部署是大將反不得節制四路而逐路是都帥部將却得專制一方則委任之意大小乖殊軍法難行名體不順其失六也若知戩果不可大用但不敢直罷其職則是大臣顧人情避己怨如此作事何以弭息人言其失七也料朝廷忽有此命必因韓琦等近自西來有此擘畫

琦等身在邊陲曾爲將帥豈可如此失計臣今欲乞令兩府之臣明議四路不當置都部署利害其鄭戩既不可內居永興而遙制四路則乞落其虛名只令坐鎮長安撫民臨政以爲關中之重其任所繫亦大而使四路各責其將則事一作名體皆順處置合宜今取進止

論凌景陽三人不宜與館職奏狀慶曆五年

右臣今日竊聞凌景陽召試館職外議皆以爲非臣聞聖主之以風化勵天下不能家至戶到但進一善人則天下勸退一不肖則天下懼用功至簡其益極多苟賞罰之過差繫朝廷之得失伏況自國家祖宗以來崇建館閣本以優待賢材至於侍從之臣宰輔之器皆從此出其選非輕如凌景陽者粗親文學本實凡庸近又聞與在京酒店戶孫氏結婚推此一節其他可知物論喧然共以爲醜此豈足以當國家優待賢材之選又聞夏有章魏廷堅等亦皆得旨將試館職此二人者皆有贓汚著在刑書此尤不可玷辱朝化其凌景陽今已

就試乞不與館職有章廷堅乞更不召試竊以累年以來風教廢壞士無廉恥之節官多冒濫之稱當其積習因循則不以爲怪如欲澄清治化則宜革此風臣謂黜此三人則天下士人當修名節臣職在諫諍忝司耳目採是非之公論合具密陳見選任之非人皆當論列謹具狀奏聞伏候勅旨景陽轉一官知和州有章廷堅罷試景陽集賢晏公舉有章故相陳公章廷堅兩制連狀舉

論按察官吏第二狀同前

右臣近曾上言爲天下官吏冗濫者多乞遣使分行按察昨日竊覩降勅下諸路轉運使司令兼按察使竊以轉運使自合察舉本部官吏今若特置使名更加約束則於常行之制頗爲得宜必欲救弊於時則未盡善且臣初乞差按察使者蓋欲朝廷精選強明之士竊聞朝議一作廷以所選非人故不遣使今所委轉運使豈盡得人乎其間昏老病患者有之懦弱不材者有之貪贓失職者有之此等之人

自當被劾豈可更令按察其間縱有材能之吏又以幹運財賦有米
鹽之繁供給軍需有星火之急既不暇遍走州縣專心察視則稽遲
鹵莽不得無之故臣謂轉運使兼按察使不材者既不能舉職材者
又不暇盡心徒見空文恐無實効在於事體不若專遣使人伏自兵
興累年天下困弊飢荒疲瘵既無力以賑救調斂科率又無由而減
省徒有愛民之意絕無施惠之方若但能逐去冗官不令貪暴選用
良吏各使撫綏惟此一事及民最切苟可爲人之利何憚選使之勞
況自近年累遣安撫豈於今日頓以爲難今必恐三丞至郎中內難
得其人即乞且依前後安撫於侍從臣寮及臺官館職中選差十數
人小處路分兼察兩路其侍從臣寮仍各令自辟判官分行採訪用
臣前來起請事件施行其轉運兼按察使若能精選其人亦乞著令
爲今後常行之制臣伏思從來臣寮非不言事朝廷非不施行患在
但著空文不責實効故改更雖數號令雖煩上下因循了無所益今

必欲日新求治革弊救時則須在力行方能濟務臣所言者生民之急一有務字也天下之利也不徒略行一二分以塞言責而已伏望留意詳擇謹具狀奏聞伏候勅旨

再論按察官吏狀同前

右臣自初忝諫官於第一次上殿日首曾建言方今天下凋殘公私困急全由官吏冗濫者多乞朝廷選差按察使糾舉年老病患贓汚不材四色之人以行澄汰仍具陳按察之法條目甚詳如臣之議蓋欲使使者四出而天下悚然知朝廷有賞善罰惡之意然後按文責實甚惡者黜有善者升中材之人盡使警勵凡臣所言者乃所以救民急病革數一作四十年蠹弊之事若非遭逢聖主鋭意求治之時上下力行之不可也奈何議者憚於作事惟樂因循秖命諸路轉運使就兼其職命出之日外論皆謂諸路之中貪贓如魏兼老病如陳杲穢惡如錢延年庸常齪齪如袁抗張可久之輩盡爲轉運使皆自

是可黜之人必不能舉職臣亦再具論奏其議格而不行按察空名
今遂寢廢生民蠹病日益可哀伏見陛下聖德日新憂心庶政近發
手詔督勵宰輔然天下之事積弊已多如治亂絲未知頭緒欲事事
更改則力未能周而煩擾難行欲漸漸整頓則困弊已極而未見速
効臣謂如欲用功少爲利博及民速於事切則莫若精選明幹朝臣
十許人分行天下盡籍官吏能否而升黜之如臣前所陳者而後可
臣聞治天下者如農夫之治田不可一槩也蒿萊蕪穢久荒之地必
先力加墾闢芟除待其成田然後以時耘耨冗濫之官蕪穢天下久
矣必先力行澄汰待其百職粗治然後精選有司常令糺舉今特遣
之使如久荒而芟闢也轉運兼按察乃以時之耘耨者耳寬猛疾徐
各有所宜也漢時刺舉唐世黜陟使考課使之類歲歲遣出祖宗朝
亦有考課院蓋按察升黜古今常法非是難行之異事也方今言事
者多以高論見棄或以有害難行如臣所言只是選十餘人明幹朝

臣察視官吏善惡灼然有迹易見者著之簿籍朝廷詳之黜其甚者耳臣自謂于論不爲甚高（爲甚高三字一作迂）行之有利無害然尚慮議者未以爲然謹條陳冗官利害六事以明利博効速而可行不疑伏望聖慈特賜裁擇如有可採乞早施行

一曰去冗官則民之科率十分減九

臣伏見兵興以來公私困弊者不惟賦斂繁重全由官吏爲姦每或科率一物則貪殘之吏先於百姓而刻剝老繆之吏恣其羣下之誅求朝廷得其一分姦吏取其十倍民之重困其害在斯今若去此四色冗官代以循良之吏事隨便宜絕去搔擾使民專供朝廷實數科率免却州縣分外誅求故臣謂於民力十分減九也比於別圖減省細碎無益者其利博矣

二曰不材之人爲害深於贓吏

國家之法除贓吏因民告發者乃行之其他不材之人大者壞

州小者壞縣皆明知而不問臣謂凡贓吏多是強黠之人所取在於豪富或不及貧弱不材之人不能馭下雖其一身不能乞取而恣其羣下（下字一作不）是共行誅剝更無貧富皆被其殃爲害至深縱而不問故臣尤欲盡取老病繆懦者與贓吏一例黜之

三曰內外一體若外官不澄則朝廷無由致治今朝廷雖有號令之善者降出外方若落四色冗官之手則或施設乖方不如朝廷本意反爲民害或稽滯廢失全不施行而又無糾舉弃（一作多）作空文若外邊去却冗官盡得良吏則朝廷所下之令雖有乖錯彼亦自能回改或執奏更易終不至爲大害是民之得失不獨上賴朝廷全繫官吏善惡以此而言冗官豈可不去

四曰去冗官則吏員清簡差遣通流

今天下官有定員而入仕之人無定數既不黜陟冒濫者多差遣不行賢愚同滯每有一闕衆人爭之一作競爭爭得者無廉恥之風不得者騰怨嗟之口濫官之弊近古無之今若擇四色冗官去之則待闕之人可無怨滯

五曰去冗官則中材之人可使勸懼

今天下官吏豈必盡是不材蓋爲朝廷本無黜陟善惡不分今若見國家責實求治逐一求治逐一四字一作是求人人精別則中材之人皆自勉強不敢因循雖有貪殘亦須斂手

六曰去冗官則不過朞月民受其賜

方今朝廷雖有愛一作憂念疲民之意然上下困乏必未有餘力廣惠及民若但去冗官則民受速賜蓋臣常見外處州縣每一繆官替去一能者代之不過數日民已歌謠今若盡去冗濫之吏而以能吏代之不過朞月民即一作必受賜此臣所謂及

民速於事切者也

論禁止無名子傷毁近臣狀同前

右臣竊見前年宋庠等出外之時京師先有無名子詩一首傳於中外尋而庠罷政事近又風聞外有小人欲中傷三司使王堯臣者復作無名子詩一篇略聞其一兩句臣自聞此詩日夕疑駭深思事理不可不言伏以陛下視聽聰明外邊事無大小無不知者竊恐此詩流傳漸廣須達聖聰臣忝爲陛下耳目之官不欲小人浮謗之言上惑天聽合先論列以杜姦讒況自兵興累年繼以災旱民財困竭國帑空虛天下安危繫於財用虛實三司之職其任非輕近自姚仲孫罷去之後朝廷以積年蠹弊貧虛窘乏之三司付與堯臣仰其辦事乃是陛下委信責成之日堯臣多方展効之時臣備見從前任人率多顧惜祿位寧可敗事於國不肯當怨於身如堯臣者領職以來未及一月自副使以下不才者悉請換易足見其不避嫌怨不狥人情

竭力救時以身當事今若下容讒間上不主張則不惟才智之臣無由展効亦恐忠義之士自玆解體臣恐作詩者（者字亦作之人）雖不知其姓名竊慮在朝之臣有名位與堯臣相類者嫉其任用故欲中傷只知爭進於一時不思沮國之大計伏自陛下罷去呂夷簡夏竦之後進用韓琦范仲淹以來天下欣然皆賀聖德君子既蒙進用小人自恐道消故共（一作只）喧然務騰讒口欲惑君聽欲沮好人不早絕之恐終敗事況今三司蠹弊已深四方匱乏已極堯臣必須大有更張方能集事未容展効已被謗言臣近日已聞浮議紛然云堯臣更易官吏專權侵政今又造此詩語搖惑羣情若不止之則今後陛下無以使人忠臣無由事主讒言罔極自古所患若一起其漸則扇惑羣小動搖大臣貽患朝廷何所不至伏望特降詔書戒勵臣下敢有造作言語誣搆陰私者一切禁之及有轉相傳誦則必推究其所來重行朝典所貴禁止讒巧保全善人謹具狀奏聞伏候勅旨（勑出）

賞錢官爵購捉是時上欲更改朝政小人不便造作言語動搖及勅

榜出自此遂絕

奏議卷第一

諫院

論沂州軍賊王倫事宜劄子慶曆三年

臣近聞沂州軍賊王倫等殺却忠佐朱進打刼沂密海楊泗楚等州邀呼官吏公取器甲橫行淮海如履無人比至高郵軍已及二三百人皆面刺天降聖捷指揮字號其王倫仍衣黃衫據其所爲豈是常賊驟聞可駭深思可憂臣竊見自古國家禍亂皆因兵革先興而盜賊繼起遂至橫流後漢隋唐之事可以爲鑒國家自初兵興必知須有盜賊便合先事爲備而謀國之臣昧於先見致近年盜賊縱橫不能撲滅未形之事雖或有所不及已兆之患豈可因循不爲臣遍思天下州軍無一處有備假令王倫等周遊江海之上驅集罪人徒衆漸多南越閩廣而斷大嶺西走巴峽以窺兩蜀所在空然誰能禦之一作制禦若不多爲方略竊恐未可剪除而朝廷之臣尚若常事不

過差一兩人使臣領兵捕捉此外更無處置竊以去患宜速防禍在
微伏望陛下深懼禍端督責宰輔早爲擘畫速務剪除臣亦有短見
數事謹具條列以禆萬一

一乞訪尋被殺朱進或有兒男便與一官令其捕賊以復父讎仍
許令乘驛隨逐一作處指射兵士隨行

一竊知王倫在沂密間只有四五十人及至高郵已二三百人皆
是平民被其驅脅欲乞除軍賊不赦外特赦驅脅之人先與安
慰其家各令家人以書招諭有能殺軍賊脫身自歸者等第重
與酬賞可使自相疑貳壞散兇徒

一竊慮江淮諸處先有盜賊漸與王倫合勢則兇徒轉熾卒難剪
滅欲乞指揮募諸處未獲盜賊有能謀殺軍賊者亦等第重行
酬獎可使賊心自疑徒黨難集

一乞出榜招募諸處下第舉人及山林隱士負犯流落之人有能

以身入賊筭殺首領及設計誤賊陷於可敗之地者重與酬奬

所貴兇黨懷疑不肯招延無賴之人以爲謀主

一竊見朝廷雖差使臣領兵追捕而兇賊已遍刼江淮深慮趕趁一作追趕不及徒黨漸多欲乞特差中使馳騎先計會沿江淮諸路州軍會合巡檢縣尉預先等截續發禁兵隨後追逐所貴不致走透

右臣所陳五事伏乞詳擇施行外有先被王倫脅從人等首身者百餘人其中有當與酬賞及合行分配者乞早賜施行用安反側謹具狀奏聞

論王舉正范仲淹等劄子慶曆三年

臣伏見朝廷擢用韓琦范仲淹爲樞密副使萬口懽呼皆謂陛下得人矣然韓琦稟性忠鯁遇事不避若在樞府必能舉職不須更藉仲淹如仲淹者素有大材天下之人皆許其有宰輔之業外議皆謂在

朝之臣忌仲淹材名者甚衆陛下既能不惑衆説出於獨斷而用之是深知其可用矣可惜不令一（有居字）大用蓋樞府只掌兵戎中書乃是天下根本萬事無不總治伏望陛下且令韓琦佐樞府移仲淹於中書使得參預大政況今參知政事王舉正最號不才久居柄用柔懦不能曉事緘默無所建明且可罷之以避賢路或未欲罷亦可且令與仲淹對換當今四方多事二虜交侵正是急於用人之際凡不堪大用者去之乃叶天下公論不必待其作過亦不須俟其自退也況若令與仲淹對換則於舉正不離兩府全無所損伏望陛下思國家安危大計不必顧惜不材之人使妨占賢路如允臣所請卽乞留中特出聖斷指揮或尚未欲施行卽乞降付中書令舉正自量材業優劣何如仲淹若實不如卽須自求引避以副中外公議取進止

論趙振不可將兵劄子同前

臣風聞河東近日累奏事宜探得昊賊點集兵馬伏緣昨來張延壽

議和之際尚有朝廷未許事節深慮狂賊因忿出兵卽三路邊防皆合設備伏見河東都部署明鎬雖是材臣未諳戰陣副部署趙振人品庸劣全不知兵只是好交結沽買聲譽所以不因功業擢至將帥前在延州遂至敗誤雖行責降不及期年却授兵權全無報効其人少壯尚不堪用今又年老病患全然不堪戰鬭一旦臨事必悞國家

臣聞將者國之司命今陛下安危之機繫於將帥而河東一路無一戰將只有趙振老病一人而已細思此事大可寒心苟有誤事憂在朝廷其趙振伏乞速下本路體量如或實老病不任卽乞罷歸散秩別委將臣竊以河東一路兵馬極多豈是蓄養病將之處西北二虜爲患如此亦非趙振可當若使臨事敗誤悔恐不及伏望聖慈深思大計無惜一老病敗事之人取進止

再論王倫事宜劄子同前

臣竊見近日四方盜賊漸多兇鋒漸熾撲滅漸難皆由國家素無禦

備官吏不畏賞罰臣謂夷狄者皮膚之患尚可治盜賊者腹心之疾深可憂而朝廷弛緩終未留意每遇有一火賊則臨事驚駭倉皇旋發兵馬終不思經久禦賊之計只如王倫者今若幸而剪撲則其殺害人民爲患已廣如更未能剪撲使其據城邑則患禍不細矣臣數日前已有奏論只是條列招捉王倫一火事宜至如池州解州南京鄧州諸處強賊甚多今後亦須禁絕其端不可更令頻有臣欲乞陛下特勑兩府大臣議定經制臣亦有短見數事備列如後

一臣竊見一作知王倫所過楚泰等州知縣縣尉巡檢等並不鬬敵却赴王倫茶酒致被奪却衣甲蓋由法令不峻無所畏稟官吏見一作知朝廷寬仁必不深罪而賊黨兇虐時下可懼寧是畏賊不畏朝法臣今欲乞凡王倫所過州縣奪却衣甲處官吏並與追官勒停其巡檢仍先除名令白身從軍自効候賊破日却議敘用仍今後用此爲例

一外處知州本號郡將都監監押只管在城巡檢若賊入城不能擒捕則設之何用臣欲乞應有不能禦備致賊人入城打刼不尋時鬭敵致全火走透者知州亦特勒停都監監押除名白身從軍自効能獲賊則議敘用

一臣見諸處有賊多是自京師別差使臣兵馬捉殺則本地分元置都監巡檢縣尉等設之何用每有些小盜賊不獲又無深責稍似強賊則別差人捉殺如此可以推避因循臣欲乞若朝廷別差人捉獲則本地分巡檢縣尉仍坐全不獲賊之罪及從初不切收補致走透他處及潰散後別地分巡檢縣尉捉獲者元出賊處官吏不得與破全火批書

一竊見諸處縣尉多是新及第少年儒生怯懦往往不能捉賊虛令陷罪臣今欲乞下銓司詳議選擇縣尉之格以武勇人材堪充者充仍重定賞罰之法其一作若見今有新及第少年怯懦

者委諸路按察使先次舉奏替換

一臣竊見自來所差巡檢兵士多不能捕賊反與州縣爲患臣今欲乞自朝廷選募使臣令使臣自選募兵卒不拘廂禁軍令所在州軍指名抽射仍重立賞罰之法

論蘇紳姦邪不宜侍從劄子 同前

臣昨日竊聞勅除太常博士馬端爲監察御史中外聞之莫不驚駭端爲性險巧本非正人往年常發其母陰事母坐杖脊端爲人子不能以禮法防其家陷其母於過惡又不能容隱使母被刑理合蒙羞負恨終身不齒官聯豈可更爲天子法官臣不知朝廷何故如此用人縱使天下全無好人亦當虛此一位不可使端居之況剛明方正之士不少臣求其故蓋是從初不合令蘇紳舉人紳之姦邪天下共惡視正人端士（一作端人正士）如仇讎惟與小人氣類相合宜其所舉如此也端之醜惡人誰不知而紳（一作輒）敢欺罔朝廷者獨謂陛

下不知耳此一事尚敢欺罔（一作惑）人主其餘讒毀忠良以是爲非之說其可信乎其馬端伏乞追寢成命蘇紳受詔舉此醜惡之人罔上欺下亦乞坐此黜外任不可更令爲人主侍從取進止

論乞令百官議事劄子（同前）

臣伏見祖宗時猶有漢唐之法凡有軍國大事及大（一作不決）刑獄皆集百官參議蓋聖人慎於臨事不敢專任獨見欲採天下公論擇其所長以助不逮之意也方今朝廷議事之體與祖宗之意相背每有大事秘不使人知之惟小事可以自決者却送兩制定議兩制知非急務故忽略拖延動經年歲其中時有一兩事體大者亦與小事一例忽之至於大事秘而不宣此尤不便當處事之始雖侍從之列（一作例）皆不與聞已行之後事須彰布縱有乖誤却欲論列則追之不及況外廷百官疎遠者雖欲有言陛下豈得而用哉所以兵興數年西北二方累有事宜處置多繆者皆由大臣自無謀慮而杜塞衆

見也臣今欲乞凡有軍國大事度外廷須知而不可祕密者如北虜去年有請合從與不合從西戎今歲求和當許與不當許凡如此事之類皆下百官廷議隨其所見同異各令署狀而陛下擇其長者而行之不惟慎重大事廣採衆見兼又於庶官寒賤疎遠人中時因議論可見其高材敏識者國家得以用之若百官都無所長則自用廟堂之議至於小事並乞只令兩府自定其錢穀合要見本末則召三司官吏至兩府討尋供析而使大臣自擇至於禮法亦可召禮官法官詢問如此則事之大小各得其體如允臣所請且乞將西戎請和一事先集百官廷議取進止

論諫院宜知外事劄子 同前

臣竊聞近日爲軍賊王倫事江淮州軍頻有奏報朝廷不欲人知召進奏官等於樞密院責狀不令漏泄指揮甚嚴不知此事出於聖旨或只是兩府大臣意欲如此以臣料之爲近日言賊事者多朝廷欲

人不知以塞言路耳臣謂方今多事之際雖有獨見之明尚須博採善謀以求衆助豈可聾瞽羣聽杜塞人口況朝廷處事未必盡能合宜臣下獻忠未必全無可採至如王倫驅殺士民攻劫州縣江淮之上千里驚搔事已若斯何由掩蓋當今列辟之士極有憂國之人欲爲人主獻言常患聞事不的況臺諫之官尤一作元是本職凡有論列貴在事初善則開端惡則杜漸言於未發庶易囘改今事無大小常患後時或號令已行或事迹已布縱欲論救多不能及若更祕密不使聞知則言事之臣何由獻說臣今欲乞指揮進奏院凡有事非實封者不須祕密臣因此更有起請事件畫一如後

一竊見御史臺見有進奏官逐日專供報狀欲乞依御史臺例選差進奏官一人凡有外方奏事及朝廷詔令除改並限當日內報諫院

一竊見唐制諫臣爲供奉之官常在天子仗內朝廷密議皆得聞

之今雖未曾恢復舊制欲乞凡遇朝廷有大處置四方奏報事非常程及諫官風聞事未得實者並許詣兩府請問庶知審實得以論列

右件二事如允臣所請乞降指揮施行取進止

論河北守備事宜劄子同前

臣伏見朝廷方遣使與西賊議通和之約近日竊聞邊臣頻得北界文字來問西夏約和了與未了苟實如此事深可憂臣以謂天下之患不在西戎而在北虜縱使無此文字終須貽患朝廷契丹通好僅四十年無有纖介之隙而輒萌姦計妄有請求竊以戎狄貪惏性同犬彘遇強則服見弱便欺見我無謀動皆屈就謂我爲弱知我可一作易欺故添以金繒未滿其志更邀名分抑使必從無事而來尚猶如此若更因西事攬以爲功別有過求將何塞請此天下之人無愚與智共爲朝廷寒心者也今若果有文字來督通和之事則臣謂醜

虜狂計其迹已萌不和則詰我違言既和則論功責報不出年歲恐須動作苟難曲就必至交兵至於選將練師既難卒辦禦戎制勝當在機先（一有然字）臣竊怪在朝之臣尚偷安靜自河以北絕無處置因循弛慢誰復挂心豈可待虜使在廷冠兵壓境然後計無所出空務張皇而已哉今國家必謂兩意雖乖尚牽盟誓邊防處置未敢張皇以臣思之莫若精選材臣付與邊郡使其各圖禦備密務脩完此最爲得也況今邊防處置百事乖方惟有擇人最爲首務今北邊要害州軍不過十有餘處於文武臣寮中選擇十餘人不爲難得各以一州付之使其各得便宜如理家事完城壘訓兵戎習山川蓄粮食凡百自辦不煩朝廷經度以茲預備尚可枝梧至如鎮定一路最爲要害張存昔在延州以不了事罷去今乃委以鎮府王克基凡庸輕巧非將臣之材而任定州其餘州郡多匪其人臣欲乞陛下特詔兩府大臣取見在邊郡守臣可以禦敵捍城訓兵待戰者留之其餘中

常之材不堪邊任者悉行換易若一有使守秋風漸勁虜釁一作隙有端陛下試思邊鄙之臣誰堪力戰朝廷之將誰可出師當臣初授諫職之時見朝廷進退大臣陛下銳意求治必謂羣臣自此震慴百事自此脩舉西北二事最爲大者自當處置不待人言及就職以來已數十日而政令之出漸循舊弊惟言事之臣拾遺補闕者勉強施行其一二至如講大利害正大紀綱外制四夷內紓百姓凡廟堂帷幄之謀未有一事施行於外者臣忝司諫諍豈敢不言伏望陛下不忘社稷之深恥無使夷狄之交侵駿發天威督勵臣下仍一作伏乞詢問兩府大臣西鄙和與不和能保契丹別無辭說否苟有所說能以廟謀奇筭沮止之否苟無謀以止之則練兵選將備邊待寇賊至而後圖能不敗事否臣願陛下勿謂去歲六符之來可以賄解今而有請則事難從矣勿謂累年西賊爲患習以爲常若此事一動則天下搖矣臣所言者社稷之大計也願陛下留意而行之取進止

論軍中選將劄子同前

臣伏見國家自西鄙用兵累經敗失京師勁卒多在征行禁衞諸軍全然寡少又無將帥以備爪牙方今爲國計者但務外憂夷狄專意邊陲殊不思根本內虛朝廷勢弱萬一有事一作事有萬一無以枝梧今軍帥暗懦非其人禁兵驕惰不可用此朝廷自以爲患不待臣言而可知也臣亦歷考前世有國之君多於無事之際恃安忘危備患不謹使禍起倉卒而致敗亡者有矣然未有於用兵之時而反忘武備如今日者兵法曰將者民之司命國家安危之主也今外以李昭亮王克基葦當契丹內以曹琮李用和等衞天子如當今之事勢而以民之司命國之安危繫此數人安得不取笑四夷遭其輕侮臣謂去歲北虜忽興狂悖今年元昊妄有請求若使朝廷有一二人中材之將叩頭効死奮身請戰誓雪君恥少增國威則戎狄未敢侵陵朝廷未至屈辱奈何自中及外都無一人既無可恃以力爭遂至甘

心於自弱夫天下至廣遂無一人者非真無人也但求之不勤不至耳臣伏思自用兵以來朝廷求將之法不過命近臣舉朝士換武官及選試班行方略等人而已近臣所舉不過俗吏材幹之士班行所選乃是弓馬一夫之勇至於方略之人尤爲乖濫試中者僅堪借職縣尉參軍齎挽而已於此求將而欲捍當今之患此所以困天下而敗於（一作取侮）夷狄者也臣不知朝廷以此數事爲求將之術果是乎果非乎以爲是則所得何人知其非則盍思改革又不知朝廷以將爲易得乎爲難得乎爲易得則數歲未見一人知其難得則當多方用意早思求擇俟其臨患何可得乎伏望陛下特詔兩府大臣別議求將之法盡去循常之格以求非常之人苟非不次以用人難弭當今之大患臣亦常有愚見久欲條陳若必講求庶可參用臣伏見唐及五代至乎國朝征伐四方立功行陣其間名將多出軍卒只如西鄙用兵以來武將稍可稱者往往出於軍中臣故謂只於軍中自

可求將試略言求將之法謹條如左

凡求將之法先取近下禁軍至廂軍中年少有力者不拘等級一作伏因其伎同者每百人團爲一隊而教之較其伎精而最勇者百人之中必有一人矣得之以爲隊將此一人伎勇實能服其百人矣以爲百人之將可也合十隊將而又教之較其伎精而最勇者十人之中必有一人矣得之以爲裨將此一人之伎勇實能服其千人矣以爲千人之將可也合十裨將而又教之夫伎勇出千人之上而難爲勝矣則當擇一作較其有識見知變通者十人之中必有一人矣得之以爲大將此一人之伎勇乃萬人之選而又粗知變通因擇智謀之佐以輔之以爲萬人之將可也幸而有伎勇不足而材識出乎萬人之外者此不世之奇將非常格之所求也臣所謂只於軍中自可求將者此也誠能如此得五七萬兵隨而又得萬人之將五七人下至千

人百人之將皆自足然後别立軍名而爲階級之制每萬人爲
一軍以備宿衛有事則行師出征無事則坐威天下比夫以豐
衣厚祿養驕惰無用之卒而遞遷次補至於校帥皆是凡愚暗
懦之人得失相萬矣若臣之說果可施行俟成一軍則代舊禁
兵萬人散出之使就食於外新置之兵便制其始稍增舊給不
一作勿使大優常役其力不令驕惰比及新兵成立舊兵出盡
則京師減冗費得精兵此之爲利又遠矣
右臣所陳只是選勇將訓衛兵之一法耳如捍邊破賊奇才異略之
人不可謂無伏乞早賜留意精求謹具奏聞伏候勅旨

奏議卷第二

奏議卷第三　集九十九

諫院

論郭承祐不可將兵狀 慶曆三年

右臣伏聞朝旨用郭承祐爲鎭定部署臣自聞此除改夙夜思維一作竊見朝廷以郭承祐爲鎭定州總管事關利害臣職當言國家用兵已五六年未有纖毫所得挫盡朝廷威勢困刦天下生靈細一作深思厥由其失安在患在朝廷拘守常例不肯越次擇材心知小一作非人付以重一作要任後雖敗事亦終不悔今每有除擬一作差不當人或問於大臣則曰雖知非材捨此別無人一有矣字甚者欲塞人言則必曰爾試別思更有誰可用乎一作者臣亦常聞此言每退而歎息夫所謂別無人者豈是天下真無人乎蓋不力一作肯求之耳今不肯勞心一無二字選一作揀擇越一作不次而用一有而字但守常循例輕用小人寧誤大計一誤不一作一悔後又復然至

如葛懷敏頃在西邊天下皆知其不可當時議者但曰捨懷敏一有則字別未有人難爲換易一無此四字及其戰敗身亡橫屍原野懷敏既不復生亦須別求一作別須有人用臣謂二字一作且今日任一作用承祐亦猶當時用懷敏也況如一無如字承祐者凡庸一無二字奴隸之才不及懷敏遠甚頃在澶州只令一有營字築一有州字城幾至生變豈可當此一路一作道臣謂朝廷一作天下非不知承祐非材議者不過曰例當敘進別更無人此乃因循之說耳方今黠一作醜虜狂謀禍端已兆中外之士一無二字見國家輕忽戎患弛武北方人皆獻言願早爲備忽見如此除改誰不驚憂前者劉六符之一作暫來一有便使二字朝廷忍恥就議蓋謂河朔無可自一作素無可恃難與速一作力爭須知屈意茍和少寬禍患今幸得此自紓之計所宜多方汲汲一無二字精意一作選將臣先爲禦一作預備猶恐不及豈是因循守例輕任一作用小人之日也一無也字

其郭承祐欲乞早移與一不用兵處知州或召還別與一閑慢職秩若欲錄其勤 一作勳 舊優其戚里之恩閑官厚祿足可養之不必須令居此要任伏願陛下深思大計不憚改爲則天下幸甚取進止

論元昊來人不可令朝臣管伴劄子同前

臣風 一作竊 聞朝旨 一作廷 欲以殿中丞任顓管領元昊遣來一行人等 一本此十字只作管待西人 臣竊知元昊此來全無好意 一無此四字 不 一作未 肯稱臣 一有又字 索物大多其志不小 一作少 乃是欲以強相迫脅爾 一無此九字 朝廷既 一作必 不能從則待其來人凡事不可過分至於禮數厚薄賜與多少雖云小事不足較量然於事體之間所繫者大凡兵交之使來入 一無入字 大國必須窺伺將相勇怯覘察國家強弱若 一作如 見朝廷威怒未息 一作回 事勢 一作意 未削則必內憂斬戮次恐拘留 一本此十二字只作莫測 必有斬使出兵之懼拘囚在館之憂使其偶得生歸自爲大幸則我弱

形未露壯論可持今若便損國威過加厚禮先爲自弱長彼驕心使
其知我可欺則議論愈 一作論事恐益難合 矣必若成就其事尤須
鎮重爲先況其議必不成可惜空損事體前次元昊來人至少朝廷
只差一 一作以 班行 一有人字 待之今來漸多遂差朝士若其後次
一無次字 來者漸 一作更 盛則必須差近侍矣是彼 一本彼字作今
賊轉自強我轉自弱 一有矣字 況聞邵良佐昨來往彼僅免屈辱而
還則彼雖戎 一作夷 狄不謂無謀今其來人必須極騁強辭以圖相
勝若能 一無能字 先薄其禮以折之亦挫賊 一作廟謀 之一端也其
元昊來人欲乞更不差官管領送置驛中不須急問 一本其字下廿
一字止作宜罷館待而比於前次更可減損至於監視饋犒 一作館
待傳道語言一了 一作幹事 班行足 一作可 矣臣料今國家若不能
曲從其意即 一本無此十字 雖尊寵 一無寵字 來人厚加禮遇 一本
人字下四字作而不從其請則元昊不免出兵 一無此二字 攻寇一

有邊鄙字逞一作肆彼忿心等是不和何必自虧事一作國體不若急脩一作速嚴邊備以圖勝筭一作廟勝取進止三字一作惟陛下留意

論元昊不可稱吾祖劄子同前

臣伏見如定等來西賊欲稱吾祖嚮聞朝議已不許之今日風聞議却未定不知慮的深切驚憂且吾祖兩字是何等語便當拒絕理在不疑安有未定之說哉夫吾者我也祖者俗所謂翁也今匹夫臣庶尚不肯妄呼人爲父若欲許其稱此號則今後詔書須呼吾祖是欲使朝廷呼蕃賊爲我翁矣不知何人敢開此口且蕃賊撰此名號之時故欲侮翫中國而已今若得其稱臣則此二字尤須論辨今自元昊以下名稱官號皆用夷狄若蕃語元卒華言吾祖則今賊中每事自用夷禮安得惟於此號獨用華言而不稱元卒且彼於我稱臣而使我呼爲祖於禮非便故當以此折之可也朝廷自有西事以來處

置乖方取笑於人者多矣未有如此一事最可笑也竊慮小人妄有議論伏乞拒而不聽取進止

論乞廷議元昊通和事狀同前

右臣近有奏論今後軍國大事不須祕密請集百官廷議近聞以上一作伏見元昊再遣使人將至闕下一無下字和之與否決在此行竊計廟謀合思成筭臣謂此最大事也天下安危繫之今公卿士大夫愛君憂國者人人各爲陛下深思極一作遠慮惟恐廟堂之失策遂落夷狄之姦謀衆口云云一作紛紛各有論議一曰天下困矣不和則力不能支少屈就之可以紓患一曰羌夷險詐雖和而不敢罷兵則與不和無異是空包一作抱屈就之羞全無紓患之實一曰自屈志一無此三字講和之後一有不過欲字退而休息練兵訓卒一作訓兵選將以爲後圖然此亦必不能者只以河朔一有料字之事可知蓋慮纔和之後便忘發憤因循弛廢一作廢弛爲患轉深一曰

縱使元昊復一作稱臣一有而字西邊減費不弛武備不忘後圖然猶有大可憂者北戎將一作必攬通和之事以爲己功過有邀求遂興兵甲是暫息小患於關西復生大患於河北臣忝爲耳目之官見國有大事旁採外一作衆論所聞如此異同然大抵皆謂就和則難不和則易不和則害少和則害多然臣又不知朝廷之意其議云何臣見漢唐故事一有祖宗舊制大事必須廷一作集議蓋以朝廷示廣大不欲自狹謀臣思公共不敢自強故舉事多臧衆心皆服伏思國家自興兵以來常祕大事初欲隱藏護惜不使人知及其處置乖違豈能掩蔽臣謂莫若採大公之議收衆善之謀待其都無所長四字一作所言無可採自用廟謀一有固亦未晚其元昊請和一事伏乞二字一作請於使人未至之前一有先字集百官廷議臣只自朝夕以來諸處詢訪已聞衆說如此若使並集於廷各陳所見必有長策以裨萬一一有惟陛下裁幸無下九字謹具狀奏聞伏候勑旨

論西賊議和利害狀同前

右臣伏自一作見如定等到京以來竊聞朝議不許賊稱吾祖必欲令其稱臣然後許和此乃國家大計廟堂得策蓋由陛下至聖至明不苟目前之事能慮嚮去之憂斷自宸衷決定大議然數日來風聞頗有無識之人妄陳愚見不思遠患欲急就和臣雖知必不能上惑聖聽然亦慮萬一少生疑沮則必壞已成之計臣職在言責理合辨明伏自西賊請和以來衆議頗有異同多謂朝廷若許賊不稱臣則慮北戎別索中國名分此誠大患然臣猶謂縱使賊肯稱臣則北戎尙有邀功責報之患是臣與不臣皆有後害如不得已則臣而通好猶勝不臣然於後患不免也此有識之士憂國之人所以不願急和者也今若不許通和不過懼賊來寇耳且數年西兵遭賊而敗非是賊能善戰蓋由我自繆謀今如遣范仲淹處置邊防稍不失所一有則字賊之勝負尙未可知以彼驕兵當吾整旅使我因而獲勝則善

不可加但得兩不相傷亦已一作足挫賊銳氣縱仲淹不幸小敗亦所失不至如前後之繆謀一作戰是比於通和之後別有大患則所損猶少此善筭之士見遠之人所以知不和害小而不懼未和也臣謂方今不羞屈志急欲就和者其人有五一曰不忠於陛下者欲急和二曰無識之人欲急和三曰姦邪之人欲急和四曰疲兵懦將欲急和五曰陝西之民欲急和自用兵以來居廟堂者勞於幹運在邊鄙者勞於戎事若有避此勤勞苟欲陛下屈節就和而自偷目下安逸他時後患任陛下獨當此臣所謂不忠之臣欲急和者也和而偷安利在目下和後大患伏而未發此臣所謂無識之人欲急和者也自兵興以來陛下憂勤庶政今小人但欲苟和之後寬陛下以太平無事而望聖心怠於庶政一作事因欲進其邪佞惑亂聰明大抵古今人主憂勤小人所不願也此臣所謂姦邪之人欲急和也屢敗之軍不知得人則勝但謂賊來常敗此臣所謂懦將疲兵欲急和也此

四者皆不足聽也惟西民困乏意必望和請因宣撫使告以朝廷非不欲和而賊未遜順之意然後深戒有司寬其力役可也其餘一切小人無識之論伏望聖慈絕而不聽使大議不沮而善筭有成則社稷之福也謹具狀奏聞伏候勅旨

論乞不遣張子奭使元昊劄子同前

臣竊聞昊賊來人議論數日全無遜順之意朝廷又欲遣張子奭復往賊中仍聞且只一有令字在延州伺候賊意待其來迎方敢前進不知果有如此議否若實有之大爲不便臣謂方今兩議未決正是各爭名分之時尤不可自虧事體元昊既見朝廷議論不合必料邊防須爲準備其僞以好辭來迎子奭使我望和而少弛然後不意以出一作出不意以攻子奭或被拘留或遭虐害以爲中國萬世之辱則悔何及焉雖不如此使子奭端坐延州不來省問欲歸則又慮來迎久待則寂然無報進退不得何恥如之蓋元昊已與中國二次商

量必知難合子奭之往又別無議論未盡之事彼一有必字不急求相見則於臣二說慮有一焉臣不知朝廷以昊賊為可臣乎不可乎若有可臣則自當以重兵壓境仍選忠厚知謀之士直入賊中說令臣服如其不可則何必遣人或但欲遷延歲月不拒絕之則只當因如定之回賜以甘言許其厚賂諭以若能遜順則使通意邊臣俟得其實然後定議乃是未絕其來之意也不可令天子使臣待賊命而進退萬一遭其拒絕或被拘執則於事無益空損國威為今計者不若速遣范仲淹嚴備邊境徐放如定等還當自為謀以求勝筭取進止

論乞不受呂紹寧所進羨餘錢劄子同前

臣風聞轉運使呂紹寧纔至淮南便進見錢十萬貫不知是一作果否臣見兵興以來天下困弊者非獨備邊之費半由官吏壞之今三司自為闕錢累於東南剗刷及以穀帛回易則南方庫藏豈有剩錢

閭里編民必無藏鏹故淮甸近歲號爲錢荒不知紹寧纔至淮南用何術於何處得此錢以進若將官庫錢上進則逐州合使錢處甚多必致闕乏若於民間科率則人力豈任且十萬緡錢國家得之所益至微外處取之爲害不細往年李定王逵一作達輩皆刻剝疲民進奉至今南方嗟怨況今年江淮王倫大三字一作諸路自警刼後繼以蝗旱爲孽民間困窘尤要撫存而紹寧欺罔朝廷妄有進獻伏乞特降指揮下別路選差一精強官將淮南一路見管錢帛磨勘大數取見紹寧所進何處得來苟涉欺妄乞賜重行朝典其所進錢伏乞聖慈拒而不受以彰朝廷均䘏外方防禦姦吏刻剝之意取進止

論孫抃不可使契丹劄子慶曆三年

臣伏見差孫抃等充契丹人使臣謂朝廷新遭契丹侮慢陵辱之後必能發憤每事挂心凡在機宜合慎措置及見抃等被選乃知忘忽慮患依舊因循今西賊議和事連北虜中間屢牒邊郡來問西事了

與未了今專使到彼必先問及應對之際動關利害一言苟失爲患非輕豈可四人之中令抃先往抃本蜀人語音訛謬又其爲性靜默自安軍國之謀未常與議凡關機事多不諳詳臣聞古者遣使最號難才不受以辭許其專對蓋取其臨事而敏應卒一作變無窮今抃旣不可預告以言則將何以應卒苟一疎脫取笑四夷其孫抃欲乞不令出使或恐中書不能逆抃人情尙執一作守前議即乞別令一人言語分明稍知朝廷事者先往貴不誤事且醜虜君臣頗爲強黠中國常落其計不可不知今欲雪前恥雖知未能其如後患豈可不慮伏望聖慈早令兩府別議取進止

論范仲淹宣慰陝西劄子同前

臣風聞如定等不久放還竊緣此來議論必未諧和須慮驕賊猖狂忿兵攻寇凡關邊備正要枝梧伏覩朝旨已差范仲淹田況等爲宣撫使今日風聞韓琦以仲淹已作參政欲自請行不知是否以臣愚

見不若且遣仲淹速去琦與仲淹皆是國家委任之臣材識俱堪信用然仲淹於陜西軍民恩信尤爲衆所推服今若仲淹外捍寇兵而琦居中應副必能共濟大事庶免後艱若陛下以新用仲淹責其展効則且令了此一事俟邊防稍定不兩三月自可還朝既先弭於外虞可漸修於闕政今邊事是目下之急不可遲緩以失事機伏望斷自宸衷輟仲淹速去以備不虞取進止

奏議卷第三

諫院

論京西賊事劄子慶曆三年

臣竊聞近日張海郭貌山與范三等賊勢相合轉更猖狂諸處奏報日夕不絕伏惟聖慮必極憂勞不聞廟謀有何處置臣竊見朝廷作事常有後時之失又無慮遠之謀患到目前方始倉忙而失措事纔過後已却弛慢而因循昨王倫暴起京東轉攻淮甸橫行千里旁若無人既於外處無兵須自京師發卒孫惟忠等未離都下而王倫已至和州矣賴其天幸偶自敗亡然而驅殺軍民焚燒城市瘡痍塗炭毒遍生靈此州郡素無守備而旋發追兵誤事後時之之字一作皆有明驗臣謂朝廷因此必悔前非須有改更以防後患而自王倫敗後居兩府者了無擘畫有上言者又不施行上下拖延日過一日遂至張海郭貌山等又起京西攻劫州縣橫行肆毒更甚王倫依前外

處無兵又自京師發卒臣聞張海是李宗火內惡賊郭貌山在商山已及十年其驍勇兇姦不比王倫偶起之賊縱使官兵追及亦其勝負未知天下之憂恐自此始臣亦知近日臣寮上言賊事者甚衆竊慮兩府進呈文字之時必須奏言已差使臣選兵追捕將此拙計便爲廟謀上寬聖懷苟自塞責張海等二百餘人盡有甲馬日行一二百里馬力困乏則弃别奪民間生馬乘騎竊料官兵必難追逐縱使追兵能及生靈已受其殃此度賊雖能平後患豈可不慮以今四方盜起所在各要隄防則臣前所言禦賊四事之中州縣置兵最爲急務伏望陛下憫此生民見受屠戮之苦不聽迂儒遲緩誤事之言其州縣置兵事件富弼已有起請伏乞決於宸意速與施行取進止

再論置兵禦賊劄子同前

臣近爲張海等賊勢猖狂曾上言禦賊四事內一件州縣置兵爲備風聞朝議已依富弼起請施行其餘三事一乞選捕盜官二乞定賞

罰新法三乞按察老病貪贓之官此三事至今未聞擬議臣伏見去年朝廷於諸道州府招宣毅兵士及添置鄉兵弓手當時搔擾次第不小本要爲州縣禦賊之備及一旦王倫張海等相繼而起京東淮南江南陝西京西五六路二三十州軍數千里內殺人放火肆意橫行入州入縣如入無人之境則去年所置宣毅兵鄉兵弓手等盡皆何在無一處州縣得力者蓋由官吏不得其人賞罰無法而所置宣毅鄉兵弓手皆不一作無堪使用一作者所以張皇搔擾空有爲備之名而無爲備之用今朝廷雖依富弼起請令州郡置兵若不先擇官吏嚴立法令則依前置得不堪使用之兵空有其名終不濟事故臣謂必欲州郡置得精兵則須採臣所陳三事一一施行方可集事其州縣官吏誤事臣請試言京西一兩處則其他可知郢州知州王昌運老病腰脚行動不得每日令二人扶出坐衙三年之內州政大壞臨替得一比部員外郎劉依交代其劉依亦是七十餘歲昏昧不

堪昨在滑州寄居臣爲通判三四度來看臣每度問臣云中書有一
個王參政名甚如此不知人事陛下試思如此等人能爲國家置兵
禦賊乎今汝州知州鮑亞之是三司以不才柬退者鄧州知州朱文
郁是轉運使中不材選退者二人老懦不才如此等人能爲國家置
兵禦賊乎陛下欲知全盛之世盜賊便敢如此者蓋爲處處官吏非
人故臣前後累言乞按察冗濫之官者蓋爲恐有此事也兩府之議
不肯於無事之時先爲禦備直待打破一州方議換知州打破一縣
方議換縣令其餘未經打破州縣一任老病貪繆之官壞之臣謂是
大臣不肯以身當怨之過也今天下生民獲安樂則皆須上感陛下
聖德若其父子殺戮離散不安則亦必歸怨陛下今大臣不肯澄汰
蓋避百十人官吏怨其身寧使百萬蒼生塗炭而怨國家今盜賊一
年多如一年一火強如一火天下禍患豈可不憂伏望聖明一作慈
特出睿斷如必行州郡置兵之法則先須慎擇官吏免致虛爲搔擾

反更害民臣前後二次乞按官吏況國家自來每有災傷路分累曾遣使安撫豈於今日視民如此塗炭頓以遣使為難願陛下力主而行之則天下幸甚取進止

論盜賊事宜劄子同前

臣近因軍賊王倫等事累有論奏爲見天下空虛全無武備指陳後漢隋唐亡國之鑒皆因兵革先興而盜賊繼起不能撲滅遂至橫流又見國家綱紀隳頹法一作政令寬弛賞罰不立善惡不分體弱勢危可憂可懼欲乞朝廷講求禦盜之術峻行責下之法兼聞搢紳之內憂國者多日有封章皆論賊事臣但謂朝廷見已形之患聞衆多之言必動於心略知恐懼及聞樞密院戒勵進奏官不使外人知事方認兩府厭苦獻言之人又見自和州奏破王倫之後更不講求禦賊之策又認上下已有偷安之意殊不知前賊雖滅後賊更多今建昌軍一火四百人桂陽監一火七十人草賊一火百人其餘池州解

州鄧州南京等處各有強賊不少皆建旗鳴鼓白日入城官吏逢迎飲食宴樂其敢如此者蓋爲朝廷無賞罰都不足畏盜賊有生殺時下須從臣恐上下因循日過一日國家政令轉弱盜賊威勢轉強使畏賊者多向國者少天下之勢從玆去矣臣竊聞京西提點刑獄張師錫爲部內使臣與賊同坐喫酒及巡檢縣尉不肯用心曾有論奏其言甚切臣舊識師錫其人恬靜長者遲緩優柔不肯生事今尚有此奏則臣謂天下無賢愚皆爲國家憂之獨不憂者朝廷爾嗟夫古之智士能慮未形之機今之謀臣不識已形之禍以患爲樂以危爲安見盜賊雖多而時有敗者遂生翫寇之意見言事者衆而聽之已熟遂有忽人之心臣近曾求對便殿伏蒙陛下語及賊事憂形於色及退見宰輔閒暇從容天下之事深可憂矣今建昌桂陽 一有軍字 賊數不少想其爲害尤甚王倫在於遠處更合留意今自京發兵則道遠不及外處就撥則處處無兵欲乞嚴勅大臣鑒此已成難救之

患速講定禦盜之法頒行天下使四方漸爲備禦及一作仍早擘畫剪撲諸處見在賊數自有賊以來羣臣上言者皆爲自來寬法致得不肯用心捉賊皆乞峻行法令近見池州官吏各只罰銅五斤乃知言者皆不蒙聽納臣謂大臣爲國計者寧厭忠言之多不厭盜賊之多乃如此行事爾臣前後上言賊事文字不少仍乞類聚擇其長者講定法制陛下欲知大臣不肯峻國法以繩官吏蓋由陛下不以威刑責大臣此乃社稷安危所繫陛下之事也伏望留意而行之取進止

論學士不可令中書差除劄子慶曆三年

臣近見翰林學士蘇紳葉清臣等相繼解職風聞侍從之臣內有姦憸小人頗急經營爭先進用至有喧忿之語傳聞中外者既虧廉讓之風又損朝廷之體臣伏思翰林之職重於唐世乃是天子親信朝夕謀一作謀夕議內助之臣當時號爲內相故其進用尤極精選只

用一作取材識不限資品往往自州縣官一有擢字而拜者國朝近歲於此一職頗非其人既見其材識愚下不足以備訪問一本有之事二字人主因之薄一本作薄之其待遇跡漸疎外同於冗官遂容小人得以濫進臣思其弊蓋由不合令中書依資差除且學士之職本要內助天子講論外朝闕失今若却令中書除人致於內一作置之內制則是恩出中書之人雖在天子左右與無無字一作外官同也伏乞自今後翰林學士不必足員用人不限資品但擇有材望正人堪充者出自上意一作聖明擢用以杜小人爭進之端而天子左右更無姦邪之人庶清侍臣之列取進止

論呂夷簡劄子同前

臣昨日伏覩外廷宣制呂夷簡守大尉致仕以夷簡為陛下宰相而致四夷外侵百姓內困賢愚失序一作倒置綱紀大隳二十四年一作十四年間壞了天下人臣大富貴夷簡享之而去天下大憂患留

與陛下當之夷簡罪惡滿盈事迹彰著然而偶不敗亡者蓋其在位之日專奪國權脅制中外人皆畏之莫一作不敢指一作發擿及其疾病天下共喜姦邪難去之人且得已爲天廢又見陛下自夷簡去後進用賢才憂勤庶政聖明之德日新一作日又新故識者皆謂但得大姦已廢不害陛下聖政則更不復言所以使夷簡平生罪惡偶不發揚上一作正賴陛下始終保全未汚斧鑕是陛下不負夷簡夷簡上負朝廷今雖陛下推廣仁恩厚其禮數然臣料夷簡必不敢當理須陳讓臣乞因其來讓便與寢罷別檢自來宰相致仕祖宗舊例與一合受官名然臣猶恐夷簡不識廉恥便一作更受國家過分之恩仍慮更乞子弟恩澤緣夷簡子弟因父僥倖恩典已極今邊鄙多事外面臣寮辛苦者未嘗非次轉官豈可使姦邪巨蠹之家貪贓愚騃子弟不住加恩竊恐朝廷貽濫賞之譏未弭物論其子弟伏乞更不議恩典取進止

論呂夷簡僕人受官劄子 同前

臣伏見國家每出詔令常患官吏不能遵行不知患在朝廷自先壞法朝廷不能自信則誰肯信而行之然多因小人僥倖而不加抑絶所與之恩雖少所損之體則多臣聞去年十月中曾有臣寮上言乞今後大臣廝僕不得奏薦班行勅旨頒下纔三四月已却用呂夷簡僕人袁宗等二人爲奉職夷簡身爲大臣壞亂陛下朝政多矣苟有利於其私雖敗天下事尚無所顧況肯爲陛下惜法但朝廷自宜如何今一法纔出而爲大臣先壞之則其次臣寮僕人豈可不與不與則是行法有二與之則近降勅旨今後又廢有司爲陛下守法者不思國體但狥人情或云二僕得旨與官在降勅前奈何授官在降勅後凡出命令本爲釐革前弊法家以後勅衝前勅今袁宗等雖曾得旨而未受命之間已該新制自合釐革夷簡不能止絶而恣其倖求朝廷又不舉行近勅而自隳典法今後詔令何以遵行其袁宗等伏

乞特追奉職之命別與一軍將之類閑慢名目足示優恩不可爲無功之臣私寵僕奴而亂國法取進止

論止絶呂夷簡暗入文字劄子同前

臣風聞呂夷簡近日頻有密奏仍聞自乞於御藥院暗入文字不知實有此事否但外人相傳上下疑懼臣謂夷簡身爲大臣久在相位尚不能爲陛下外平四夷內安百姓致一作使得二虜交搆中國憂危兵民疲勞上下困乏賢愚失序賞罰不中凡百綱紀幾至大壞筋力康健之日尚且如此乖繆況已罷政府久病家居筋力已衰神識昏耗豈能更與國家圖事據夷簡當此病廢即合杜門自守不交人事縱有未忘報國之意凡事即合公言令外廷見當國政之臣共議一作擬可否豈可暗入文書眩惑天聽況夷簡患攤風手足不能舉動凡有奏聞一作疏必難自寫其子弟輩又不少一作肖須防作僞或恐漏泄於體尤爲不便雖陛下至聖至明於夷簡姦謀邪說必不

聽納但外人見夷簡密入文書恐非公論若誤國計爲患不輕夷簡所入文字伏乞明賜止絕臣聞任賢勿貳去邪勿疑見今中外羣臣各有職事苟有闕失自可任責不可更令無功已退之臣轉相惑亂取進止

薦姚光弼狀同前

右臣等伏覩慶曆元年南郊赦書節文委史院檢閱國朝將帥有威名勳業者尋訪子孫錄用風聞史院已具檢勘姓名聞奏至今未見施行伏以赦令之文國家大信度必難行之事則不當輕言若已布告天下則不可失信況此一節自是當今合行之事必慮將家子孫倒多不肖則宜於尋訪之時便責州郡察其行止無大過惡者乃得以聞今舊將名在史官能應赦書所求者有幾若更去一作擇其不肖者不用則推恩所及不過一二十人耳不至濫行恩賞所可惜者因此一二十人而失國家大信臣等伏見故慶州刺史姚內斌有孫

光弼好學有行止能記前世兵法及史籍所載名將用兵取勝之術比於累年所試方略濫進之人不可同類若蒙擢用必有所爲伏乞舉行赦書特賜召試仍下所居州縣隣里考其行實參驗而行其餘將家亦乞遍行（一作加）尋訪臣等職在諫諍當補闕遺見國家赦令已行而自失大信及士有豪俊沉棄而未用者皆當論列臣等又覩赦書節文云本房子孫與班行安排如實有膽勇謀略者仍與邊上任使詳此雖無材藝者亦預推恩也今光弼據其學識況有可採臣等所陳只乞比近年方略之人特與一試上以全國家大信下可收遺逸之人伏望聖慈特賜施行取進止

論李淑姦邪劄子同前

臣昨日因奏事於延和殿已曾面論李淑鄉在開封府猶爲疏外今拜學士是禁中親近之職竊緣此人不宜在侍從之列其姦邪陰險之迹陛下素已知之今外邊臣寮骨肉同坐者不敢道李淑姓名蓋

其穢惡醜不可當據外人如此惡之豈合却在人主左右淑自來朋附夷簡在三尸五鬼之數蓋夷簡要爲肘腋所以援引至此不知今日朝廷如此清明更要此人何用若欲藉其詞業則臣謂才行者人臣之本文章者乃其外飾耳況今文章之士爲學士者得一兩人足矣假如全無文士朝廷詔勑之詞直書王言以示天下尤足以敦復古朴之美不必雕刻之華自古有文無行之人多爲明主所棄只如徐鉉胡旦皆是先朝以文章著名於天下二人皆以過惡廢棄終身不齒當時朝廷亦不至乏人淑居開封過失極多然止是一府之害今在朝廷若有所爲少肆其志則害及忠良沮壞政治是爲天下之害故臣不可不言今雖陛下主張正人不信讒巧然淑之爲惡出於天性恐不能悛改竊慮依舊譖毀好人伏望聖慈一切不納早與一外任差遣使正人端士安心作事無讒毀之避取進止

再論李淑劄子同前

臣近日竊聞李淑已有聖旨令與壽州却知中書不肯便行須得淑自上章求（一作乞）出方敢差除臣謂李淑姦邪之迹陛下既已盡知若得斷自宸衷則使天下之人皆知陛下聰明神聖辨別忠邪黜去小人自出聖斷如此則今後姦邪險惡之人可使知懼而不敢爲害今若如中書之意須待其自求退則是賞罰之柄不由明主自行去住之謀一任臣下取便如此則今後小人皆知雖爲姦邪險惡天子欲力去而中書必未（一作未必）肯行若不自退則（一作別）無人敢差臣恐自此小人轉爲得計不肯悛心進賢退不肖者宰相之職也今大臣既自避怨不肯爲陛下除去姦邪賴陛下聖明洞分邪正又不能便依聖旨直與差除更須曲收人情優假羣小三四日來外邊聞陛下欲除李淑壽州人人鼓舞皆賀聖德蓋淑二三十年出入朝廷姦險傾邪害人不少一旦見人主斥去左右莫不欣抃却聞中書如此迂迴自相顧避可惜聖明之斷不盡施行臣欲望更不須候其請

郡因兩府奏事之時特出聖旨處分直除一外郡使天下皆知此姦邪穢惡之人是人主力自除去以彰聖明之德取進止

論慎出詔令劄子同前

臣伏以朝廷每出詔令必須合於物議下悅民情真宗皇帝初置諫官詔書內條列六事首言詔令不便者許諫官論列蓋朝廷慎於出令之意也近見詔書褒美陝西轉運使卞咸風聞咸在陝西爲買百姓青苗及轉般大麥此兩事大與西人爲一作大爲西人患逃移却人戶一無此三字極多至今西人怨謗不已賴吳遵路減得轉般一事人獲稍寧今所降詔書兩人一時一作例褒美善惡不分無所激勸使陝西人見者必謂朝廷咫尺絶不卹念西人不知西事誤下詔書美此與民爲害之人必轉生怨謗臣竊料朝廷必因邊臣奏舉咸等能積糧儲故賜一作此獎諭蓋失於採訪不知咸處置乖方之事致西民流移怨謗之因欲乞今後戒此失誤慎出詔令及戒勵羣臣

今後薦舉人不得妄有稱美其已出之詔既不可追臣又恐朝廷因此遂待卞咸爲材一作能吏別有任用却致敗事臣職在諫諍不可不言

奏議卷第四

諫院

論李昭亮不可將兵劄子慶曆三年

臣伏見朝廷近自河東移李昭亮爲鎮定高陽三路都部署竊以北戎險詐必與國家爲患北面之事常須有備此一事陛下聖心久自憂之執政大臣非不知而憂之天下之人共爲朝廷憂之李昭亮不才不堪爲將帥不可委兵柄此一人陛下聖心久自知之執政大臣非不知之天下之人亦共知之不審因何遽有此命大凡朝廷行事不當者或爲小事而忽略容有不知致誤施行而至乖錯者有矣未有以天下大可憂患而上下共知之事公然乖繆任以非人如此者臣料兩府之議必因施昌言等近奏三路闕都部署而目下無人以昭亮塞請而欲徐別選擇不過如此而已然臣竊見朝廷作事常患因循應急則草草且行纔過便不復留意只如今秋用郭承祐於鎮

定奪以非才罷之當時應急且以常一作康德輿爲鈐轄闕却部署一職本待徐擇其人臣初喜朝廷必能自此精於選任經今數月何曾用意求人一旦昌言奏來又遣昭亮且去今平時無事之際尚如此不能選人任用若一旦倉皇事動更於何處求人故臣謂朝議欲徐擇人而代昭亮者乃虛語爾方今天下至廣不可謂之無人但朝廷無術以得之耳寧用不材以敗事不肯勞心而擇材事至憂危可爲慟哭臣思朝廷所以乏人任用之弊蓋爲依常守例須用依資歷級之人不肯非次拔擢所以無人可用古人謂勞於擇賢而逸於任使今人既難得求之又不勤待其自來何復可得臣累曾上言練兵選將之法未賜施行又曾言乞於沿邊十數州且選州將亦不蒙聽納寧可公選不材之人委以大兵之柄一旦誤事悔何及之伏望聖慈出於睿斷其李昭亮早令兩府擇人替換仍早講求選將之法若大將能卒然而得即乞於沿邊州軍選擇州將近下資淺人中庶乎

易得昨北使姓名稍遲數日中外之士已共憂疑幸其未動之間宜作先時之備兵法曰無恃其不來恃吾有以待之惟陛下爲社稷之計深思而行之則天下幸甚取進止

論禦賊四事劄子同前

臣昨自軍賊王倫敗後尋曾極言論列恐相次盜賊漸多乞朝廷早爲禦備凡爲國家憂盜賊者非獨臣一人前後獻言者甚衆皆爲大臣忽棄都不施行而爲大臣者又無擘畫果致近日諸處盜賊縱橫自淮海已南新遭王倫之後今自京以西州縣又遭張海郭貌山等刼掠焚燒桂陽監昨奏蠻賊數百人夔峽荆湖各奏蠻賊皆數百人解州又奏見有未獲賊十餘火滑州又聞強賊三十餘人燒刦一作刼沙彌鎮許州又聞有賊三四十人刼刦椹澗鎮此臣所聞目下盜起之處如此縱横也此外京東今歲自秋不雨至今麥種未得江淮倫賊之後繼以飢蝗陝西災旱道路流亡日夜不絕似此等處將來

盜賊必起是見在者未滅續來者愈一作更多而乾象變差譴告不一於古占法多云天下大兵盡起今兵端已動於下天象又告於上而朝廷安恬舒緩無異常時此臣前狀所謂古之智者能慮未形之機今之謀臣不識已形之禍者也臣聞兩漢之法凡盜賊並起人民流亡天文災異如此等事皆責三公或被誅戮或行黜放今幸陛下仁聖寬慈大臣偶免重責而尤忘忽禍患偷習因循此臣所謂大臣不肯峻國法以繩官吏蓋由陛下不以威刑責大臣者也今見在賊已如此後來賊必更多若不早圖恐難後悔臣計方今禦盜者不過四事一曰州郡置兵為備二曰選捕盜之官三曰明賞罰之法四曰去冗官用良吏以撫疲民使不起為盜此四者大臣所忽以為常談者也然臣視今朝廷於此四者未有一事合宜伏望聖慈嚴勅兩府大臣問其捨此四事別有何術可為苟無他術則此四事宜早施行臣竊聞州郡置兵富弼已有條奏其餘三事前後言事者議論甚多

伏乞合聚羣議擇其善者而行其禦盜四事方今措置乖失極多容臣續具一二一作一條奏取進止

論乞主張范仲淹富弼等行事劄子同前

臣伏聞范仲淹富弼等自被手詔之後已有條陳事件必須裁擇施行臣聞自古帝王致治須待同心叶力之人二字一作者而君臣相得五字一作相與維持謂之千載一遇之難今仲淹等遇陛下聖明可謂難逢之會陛下有仲淹等亦可謂難得之臣陛下既已傾心待之仲淹等亦又各盡心思報上下如此臣謂事無不濟但顧行之如何伏況仲淹弼是陛下特出聖意自選之人初用之時天下已皆相賀然猶竊謂陛下既能選之未知用之如何耳及見近日特開天章從容訪問親寫手詔督責丁寧然後中外喧然既驚且喜此二盛事固已一作以朝報京師暮傳四海皆謂自來未曾如此責任大臣天下之人延首拭目以看陛下欲作何事一作用此二人果有何能此

二人所報陛下果有何能（一作欲作何事）是陛下得失在此一舉生民休戚繫此一時以此而言則仲淹等不可不盡心展效陛下不宜不力主而行使上不玷知人之明下不失四海之望臣非不知陛下專心銳志必不自怠而中外大臣且憂國同心必不相忌而沮難然臣所慮者仲淹等所言必須先絕僥倖因循姑息之事方能救數（一作今）世之積弊如此等事皆外招小人之怨怒不免浮議之紛紜而姦邪未去之人亦須時有讒沮若稍聽之則事不成矣臣謂當此事初尤須上下叶力凡小人怨怒仲淹等自以身當浮議姦讒陛下亦須力拒待其久而漸定自可日見成功伏望聖慈留意始終成之則社稷之福天下之幸也取進止

論臺官不當限資考劄子（同前）

臣伏見御史臺闕官近制令兩制幷中丞輪次舉人遂致所舉多非其才罕能稱職如昨來蘇紳舉馬端却煩朝廷別有行遣臣謂今兩

制之中姦邪者未能盡去若不更近制則輪次所及須令舉人近聞梁適舉王礪燕度充臺官其人以適在姦邪之目各懷愧醜懼其汚染風聞皆欲不就以此言之舉官當先擇舉主臣欲乞今後只令中丞舉人或特選舉主仍見官（一作朝）班中雖有好人多以資考未及遂至所舉非人者皆爲且就資例可入仍乞不限資考惟擇才堪者爲之況臺中自有裏行之職以待資淺之人仍乞重定舉官之法有不稱職（一有者字）連坐舉主重爲約束以防僞濫庶幾稱職可振綱紀取進止

再論臺官不可限資考劄子（同前）

臣近曾上言爲臺官闕人乞不依資限選舉仍乞添置裏行所貴得材可以稱職竊聞近詔宋祁舉人依前只用資（一作舊）例又未見議復裏行臣竊嘆方今（一有大臣二字）事無大小皆知其弊不肯更改凡臺官舉人須得三丞已上成資通判此例起自近年然近年臺官

無一人可稱者近日臺官至有彈教坊倭一作弟子鄭州來者朝中傳以爲笑其臺憲非才近歲尤甚是此例不可用明矣然而寧用不材以曠職不肯變例以求人今限以資例則取人之路狹不限資例則取人之路廣廣之一作廣其路猶恐無人何況專守其狹若使資例及者入三院未及者爲裏行又於差除都不妨礙況今四方多事之際揚威出使正要得人臣今欲乞特降指揮令舉官自京官以上不問差遣次第惟材是舉使資淺者爲裏行資深者入三院臣見前後舉臺官者多狥親戚一作舊舉既非材人或問之則曰朝廷用資限致別無人可舉今若革此繆例責其惟才是舉則不敢不舉好人所冀漸振臺綱免取非笑取進止

論京西官吏非人乞黜按察使陳洎等劄子同前

臣竊見去年五月詔勅節文諸路轉運並兼按察使或貪殘老昧委是不治者逐處具狀聞奏若因循不切按察致官吏貪殘刑獄枉濫

民庶無告朝廷察訪得知並當勘罪重一作嚴行黜降竊見近日賊人張海等入金州刼却軍資甲仗庫蓋爲知州王茂先年老昏昧所以放賊入城及張海等到鄧州順陽縣令李正己用鼓樂迎賊入縣飲宴留賊宿於縣廳一作廨恣其刼掠其李正己亦是年老昏昧之人京西按察使陳洎張昇自五月受却朝廷詔書後半年內並不按察一人如王茂先李正己並顯然容庇不早移換致使一旦賊至不能捍禦及光化軍韓綱在任殘酷致兵士作亂亦不能早行覺察其陳洎等故違詔書致興盜賊並合依元降詔勅重行黜降中書又不舉行使國家號令棄作空文天下禍亂貽憂君父蓋由上下互相蒙庇之罪也其陳洎張昇伏乞依詔勅施行重與黜降若明降詔勅顯有違者並不舉行則今後朝廷號令徒煩虛出伏望出於聖斷以警後來取進止

再論陳洎等劄子同前

臣近曾上言爲京西轉運使陳洎張昪違廢詔書並不按察部下官吏致使盜賊縱横貽憂君父其陳洎等合坐此罪名重行黜降此事非是臣自生狂見敢有妄言乃是朝廷元降詔書內指揮自合行遣今諸路轉運使不按察官吏者甚衆然別不至大段生事及部內官吏不甚昏老者亦可且示優容如陳洎等部內顯然官吏昏老貪殘並不舉劾致得盜賊並起事勢可憂此若不行則國家詔勅乃是空文今後號令有誰肯聽臣伏見近日頓易諸路轉運方思改作欲除舊弊朝廷此後政令須要必行今若自廢詔書示人無信則新轉運見朝廷先自弛廢言不足聽（一作信）則更無凜畏必效因循虛煩更張必不濟事古人於作事之初尚或借人行法況洎等首自違犯理合舉行宜於革弊之初先行勵衆之事或謂洎等於少人之際且要任使卽乞各與降官依舊差遣以責後效徐議復資亦使過之術也尚慮議者謂淮南王倫賊後不曾行遣轉運蓋淮南新授詔書未及

按察而賊已卒至又部內官吏如晁仲約等本非昏老不比京西慢賊經年不能剪滅直至養成兇勢又其（一作洎等）部內官吏顯是昏老誤事之人授詔半年故違不舉較其事體與淮南不同今若以淮南不曾行遣便捨洎等不問則今後犯者又指洎等以爲例是則朝廷命令永廢不行伏惟陛下聰明睿斷惟是則從尚恐大臣務收私恩不顧國體若能不惜暫降洎等一兩資（一作員）官存取朝廷綱紀以勵中外則庶幾國威復振患難可平取進止

論舉館閣之職劄子（慶曆三年）

臣伏見國家近降詔書條制館閣職事有以見陛下慎於名器漸振紀綱然而積弊之源其來已久僥倖之路非止一端今於澄革之初尚有未盡其甚者臣竊見近年外任發運轉運使大藩知州等多以館職授之不擇人材不由文學但依例以爲恩典朝廷本意以其當要劇之任欲假此清職以爲重然而授者既多不免冒濫本欲取重

人反輕之加又比來館閣之中大半膏粱之子材臣幹吏羞與比肩亦有得之以爲耻者假之既不足爲重得者又不足爲榮授受之間徒成兩失臣欲乞今後任發運轉運知州等更不依例帖職若其果有材能必欲重其職任則當升拜美官優其秩祿況設官之法本貴量材隨其器能自可升擢豈必盡由儒館方以爲榮

一臣竊見近年風俗澆一作婾薄士子奔競者多至有偷竊他人文字干謁權貴以求薦舉如丘良孫者又有廣費資財多寫文冊所業又非絕出而惟務干求勢門日夜奔馳無一處不到如林概者此二人並是兩制臣寮奏乞召試內丘良孫近雖押出而林概已有召一作得試指揮舊來本無兩省以上舉館職明文尚猶如此奔競今若明許薦人則今後薦者無數矣臣欲於近降詔書內兩省舉館職一節添入遇館閣闕人即朝廷先擇舉主方得薦人仍乞別定館閣合存員數以革冗濫

一臣竊見近降詔書不許權貴奏廕子弟入館閣此蓋朝廷爲見近年貴家子弟濫在館閣者多如呂公綽錢延年之類尤爲荒濫所以立此新規革其甚弊臣謂今後膏粱子弟旣不濫居清職則前已在館閣者雖未能沙汰尙須裁損欲乞應貴家子弟入館閣見在人中若無行業文詞爲衆所知則不得以年深遷補龍圖昭文館幷待制脩撰之類所貴侍從清班不至冗濫

奏議卷第五

諫院

論乞令宣撫使韓琦等經略陝西劄子慶曆三年

臣竊聞已降中書劄子抽囘韓琦田況等歸闕昨來琦等奉命巡邊本爲西賊議和未決防其攻寇要爲禦備今西人再來方有邀請在於事體必難便從邊上機宜正須處置仍聞韓琦田況各有奏狀言邊防有備請朝廷不須怯畏每事曲從竊以勝敗之間安危所繫料琦等如此奏來則邊事可知自有枝梧不致敗誤臣謂且令琦等在彼撫遏則朝廷與賊商議自可以持重不須屈就今議方未決中道召還則是使賊知朝廷意在必和自先弛備況事無急切何必召歸其召韓琦劄子伏乞速賜指揮抽回且令琦等在彼經略以俟西賊和議如何取進止

論西賊議和請以五問詰大臣狀同前

右臣伏見張子奭奉使賊中近已（一作以）到闕風聞賊意雖肯稱臣（一有受冊字）而尙有數事邀求未審朝廷如何處置臣聞善料敵者必揣其情僞之實能知彼者乃可制勝負之謀今賊非難料難知但患爲國（一有誤字）計者昧於遠見落彼姦謀苟一時之暫安召無涯之後患自爲削弱助賊姦謀此左傳所謂疾首痛心賈誼所以大息慟哭者也今議賊肯和之意不過兩端而已欺罔天下者必曰賊困窘而求和稍能曉事者皆知賊權詐而可懼若賊實困窘則正宜持重以裁之若知其詐謀則豈可厚以金繒助成姦計昨如定等回但聞許與之數不過十萬今子奭所許乃二十萬仍聞賊意未已更有過求先朝與契丹通和只用三十萬一旦劉六符輩來又添二十萬今昊賊一口（一有已字）許二十萬到（一作則）他日更來又須一二十萬使四夷窺見中國廟謀勝（一作神）算惟以金帛告人則邈川首領豈不動心一旦興兵又須三二十萬生民膏血有盡四夷貪獸無厭

引之轉衆何有限極今已許之失既不可追分外過求尚可抑絕見今北虜往來尚在沿邊市易豈可西蕃絕遠須要直至京師只用一作以此詞自可拒止至如青鹽弛禁尤不可從於我雖所損非多在賊則爲利甚博況鹽者民間急用既開其禁則公私往來姦細不分若使賊捐一作損百萬之鹽以啗邊民則數年之後皆爲盜用矣凡此三事皆難允許今若只爲目下苟安之計則何必愛惜盡可曲從若爲社稷久遠之謀則不止目前須思後患臣願陛下試發五問詢於議事之臣一問西賊不因敗衂忽肯通和之意或用計困之使就和乎或其與北虜連謀而僞和乎二問既和之後邊備果可徹而寬國用乎三問北使一來與二十萬西人一去又二十萬從今更索又更與之凡廟謀爲國計者止有此策而已乎四問既和之後能使北虜不邀功責報乎虜或一動能使天下無事乎五問元昊一議許二十萬他日保不更有邀求乎他日有求能不更添乎陛下赫然以此

五事問之萬一能有說焉非臣所及若其無說則天下之憂從此始矣方今急和謬議既不可追許物已多必不能減然臣竊料元昊不出三五年必須更別猖獗以邀增添而將相大臣只如一有中國二字今日之謀定須更與添物若今日一頓盡與則他時何以添之故臣願惜今日所求其如西賊雖和所利極鮮若和而復動五字一作北戎若動其患無涯此臣前後非不切言今無及矣伏望陛下留意而思之且可不與彼若實欲就和雖不許此亦可若實無和意與之適有後虞謹具狀奏聞伏候勅旨

論葛宗古等不當減法劄子同前

臣伏見近日贓吏葛宗古王克庸滕宗諒等相繼贓污事發內葛宗古情理尤惡臣伏覩去年朝廷命賈昌朝等減省天下冗費上自陛下供御之物至於皇后宮嬪飲食已來盡皆減節蓋謂調度至多公私已乏故陛下以身先天下自行減刻一作省要供軍費凡爲邊將

者所得一錢一帛宜思此物自生民困苦之中取其膏血陛下憂勞之際減自聖躬如此得之宜作如何使用今乃盜朝廷賞勞蕃夷之物贍養求食婦人全家骨肉及供自己家口并營造工作私家冗用之類量其如此用心豈是愛君憂國忘身破賊之人何足愛惜若律文已重即乞盡行更不減法若舊法尚輕仍望特加重斷其滕宗諒王克庸若事狀分明亦望早賜勘鞫正行國典竊慮議者爲宗古等方任邊陲宜從寬貸臣非不知駕馭英雄難拘常法如太祖委用李漢超等蓋漢超能捍寇戎不爲邊患功大過小理可優容諸將守邊未有尺寸之効而先已踰違不（一無踰不二字）法外恃敵在而欲望朝廷屈法姑息今朝廷未曾行寬假之患（一作惠）而此三人不法（一作已各）如此若更寬之則今後邊臣不復可以法制矣臣思邊上公使必欲使將臣不拘常法者若用之陰養壯士招延布衣利啗敵人賞勞將校如此之數皆不必問其出入可恣所爲或其性本闊略偶

不點檢誤用於私家原其本情亦可輕恕若宗古等故意偷慢減刻宴犒蕃夷軍士之物入己者有何可恕之理特減從輕有何可贖之功得以屈法若此三人不行重斷則邊臣知元昊常在則一無則字可以常爲不法臣恐翫寇弄兵事無了日今取進止

論燕度勘滕宗諒事張皇大過劄子同前

臣昨日風聞張子奭未有歸期消息賊昊又別遣人來必恐子奭被賊拘留西人之來其意未測邊鄙之事不可不憂正是要藉將帥効力之際旦夕來三字一作近者傳聞燕度勘鞫滕宗諒事枝蔓勾追直得使盡邠州諸縣枷杻所行栲掠皆是無罪之人囚繫滿獄邊上軍民將吏見其如此張皇人人嗟怨自狄青种世衡等並皆解體不肯用心朝廷本爲臺官上言滕宗諒支用錢多未明虛實遂差燕度勘鞫不期如此作事搖動人心若不早止絕則恐元昊因此邊上動搖將臣憂懼解體之際突出兵馬誰肯爲朝廷用死命向前臣忝爲

陛下耳目之官外事常合採訪三五日來都下喧傳邊將不安之事亦聞田況在慶州日見滕宗諒別無大段罪過幷燕度生事張皇累具奏狀並不蒙朝廷報答況又遍作書告在朝大臣意欲傳達於聖聽大臣各避嫌疑必不敢進呈況書臣伏慮陛下但知宗諒用錢之過不知邊將憂嗟搔動之事只如臣初聞滕宗諒事發之時獨有論奏乞早勘鞫行遣臣若堅執前奏一向遂非則惟願勘得宗諒罪深方表臣前來所言者是然臣終不敢如此用心寧可因前來不合妄言得罪於身不可今日遂非致誤事於國臣竊思朝廷於宗諒必無愛憎但聞其有罪則不可不問若果無大過則必不須要求瑕疵只恐勘官希望朝廷意旨過當張皇搔動邊鄙其滕宗諒伏望速令結絕仍乞特降詔旨告諭邊臣以不枝蔓勾追之意兼令今後用錢但不入已外任從便宜不須畏避庶使安心放意用命立功其田況累次一作度奏狀幷與大臣等書伏望聖慈盡取詳覽田況是陛下侍

從之臣素非姦佞其言可信又其身在邊上事皆目見必不虛言今取進止

再論燕度鞫獄枝蔓劄子 同前

臣昨日風聞燕度勘滕宗諒事枝蔓張皇邊陲搔動曾有論奏乞降詔旨安諭邊臣今日又聞度輒行文牒劾問樞密副使韓琦議邊事因依不知燕度實敢如此否若實有之深可驚駭竊以韓琦是陛下一有左右二字大臣繫國家事體輕重今燕度敢茲無故意外侵陵乃是輕慢朝廷舞文弄法一作舞弄文法臣每見前後險薄小人多為此態得一刑獄勘鞫踴躍以為奇貨務為深刻之事以邀強幹之名自謂陷人若多則進身必速所以虛張聲勢肆意羅織今燕度本令只勘滕宗諒使過公用錢因何劾問大臣議邊事顯是節外生事正違推勘敕條況樞密使是輔弼之任宣撫使將君命而行本藉重臣特行鎮撫今若無故遭一獄吏侵欺而陛下不與主張則今後奉

君命而出使者皆爲邊鄙所輕爲大臣而作事者反畏小人所制故燕度論於國體便合坐以深刑責其俗吏亦自違於條制罪須行遣情不可容今樞密副使尚被侵陵則以下將帥無辜遭其枝蔓者不少據其如此作事此獄必無平允其滕宗諒一宗刑獄狀一作伏乞別選差官取勘結絕其燕度亦乞別付所司勘罪行遣取進止

論乞不勘狄青侵公用錢劄子同前

臣風聞邊臣張亢近爲使過公用錢見在陝西置院根勘其勘官所取干連人甚衆亦聞狄青曾隨張亢入界見已勾追照對臣伏見國家兵興以來五六年所得邊將惟狄青种世衡二人而已其忠勇材武不可與張亢滕宗諒一例待之臣料青本武人不知法律縱有使過公用錢必不似葛宗古故意偷謾不過失於檢點致誤侵使而已方今議和之使正在賊中苟一言不合則忿兵爲患必至侵邊謹備過防正藉勇將況如青者無三兩人一作三兩人而已可惜因些小

公用錢於此要人之際自將青等爲賊拘囚使賊聞之以爲得計伏望特降指揮元勘官只將張亢一宗事節依公根勘不得枝蔓勾追其狄青縱有干連仍乞特與免勘臣於邊臣本無干涉豈有愛憎但慮勘官只希朝廷意旨不顧邊上事機將國家難得之人與常人一例推鞫一旦乏人誤事則悔不可追伏乞朝廷特賜寬貸邊臣知無功之將犯法必誅一作行要藉之人以能贖過則人人自勵將見成功取進止

論體量官吏酷虐劄子同前

臣等風聞朝廷近降指揮與諸路轉運使令體量州縣官吏酷虐軍民者臣料朝旨如此必是因韓綱酷虐近致光化兵士亂作一作作亂故有此指揮竊以昨來光化兵變雖因韓綱自致其如兵亦素驕處置之間須合中道韓綱自當行法驕兵亦合討除如此兩行方始得體今若明行號令徧約官吏則驕兵增氣轉更生心長吏畏避無

由行事其所降與轉運司文字竊慮朝夕之間傳播中外扇動羣小引惹事端然已失之令旣不可追伏乞速降指揮與諸路轉運使令密切稟行不得漏泄所貴別不生事取進止

論募人入賊以壞其黨劄子同前

臣竊聞京西賊盜日近轉多在處縱横不知火數所患者素無禦備不易枝梧然獨幸賊雖猖狂未有謀畫若使其得一曉事之人教以計策不掠婦女不殺人民開官庫之物以賑貧窮招愁怨之人而爲黨與況今大臣不肯行國法州縣不復畏朝廷官吏尙皆公然迎奉疲民易悅豈有不從若兇徒漸多而不暴虐則難以常賊待之可爲國家憂矣以此思之賊衆雖多尙可力破使有一人謀主卒未可圖臣前因王倫賊時曾有起請十餘事內一件乞出榜招募諸處下第舉人及山林隱士負犯流落之人有能以身入賊算殺首領及設計誤賊陷於可敗之地者優一作重與酬獎所貴兇黨懷疑不納無賴

之人以爲謀主當時議者頗以爲然伏乞採臣此意速降指揮與杜杞令所在張牓使賊聞知所貴投賊之人懷疑不納但無謀主尚可剪除取進止

論宜專責杜杞捕賊劄子同前

臣伏見昨張海等賊勢初盛之時（一有言字）京西未有得力官吏遂自朝廷差臺官蔡稟催督（一作監催）捉殺後來已別選杜杞充京西轉運使委以一路之事兼近日差出兵馬甚多分爲頭項不少部分（一作內）進退須要統一指蹤（一作縱）號令不可二三竊慮杜杞蔡稟不相叶同各出異見凡指揮諸事使諸將難從一失事機反成敗誤自兵士差出今已多時然未聞奏報與賊鬬敵及殺獲次第竊慮官兵互相迴避空作往來或恐進退之間號令不一致茲逗遛未見成功今雖賊奏稍稀然亦未見殺獲之數困獸猶鬬不可不虞冦死命窮（一作冦賊死命）恐未易敵合早除剪仍（一作切）須（一作須由）督責

況蔡稟是應急差出杜杞乃選材用之責任之間宜專在杞兼聞蔡稟自到京西處置多未合宜近聞欲枷一巡檢致使兵士喧譟幾至生變苟或如此張皇竊恐別致生事其蔡稟伏乞早賜指揮抽𢌞只委杜杞一面催捉庶得一作使專一早能一作得了當取進止

論江淮官吏劄子同前

臣聞江淮官吏等各爲王倫事奏案已到多時而尚未聞斷遣仍聞議者猶欲一作爲寬貸臣聞昨來江淮官吏或斂物獻送或望賊奔迎或獻兵甲或同飲宴臣謂倫一叛卒偶肆猖狂而官吏敢如此者蓋知賊可畏而朝廷不足畏一有故字也今若更行寬貸則紀綱隳壞盜賊縱橫天下大亂從此始矣何以知之昨王倫事起江淮官吏未行遣之間京西官吏又已棄城而走望賊而迎若江淮官吏不重行遣則京西官吏亦須輕恕京西官吏見江淮官吏已如此則天下諸路亦指此兩路爲法在處官吏皆迎賊棄城獻兵納物矣則天

下何由不大亂也臣伏思祖宗艱難創造基圖陛下憂勤嗣守先業而一旦四夷外叛盜賊內攻其壞之者誰哉皆由前後迂繆之臣因循寬弛使朝威不振綱紀遂隳今已壞之至此而猶不革前非以寬濟寬何以救弊如晁仲約等情法至重俱合深行議者無由曲解或聞以謂自是朝廷素不爲備不可全罪外官假如有殺父與兄者豈可只言自是朝廷素無教化而不罪殺親之人又如有人掠奪生人男女金帛不可只言自是朝廷素無禮讓而不罪劫人之賊迂儒不可用可笑如此李熙古豈獨是朝廷素有備之州傅永吉豈獨是朝廷素練之兵蓋用命則破賊矣今朝廷素無禦備爲大臣者又不責之守州縣者合有罪又寬之天下之事何人任責竊緣韓綱是大臣之家父子兄弟並一作盡在朝廷權要之臣皆是相識多方營救故先於江淮官吏寬之只要韓綱行遣不重今大臣不思國體但樹私恩惟陛下以天下安危爲計出於聖斷以勵羣下則庶幾國威粗振

賞罰有倫其晁仲約等乞重行朝典乞不寬恕取進止

奏議卷第六

諫院

論捕賊賞罰劄子慶曆三年

臣伏見方今天下盜賊縱橫王倫張海等所過州縣縣尉巡檢有迎賊飲宴者有獻其器甲者有畏懦走避者有被其驅役者朝廷於此憂賊之時正患乏人之際或於巡檢縣尉之內得一捕賊可使之人則必須特示旌酬以行激勵苟或未能者猶須懸賞以待之何況有而失賞伏見吏部選人區法自出身以來兩任縣尉初任臨江軍新淦縣三年之內大小賊盜獲四十餘火內雖小盜數多其如強刼羣賊亦不爲少據欲賞格合改京官而有司守纖細之文執尋常之例謂其所獲雖爲全火而不同時因不與理爲勞績臣料一作謂天下州縣盜賊之多無如新淦天下縣尉能捉賊之多亦無如區法又聞法次任吉水縣尉使其縣民結爲伍保至今吉水一縣全無盜賊民

甚便之法爲縣尉官至卑賤所至之處皆有可稱臣思朝廷非不欲賞善罰惡以行勸戒而患於有司法弊拘守常文致抑才能失於旌賞其區法偶與臣相識因得知之然人所不知抑而不申者何可勝數竊以盜賊是方今急患縣尉是方今切要之人皆朝廷常合留意之事臣輒有起請事件具畫一如後

一選人區法捕賊之効甚多但爲有司拘守細碎之文不理勞績其人已升得職官伏乞追取本人歷子別加考驗如實有勞能即乞不拘常格特與酬獎以勸後來

一臣謂天下羣盜縱橫皆由小盜合聚今但患其大而不防其微故必欲止盜先從其小能絕小盜者巡檢縣尉也然而賞罰之法其弊極多只如捕盜去惡但惡淨盡豈必須是一日之內同時捕獲假如有全火強盜縣尉巡檢以死命鬬敵若於兩日內捉盡已不理爲勞績其守文之弊如此極多欲乞下銓司重定

捕賊賞格施一作頒行

一臣伏見自天下有盜賊以來議者多陳禦盜之策皆欲使民結為伍保則姦惡不容今臣法於吉水縣立伍保之法三年之內刼賊不敢入其縣界臣欲乞特降指揮下江南西路體量吉水縣自臣法創立伍保之法以來如實全無刼賊又一作及民間以爲便利卽乞須行伍保之法於天下

右謹具如前取進止

論光化軍叛兵家口不可赦劄子同前

臣竊見近日盜賊縱橫張海等二三百人未能敗滅光化軍宣毅又二三百人作亂臣謂朝廷致得盜賊如是者不惟中外無備蓋由威令不行昨王倫賊殺主將自置官稱着黃衣改年號事狀如此乃是反賊使其不敗爲患如何既敗之後不誅家族況小人作事亦須先計成敗今使其事成則獲大利不成則無大禍有利無害誰不欲反

只如淮南一帶官吏與王倫飲宴率民金帛獻送開門納賊道左參迎苟有國法豈敢如此而往來取勘（一作會）已及半年未能斷遣古者稱罰不踰時所以威激士衆今遲緩如此誰有懼心遂至張海等官吏依前迎奉順陽縣令李正己延賊飲宴宿於縣廳恣其刼掠鼓樂送出城外其人敢如此者蓋爲不奉賊則死不奉朝廷則不死所以畏賊過如畏國法臣恐朝廷威令從此遂弱盜賊兇勢從此轉強臣聞刑期無刑殺以止殺寬猛相濟用各有時伏望陛下勿採迂儒所說婦人女子之仁尚行小惠以誤大事其宜毅兵士必有家族伏乞盡戮於光化市中使遠近聞之悚畏以止續起之賊其李正己仍聞已有臺憲上言亦乞斬於鄧州使京西一路官吏聞之畏恐知國法尚存不敢奉賊從來只被迂儒之人因循不斷誤陛下事壞得天下事勢已如此不可更循舊弊有失威斷惟陛下力行之取進止

薦李允知光化軍劄子（同前）

臣近爲光化軍遭韓綱酷虐致得兵士作亂曾薦國子博士李允前知光化軍日軍民愛畏乞却令依舊知軍不蒙朝廷施行近聞光化軍兵民官吏列狀奏乞李允知軍正與臣等所言符合臣等職在諫諍事無大小只要上益朝廷下叶物議今來所薦李允臣皆不識其面但採訪得此人實有吏才在光化日甚有惠政當此軍城一作賊燒刼之後此人必可撫綏今朝廷只見臣等薦論未賜深信既是本軍陳乞可以不疑朝廷前來失選良吏致因韓綱屠虐軍城今又不能別選良吏撫綏殘破致使軍民自乞一舊知軍若又不與則臣恐軍民怨怒變亂復生其李允伏乞依光化軍民所請却令知軍取進止

論韓綱棄城乞依法劄子同前

臣伏見前知光化軍韓綱近爲酷虐兵士致兵士等作亂攻刼州縣驚動朝廷上貽君父之憂下致生民之患而又不畏法棄城遁走其

罪狀顯著便合誅夷朝廷慎於用刑尚令勘鞫至今多日未見施行竊以斷獄之議不過兩端而已有正法則依法無正法則原情今韓綱所犯法有明文情無可恕謹按律文主將守城爲賊所攻不固守而棄者斬此韓綱於法當斬有明文也綱不能撫綏士卒致其叛亂但其棄城而走情最難容當初亂兵未有器械韓綱手下自有六十餘人不亂兵士又有官庫器甲既不能盡力禦捍又不能閉城堅守公然將手下兵士津送全家上船便棄牌印城池而去致兵之亂起自綱身臨難逃身而不死國方今盜賊可憂之際若使天下州縣皆効韓綱見賊便走則在處城池皆爲賊有陛下州縣誰肯守之此韓綱之情又無可恕也綱之一死理在不疑一有然字外人但見拖延多日未行斷決皆謂朝廷好行姑息漸有息貸之意又緣綱是大臣家子作如此大過生如此大患犯如此大刑名若曲法不行卽不知一作今後孤寒有罪者何以行法其韓綱伏望聖慈出於睿斷早賜

依法施行取進止

論乞賑救饑民劄子慶曆三年

臣伏見近降大雪雖是將來豐熟之兆然即日一作目陝西飢民流亡者衆同華河中尤甚往往道路遺棄小兒不少只聞朝旨令那移近邊兵馬及於有官米處出糶此外未聞別行賑救此急在旦夕不可遲回其遺棄小兒亦乞早降指揮令長吏收卹仍聞京西東大雪不止毀折桑柘不少竊慮向去絲蠶稅賦無所出致貧民起爲盜賊亦乞特降指揮體量臣竊見國史書祖宗朝每奏一兩州軍小有災傷亦隨多少賑卹或蠲免稅租蓋以所放者少不損國用又察民疾苦微細不遺所以國恩流布民不怨嗟不必須待災傷廣闊方行賑救也方今人貧下怨之際不厭頻推恩惠伏望聖慈特賜矜憫取進止

論救賑雪後飢民劄子同前

臣風聞京城大雪之後民間飢寒之人甚多至有子母數口一時凍死者雖豪貴之家往往亦無薪炭則貧弱之民可知矣蓋京師小民例無蓄積只是朝夕旋營口食一日不營求則頓至乏絕今大雪已及十日使市井之民十日不營求雖中人亦乏絕矣况小民哉雪於農民雖爲利澤然農畝之利遠及春夏細民所苦急在目前日夕以來民之凍死者漸多未聞官司有所賑救欲乞特降聖旨下開封府或分遣使臣遍錄民間貧凍不能自存者量散口食并各於有官場柴炭草處就近支散救其將死之命至於諸營出軍家口亦宜量加存卹以示聖恩所散不多所利者衆仍令兩府條件應有軍士在外辛苦及民人支移稅賦殘零輸送艱辛等處並與擘畫早加存卹若使戍兵愁苦道路怨嗟飢凍之尸列於京邑則大雪之澤其利未見而數事之失所損已多伏望聖慈特賜留意取進止

論澧州瑞木乞不宜示外廷劄子同前

臣近聞澧州進柿木成文有太平之道四字其知州馮載本是武人不識事體便爲祥瑞以媚朝廷臣謂前世號稱太平者須是四海晏然萬物得所方今西羌叛逆未平之患在前北虜驕悖藏伏之禍在後一患未滅一患已萌加以西則瀘戎南則湖嶺凡與四夷連接無一處無事而又內則百姓困弊盜賊縱橫昨京西陜西出兵八九千人捕數百之盜不能一時剪滅只是僅能遺散然却於別處結集今張海雖死而達州軍賊已却百人又殺使臣其勢不小興州又奏八九十人州縣皇皇何以存濟以臣視之乃是四海騷然萬物失所實未見太平之象臣聞天道貴信示人不欺臣不敢遠引他事只以今年內事驗之昨夏秋之間太白經天累月不滅金木相掩近在端門考於星占皆是天下大兵將起之象豈有纔出大兵之象又出太平之道一無道字字一歲之內前後頓殊豈非星象麗天異不虛出凡一作宜於戒懼常合脩省而草木萬類變化無常不可信憑便生懈

怠臣又思若使木文不僞實是天生則亦有深意蓋其文止曰太平之道者其意可推也夫自古帝王致太平皆自有道得其道則太平失其道則危亂臣視方今但見其失未見其得也願陛下憂勤萬務舉賢納善常如近日不生逸豫則二三歲間漸期修理若以前賊張海等稍衰便謂後賊不足憂以近京得雪便謂天下大豐熟見北虜未來便謂必無事見西賊通使便謂可罷兵指望太平漸生安逸則此瑞木乃誤事之妖木耳臣見今年 一作頃見太平州曾進芝草者今又進瑞木竊慮四方相效爭造妖妄其所進瑞木伏乞更不宣示臣寮仍乞速詔天下州軍告以興兵累年四海困弊方當責己憂勞之際凡有奇禽異獸草木之類並不得進獻所以彰示聖 一作明德感勵臣民取進止

論美人張氏恩寵宜加裁損劄子 同前

臣近風聞禁中因皇女降生於左藏庫取綾羅八千疋染院工匠當

此大雪苦寒之際敲冰取水染練供應頗甚艱辛臣伏思陛下恭儉勤勞愛民憂國以此勞人枉費之事必不肯爲然外議相傳皆云見今染練未絶臣又見近日內降美人張氏親戚恩澤大頻臣忝爲諫官每聞小有虧損聖德之事須合力言難避天譴臣竊見自古帝王所寵嬪御若能謙儉柔善不求恩澤則可長保君恩或恣意驕奢多求恩澤則皆速致禍敗臣不敢遠引古事只以今宮禁近事言之陛下近年所寵尙氏楊氏余氏苗氏之類當其被寵之時驕奢自恣不早裁損及至滿盈今皆何在況聞張氏本良家子昨自修媛退爲美人中外皆聞以謂與楊尙等不同故能保寵最久今一旦宮中取索頓多恩澤日廣漸爲奢侈之事以招外人之言臣不知陛下欲愛惜保全張氏或欲縱恣而敗之若欲保全則須常令謙儉不至驕盈臣料八千疋綾羅豈是（一作必非）張氏一人獨用不過支散與衆人而已乃是枉費財物盡爲衆人至於中外譏議則陛下自受以此而言

廣散何益昨正月一日曹氏封縣君至初五日又封郡君四五日間兩度封拜又聞别有内降應是疎遠親戚盡求恩澤父母因子而貴可矣然名分亦不可太過其他疎遠皆可減罷臣謂張氏未入宮之前疎遠親戚各皆何在今日富貴何必廣爲閑人自招謗議以累聖德若陛下只爲張氏計亦宜如此況此事不獨爲張氏大凡後宮恩澤大多宮中用度奢侈皆是虧損聖德之事繫於國體臣合力言伏望聖慈防微杜漸早爲裁損取進止

論乞止絶河北伐民桑柘劄子同前

臣風聞河北京東諸州軍見修防城器具民間配率甚多澶州濮州地少林木即今澶州之民爲無木植送納盡伐桑柘納官臣謂農桑是生民衣食之源租調繫國家用度之急不惟絶其根本使民無以爲生至於供出賦租將來何以取足臣伏思兵興以來天下公私匱乏者殆非夷狄爲患全由官吏壞之其誅剝疲民爲國斂怨蓋由郡

縣之吏不得其人故臣前後累乞澄汰天下官吏者蓋備見其弊如此也今澶州之民驟罹此苦豈非長吏非才處事乖繆所致兼聞澶州民桑已伐及三四十萬株竊慮他郡盡皆効此伏乞早賜指揮禁絶其合用材木仍乞下轉運司令相度漸次那容準備其澶州人戶經伐桑者乞差官檢覆量多少與權免將來絲綿紬絹之稅竊以軍國所須出自民力必欲外禦契丹之患常須優養河朔之民若使道路怨嗟人心離叛則內外之患何以枝梧伏望聖慈特賜留意取進止

論方田均稅劄子 同前

臣竊見近有臣寮上言均天下賦稅已送三司商量施行臣嘗聞自前諸處亦曾有均稅者多是不知均定 一作稅 之術或嚴行刑法或引惹詞訟或姦民欺隱或官吏誅求稅未及均民已大擾臣前任通判滑州日有祕書丞孫琳與臣同官其人言先差往洛州肥鄉縣與

郭洺均稅剏立千步方田法括定民田並無欺隱亦不行刑罰民又絶無詞訟其時均定稅後逃戶歸業者五百餘家復得稅數不少公私皆利簡當易行其千步均田法自有制度二十餘條臣在滑州時因聞此事遂略行體問隣近州軍大率稅賦失陷一半方欲陳述乞行琳等均田之法今來已有臣寮上言均稅事竊慮未得千步方田簡當之法其孫琳見任滑州職官郭洺爲崇儀副使在外欲乞召此二人送三司令一處商量一有取進止字

奏議卷第七

諫院

論張子奭恩賞太頻劄子慶曆四年

臣風聞知汝州范祥爲相度陜西青白鹽勅差張子奭權知汝州子奭自選人二年內遷至員外郎朝廷之意雖曰賞勞而天下物議皆云僥倖蓋以子奭宣勞絶少止兩次而遷官恩賜已數重自古賞功不過一次一作賞賞之不已故難弭人言初自選人改京官曰賞勞未及二歲改祕書丞又曰賞勞賜以章服又曰賞勞祕書丞不久又轉官又曰賞勞合得大常博士超遷員外郎又曰賞勞後行祠部爲名曹又曰賞勞作京官合作知縣而作簽判又曰賞勞一任未滿合更有一任知縣又超通判差遣又曰賞勞此所以外人之議不允也況范祥暫出勾當只合交割以次官員或轉運司自差人權今朝廷差人已是失體又於子奭爲此僥倖今朝臣待闕在京者甚衆豈無

一人堪權知州者朝廷每用一人必當使天下人服今每一差遣則物議沸騰累日不息昔五代桑維翰爲晉相一夕除節度使十五人爲將而人皆服其精今中書差一權知州而不能免人譏議者葢事無大小當與不當而已其張子奭伏乞追寢權差之命仍乞今後外處差出知州只委本路轉運使差官權至於賞罰之柄貴在至公今莫大之罪不過一刑而止豈有勞者終身行賞而不已亦乞今後有勞効之人量其大小一賞而止若其別著能効則拔擢自可不次人亦自然無言伏以朝廷用人惟患守例而不能不次選任但不涉於僥倖實有材藝之人誰敢有言子奭作使西鄙不謂無勞但恩典已優於賞已足可惜令天下指爲僥倖之人而掩其前効況又上虧朝政不可不思取進止

論救賑江淮飢民劄子同前

臣伏見近出內庫金帛賜陝西以救飢民風聞江淮以南今春大旱

至有井泉枯竭牛畜瘴死鷄犬不存之處九 一作春 農失業民庶嗷嗷然未聞朝廷有所存卹陛下至仁至聖憂民愛物之心無所不至但患遠方疾苦未達天聰茍有所聞必須留意下民疾苦臣職當言昨江淮之間去年王倫蹂踐之後人戸不安生業倫賊纔滅瘡痍未復而繼以飛蝗自秋至春三時亢旱今東作已動而雨澤未霑此月不雨則終年無望加又近年已來省司屢於南方斂率錢貨而轉運使等多方刻剝以貢羨餘江淮之民上被天災下苦賊盜內應省司之重斂外遭運使之誅求比於他方被苦尤甚今若不加存卹將來繼以凶荒則飢民之與疲怨者相呼而起其患 一有害字 不比王倫等偶然狂叛之賊也臣以爲 一作謂 民怨已久民疲可哀因其甚困 一作困時 宜速賜 一作施 惠不惟消弭盜賊之患兼可以悅其疲怨之心伏望聖慈特遣一二使臣分詣江淮名山祈禱雨澤仍下轉運并州縣各令具逐處亢旱次第奏聞及一面多方擘畫賑濟窮民無

至失時以生後患取進止

論內出手詔六條劄子同前

臣伏聞近出手詔條六事以賜兩府大臣有以見陛下憂勤責任之意然而天下紀綱墮壞皆由上下因循一旦陛下奮然雖有責成之心而大臣尚習因循之弊不能力行改作以副聖懷自去年范仲淹韓琦等特被選擢陛下尋開天章閣召見而大臣遞互相推並不建明一事以救天下之弊洎至內出手詔范仲淹富弼等方始各條數事至今半年有餘或寢而不行或行而不盡或雖行而未有明効今陛下又以六事責之臣恐兩府大臣依前無以上副憂勤之意下救當今之急臣願陛下不因常例奏事之時特御便殿召兩府大臣賜坐先戒以不得推避緘默後以當今大務問之須令有所陳述所問之急不過三四大事而已二虜交侵一也三路禦備之術何者可以易行而速効二也百姓困匱國用不足何以使公私俱濟三也若兩

府大臣於此三事能其一者便委其專管示以責成可也若其不然臣恐手詔屢出聖意雖勞而大臣相推終未濟事陛下必欲速救時弊非專任而切責之不可也取進止

論葬荆王劄子同前

臣伏覩朝旨雖差宋祁監護故荆王葬事然未見降下葬日及一行事件或聞以歲月不利未可葬或聞有司以財用不足乞且未葬夫陰陽拘忌之說陛下聰明睿聖必不信此巫卜之言而違禮典但慮議者堅執方今財用不足不可辦葬陛下聞有勞民枉費之說則不得不慮因以遲疑臣謂前後勑葬大臣浮費枉用之物至多豈是朝廷本意皆爲主司措置之失致人因緣以爲姦爾今若盡節一作減仍有其字浮費及絕其侵蠹而使用物不廣一作多則將復以何辭而云不葬臣不知所一作有司曾將一行用度計定大數否內若干是浮費若干是實用若實用之物數猶至多而力不可辦則緩之可

也若實用之物少只是舊例費浮多則可削去浮費而已今都不一
作未計度而但云無物可葬則不可也未見實用之數多少不量力
能及否而曰必須遵禮而曰必須葬亦未可也如臣愚見酌此兩端
葬則爲便然須先乞令王堯臣宋祁等將一行合用之物列其名件
內浮費不急者一一減去之若只留實用之物數必不多假如稍多
更加節減雖至儉薄理亦無害如此則葬得及時物亦不費夫儉葬
古人之美節後葬古人之惡名今避儉葬不肯節費留喪而待有物
之年以就後葬則非臣所知也若曰儉葬亦未能辦則乃過言之甚
也然外之輿議爲國家論事體者皆云葬則爲便今朝廷議者分而
爲二顧物力者則不顧典禮國體論典禮國體者則不思財用辦否
各執偏見議久不決以惑陛下之聰明今便葬之害一不葬之害五
便葬之害不過費物然力有可爲不葬之害所失則大不肯薄葬而
留之以待後葬成王之惡名一也信巫卜之說而違典禮二也目下

減節力所易爲他時豐足理或難待使皇叔之柩五七年間不得安宅而神靈無歸三也使四夷聞天子皇叔薨而無錢出葬遂輕中國而動心四也今天下物力雖乏然凡百用度不能節費處多獨於皇叔之身有所裁損傷陛下孝治之美五也此臣所謂葬則爲便者也荆王於國屬最尊名位最重伏乞早令定議無使後時取進止

論葬荆王後贈燕王一行事劄子同前

臣風聞已有聖旨荆王葬事令三司與大常禮院及監葬官等同議減節浮費此足見陛下厚於皇叔之恩念民惜費之意一舉而兩得也然臣每見朝廷作事欲愛民節用而常枉費勞人蓋爲議事之初不得其要或失於不精審者有四民間不科配一也州縣供應物有定數二也送葬之人在路禁其呼索三也州縣官吏不得過外供須以邀名譽四也苟絶此四者則無大患矣昨京西一路遭張海驚刼之後不可更有誅求臣今欲乞指揮三司應是合要之物並須官給

不得民間科買仍乞先將一行儀仗人馬并送葬人等一一人以上先定人數然後劄與京西令依數供頓則可無廣費自荊王以下諸喪非至親者不必令其盡往仍乞限定人數及每人將帶隨行人數亦乞限定凡皇親及一行官吏除宿頓合供飲食外不得數外呼索州縣官吏亦不得於官供飲食外別以諸物獻送權要其受獻送并呼索並以入己贓論仍乞一有選字御史裏行一人隨行糺察其數外帶人及州縣隨順呼索獻送物等官吏物出於己亦從違制若託以供應爲名於民間賤買及率掠者皆以枉法贓論如此防禦方可杜絕浮費以稱陛下厚親節用之心

論燕王子允良乞未加恩劄子同前

臣伏見昨燕王初薨其子允良於苫塊中便答書題仍不稱孤子不落官銜今閭巷民家猶能檢按書儀粗知喪禮而允良爲國宗屬全然不曉人事京師士流間傳說爲笑有玷聖朝又聞燕王諸子皆失

教訓自其父病多不躬侍湯藥纔至父死便乞家財管勾居喪之禮亦無哀戚臣伏見近降詔勅約束補蔭子弟須是一作令習一無習字試經業蓋謂訓誘臣寮子弟欲爲臣下立家至於宗室之親號爲藩屏全不訓誨使其不知禮義不及民間之子而不孝之聲流聞中外其允良等過失伏慮陛下仁慈以睦宗族未欲別行責罰只乞不緣燕王薨謝別加恩典且與裁抑令其知過俟其向後改悔遷善方與加恩仍乞明以此意戒諭近一作所貴其餘宗室聞之各思嚮善不使外人非笑玷辱皇風取進止

論乞與元昊約不攻唃廝囉劄子同前

臣風聞魚周詢余靖孫抃等奉使北虜皆有事宜爲一無爲字北虜中詰問元昊通和之意將來必須因此別與朝廷生患又聞虜人已欲議移界至漸示相侵禍亂之萌其端可見臣自去年春始蒙聖恩擢在諫列便值朝廷與西賊初議和好臣當時首建不可通和之議

前後具奏狀劄子十餘次論列皆言不和則害少和則害多利害甚詳懇切亦至然天下之士無一人助臣言朝廷之臣無一人採臣說今和議垂就禍胎已（一作以）成而韓琦自西來方言和有不便之狀余靖自北至始知虜利急和之謀見事何遲雖悔無及當臣建議之際衆人方欲急和以臣一人誠難力奪衆議今韓琦余靖親見二虜事宜中外之人亦漸知通和爲患臣之前說稍似可採但願大臣不執前議早肯回心則於後悔之中尚有可爲之理昨來許賊之物數（一作誠）已太多然尚有禁青鹽還侵地等事非賊所利幸其因此自絕不遣人來朝廷深戒前非慎自持重因而罷議不落賊計則轉禍爲福後策可爲若賊志愈驕貪心未滿復遣（一作馳）人使更有須求則假此爲名亦可拒絕今通和之事爲中國之患大爲二虜之利深萬一西賊貪深利而不惜侵地更無他求急來就和則此時取舍便繫安危陛下宜詔執（一作報）議之臣定果決之計認賊肯和之意知

我害彼利之謀尤須多方以事拒絕臣計西賊無故而請和者不止與北虜通謀共困中國兼欲詐謀款我併力以吞唃廝囉摩旃瞎旃之類諸族地大力盛然後東向以攻中國耳今若未有他計拒其來和則當賜以詔書言唃廝囉等皆受朝廷官爵父子爲國蕃臣今若講和則不得攻此數族且攻此數族是賊本心所貪聞我此言必難聽約用此爲說亦可解和臣所以區區惟願未和者蓋臣愚慮知不和患輕易爲處置和後患大不可枝梧臣前後奏章論列已備此乃天下安危大計聖心日夜所憂臣爲言事之官見利害甚明若不極言罪當誅戮伏望聖慈特賜省覽取進止

論更改貢舉事件劄子

臣竊聞近有臣寮上言請改更貢舉進士所試詩賦策論先後事已下兩制詳議伏以貢舉之法用之已久則弊一有理守當變更然臣謂必先知致弊之因方可言變法之利今貢舉之失者患在有司取

人先詩賦而後策論使學者不根經術不本道理但能誦詩賦節抄六帖初學記之類者便可剽盜偶儷以應試格而童年新學全不曉事之人往往幸而中選此舉子之弊也今爲考官者非不欲精較能否務得賢材而常恨不能如意大半容於繆濫者患在詩賦策論通同雜考人數既衆而文卷又多使考者心識勞而愈昏是非紛而益惑故於取捨往往失之者此有司之弊也故臣謂先宜知此二弊之源方可言變法之利今之可變者知先詩賦爲舉子之弊則當重策論知通考紛多爲有司之弊則當隨場去留而後可使學者不能濫選一作進考者不至疲勞一作濫選今若不改通考之法而但更其試日之先後則於革弊未盡其方凡臣所請者若漫然泛言之恐不能盡其利害請借二千人爲率以明變法之便謹條如左

凡貢舉舊法若二千人就試常額不過選五百人每年到省就試及取人之數大約不過此是於詩賦策論六千卷中每一人

三卷選五百人而日限又迫使考試之官殆廢寢食疲心竭慮因勞致昏故雖有公心而所選多濫此舊法之弊也今臣所請者寬其日限而先試以策而考之擇其文辭鄙惡者文意顛倒重雜者不識題者不知故實略而不對所問者限以事件若干以上誤引事迹者亦限件數雖能成文而理識乖誕者雜犯舊革不考式者凡此七等之人先去之計於二千人可去五六百以其留者次試以論又如前法而考之又可去其二三百其留而試詩賦者不過千人矣於千人而選五百則少而易考不至勞昏考而精當則盡善矣縱使考之不精亦選者不至大濫蓋其節抄剽盜之人皆以先經論策去之矣策論逐場旋考則卷子不多考官不致勞昏去留必不誤比及詩賦皆是已經策論粗有學問理識不致乖誕之人縱使詩賦不工亦足以中選矣如此可使童年新學全不曉事之人無由而進此臣所謂變法

必須隨場去留然後能革舊弊者也其外州解送到且當博採
秪可盡令試策要在南省精選若省牓奏人至精則殿試易爲
考矣故臣但言南省之法此其大槩也其高下之等仍乞細加
詳定大率當以策論爲先
右臣所陳伏乞特加詳覽苟有可採即乞降付有司與前所上言參
同詳議著於令式謹具狀奏聞
論臣寮不和劄子同前
臣伏覩方今夷狄外彊公私内困盜賊並起蝗旱相仍陛下軫念生
民深思禍患憂勤之意夙夜焦勞而中外臣寮未能爲國家慮遠謀
建長策少濟世事以寬聖懷近日以來風俗尤薄搢紳之列不務和
同或狥私意以相傾或因小事而肆忿紛然毀訾傳布道塗飾己短
以遂非各期必勝進偏辭而互說上慁聖聰當陛下思念遠圖之時
致陛下日厭紛紜之議至於朝廷得失邦國安危孰視恬然各思緘

默陛下仁慈睿聖務存大體未欲明行責罰以戒澆浮伏望聖慈特降詔書戒勵中外革茲時弊各使同心憂國捨小謀大然後陛下不爲小事紛紜煩於聽覽則可以坐運宸筭以康時難取進止

論三司判官擇人之利劄子慶曆四年

臣伏見近差薛紳爲轉運使紳是三司判官資例合作轉運使然外人議論未允者若以一作似昔日差人更有不如紳者亦不足怪蓋見朝廷近更新制不次用人凡舊轉運使稍不材者悉令換易忽見却用薛紳所以人言未允昨來京東用沈邈替却一無却字晁宗簡今用薛紳又更不及宗簡此臣之所未喻也平時無事公私上下從容吏無大小奉法守常而已所以齪一作齷齪廉謹不爲大過雖庸暗繆懦者皆可苟祿偷安而朝廷可以不擇賢愚一例差撥官雖漸濫猶未敗誤今天下事勢豈比嚮時盜賊縱橫而州郡無備公私困乏而用度轉多賦役繁興而人戶凋耗雖有出人之才尚恐不能了

事豈可尚循舊例依次用人一作撥入然臣竊思方今中外差除未肯脫去舊例如紳之輩謂其已作省判須且依例除轉運以此思之若省判須令一作合作轉運則弊在差省判之時不早慎擇也夫前已濫者不能驟去後來者又不擇之永無澄清之時矣臣今欲乞詳定差省判之法每遇闕人或令本省使副自舉或朝廷先擇舉主令舉主擇人但重其保任同罪之法而不必限其資序如此則省判得人省判得人則將來有好轉運使有好轉運使則逐路澄清民紓用足以此而言擇得一省判為數十州民之福其利甚大夫得人為利甚大則失人為害亦大矣伏望聖慈留意裁擇取進止

詳定貢舉條狀一作議科場奏狀慶曆四年

初范仲淹等欲復古勸學詔近臣議於是翰林學士宋祁御史中丞王拱辰知制誥張方平歐陽脩殿中侍御史梅摯天章閣侍講曾公亮王洙右正言孫甫監察御史劉湜

九人同上此奏其文則出公手元在外制集今移入此卷

臣等準勅差詳定貢舉條制者伏以取士之方必求一作責其實用人之術當盡其材今教不本於學校士不察於鄉里則不能覈名實有司束一作求以聲病學者專於記誦則不足盡人材此獻議者所共以爲言也臣等參考衆說擇其便於今者莫若使士一作人皆土著而教之於學校然後州縣察其履行則學者脩飭矣故爲學制一作立學合保薦送之法夫上之所好一作設法下之所趨也今先一有舉字策論則文辭者留心於治亂矣簡其一無此字程式一作試則閎博者得以馳騁矣問以大義則執經者不專於記誦矣一本其詩賦之未能自肆者至此所謂盡人之材者也在此下故爲先策論過落簡詩賦考式問諸科大義之法此數者一有皆字其大要也其詩賦之未能自肆一作新者雜用今體經術之未能亟通者尚依舊科則中常之人皆可勉及矣此所謂一作爲盡人之材者一無此字

也其一有它字通禮一有司之所習及一無此九字州郡封彌謄錄進士諸科帖經一作填帖之類皆細碎而無益者一切罷之凡其所爲二字一作爲法者皆申之以賞罰而勸焉如此則養士有素一作業取材不遺一有爲治之本也五字苟可施行望賜裁擇

奏議卷第八

諫院

論討蠻賊任人不一劄子 慶曆四年

臣嘗患朝廷處事不早及其臨事草草便行應急倉皇常多失誤昨湖南蠻賊初起一作動自昇州差劉沆知潭州授龍圖閣學士令專了蠻事沆未到湖南又差楊畋作提刑又令專了蠻事畋未到續後又差周陵爲轉運使令專了蠻事周陵差敕未到又自朝廷遣王綵安撫令專了蠻事王綵方在路又自淮南遣徐的往彼令專了蠻事不惟任人不一難責成功兼此數人一時到彼不相統制凡於事體見各不同使彼一方從誰則可若所遣皆是才者則用才不在一作必人多若遣不才雖多適足爲害此臣所謂臨事倉皇應急草草之失也今劉沆自守方面不可動楊畋周陵自是本路不可動徐的於數人中最才又是朝廷最後差去可以專委責成其間惟有王綵一

人在彼無用可先抽回近聞(一作覩)緣有奏請欲盡驅荆南土丁往彼捉殺臣曾謫官荆楚備知土丁子細若果如此則必與國家生患朝廷已不從之然緣處事可見矣若緣到彼默然端坐並無所爲一任徐的等擘畫則緣在彼何用自可召還若以其身是臺官出稟朝命恥以不才默坐於中強有施爲竊慮的等不能制緣又州縣畏緣是朝廷差去從其所見誤事必多(一有臣字)尚恐大臣有主張緣者遂非偏執曲庇於緣不欲中道召回彰己知人之失護其不才之恥未肯抽回即乞諭徐的專了賊事只令緣至一路州軍遍行安慰訖即速還庶不敗事取進止

論湖南蠻賊可招不可殺劄子(同前)

臣風聞楊畋近與蠻賊鬭敵殺得七八十人首級仍聞入彼巢穴奪其糧儲挫賊之鋒增我士氣畋之勇略固亦可嘉然朝廷謀慮事機宜思久遠竊恐上下之心急於平賊聞此小捷便形虛喜不能鎮靜

外示輕脫其間二事尤合深思一曰不待成功便行厚賞二曰謂其可殺更不肯招苟或如此則計之大失而事之深害也今湖南捕賊者殺一人頭賞錢十千官軍利賞見平人盡殺平人驚懼盡起爲盜除鄧和尚李花脚等數十（一作大頭項）外其餘隨大小成火者不可勝數今畋所擊只一洞所聚已二千餘人於二千人中殺七八十人是二十分之一其餘時暫鳥散必須復集臣見自古蠻蜑爲害者不聞盡殺須是招降昨緣邵飾等失信於黃捉鬼遂恐更難招誘今若因畋小勝示以恩威正是天與招服之（一有時字）機不可失也若令畋自作意度招取大頭項者因此小勝傳布捷聲其餘諸處結集者分行招誘藉此聲勢必可盡降旬日之間湖南定矣若失此時漸向夏熱以我所病（一作病暑）之兵當彼慣習水土之賊小有敗衄則彼勢復堅不惟爲害湖南必慮自此貽朝廷憂患今於未了之間便行厚賞則諸處巡檢捕賊官等見畋獲賞爭殺平人而畋等自恃因戰

得功堅執不招之議朝廷亦恃畋小勝更無招輯之心上下失謀必
成大患其楊畋等伏乞且降勑書獎諭授與事宜俟彼招安便行厚
賞今湖南賊數雖多然首惡與本賊絶少其餘盡是枉遭殺戮逼脅
爲盜之徒在於人情豈忍盡殺惟能全活人命多者則其功更大仍
乞明說此意諭與楊畋其賞典乞少遲留庶合事體取進止

再論湖南蠻賊宜早招降劄子同前

臣風聞湖南蠻賊近日漸熾殺戮官吏鋒不可當新差楊畋銳於討
擊與郭輔之異議不肯招降又王絲去時朝廷亦別無處分慮絲到
彼與畋同謀蓋蠻賊止可招攜卒難剪撲而畋等急於展効恐失事
機今深入而攻則山林險惡巢穴深遠議者皆知其不可若以兵外
守待其出而擊之則又未見其利也蓋以蠻所依山在衡州永州道
州桂陽監之間四面皆可出寇若官兵守於東則彼出於西官兵守
於南則彼出於北四面盡守則用兵大多分兵而邀之則兵寡易敗

此進退未有可擊之便也今盤氏正蠻已爲鄧和尚黃捉鬼兄弟所
誘其餘山民莫傜之類亦皆自起而爲盜竊聞常寧一縣殆無平民
大小之盜一二百火推其致此之因云莫傜之俗衣服言語一類正
蠻黃鄧初起之時捕盜官吏急於討擊逢蠻便殺屢殺平人遂致莫
傜驚惶至此以此而言則本無爲盜之心固有可招之理然欲諸盜
肯降必須先得黃鄧昨邵飾等初招黃捉鬼之時失於恩信致彼驚
逃尋捕獲之斷其脚筋因而致死今鄧和尚等若指前事爲戒計其
必未輕降如云且招終恐難得必須示以可信之事推以感動之恩
若得黃鄧先降其餘指麾可定今深入而攻旣不可待其出而擊之
又不可且殺且招又不可以臣思之莫若罷兵曲赦示信推恩庶幾
招之可使聽命臣亦廣詢南方來者云我若推信彼不難招鄧和尚
等大則希一班行其次不過殿侍足矣正蠻叛者得一團主之名亦
足矣莫傜之類使安耕織而歲輸皮粟得爲平民乃彼大幸不徒足

志而已今若擊之不已則其爲害愈深況漸近夏暑南方熚濕士卒不習水土須慮死傷仍恐迫之大急則潭郴全邵諸寨向化之蠻皆誘脅而起則湖南一路可爲國家之憂臣欲乞速令兩府大臣深究招殺之利害共思長策決定廟謀若遷延後時致彼猖熾不幸官吏頻遭殺害則朝廷之體難爲屈法而招彼以其罪既多必恐不能自信則兵久不解害未有涯伏望聖明斷之在早取進止

論水洛城事宜乞保全劉滬等劄子慶曆四年

臣近風聞狄青與劉滬爭水洛城事枷禁滬等奏來竊以邊將不和用兵大患況狄青劉滬皆是可惜之人事體須要兩全利害最難處置臣聞水洛城自曹瑋以來心知其利患於難得未暇經營今滬能得之則於滬之功不小於秦州之利極多昨韓琦等自西來聞有論奏非以水洛爲不便但慮難得而難成今滬能得之又有成之之志正宜專委此事責其必成而狄青所見不同遂成釁隙其間利害臣

請詳言國家近年邊兵屢敗常患大將無權今若更沮狄青釋放劉滬則不惟於狄青之意不足兼沿邊諸將皆挫其威此其不便一也臣聞劉滬經營水洛城之初奮身展効不少先以力戰取勝然後誘而服從乃是黨留諸族畏滬之威信今忽見滬先得罪帶枷入獄則新降生戶豈不驚疑若使飜然復叛則今後邊臣以威信招誘諸族誰肯聽從不惟一作特水洛城更無可成之期兼沿邊生戶永無可招之理此其不便二也自用兵以來諸將爲國立事者少此水洛城不惟自曹瑋以來未能得之亦聞韓琦近在秦州嘗欲經營而未暇今滬奮然力取其功垂就而中道獲罪遂無所成則今後邊將誰肯爲國家立事此其不便三也臣又聞水洛之戍雖能救援秦州而須藉渭州應副今劉滬既與狄青異議縱使水洛築就他時萬一緩急狄青怒滬異己又欲遂其偏見稍不應副則水洛必須復失其不便四也緣此之故遂移青於別路則是因一小將移一部署此其不便

五也此臣所謂利害甚多最難處置者也臣謂今宜遣一中使處分魚周詢等速令和解務要兩全必先密諭狄青曰滬城水洛本有所稟非是擅爲役衆築城不比行師之際滬見利堅執意在成功不可以違節制加罪滬宜釋放朝廷不欲直放恐挫卿之威卿自釋之使感卿惠若他時出師臨陣有違進退之命者任卿自行軍法然後密諭滬曰汝違大將指揮自合有罪朝廷以汝於水洛展効望汝成功故諭青使赦汝責汝卒（一作辦）事以自贖俟水洛功就則又戒青不可因前曾異議堅執不徇惟幸失之遂己偏見今後水洛緩急尤須極力應副萬一小有疎失則是汝挾情故陷之必有重責如此則水洛之利可成蕃戶之恩信不失邊將立事者不懈大將之威不挫茍不如此未見其可蓋罪滬既不可罷水洛城又不可沮狄青又不可事關利害伏望聖慮深思取進止

再論水洛城事乞保全劉滬劄子同前

臣伏見朝廷近爲脩水洛城事雖已差魚周詢等就彼相度風聞周詢近有奏來爲水洛蕃族見狄青枷取劉滬等因致驚擾周詢却乞將帶滬等往彼以此足驗劉滬能以恩信服彼一方朝廷必知水洛爲利而不欲廢之非滬守之不可然滬與狄青尹洙已立同異難使共了此事臣謂必不得已寧移尹洙不可移滬尚慮議者必謂不可因小將而動大將今若但移洙而不動狄青卽不是特移大將矣若却移路分更升差遣或召拜他官苟不類前後因事移替之人卽不是因滬被移矣如此則於洙無損於滬獲全其功於邊防利便三者皆獲其利若曲爲尹洙狄青却將立功將校輕沮則其害有三大凡文武官常以類分武官常疑朝廷偏厚文臣假有二人相爭實是武人理曲然武人亦不肯服但謂執政盡是文臣遞相黨護輕沮武士況今滬與洙爭而滬實有功效其理不曲若曲罪劉滬則沿邊武臣盡鼓怨怒其害一也自有西事以來朝廷擢用邊將極多能立功効

者絶少惟范仲淹築大順城种世衡築青澗城滬築水洛耳臣亦聞三者惟滬尤爲艱辛是功不在二人之下今若曲加輕沮則今後武臣不肯爲朝廷作事其害二也滬若不在水洛則蕃族一作部恐他人不能綏撫一有蕃部二字別致生事則今後邊防永不能招輯蕃部一無此二字其害三也今三利三害其理甚明但得大臣公心不於尹洙曲有黨庇則不與邊防生患此繫國家利害甚大伏望聖意斷而行之取進止

論陳留橋事乞黜御史王礪劄子同前

臣伏覩朝廷近爲王堯臣吳育等爭陳留橋事互說是非陛下欲盡至公特差臺官定奪而王礪小人不能上副聖意挾公狥私一作內挾私狥妄將小事張皇稱王堯臣與豪民有情弊誣奏慎鉞令兇吏潛行殺害及妄稱真宗皇帝朝移橋不便致民切齒等事及勘出事狀王堯臣元不曾受豪民請囑慎鉞亦不曾令小吏潛行殺害及據

先朝日曆內真宗皇帝親諭王旦爲陳留橋損害舟船特令脩換證驗得王礪所言悉是虛妄上惑聖聽賴陛下聖明慎於聽斷不便輕信其言別令呂覺根勘今旣勘出事狀方明王礪不公伏以臺憲之職本要糺正紀綱而礪但務挾私欺罔天聽合行黜責其罪有四一曰謗黷先朝聖政謹按日曆書真宗皇帝親諭王旦移橋一事乃是先帝知民間利病移得此橋爲便故史官書之以彰聖政爲後世法今王礪却稱是真宗朝權臣受豪民獻賂移得此橋不便民間至今切齒若如王礪所說卽是真宗誤信權臣移橋致民怨怒乃是當時闕政今國史書橋便利彰先帝一作朝聖政王礪言移橋不便是先朝闕政臣不知國朝舊史可信爲復王礪之言可憑其虛妄謗黷之罪可誅一也二曰中傷平人使今後勞臣不勸臣見向前三司使不能擘畫錢穀至有強借豪民錢二十萬貫買天下官私物貨至稅果菜之類碎細刻剝自堯臣在三司不聞過外誅求而卽今財用不至

大闕亦聞南郊漸近諸事亦稍有備當此窘迫乏用一作人之時而能使民不加賦而國用粗足亦可謂勞能之臣方當責其辦事今因移一橋小事而王礪誤其與豪民有情致興大獄及至勘出並無情弊是王礪不卹朝廷事體當此乏用一作人之際將能幹事之臣因小事妄加傷害其罪二也三曰誣奏平人爲殺人賊凡臺官言事許風聞者謂耳目不及之事即許風聞今王礪目見愼鉞所遣小吏別無武勇又無器仗而稱其有殺害之心及至勘出並無迹狀其罪三也四曰挾私希旨初朝廷本爲省府互爭別選不干礙官定奪王礪既吳育是舉主即合自陳乞別差官豈可謗黷先朝希合舉主且礪言愼鉞是堯臣所舉感惠必深今礪是吳育舉豈不懷感且吳育與王堯臣本無怨恨各爲論列本司公事所見異同乃是常事但王礪小人妄思迎合張皇欺誑其罪四也且王礪謗黷先朝聖政之罪若不重責則無以彰陛下孝治之明中傷堯臣若不重責則使勞能之

臣不能安心展効其誣奏愼鉞遣吏殺害及挾私迎合舉主之罪若不重責則今後小人（一作臣）恣情妄作獄訟必多事係朝廷之體臣忝諫諍不可不言其王礪伏乞重行貶黜取進止

論王礪中傷善人乞行黜責劄子（同前）

臣近有劄子并曾面奏爲臺官王礪特被差委輒敢狥私妄言王堯臣因移橋別有情弊等事欺誑朝廷上賴陛下聖明再令推究勘得堯臣並無私曲已蒙聖恩釋放自王礪妄形彈奏羅織無事之人欲借國威以報私忿立朝之列人各自危及闡堯臣不陷枉刑更蒙陛下恩釋中外之士稍復安心然小人在朝非國之利如礪善惡未辨尚可含容今既試之以事見其傾險之迹則豈可更令濫處臺憲中傷善人伏望聖慈早行黜責以戒在位傾邪之輩（一作者）兼亦使今後選用之人不敢尚辜委任別造過愆若礪不黜竊慮今後被差委者動皆作過則陛下無由使人此事所繫不細取進止（四月庚戌王

礪罷御史授大常博士通判鄧州

論任人之體不可疑劄子同前

臣近見淮南按察使邵餗奏爲體量知潤州席平爲政不治及不教閱兵士等朝廷以餗爲未足信又下提刑司再行體量臣竊以轉運提刑俱領按察然朝廷寄任重者爲轉運其次乃提刑爾今寄任重者言事反不信又質於其次者而決疑臣不知邵餗果是才與不才可信與不可信三字一作否如不才不可信則一路數十州事豈宜委之若果才而可信又何疑焉又不知爲提刑者其才與餗優劣如何若才過於餗尚可取信萬一不才於餗見事相背却言席平爲才邵餗合有罔上之罪矣若反以罪餗臣料朝廷必不肯行若捨餗與席平俱不問則善惡不辨是非不分況席平曾作臺官立朝無狀只令制勘亦不能了尋爲御史中丞以不才奏罷朝廷兩府而下誰不識平其才與不才人人盡知何必更令二一作待提刑體量然後爲定

今外議皆言執政大臣託以審慎爲名其實不肯主事而當怨須待言事者再三陳述使被黜者知大臣迫於言者不得已而行只圖怨不歸己苟誠如此豈有念民疾苦澄清官吏之意哉若無此意一有只字是好疑不決則尤是朝廷任人之失自去年以爲轉運使不察官吏特出詔書加以使名責其按察今按察使依稟詔書舉其本職又卻疑而不聽今後朝廷命令誰肯信之凡任人之道要在不疑寧可艱於擇人不可輕任而不信若無賢不肖一例疑之則人各心闌誰肯辦事今邵餗言一不才顯者所貴朝廷肯行然後部下振竦官吏畏服今反爲朝廷不信卻委別人則餗之使威誰肯信服餗亦慙見其下今後見事不若不爲不獨邵餗一人臣竊聞諸處多有按察官吏皆爲朝廷不行人各嗟慙以謂任以事權反加沮惑朝廷之意不可諭也伏望聖慈特勅其三字一作取邵餗所奏特與施行又令今後按察使奏人如不才老病灼然不疑者不必更委別官示以不

信所貴不失任人之道而令臣下盡心取進止

論與西賊大斤茶劄子同前

臣伏覩昨者西賊來議通和朝廷許物數目不少內茶一色元計五萬斤緣中國茶法大斤小斤不同當初擬議之時朝廷謀慮不審不曾明有指定斤數竊慮西賊通和之後須要大斤若五萬斤大斤是三十萬小斤之數如此則金帛二十萬茶三十萬乃是五十萬物真宗時契丹大舉至澶州只用三十萬物三十年後乘國家用兵之際兩國交爭方添及五十萬今元昊一隅之敵一口便與五十萬物臣請略言爲國家大患一兩事不知爲國計者何以處之三十萬斤之茶自南方水陸二三千里方至西界當今民力困乏陛下不恥屈志就和本爲休民息力若歲歲般輦不絕只此一物可使中國公私俱困此大患一也計元昊境土人民歲得三十萬茶其用已足然則兩榷場捨茶之外須至別將好物博易賊中無用之物其大患二也契丹

常與中國爲敵國指元昊爲小邦若見元昊得物之數與彼同則須更要爭添何以應副不過云茶不比銀絹本是麤物則彼必須亦要十數萬大斤中國大貨利止於茶鹽而已今西賊一歲三十萬斤北虜更一作又要二三十萬中國豈得不困此其大患三也昨與西賊議和之初大臣急欲事就不顧國家利害惟恐許物不多及和議將成契丹語洩兩府方有悔和之色然許物已多不可追改今天幸有此一事尚可罷和臣乞陛下特召兩府大臣共議保得久遠供給四夷中國不困則雖大斤不惜若其爲患如臣所說不至妄言即乞早議定計取進止

論西賊占延州侵地劄子 慶曆四年

臣竊聞元昊近於延州界上脩築城壘強占侵地欲先得地然後議和故楊守素未來而占地之謀先發又聞邊將不肯力爭此事所繫利害甚大臣料賊意見朝廷累年用兵有敗無勝一旦計無所出厚

以金帛買和知我將相無人便欲輕視中國一面邀求賂遺一面侵
占邊疆不惟驕賊之心難從實亦爲國之害不細今若縱賊於侵地
立起堡寨則延州四面更無捍蔽便爲孤壘其一作而賊盡據要害
之地他時有事延州不可保守若失延州則關中遂爲賊有以此而
言則所侵之地不可不爭伏況西賊議和事連北虜今人無愚智皆
知和爲不便但患國家許物已多難爲中悔若得別因他事猶可絕
和何況此侵地是中國合爭之事豈可不爭臣謂今欲急和而不顧
利害者不過邊臣外憚於禦賊而內欲邀議和之功以希進用耳故
不肯擊逐羌人力爭侵地蓋小人無識只苟目前榮進之利不思國
家久遠之害是國家屈就通和只與邊臣爲一時進身之利而使社
稷受無涯之患陛下爲社稷計豈不深思大臣爲社稷謀豈不極慮
伏望聖慈遣一使往延州令龐籍力爭取昊賊先侵之地不令築城
堡寨若緣此一事得絕和議則社稷之福也臣仍慮西賊來人尚有

青鹽之說此事人人皆知不可許亦慮小人無識急於就和者尚陳
鹽利以惑聖聽伏望聖慈不納浮議取進止

奏議卷第九

諫院

論大臣不可親小事劄子慶曆三年

臣伏見兵興累年天下多故樞密之職事任非輕雖典兵戎體均一作同宰輔至於大小機務其繁文倍於中書所以國家舊制都副承旨皆用士人位比屬僚事參謀議祖宗之制一作世尤慎擇材或取其歷職詳練者以爲副使自承平以來綱紀隳廢惟用人吏備員而已當四方無事之時兩府檢例行事上下尸曠恬然不怪自兵戎既動中外事繁猶務因循致多敗誤今承旨不親職事惟署文書凡百行遣皆委諸房小吏使副大臣不免親臨細事既不得精心思慮專意廟謀至於碎務繁多又不能躬自檢察遂使邊防急奏多苦滯留軍國密謀動成漏洩凡關事體不便處多皆由樞臣難自躬親而承旨不能舉職也臣今欲乞依祖宗舊制承旨特用士人如武臣中難

得其人即請於文官中精選材能換與合入官資責其舉職仍令樞密使副條列常行事目有可以分職責成者悉以委之使大臣專意廟謀屬吏分行職事時參國論一作論議庶有裨補一作助既復朝廷之舊制又於事體而合宜伏望聖慈特賜裁擇取進止

論中書增官屬主文書劄子同前

臣伏見近來朝廷號令煩數更改又頻降出四方多不遵稟而朝廷之臣無專主者亦不勾校稽違考責實効以不銳之意行不信之言宜乎空文雖多而下不畏聽令百職廢壞弊實由斯臣竊見漢丞相官屬甚多欲乞精選材臣采漢名號增置兩府官屬官一二員使專掌政令之出者置簿拘管俟天下施行報應校其稽違舉行朝典即不得以承受回申便爲報應須是施行實迹具以條聞旋行勾銷以見能否臣謂苟設此官則天下知朝廷有責實之意今後可使令出必行官無曠職如允臣所請一作奏乞下兩府重議施行取進止

論班行未有舉薦之法劄子同前

臣伏見朝廷選任百官文武參用文官在選者各以舉主遷京朝官其間雖容時有濫冒然孤寒有才行之人亦往往獲進惟有武官中近下班行並無賢愚分別一例以年歲遞遷自借職得至供奉官須是三十餘年使賢愚同滯而國家緩急要人使用無由知其能否或要人使則臨時只看脚色點差多是不副所選臣謂班行入仕之人雖多端然其中亦極有才能可任用者但國家舉選之法全未精博臣欲乞將近下班行比類選人別立舉官之法凡無人舉者官有所止更不例遷有舉主者一作舉主足者方與遷轉或且令無舉主者依舊年限遷轉將有舉主者別作任使仍乞嚴為約束重其連坐之法使舉者不容冒濫則才與不才漸可分別而用人不濫況今四方多事天下都監巡檢監當之類盡要得人方能一作可集事不必邊任并閤職方用舉薦其他要切使喚處多如允臣所請乞付樞密院

商量立定法制須行取進止

論乞放還蕃官胡繼諤劄子同前

臣竊見朝廷前歲以延州蕃官胡繼諤因爲邊臣所疑移入內地見任亳州都監以子守清悉領父之諸部風聞近爲不服一作安亳州水土死一無死字亡刦家族身又疾病曾有奏陳乞移一京西地涼之處臣謂方今西鄙用兵之際朝廷宜廣推恩信撫御蕃夷既欲守清盡死於邊疆當厚遇繼諤保全其家族豈有既任其子又疑其父繼諤求一作來遷內地其實異鄉雖曰居官乃是囚繫致其失所身病家亡況彼初心又無顯過在繼諤之身已有幽囚寃枉之嘆於守清之分又失駕馭豪傑之方萬一繼諤疾病死而不歸守清父子之心豈得無恨反視中國乃爲世讎必與邊陲別生患害其餘部族亦必離心國家自用兵以來凡有計謀未聞勝筭尤於招撫蕃夷之術常失恩威致使離叛者多皆願附賊在於繼諤處置特乖臣欲乞因

其有請召至京師與雪前疑厚加禮遇放還本族示以推誠守清得父子復完必思盡節繼諤感國家之遇必有所施若朝廷猶以爲疑即乞先以此意詔閭守清討其必無弃父之理若彼自不欲其歸則他日可無後患取進止

繳進王伯起上書狀同前

右臣今月二十五日出外至夜歸家有相州進士王伯起看臣不見後留下長書一封中言爲檢匣抑塞言事者責臣不能規諫人主開益聰明及自言有策可以弱北虜使十年不爲害又言有上皇帝書爲有司所抑不得上達仍於長書後卷封奏狀一封意欲令臣繳奏臣竊詳王伯起所與臣書詞理極有可採但未知奏狀內所言何事緣臣本不識其人又無處尋訪只據所與臣書內言有策可使北虜十年不爲害此一事是朝廷當今急務其奏狀臣不敢滯留謹并元與臣書繳連上進伏望聖慈特賜省覽或有可採乞下開封府尋訪

本人更加詢問謹具狀奏聞

論大理寺斷冤獄不當劄子同前

臣風聞大理寺近奏斷德州公案一道爲一班行王守度謀殺妻事止斷杖六十私罪其守度所犯情理極惡本因踰濫欲誘一求食婦人爲妻自持刃杖恐逼正妻阿馬令其誣以姦事髠截頭髮又自以一作將繩索付與阿馬守度持刀在旁逼令自縊其命垂盡只爲未有棺器却且解下其後又與繩索令自縊阿馬偶得生逃臣略聞此大槩其他守度兇惡之狀備於案牘人不忍聞阿馬幽苦冤枉一作之寃如此而法吏止斷誣姦降以杖罪竊以刑在禁惡法本原情今阿馬之冤於情可憫守度所犯其惡難容若以法家斷罪舉重而論則守度誣姦不實之罪輕迫人以死之情重原其用意合從謀殺凡謀殺之罪其類甚多或有兩相爭恨理直之人因發忿心殺害理曲之人者死與未死須被謀殺之刑豈比守度曲在自身阿馬本無所

爭備極陵辱迫以自裁一作殘虐害之情深於謀殺遠矣臣嘗伏讀
真宗皇帝賜諫臣之詔曰寃枉未申賞刑踰度者皆許論列今之寃
婦臣職當言者也豈有聖主在上國法方行而令強暴之男而敢逼
人以死臣恐守度不誅則自今強者陵弱踈者害親國法遂隳人倫
敗矣其王守度一宗公案伏望聖慈特令中書細詳情理果如臣之
所聞卽乞行刑法以止姦凶取進止

論內臣馮承用與外任事劄子同前

臣伏見內官馮承用近因過失爲臣寮論奏一作奏劾陛下親發睿
斷不私小人聽納羣言逐去左右中外之士莫不相慶然初聞朝議
將與外任至今多日未見指揮近日外面虛傳云却得教坊勾當留
在京師竊以方今內外臣寮若有罪犯便須勘劾依法行遣今承用
本因有過超轉官資只與外任尙爲優幸若更遲留不遣則使今後
伏事陛下左右者恣爲過惡無以戒勸承用從來過犯甚衆人皆畏

懼不敢明言自其罷却入內已來舊跡漸一作甚多彰露內廷之事

臣不細知外外邊作過頗有實狀今若未行遠黜則言事臣寮不免再

有論奏勾連獄訟生事轉多其馮承用伏乞早與一外任閑慢差遣

便令出京可以戒勵後人外弭物論取進止

奏議卷第十

河北轉運

論臺官上言按察使狀 慶曆四年八月新除河北轉運按察使未行

右臣伏覩近降朝旨約束諸路按察使備載臺官所上之言意謂按察使等所奏之人多不實或因迎送文移之間有所闕失挾其私怒枉奏平人朝廷都不深思輕信其說臣自聞降此約束日夕憂嗟竊思國家方此多事難了之時正是責人展効之際獎之猶恐不竭力疑之誰肯盡其心昨大選諸路按察之際兩府聚廳數日盡破常例不次用人中外翕然皆謂一時之極選凡一有彼字被選之者皆亦各負才業久無人知常患無所施為一旦忽蒙擢用各思宣力爭奮所長不惟欲報朝廷豈一作寧不更希進用豈可頓為欺罔便狥私情料其心必未至此苟或如臺官所說則是兩府聚廳數日選得不

公之人其或不至如斯何必更加約束竊以任人之術自古所難常能力主張猶或有沮者何況更（一作過）生疑異使其各自心闌如此用人安能集事況按察之任人所難能或大臣薦引之人或權勢僥倖之子彼按察使者下當怨怒上忤權勢而不敢避者只賴朝廷主張而已今按察者所奏則未能施（一作與）行沮毀者一言則便加輕信皆由朝廷未知官吏爲州縣大患而按察可以利民委任之意不堅故毀謗之言易入也所可惜者自差諸路按察今雖未有大効而老病昏昧之人望風知懼近日致仕者漸（一作甚）多州縣方欲澄清而朝廷自沮其事臣欲乞聖慈令兩府召臺官上言者至中書問其何路按察之（一作何）人因挾私怒苟有迹狀乞下所司辨明若實無人乃是妄說其近降劄子乞賜抽還不使四方見朝廷自沮按察之權而爲貪贓老繆之吏所快謹具狀奏聞伏候勑旨

論兩制以上罷舉轉運使副省府推判官等狀慶曆五年誤

寘于此

右臣近準御史臺牒爲臣寮上言待制以上舉省府推判官轉運使副等事奉聖旨去年勑命更不行用令臣知委者臣竊詳臣寮上言悉涉虚妄蓋因近日陛下進退大臣改更庶事小人希合欺罔天聰臣試請辨之據上言者云若令兩制以上保舉則下長犇競之路方今上自朝廷下至州縣保舉之法多矣只如臺官亦是兩制以上舉以至大理詳斷審刑詳議刑部詳覆等官三路知州知縣通判選人改京官學官入國學班行遷閤職武臣充將領選人入縣令下至天下茶鹽場務榷場及課利多處酒務凡要切差遣無大小盡用保舉之法皆不聞以犇競而廢之豈可獨於省府等官獨一作偏長犇競而可廢此其欺妄可知也上言者又云遂令端士並起馳騖且馳騖盡係一作自是小人豈名端士至如自來舉官之法多矣豈能盡絶小人干求況自頒新勑以來何人舊是端士頓然改節馳騖於何門

而得舉乞賜推究姓名若果無之則見其欺妄可知也上言者又云不因請託人莫肯言此又厚誣之甚也今內外臣寮無大小曾受人舉者十八九豈可盡因請託而得自兩府大臣而下至外處通判以上人人各曾舉官豈可盡因請託而舉若云其宅舉官不請託只此勑舉官須請託即非臣所知也今兩制之中好人不少繁難一作重要害之地皆已委信任用二字一作而任之豈可不如外郡通判等不堪委任舉官況兩制之臣除此勑外亦更別許舉官豈可舉他官則盡公惟此勑則頓一作徒狥私請此其欺妄可知也又云每歲舉一百五十人致人多而爭差遣臣筭一人有三人舉主方敢望差遣一百五十人須一歲內有四百五十員兩制爲舉主今兩制不及五十人使人人歲舉三人卽纔各是一人舉主豈敢便爭差遣況有不曾舉人者或舉不及三人者乞賜檢會去年終兩制以上舉到人數便可知其恣情欺妄也近日改更政令甚多惟此一事尤易辨明故

臣不避煩言而辨者伏冀陛下因此深悟小人希合而欺妄也緣自去年陛下用范仲淹富弼在兩府值累年盜賊頻起天下官吏多不得力因此屢建舉官之議然亦不是自出意見皆先檢祖宗故事請陛下擇而行之所以元降敕文首引國書爲言是也當時臣寮並不論議近因仲淹等出外與朝廷經畫邊事讒嫉之人幸其不在左右百端攻擊只此事朝廷不暇審察便與施行臣昨見富弼自至河北緣山傍海經畫勤勞河北人皆云自來未有大臣如此其經畫所得事亦不少歸至國門臨入而黜使河北官吏軍民見其盡忠而不知其罪狀小人貪務希合又不爲朝廷惜事體凡事攻擊至今未已況朝廷用人屢有進退豈有一人纔出便不問是非盡改所行之事若大臣一度進退政令一度改更如此紛紜豈有定制伏望陛下重一作審察愛憎之私辨其虛實之說凡於政令更慎改張臣檢詳元降舉官敕意亦一作本是於國書檢用祖宗所行之法今上言者却云

因諫官論列致差遣不定而有更張事涉臣身不敢自辨然臣在諫署日言事無狀致今來臣寮指以爲辭豈可尙冒寵榮不能自劾請從黜罰以免人言臣伏見陛下聖德仁慈保全忠正之士進退之際各有恩意此所以能使忠臣義士忘身報國至死而不已也其今後臣寮希附上言攻擊前兩府所行之事乞賜辨明擇其實有不便者方與改更庶全大體則天下幸甚也臣伏覩去年八月二日元降勑命節文云比於國書擇一作撮諸治要見其官人之際尤愼外臺之選又云然其進任必屬近臣又命告示賞罰之命皆三朝之攸行此是元議舉官因依乞賜詳酌臣無任激切祈天待罪之至

論劉三嘏事狀慶曆四年

臣伏見契丹宣徽使劉三嘏挈其愛妾兒女等七口向化南歸見在廣信軍聽候朝旨竊慮朝廷只依常式投來人等依例約回不納國家大患無如契丹自四五十年來智士謀臣晝思夜筭未能爲朝廷

出一奇策坐而制之今天與吾時使其上下乖離而親貴臣忽來歸我此乃陛下威德所加祖宗社稷之福竊慮憂國之臣過有思慮以謂納之別恐引惹臣請略陳納之却之二端利害伏望聖慈裁擇其可往年山遇捨元昊而歸朝邊臣爲國家存信拒而遣之元昊甘心山遇盡誅其族由是河西之人皆怒朝廷不納而痛山遇以忠而赤族吾既自絕西人歸化之路堅其事賊之心然本欲存信以懷元昊而終至叛逆幾困天下是拒而不納未足存信而反與賊堅人心此已驗之効也其後朝廷悟其失計歸罪郭勸悔已難追矣此事不遠可爲鑒戒伏望陛下思之此不可拒而可納一也三𡊮是契丹貴臣秉節鉞兼宣徽可謂至親且貴矣一旦君臣離心走而歸我是彼國中大醜之事必須掩諱不欲人聞必不敢明言求之於我此其可納二也況彼來投又無追者相繼既絕蹤跡別無明驗雖欲索之於我難以爲辭此其可納三也三𡊮既彼之貴臣彼國之事無不與知今

既南來則彼之動靜虛實我盡知之可使契丹日夕懼我攻取之不暇安敢求索於我自起兵端若使契丹疑三嘏果在中國則三四十年之間卒無南向之患此又納之大利其可納四也彼既窮來歸我若拒而遣之使其受山遇之禍則幽燕之間四五十年來心欲南向之人盡絶其歸路而堅其事狄之心思爲三嘏報仇於中國又終不能固契丹之信此爲誤計其失尤多且三嘏在中國則契丹必盡疑幽燕之人是其半國離心常恐向背凡契丹南寇常藉幽燕使其盡疑幽燕之人則可無南寇之患此又可納大利五也古語曰天與不取反受其咎此不可失之幾也其劉三嘏伏望速降密旨與富弼令就近安存津遣赴闕惟乞決於睿斷不惑羣言取進止

論杜衍范仲淹等罷政事狀 一作上皇帝辨杜韓范富書慶曆五年

臣聞士不忘身不爲忠言不逆耳不爲諫故臣不避羣邪切齒之禍

敢干（一作冒）一人難犯之顏惟賴聖明（一作慈）幸加省察臣伏見杜衍韓琦范仲淹富弼等皆是陛下素所委任之臣一旦相繼罷黜（一作而罷）天下之士皆素知其可用之賢而不聞其可罷之罪臣雖供職（一作臣職雖）在外事不盡（一作審）知然臣竊見自古小人讒害忠賢其說（一作識）不遠欲廣陷良善則不過指爲朋黨欲動搖大臣則必須誣以專權其故何也夫去一善人而衆善人尚在則未爲小人之利欲盡去之則善人少過難爲一二求瑕惟有指以爲朋（一作惟指以爲朋黨）則可一時盡逐至如大臣已被知遇而蒙信任（一有者字）則難（難字一作不可）以他事動搖惟有專權是上（一作人主）之所惡故須此說方可傾之臣料衍等四人各無大過而一時盡逐弼與仲淹委任尤深而忽遭離間必有以朋黨專權之說上惑聖聰（一有者字）臣請試辨（辨字一作詳言）之昔年仲淹初以忠言讜論聞於中外天下賢士爭相稱慕當時姦臣誣作朋黨猶難辨明自近日陛下

擢此數人並在兩府察其臨事可以辨也　蓋衍爲人清慎而謹守規矩仲淹則恢廓自信而不疑琦則純正而質直弼則明敏而果銳四人爲性既各不同雖皆歸於盡忠而其所見各異故於議事多不相從至如杜衍欲深罪滕宗諒仲淹則力爭而寬之仲淹謂契丹必攻河東請急修邊備富弼料以九事力言契丹必不來至如尹洙亦號仲淹之黨及爭水洛城事韓琦則是尹洙而非劉滬仲淹則是劉滬而非尹洙此數事尤彰著陛下素已知者此四人者可謂天下至公四字一作公正之賢也平日閑居則相稱美之不暇爲國議事則公言廷諍而不一作無私以此而言臣見衍等眞得漢史所謂忠臣有不和之節而小人讒爲朋黨可謂誣矣臣聞有國之權誠非臣下之得專也然一無此字臣竊思仲淹等自入兩府已一作以來不見其專權之迹而但見其善避權也權者二字一作夫權得名位則可行故好一作行權之臣必貪一有名字位自陛下召琦與仲淹於

陝西琦等讓至五六陛下亦五六召之一有至如二字富弼三命學士兩命樞密副使每一命皆再三懇讓讓者愈切陛下用之愈堅皆再至愈堅十五字一作未嘗不懇讓懇讓之者愈切而陛下用之愈堅此天下之人所共知臣一有但字見其避讓大繁不見其好一作專權貪位也及陛下堅不許辭方敢受命然猶未敢別有所爲陛下見其皆未作一作行事六字一作欲其作事乃特一無此字開天章召而賜坐受一作授以紙筆使其條事一作列然衆人避讓不敢下筆弼等亦不敢獨有所述因此又煩聖慈特出手詔指定姓名專責弼等一字一作其條列大事而施行二字一作行之弼等遲囘又近二字一作逝及一月方敢略條數事然一無此字仲淹深一作老練世事必知凡百難猛一作凡事難遽更張故其所陳志在遠大而多若迂緩但欲漸而行之以久冀皆有効弼性雖銳然亦一無此字不敢自出意見但多一無此字舉祖宗故事請陛下擇而行之自古君

臣相得一言道合遇事便行臣方怪弼等蒙陛下如此堅意委任遇事至委任十八字一作遇事而近更無推避弼等蒙陛下堅意委任督責丁寧而猶遲緩自遇作事不果然小人巧譖已一作而曰專權者豈不誣哉至如兩路宣撫聖一作國朝常一作累遣大臣況自中國之威近年不振故元昊叛逆一方而勞困及於天下北虜乘釁違盟而動其書辭侮慢至有責國二字一作責祖宗之言陛下憤恥雖深但以邊防無備未可與爭屈志一作意買和莫大之辱弼等見中國累年侵凌之患感陛下不次進用之恩故各自請行力思雪國家之前恥八字一作力思雪恥沿一作緣山傍海不憚勤勞欲使武備再修國威復振臣見弼等用心本欲尊陛下威權以禦四夷未見其侵權而作過也伏惟陛下睿哲聰明有知人之聖臣下能否洞見不遺故於千官百辟之中特一作親選得此數人驟加擢用夫正士在朝羣邪所忌謀臣不用敵國之福也今此數人一旦罷去而使羣邪

相賀於一作于內四夷相賀於一作于外此臣所一有以字爲陛下惜之一無此字也伏惟陛下聖德仁慈保全忠善退去之際恩禮各優今仲淹四路之任亦不輕矣惟一無此字願陛下拒絕羣謗委任一作信不疑使盡其所爲猶有裨補方今西北二虜交爭未已正是天與陛下經營之時如弼與琦豈可置之閑處伏望陛下一無此二字早辨讒巧特加圖任則不勝幸甚臣自前歲召入諫院十月之內七受聖恩而致身兩制方一作常思君一作榮寵至深未知報效之所今羣邪爭進讒巧一有而字正士繼去朝廷乃臣忘身報國之秋一作時豈可緘言而避罪敢竭愚瞽惟陛下擇之臣無任祈天待罪懇激屏營之至臣修昧死再拜

右正文乃今盱台守施宿所藏當時真本也一作疑是後來公所改定如以水落爲洛之類及其餘文意皆不若一作爲長至如貴國二字注一作責蓋用綿本及李燾長編今真蹟元用貴國按慶

曆二年契丹求關南書云貴國　祖先肇創基業尋與敝境繼爲善鄰曁乎
太宗紹登寶位於有征之地才定幷汾以無名之師直抵燕薊
仁宗命王拱辰草答書云
太宗皇帝親駕幷汾匪圖燕壤當時貴國亟發援兵既交石嶺之鋒遂舉薊門之役則是貴國二字彼此用之公此奏後改爲責耳

奏議卷第十一

奏議卷第十二　集一百八

銓部

論權貴子弟衝移選人劄子 至和元年六月判流內銓

臣勘會銓司近年選人倍多員闕常少待闕者多是孤寒貧乏之人得替住京動經年歲遇有合入闕次多被權貴之家將子弟親戚陳乞便行衝改或已注授者且 一無者字且字一作卻 令待闕或纔到任者即被對移只就權貴勾當家私不問孤寒便與不便兼臣所見臣寮陳乞多非急切事故或云近便鄉里或云看覷墳塋僥倖希求妄託名目孤寒阻滯徒益怨嗟臣欲乞今後臣寮須有急切事故如委任邊寄不許般家及致仕分司丁憂病患之類方許陳乞子弟差遣其 一有餘字 雖無事故自將恩澤陳乞者許銓司勘會如已注人者更不改注已到任者更不衝移並令別具陳乞仍不許連併陳乞兩任如允臣所請乞下銓司遵守施行今取進止 依奏并下三班審

官並依此

翰苑

論臣寮奏帶指使差遣劄子至和元年九月兼三班院

臣等勘會本班見管使臣至八千餘員其入仕之源既已冗濫及差遣之際又多有因緣附權貴者僥倖多門致孤寒者怨嗟不已伏見近年文武臣寮出外任者多帶指使隨行不久便奏乞監押巡檢差遣仍多指定去處陳乞亦有元只是諸司職掌人奏帶隨行後來改轉班行並不曾歷短使監當差遣便入監押巡檢親民亦無合入遠近路分取便指射有職田處朝廷以重違臣寮奏請更不勘會差遣資序路分遠近合與不合入得便行差除相繼成例近日漸多合行釐革臣今欲乞今後臣寮奏帶隨行指使之人及三年已上並只與理爲一任候歸班依例差遣外更不得陳乞差遣所貴止絕僥倖今取進止

論史館日曆狀嘉祐四年誤寘于此

右臣伏以史者國家之典法也自君臣善惡功過與其百事之廢置可以垂勸戒示後世者皆得直書而不隱故自前世有國者莫不以史職爲重伏見國朝之史以宰相監修學士修撰又以兩府之臣撰時政記選三館之士當升擢者乃命修起居注如此不爲不重矣然近年以來員具而職廢其所撰述簡略遺漏百不存一至於事關大體者皆沒而不書此實史官之罪而臣之責也然其弊在於修撰之官惟據諸司供報而不敢書所見聞故也今時政記雖是兩府臣寮修纂然聖君言動有所宣諭臣下奏議事關得失者皆不紀一作記錄惟書除目辭見之類至於起居注亦然與諸司供報公文一作文字無異修撰官只據此銓次繫一作排以月日一作日月謂之日曆而已是以朝廷之事史官雖欲書而不得書也自古人君皆不自閱史今撰述既成必錄本進呈則事有諱避史官雖欲書而又不可得

一作取書也加以日曆時政記起居注例皆承前積滯相因故纂錄
者常務追修累年前事而歲月既遠遺失莫存至於事在目今可以
詳於見聞者又以追修積滯不暇及之若不革其弊則前後相因史
官永無舉職之時使聖朝典法遂成一有於字廢墜矣一無此字臣
竊聞一作見趙元昊自初僭叛至復稱臣始終一宗事節皆不曾書
亦聞修撰官甚欲紀述以修纂後時追求莫得故也其於他事又可
知焉臣今欲乞特詔修時政記起居注之臣並以德音宣諭臣下奏
對之語書之其修撰官不得依前只據諸司供報編次除目辭見並
須考驗事實其除某官者以某功如狄青等破儂智高文彥博等破
王則之類其貶某職者坐某罪如昨來麟州守將及并州龐籍緣白
草平事近日孫沔所坐之類事有文據及迹狀明白一作分明者皆
備書之所以使聖朝賞罰之典可以勸善懲惡昭示後世若大臣用
情朝廷賞罰不當者亦得以書爲警戒此國家置史之本意也至於

其他大事並許史院據所聞見書之如聞見未詳者直牒諸處會問及臣寮公議異同朝廷裁置處分並書之已上事節並令修撰官逐時旋據所得錄爲草卷標題月分於史院躬親入櫃封鎖候諸司供報齊足修爲日曆仍乞每至歲終命監修宰相親至史院點檢修撰官紀一作記錄事迹內有不勤其事隳一作惰官失職者奏行責罰其時政記起居注日曆等除今日以前積滯者不住追修外截自今後並令次月供報如稍遲滯許修撰官自至中書樞密院催請其諸司供報拖延及史院有所會問諸處不畫時報應致妨修纂者其當行手分並許史院牒開封府勾追嚴斷其日曆時政記起居注並乞更不進本所貴少修史職上存聖朝典法此乃臣之職事不敢不言謹具狀奏聞伏候勑旨

請駕不幸温成廟劄子至和二年

臣伏見今月八日聖旨疎決禁囚特行減降及軍士各有特支陛下

聖慈本以與國寺奉安真宗皇帝御容有此恩旨而中外之議紛然不一皆云正月八日是温成皇后周年故有此特支疎決又見聖駕朝謁萬壽宮又云温成畫像在彼所以聖駕親臨蓋爲自去年追册温成皇后之後朝廷每於典禮過及優崇遂致議者動皆疑惑今又聞來日聖駕幸奉先寺酌獻宣祖皇帝外議喧然又云温成皇后祠廟在彼伏以陛下聖德仁孝本爲祖宗神御以時酌獻不可使中外議者言陛下意在追念後宫寵愛託名以謁祖宗虧損聖德其事不細臣欲乞明日幸奉先寺酌獻畢更不臨幸温成祠廟以解中外之疑以止議者之說臣職忝侍從無所裨補聞外人議論不敢不言不惟臣有愛君之心合具陳述陛下舉動爲萬世法亦不可不慎取進止

論臺諫官言事未蒙聽允書至和二年

月日具官臣歐陽某謹昧死再拜上書於體天法道欽文聰武聖神

孝德皇帝闕下臣聞自古有天下者莫不欲爲治君而常至於亂莫不欲爲明主而常至於昬者其故何哉患於好疑而自用也夫疑心動於中則視聽惑於外視聽惑則忠邪不分而是非錯亂是非錯亂則舉國之臣皆可疑盡疑其臣則必自用其所見夫以疑惑錯亂之意而自用則多失一有多字失則其國之忠臣必以理而爭之爭之不切則人主之意難回爭之切則激其君之怒心而堅其自用之意然后君臣爭勝於是邪佞之臣得以因隙而入希旨順意以是爲非以非爲是惟人主之所欲者從而助之夫爲人主者方與其臣爭勝而得順意之人樂其助己而忘其邪佞也乃與之幷力以拒忠臣夫爲人主者拒忠臣而信邪佞天下無不亂人主無不昬也自古人主之用心非惡忠臣而喜邪佞也非惡治而好亂也非惡明而欲昬也以其好疑自用而與下爭勝也使爲人主者豁然去其疑心而回其自用之意則邪佞遠而忠言入忠言入則聰明不惑而萬事得其宜

使天下尊爲明主萬世仰爲治君豈不臣主俱榮而樂哉與其區區自執而與臣下爭勝用心益勞而事益惑者相去遠矣臣聞書載仲虺稱湯之德曰改過不悋又戒湯曰自用則小成湯古之聖人也不能無過而能改過此其所以爲聖也以湯之聰明其所爲不至於繆戾矣然仲虺猶戒其自用則自古人主惟能改過而不敢自用然後得爲治君明主也臣伏見宰臣陳執中自執政以來不叶人望累有過惡招致人言而執中還延尙玷宰府陛下憂勤恭儉仁愛寛慈堯舜之用心也推陛下之用心天下宜至於治者久矣而綱紀日壞政令日乖國日益貧民日益困流民滿野濫官滿朝其亦何爲而致此一作皆由陛下用相不得其人也近年宰相多以過失因言者罷去陛下不悟宰相非其人反疑言事者好逐宰相疑心一生視聽既惑遂成自用之意以謂宰相當由人主自去不可因言者而罷之故宰相雖有大惡顯過而屈意以容之彼雖惶恐自欲求去而屈意以留

之雖天災水旱饑民流離死亡道路皆不暇顧而屈意以用之其故非他直欲沮言事者爾言事者何負於陛下哉使陛下上不顧天災下不恤人言以天下之事委一不學無識諂邪很愎之執中而甘心焉言事者本欲益於陛下而反損聖德者多矣然而言事者之用心本不圖至於此也由陛下好疑自用而自損也今陛下用執中之意益堅言事者攻之愈切陛下方思有以取勝於言事者而邪佞之臣得以因隙而入必有希合陛下之意者將曰執中宰相不可以小事逐不可使小臣動搖甚者則誣言事者欲逐執中而引用他人陛下方患言事者上忤聖聰樂聞斯言之順意不復察其邪佞而信之所以拒言事者益峻用執中益堅夫以萬乘之尊與三數言事小臣角必勝之力萬一聖意必不可回則言事者亦當知難而止矣然天下之人與後世之議者謂陛下拒忠言庇愚相以陛下爲何如主也前日御史論梁適罪惡陛下赫怒空臺而逐之而今日御史又復敢論

宰相不避雷霆之威不畏權臣之禍此乃至忠之臣也能忘其身而
愛陛下者也陛下嫉之惡之拒之絶之執中爲相使天下水旱流亡
公私困竭而又不學無識憎愛挾情除改差繆取笑中外家私穢惡
流聞道路阿意順旨專事逢君此乃諂上傲下愎戾之臣也陛下愛
之重之不忍去之陛下睿智聰明羣臣善惡無不照見不應倒置如
此直由言事者大切而激成陛下之疑惑爾執中不知廉恥復出視
事此不足論陛下豈忍因執中上累聖德而使忠臣直士卷舌於明
時也臣願陛下廓然回心釋去疑慮察言事者之忠知執中之過惡
悟用人之非法成湯改過之聖遵仲虺自用之戒盡以御史前後章
疏出付外廷議正執中之過惡罷其政事别用賢材以康時務以拯
斯民以全聖德則天下幸甚臣以身叨恩遇職在論思意切言狂罪
當萬死臣昧死再拜

論修河第一狀同前

右臣竊見朝廷近因臣寮建議欲塞商胡開橫壠回大河於故道已下三司候今秋興役見令京東計度物料次臣伏以國家興大役動大衆必先順天時量人力謀於其始而審然後必行計其所利者多乃能無悔伏見比年以來興役動（一作動）衆勞民費財不精謀慮於厥初輕信利害之偏說舉事之始（一作初）既已倉惶羣議一搖尋復悔罷臣不敢遠引他事上煩聖聽只如往年河決商胡是時執政之臣不慎計慮遽謀修塞科配一千八百萬梢芟搔動六路一百有餘州（一有軍字）官吏催驅急若星火民庶愁苦盈於道塗或物已輸官或人方在路未及興役遽已罷修虛費民財爲國斂怨舉事輕脫爲害若斯雖既往之失難追而可鑒之蹤未遠今者又聞復有修河之役聚三十萬人之衆開一千餘里之長河計其所用物力數倍往年當此天災歲旱之時民困國貧之際不量人力不順天時臣知其有大不可者五蓋自去秋以及今春半天下苦旱而京東尤甚河北次

之國家常務安靜振卹之猶恐饑民起而爲盜何況於此兩路聚大衆興大役此其必不可者一也河北自恩州用兵之後繼以凶年人戶流亡十失八九數年以來人稍（一作稍稍）歸復然死亡之餘所存無一（一作者）幾瘡痍未斂物力未完（一作充）今又遭此旱歲京東自去冬無雨雪麥不生苗已及莫春粟未布種不惟目下乏食兼亦向去無望而欲於此兩路興三十萬人之役若別路差夫則遠處難爲赴役就河便近則此兩路力所不任此其必不可者二也臣伏見往年河決滑州會議修塞當時公私事力未如今日貧虛然猶收聚物料誘率民財數年之間方能興役況今國用方乏民力方疲且合商胡塞大決之洪流此自是一大役也鑿橫壠開久廢之故道此又一大役也自橫壠至海一千餘里埽岸久已廢壞頓須修緝此又一大役也往年公私有力之時興一大役尚須數年今併三大役倉卒興爲（一無爲字）於災旱（一作於旱歲）貧虛之際此其必不可者三也就令

商胡可塞故道可回猶宜重（一作審）察天時人力之難爲何況商胡未必可塞故道未必可回者哉臣聞鯀障（一作湮）洪水九年無功禹得洪範五行之書知水趨（一作潤）下之性乃因水之流疏決就下而水患乃息然則以大禹之神功不能障塞其流但能因而疏決爾今欲逆水之性障而塞之奪洪河之正流斡以人力而回注此大禹之所不能此其必不可者四也横壠湮塞已二十年商胡決流（一作流決）又亦數歲故道已塞（一作平）而難鑿安流已久而難回昨聞朝廷曾遣故樞密直學士張奎計度功料極大近者再行檢計減得功料全少功料少則所開淺狹淺狹則水勢難回此其必不可者五也臣伏見國家累歲災譴甚多其於京東變異尤大地貴安靜動而有聲巨嵎山摧海水搖蕩如此不止僅乎十年天地警戒必不虛發臣謂變異所起之方尤宜加意防懼今乃欲於凶旱之年聚三十萬之大衆於變異最大之方臣恐地動山搖災禍自此而始（一作自茲而發）

也方今京東赤地千里饑饉之民正苦天災又聞河役將動往往伐桑拆一作毀屋無復生計流亡盜賊之患不可不慮欲望聖慈特降德音速罷其事當此凶一作荒歲務安人心徐詔有司審詳利害縱令河道可復乞候一作俟豐年餘力漸次興爲臣實庸愚本無遠見得於外論不敢不言謹具狀奏聞

論雕印文字劄子至和二年

臣伏見朝廷累有指揮禁止雕印文字非不嚴切而近日雕板尤多蓋爲不曾條約書鋪販賣之人臣竊見京城近有雕印文集二十卷名爲宋文者多是當今論議時政之言其首篇是富弼往年讓官表其間陳北虜事宜甚多詳其語言不可流布而雕印之人不知事體竊恐流布漸廣傳入虜中大於朝廷不便及更有其餘文字非後學所須或不足爲人師法者並在編集有誤學徒臣今欲乞明降指揮下開封府訪求板本焚毀及止絕書鋪今後如有不經官司詳定妄

行雕印文集並不得貨賣許書鋪及諸色人陳告支與賞錢貳伯貫文以犯事人家財充其雕板及貨賣之人並行嚴斷所貴可以止絕者今取進止

奏議卷第十二

珍倣宋版印

翰苑

論使臣差遣劄子至和二年兼判三班院

臣勘會本班見管使臣八千一百一十二員自古濫官未有如此之多也臣遂將簿籍根磨增添數目只自皇祐二年終至今實四年半之內自借職以上增添二千八十五員於中近日增添倂多只自皇祐五年終至今年六月一年半之內增四百九員殿侍猶不在數蓋由曲恩濫賞臨時無節以日計月所積遂多率計一歲常增四百五十員若不塞其濫源則更三五年後不勝其弊矣於今裁損已爲大晚若更增添則四海之廣不能容濫官天下物力不能給俸祿矣臣今略舉入仕僥倖者二事乞先賜指揮釐革其餘見在者既不可減損惟其入仕之源欲乞令當政大臣早賜擘畫所貴不爲將來之患所有臣擘畫二事今具畫一如後

一自來諸皇親宅前勾當人除郡王宮殿侍年深有例送三班院
差使外其餘宮院殿侍及客司書表宅案等別無恩例只自慶
曆八年剏立年限上自郡王下至觀察使以下應緣皇親宅前
殿侍客司書表宅案等並只勾當五年便送三班差使等第年
限轉充借奉職此入士之源最爲僥倖者臣今欲乞應郡王已
下宅前殿侍客司書表宅案勾當及五年者更不送三班只令
在宅依舊勾當所有合轉殿侍至借職年限並依慶曆八年密
院劄子指揮如此則皇親勾當人不妨恩澤只是免得諸宮院
送納三班後續補人數兼諸宮院若得依舊勾當並是諳熟委
使之人又三班減得人數甚爲利便
一百司人吏舊來出職皆有職名年限近年多候轉及職名及年
限未滿多乞情願就近下恩澤或僥求因人奏帶及抽差勾當
敘勞酬奬及合作選人者情願就班行之類臣今乞一切止絕

右臣所起請只是因述濫官略陳此二事如允臣所請乞下三班院與勾當臣寮同共鋪陳條貫立定新制奏乞朝廷降下施行取進止

論罷修奉先寺等狀 至和二年

右臣近曾上言爲京師土木興作處多乞行減罷尋準勑差臣與三司同共相度減定續具奏聞次今又聞聖旨下三司重修慶基殿及奉先寺屋宇臣伏見近年政令乖錯紀綱隳頹上下因循未能整緝惟務崇修祠廟廣興土木百役俱作無一日暫停方今民力困貧國用窘急小人不識大計不思愛君但欲廣耗國財務爲己利恣侵欺於官物圖酬獎之功勞託名祖宗張大事體況諸處神御殿當蓋造之初務極崇奉棟宇堅壯莫不精嚴雖數百年未必損動近年以來不住修換昨開先殿只因兩柱損遂換一十三柱前後差官檢計朝廷並不取信只憑最後之言遂至廣張物 一作功料 蓋緣廣張得物料卽多圖酬獎恩澤 一作廣得功料大卽圖酬獎恩澤多 竊以崇奉

祖宗禮貴清淨今乃頻有遷徙輕黷威靈要其所歸止爲小人圖利臣見自古人君好興土木者自春秋史記歷代以來並皆書爲過失以示萬世今小人圖一旦之利黷祖宗之威靈置一作致人主於有過之地誰忍爲之臣實痛惜臣因準勑減定於三司略見大槩開先殿初因兩條柱損今所用材植物料共一萬七千五百有零睦親宅神御殿所用物料又八十四萬七千又有醴泉福勝等處物料不可悉數此外軍營庫務合行修造者又有百餘處使厚地不生他物惟產木材亦不能供此廣費自古王者尊祖事神各有典禮不必廣興土木然後爲能臣竊見累年天災自玉清昭應洞真上清鴻慶壽寧祥源會靈七宮開寶興國兩寺塔殿並皆焚燒蕩盡是以見天意厭土木之華侈爲陛下惜國力民財譴戒丁寧前後非一陛下與其廣興土木以事神不若畏懼天戒而修省其已興作者既不可及及字一作止外其未修者宜速寢停況睦親神御殿於禮不宜作其事甚

明別無禮典講求乞更不下太常便行寢罷其慶基殿如的有損漏只令三司差官整補不得理爲勞績其奉先寺乞勒寺家自修今垂拱殿是陛下當坐之處近聞爲無一作未有梁木且止未修諸皇親自火燒居宅後至今寄寓他所陛下尊爲天子無梁木修一殿富有四海而皇族無屋可居蓋爲將良材美木俯徇小人並於不急處枉費遂致合行修造處却至乏材伏願陛下進思累次大火常發於土木最盛處凡國家極力興修者火必盡焚一作必盡焚除且天厭土木而焚之又欲興崇土木以奉之此所以福應未臻而災譴屢降也伏乞上思天戒下察人言人言雖狂而實忠天戒甚明而不遠伏惟陛下聖德恭儉不樂遊畋凡所興修皆非嗜好但以難違小人一時之請自取青史萬世之譏實爲陛下惜之伏望聖慈一作聰廣賜裁擇謹具狀奏聞伏候勅旨

論修河第二狀至和二年

臣伏見學士院集兩省臺諫官議修河事未有一定之論蓋由賈昌朝欲復故道李仲昌請開六塔互執一說莫知孰是以臣愚見皆謂不然言故道者未詳利害之原一作源述六塔者近乎欺罔之繆何以言之今謂故道可復者但見河北水患而欲還之京東然不思天禧以來河水屢決之因所以未知故道有不可復之勢此臣故謂未詳利害之原也若言六塔之利者則不攻而自破矣且開六塔既云減得大河水勢然今恩冀之患何緣尙告危急此則減水之利虛妄可知開六塔者又云可以全囘大河使復橫壠故道見今六塔只是分減之水下流無歸已爲濱棣德博之患若全囘大河以入六塔則其害如何此臣故謂近乎欺罔之繆也臣聞河本一作之泥沙無不淤之理淤澱之勢常先下流下流淤高水行不快乃自上流低下處決此其常勢也然避高就下水之本性故河流已棄之道自是難復臣不敢遠引書史廣述河源只以今所欲復之故道言天禧以來屢

決之因初天禧中河出京東水行於今所謂故道者水既一作流平淤澁乃於滑州天臺埽決尋而修塞水復故道未幾又於滑州南鐵狗廟決今所謂龍門埽者也其後數年又議修塞水令復故道已而又於王楚埽決所決差小與故道分流然而故道之水終以壅淤故又於橫壟大決是則決河非不能力塞故道非不能力復不久終必決於上流者由故道淤高水不能行故也及橫壟既決水流就下所以十餘年間河未爲患至慶曆三四年橫壟之水又自下流先淤是時臣爲河北轉運使海口已淤一百四十餘里其後遊金赤三河相次又淤下流既梗乃又於上流商胡口一作復決然則京東橫壟兩河故道一無二字皆是下流淤塞河水已棄之高地京東故道屢復屢決理不可復其驗甚明則六塔所開故道之不可復不待言而易知臣聞議者計度京東故道功料止云銅城已上地高不知大抵東去皆高而銅城已上乃特高耳其東比銅城已上則似低比商胡已

上則實高也若云銅城已東地勢斗下則當日水流（一作決）宜決銅
城已上何緣而頓淤橫壠之口亦何緣而大決也然則兩河故道既
皆不可爲則河北水患何爲而可去臣聞智者之於事有（一有所字）
不能必則（一作則必）較其利害之輕重擇其害少者而爲之猶勝害
多而利少何況有害而無利此三者可較而擇也臣見往年商胡初
決之時議欲修塞計用一千八百萬稍芟科配六路一百有餘州軍
今欲塞者乃往年之商胡必須用往年之物數至於開鑿故道張奎
元計功料極大後來李參等減得全少猶用三十萬人然（一有而字）
欲以五十步之狹容大河之水此可笑也又欲增一夫所開三赤之
方倍爲六尺且闊厚三尺而長六尺已是一倍之功在於人力已爲
勞苦若云六尺之方以開方法算之乃八倍之功此豈人力之所勝
是則前功浩大而難興後功雖小而不實大抵塞商胡開故道凡二
大役皆困國而勞人所舉如此而欲開難復屢決已驗之故道使其

虛費而商胡不可塞故道不可復此所謂有害而無利者也就使幸
而暫塞暫復以紓目前之患而終於上流必決如龍門橫壠之比重
以困國勞人此所謂利少而害多（一有者字）也若六塔者於大河有
減水之名而無減水之實今下流所散爲患已多若全回大河以注
之則濱棣德博河北所仰之州不勝其患而又故道淤澁上流必有
他決之虞此直有害而無利耳是（一有則字）智者之不爲也今若因
水所在（一作注）增治隄防疏其下流浚以入海則可無決溢散漫之
虞今河所（一作北）歷數州之地誠爲患矣隄防歲用之夫誠爲勞矣
與其虛費天下之財虛舉大衆之役而不能成功終不免爲數州之
患勞歲用之夫則此所謂害少者乃智者之所擇也大抵今河之勢
負三決之虞復故道上流必決開六塔上流亦決今河下流若不浚
使入海則上流亦決臣請選知水利之臣就其下流求其入海之路
而浚之不然下流梗澁則終虞上決爲患無涯臣非知水者但以今

事目可驗者而較之耳言狂計愚不足以備聖君博訪之求此大事也伏乞下臣之議廣謀於衆而裁擇之謹具狀奏聞伏候勑旨

論修河第三狀 一作論六塔河至和三年

右臣伏見朝廷定議開修六塔河口回水入橫壠故道此大事也中外之臣皆知不便而未有肯爲國家極言其利害者何哉蓋其說有三一曰畏大臣二曰畏小人三曰無奇策今執政之臣用心於河事亦勞矣初欲試十萬人之役以開故道既又捨故道而修六塔未及興役遽又罷之已而終爲言利者所勝今又復修然則其勢難於復止也夫以執政大臣銳意主其事而又有不可復止之勢固非一人口舌可回此所以雖知不便而罕肯言也李仲昌小人利口僞言衆所共惡今執政之臣既用其議必主其人且自古未有無患之河今河浸恩冀目下之患雖小然其患已形回入六塔將來之害必 一作雖大而其害未至 一作止夫以利口小人爲大臣所主欲與之爭未

形之害勢必難奪就使能奪其議則言者猶須獨任恩冀爲患之責使仲昌得以爲辭大臣得以歸罪此所以雖知不便而罕敢言也今執政之臣用心大過不思自古無不一作無患之河直欲使河不爲患若得河不爲患雖竭人力猶當爲之況聞仲昌利口詭辨謂費物少而用功不多不得不信爲奇策於是決意用之今言者謂故道既不可復六塔又不可修詰其如何則又無奇策以取勝此所以雖知不便而罕肯言也衆人所不敢言而臣今獨敢言者臣謂大臣非有私仲昌之心也直欲興利除害爾若果知其爲患一作害愈大則豈有不回者哉至於顧小人之後患則非臣之所慮也且事欲一作貴知利害權重輕有不得已則擇其害少而患輕者爲之此非明智之士不能也況治水本無奇策相地勢謹隄防順水性之所趨爾雖大禹不過此也夫所謂奇策者不大利則大害若循常之計雖無大利亦不至大害此明智之士善擇利者之所爲也今言修六塔者奇策

也然終不可成而爲害愈大言順水治堤者常談也然無大利亦無大害不知爲國計者欲何所擇哉若謂利害不可必但聚大衆興大役勞民困國以試奇策而僥倖於有成者臣謂雖執政之臣亦未必肯爲也臣前已具言河利害甚詳而未蒙採聽今復略陳其大要惟陛下詔計議之臣擇之臣謂河水未始不爲患今順已決之流治堤防於恩冀者其患一而遲塞商胡復故道者其患二而速開六塔以囘今河者其患三而爲害無涯自河決橫壠以來大名金堤埽歲歲增治及商胡再決而金堤益大加功獨恩冀之間自商胡決後議者貪建塞河之策未嘗留意於堤防是以今河水勢（一無勢字）浸溢今若專意併力於恩冀之間謹治隄防則河患可禦不至於（一作爲）大害所謂其患一者十數年間今河下流淤塞則上流必有決處此一患而遲者也今欲塞商胡口使水歸故道治堤修埽功料浩大勞人費物困弊公私此一患也幸而商胡可塞故道復歸高淤難行不過

一二年間上流必決此二患而速者也今六塔河口雖云已有上下約然全塞大河正流爲功不小又開六塔河道治二千餘里堤防移一縣兩鎭計其功費又大於塞商胡數倍其爲困弊公私不可勝計此一患也幸而可塞水入六塔而東橫流散溢濱棣德博與齊州之界咸被其害此五州者素號富饒河北一路財用所仰今引水注之不惟五州之民破壞田產河北一路坐見貧虛此二患也三五年間五州凋弊河流注溢久又淤高流行梗一作艱澁則上流必決此三患也所謂爲害而無涯者也今爲國誤計者本欲除一患而反就三患此臣所不諭也至如六塔不能容大河橫壠故道本以高淤難行而商胡決今復驅而注之必橫流而散溢自澶至海二千餘里堤埽不可卒修修之雖成又一作必不能捍水如此等事甚多士無愚智皆所共知不待臣言而後悉也臣前未奉使契丹時已嘗具言故道六塔皆不可爲惟治堤順水爲得計及奉使往來河北詢於知水者

其說皆然雖恩冀之人今被水患者亦知六塔不便皆願且治恩冀隄防爲是下情如此誰爲上通臣既知其詳豈敢自默伏乞聖慈特諭宰臣使更審利害速罷六塔之役差替李仲昌等不用選一二精幹之臣與河北轉運使副及恩冀州官吏相度隄防併力修治則今河之水必不至爲大患且河水天災非人力可回惟當順導防捍之而已不必求奇策立難必之功以爲小人僥冀恩賞之資也況功必不成後悔無及者乎臣言狂計愚惟陛下裁擇

論狄青劄子至和三年

臣聞人臣之能盡忠者不敢避難言之事人主之善馭下者常欲聞難言之言然後下無隱情上無一作不壅聽姦宄不作禍亂不生自古固有伏藏之禍未發之機天下之人皆未知而有一人能獨一作獨能言之人主又能聽而用之則銷患於未萌轉禍而爲福者有矣若夫天下之人共知而獨一作獨其人主之不知者此莫大之患也

今臣之所言者乃天下之人皆知而惟陛下未知也今士大夫無貴賤相與語於親戚朋友下至庶民無愚智相與語於閭巷道路而獨不以告陛下也其故何哉蓋其事伏而未發言者難於指陳也臣竊一作伏見樞密使狄青出自行伍號爲武勇自用兵陝右已著名聲及捕賊廣西又薄立勞效自其初掌機密進列大臣當時言事者已爲不便今三四年間雖未見其顯過然而不幸有得軍情之名推其所因蓋由軍士本是小人面有黥文樂其同類見其進用自言我輩之内出得此人既以爲榮遂相悅慕加之青之事藝實過於人比其輩流又粗有見識是以軍士心共服其材能國家從前難得將帥經略招討常用文臣或不知軍情或不閑訓練自青爲將領既能自以勇力服人又知訓練之方頗以恩信撫士以臣愚見如青所爲尚未得古之名將一二但今之士卒不慣見如此等事便謂須是我同類中人乃能知我軍情而以恩信撫我青之恩信亦豈能徧及於人但

小人易為扇誘所謂一犬吠形百犬吠聲遂皆翕然喜共稱說且武臣掌機密而得軍情不唯於國家不便亦於其身未必不為害然則青之流言軍士所喜亦其不得已而勢使之然也臣謂青不得已而為人所喜亦將不得已而為人所禍者矣為青計者宜自（一作自宜）退避事權以止浮議而青本武人不知進退近日以來訛言益甚或言其身應圖讖或言其宅有火光道路傳說以為常談矣而惟陛下猶未聞也且唐之朱泚本非反者倉卒之際為軍士所迫爾大抵小人不能成事而能為患者多矣此雖自取族滅然為德宗之患亦豈小哉夫小人陷於大惡未必皆其本心所為直由漸積以至蹉跌而時君不能制患於未萌爾故臣敢昧死而言人之所難言者惟願陛下早聞而省察之耳如臣愚見則青一常才未有顯過但為浮議所喧勢不能容爾若如外人衆論則謂青之用心有不可知者此臣之所不能決也但武臣掌機密而為軍士所喜自於事體不便不計青

之用心如何也伏望聖慈深思遠慮戒前世（一作後）禍亂之迹制於未萌密訪大臣早決宸斷罷青機務與一外藩以此觀青去就之際心迹如何徐察流言可以臨事制變且二府均勞逸而出入亦是常事若青之忠孝出處如一事權既去流議漸消（一作息）則其誠節可明可以永保終始夫言未萌之患者常難於必信若仁患之已萌則又言無及矣臣官為學士職號論思聞外議喧沸而事繫安危臣言狂計愚不敢自默取進止（月餘青罷樞密知陳州）

奏議卷第十三

翰苑

論水災疏至和三年

七月六日翰林學士朝散大夫尚書吏部郎中知制誥充史館修撰判太常寺兼禮儀事輕車都尉賜紫金魚袋臣歐陽某謹昧死再拜上疏于體天法道欽文聰武聖神孝德皇帝陛下臣伏覩近降詔書以雨水爲災許中外臣寮上封言事有以見陛下畏天愛人恐懼修省之意也竊以雨水爲患自古有之然未有水入國門大臣奔走淂浸社稷破壞都城者此蓋天地之變也至於王城京邑浩如陂湖衝溺奔逃號呼晝夜人畜死者不知其數其幸而免者屋宇摧塌無以容身縛栰露居上雨下水纍纍老幼狼籍于天街之中又聞城外墳冢亦被浸注棺槨浮出骸骨漂流此皆聞之可傷見之可憫生者既不安其室死者又不得其藏此亦近世水災未有若斯之甚者此外

四方奏報無日不來或云閉塞城門或云衝破市邑或云河口決千
百步闊或云水頭高三四丈餘道路隔絶田苗蕩盡是則大川小水
皆出爲災遠方近畿無不被害此陛下所以警一作驚懼莫大之變
隱惻至仁之心廣爲諮詢冀以消復竊以天人之際影響不差未有
不召而自至之災亦未有已出而無應之變其變既大則其憂亦深
臣愚謂非小小有爲可以塞此大異也必當思宗廟社稷之重察安
危禍福之機追已往之闕失防未萌之患害如此等事不過一二而
已自古人君必有儲副一作嗣下同所以承宗社之重而不可闕者
也陛下臨御三十餘年而儲嗣未立此久闕之典也近聞臣寮多以
此事爲言大臣亦嘗進議陛下聖意久而未決而庸臣愚士知小忠
而不知大體者因以爲異事遂生嫌疑之論此不思之甚也且自古
帝王有子至三二十人者甚多材高年長羅列於朝者亦衆然爲其
君父者莫不皆享無窮之安豈有所嫌而斥其子耶若陛下鄂王豫

王皆在至今則儲宮之建久矣世之庸人偶見陛下久無皇子忽聞此議遂以云云爾且禮曰一人元良萬國以正蓋謂定天下之根本上承祖宗之重亦所以絕臣下之邪謀自古儲嗣所以安人主也若果如庸人嫌疑之論則是常無儲嗣則人主安有儲嗣則人主危此臣所謂不思之甚也臣又見自古帝王建立儲嗣既以承宗廟之重又以爲國家美慶之事故每立太子則不敢專享其美必大赦天下凡爲人父後者皆被恩澤所以與天下同其慶喜然則非惡事也漢文帝初即位之明年羣臣再三請立太子文帝再三謙讓而後從之當時羣臣不自疑而敢請漢文帝亦不疑其臣有二心者臣主之情通故也五代之主或出武人或出夷狄如後唐明宗尤惡人言太子事羣臣莫敢正言有何澤者嘗上書乞立太子明宗大怒謂其子從榮曰羣臣欲以汝爲太子我將歸老於河東由是臣下更不敢言然而一有漢字文帝立太子之後享國長久爲漢太宗是則何害其爲

明主也後唐明宗儲嗣不早定而秦王從榮後以舉兵窺覬陷于大禍後唐遂亂此前世之事也況聞臣寮所請但欲擇宗室爲皇子爾未即以爲儲貳也伏惟陛下仁聖聰明洞鑒今古必謂此事國家大計當重慎而不可輕發所以遲之耳非惡人言而不欲爲也然朝廷大議中外已聞不宜久而不決昨自春首以來陛下服藥於內一無二字大臣早夜不敢歸家飲食醫藥一無十字侍於左右如人子之侍父自古君臣未有若此之親者也下至羣臣士庶婦女嬰孩晝夜禱祈塡咽道路發於至誠不可禁止以此見臣民盡忠蒙陛下之德厚愛陛下之意深故爲陛下之慮遠也今之所請天下臣民所以爲愛君計也陛下何疑而不從乎中外之臣既喜陛下聖躬康復又欲見皇子出入宮中朝夕問安侍膳於左右然後文武羣臣奉表章爲陛下賀辭人墨客稱述本支之盛爲陛下歌之頌之豈不美哉伏願一作望陛下出於聖斷擇宗室之賢者依古禮文且以爲子未用立

爲儲副也既可以徐察其賢否亦可以俟皇子之生臣又見樞密使狄青出自行伍遂掌樞密始初議者已爲不可今三四年間外雖未見過失而不幸有得軍情之名且武臣掌國機密而得軍情豈是國家之利臣前有封奏其說甚詳具述青未是奇材但於今世將率中稍可稱耳雖其心不爲惡不幸爲軍士所喜深恐因此陷青以禍而爲國家生事欲乞且罷青樞務任以一州既以保全青亦爲國家消未萌之患蓋緣軍中士卒及閭巷人民以至士大夫間未有不以此事爲言者惟陛下未知之爾臣之前奏乞留中而出自聖斷若陛下猶以臣言爲疑乞出臣前奏使執政大臣公議此二者當今之急務也凡所謂五行災異之學臣雖不深知然其大意可推而見也五行傳曰簡宗廟則水爲災陛下嚴奉祭祀可謂至矣惟未立儲貳易曰主器莫若長子殆此之警戒乎至於水者陰也兵亦陰也武臣亦陰也此推類而易見者天之譴告苟不虛發惟陛下深思而早决庶幾

可以消弭災患而轉爲福應也臣伏覩一作讀詔書曰悉心以陳無有所諱故臣敢及之若其他時政之失必有羣臣應詔爲陛下言者臣言狂計愚惟陛下裁擇臣昧死再拜

再論水災狀同前

右臣伏覩近降手詔以水災爲變上軫聖憂既一人形罪己之言宜百辟無遑安之意而應詔言事者猶少亦未聞有所施行豈言者不足採歟將遂無人言也豈有言不能用歟然則上有詔而下不言下有言而上不用皆空言也臣聞語曰應天以實不以文動民以行不以言臣近有實封應詔竊謂水入國門大臣奔走渰浸社稷破壞都城此天地之大變也恐非小有所爲可以消弭因爲陛下陳一二大計而言狂計愚不足以感動聽覽臣日夜思維方今之弊紀綱之壞非一日政事之失非一端水災至大天譴至深亦非一事之所致災譴如此而禍患所應於後者又非一言而可測是則已往而當救之

弊甚衆將來而可憂之患無涯亦非獨責二三大臣所能取濟況自古天下之治必與衆賢共之也詩曰濟濟多士文王以寧書載堯舜之朝一時同列者夔龍稷契之徒二十餘人此特其大者爾其百工在位莫不皆賢也今欲救大弊弭大患如臣前所陳一二大計旣未果爲而又不思衆賢以濟庶務則天變何以塞人事何以修故臣復敢進用賢之說也臣材識愚暗不能知人然衆人所知者臣亦知之伏見龍圖閣直學士知池州包拯清節美行著自貧賤讜言正論聞於朝廷自列侍從良多補益方今天災人事非賢罔乂之時拯以小故棄之遐遠此議者之所惜也祠部員外郎直史館知襄州張瓌靜默端直外柔內剛學問通達似不能言者至其見義必爲可謂仁者之勇此朝廷之臣非州郡之才也祠部員外郎崇文院檢討呂公著故相夷簡之子清靜寡欲生長富貴而淡於榮利識慮深遠文學優長皆可過人而喜自晦默此左右顧問之臣也太常博士羣牧判官

王安石學問文章知名當世守道不苟自重其身論議通明兼有時才之用所謂無施不可者凡此四臣者難得之士也拯以小過棄之其三人者進退與衆人無異此皆爲世所知者猶如此臣故知天下之廣賢材淪沒於無聞者不少也此四臣者名迹已著伏乞更廣詢採亟加進擢置之左右必有裨補凡臣所言者乃願陛下聽其言用其才以濟時艱爾非爲其人私計也若量霑恩澤稍陞差遣之類適足以爲其人累耳亦非臣薦賢報國之本心也臣伏見近年變異非止水災譴告丁寧無所不有董仲舒曰國家將有失道之敗而天乃先出災害以譴告之不知自省又出恠異以警懼之尚不知變而傷敗乃至斯言極矣伏惟陛下切詔大臣深圖治亂廣引賢俊與共謀議未有衆賢並進而天下不治者此亦救災弭患一端之大者臣又竊見京東京西皆有大水並當存䘏而獨河北遣使安撫兩路遂不差人或云就委轉運使此則但虛爲行遣爾兩路運司只見河北遣

使便認朝廷之意有所重輕以謂不遣使路分非朝廷憂恤之急者兼又放稅賑救皆耗運司錢一作用物於彼不便兼又運使未必皆得人其才未必能救災卹患又其一司自有常行職事亦豈能專意撫綏故臣以爲虛作行遣爾伏乞各差一使於此兩路安撫雖未能大段有物賑濟至於興利除害臨時措置更易官吏詢求疾苦事既專一必有所得與就委運司其利百倍也又聞兩浙大旱赤地千里國家運米仰在東南今年災傷若不賑濟則來年不惟民饑國家之物亦自闕供此不可不留心也竊聞三司今歲京師糧米已有二年備準外猶有三百五十萬餘未漕之物今年東南既旱則來年少納上供此未漕之米誠不可不惜然少輟以濟急時亦未有所闕欲下三司勘會若實如臣所聞則乞量輟五七十萬石物與兩浙一路令及時賑救一十三州只作借貸他時米熟不妨還官然所利甚博也此非弭災之術亦救災之一端也臣愚狂妄伏望聖慈特賜裁擇謹

具狀奏聞伏候勑旨

論水入太社劄子同前

臣所領太常寺累得郊社勾當人狀申爲雨水渰浸太社太稷壇四面及屋宇牆壁摧塌乞行修整尋一無尋字曾具狀申奏及累牒三司至今未見有人興功整緝但聞行路之人咨嗟傳說言國家社稷之壇損壞如此臣遂躬親往詣太社及齋宮裏外覷當見二壇浸在水中四神門及闕庭齋宮屋宇並各倒側摧圮幷自來所植樹木亦有僵仆與瓦石土木縱橫狼籍於水中四面並無牆垣行路之人往來皆見竊以宗廟社稷禮貴尊嚴今四面並無遮映使巷陌人馬往來褻瀆如此而又積水圍浸瓦木土石狼籍其中臣初到彼旁側居民見臣來覷當亦有對臣咨嗟者又見有數人兵士在彼戽水問得只有二十三人仍是今日纔方差到既無家事戽水又無官員監督社稷之重豈宜如此竊以水入社稷咎罰豈輕陛下仁聖寬慈未有

過失天之譴告必有所因伏乞特諭執政之臣退省已失之事各思警懼速務修完仍較量事體輕重後先以社稷爲國家大事不與軍營倉卒一例行遣乞專差大臣一員充修太社太稷使并差幹事諸司使及使臣一兩員監役及差兵匠併力先且決洩戽出積水築起四面垣墻不使路人車馬往來褻瀆然後整緝諸屋舍等以稱陛下尊嚴社稷上畏天戒之意臣以職事不敢不言取進止差知禮院王起三司判官王繹監修提舉

乞添上殿班劄子嘉祐元年十月

臣伏見陛下自今春服藥已來羣臣無得進見今聖體康裕日御前後殿視朝決事中外臣庶無不感悅然侍從臺諫省府臣寮皆未曾一作能得上殿奏事今雖邊鄙寧靜時歲豐稔民無疾癘盜賊不作天下庶務粗循常規皆不足上煩聖慮陛下可以游心清閑頤養聖體然侍從臺諫省府臣寮皆是陛下朝夕左右論思獻納委任之臣

豈可擴隔時月不得進見於前不惟亦有天下大務理當論述者至於臣子之於君父動經年(一作半歲)不得進對豈能自安(一有臣字)今欲望聖慈每遇前後殿坐日中書樞密院退後如審官三班銓司不引人則許臣寮一班上殿假以頃刻進瞻天威不勝臣子區區之願也如允臣所請乞下閤門施行仍約束上殿臣寮不得將干求恩澤訴理功過及細碎閑慢等事上煩聖聽或乞約定上殿時刻所貴不煩久坐伏候勑旨(其後上殿添一班)

論賈昌朝除樞密使劄子(一作論某人交結宦官狀嘉祐元年十一月)

臣伏見(一作覩)近降制書除賈昌朝爲樞密使旬日以來中外人情莫不疑懼縉紳公議(一作論)漸以沸騰蓋緣(一作由)昌朝稟性回邪執心傾險頗知經術能文(一作緣飾)姦言好(一作善)爲陰謀以陷害良士小人朋附者衆皆樂爲其用前在相位(一作政事)累害善人所

以聞其再來望風恐畏一作畏恐陛下聰明仁聖勤儉憂勞每於用人尤所審慎然而自古毀譽之言未嘗不並進於前而聽察一作納之際人主之所難也臣以謂能知聽察之要則不失之矣何謂其要在先察毀譽之人一作臣若所譽者君子所毀者小人則不害其進用矣若君子非之小人譽之則可知其人不可用矣一作小人譽之君子非之則其人可知其不可用矣今有毅然立於朝危言讜一作正論不阿人主不附權臣其直節忠誠爲中外素所稱信者君子也如此等人一無四字皆以昌朝爲非矣宦官宮女左右使令之人往往小人也如此等人一無四字皆以昌朝爲是矣陛下察此則昌朝爲人可知矣今陛下之用昌朝與執政大臣謀而用之乎與立朝忠正之士一作臣謀而用之乎與左右近習之臣一作與宦官左右之人謀而用之乎或不謀於臣下斷自聖心而用之乎昨聞昌朝陰結宦豎構造事端謀動大臣以圖進用若陛下與執政大臣謀之則大

臣勢在一作自處嫌疑必難啓口若立朝忠正之士則無不以爲非矣其稱譽昌朝一作其所稱信以爲可用者不過宦官左右之人爾陛下用昌朝爲天下而用之乎爲左右之人而用之乎臣伏思一作料陛下必不爲左右之人而用之也然左右之人謂之近習朝夕出入進見無時其所讒譭能使人主不覺其漸昌朝善結宦官人人喜爲稱譽朝一人進一言暮一人進一說無不稱昌朝之善者一有使字陛下視聽漸熟遂簡在于聖心及將用之時則不必與謀一有議字也蓋稱薦有漸久已熟于聖聰三字一作於聽矣是則陛下雖斷自聖心不謀臣下一作於人而用之亦左右之人積漸稱譽之力也陛下常患近歲以來一無二字大臣體輕連爲言事者彈擊蓋由用非其人不叶物議而然也今昌朝身爲大臣見事不能公論乃結交中貴因內降以起獄一有訟字以此規圖進用竊一作今聞臺諫方欲論列其過惡而忽有此命命字一作差除是以中外疑懼物論喧

一作沸騰也今昌朝未來議論一作外議已如此則使其在位一作若使居其位必不免言事者上煩聖聽若不爾則昌朝得遂一作遂得其志傾害善人壞亂朝政一作事體必爲國家生事臣愚欲望聖慈一作臣願聖聰抑左右陰薦之言採縉紳公正一作議之論一作說早一作速罷昌朝還其舊鎮一作任則天下幸甚臣官爲學士職號論思見聖心求治甚勞而一旦用人偶失而外廷物議如此旣有見聞合思裨補取進止

舉留胡瑗管勾太學狀同前

右臣伏見新除國子監直講胡瑗充天章閣侍講有以見聖恩獎崇儒學褒勸經術之臣也然臣等竊見國家自置太學十數年間生徒日盛常至三四百人自瑗管勾太學以來諸生服其德行遵守規矩日聞講誦進德修業昨來國學開封府幷鏁廳進士得解人中四字一作內三百餘人是瑗一作皆是胡瑗所教然則學業有成非止生

徒之幸庠序之盛亦自一無自字是朝廷一有之字美事今瑗既升講筵遂去太學竊恐生徒無依漸以分散竊以學校之制自昔難與惟唐太宗時生員最多史册書之以爲盛美其後庠序廢壞至於今日始復興起若一旦分散誠爲可惜也一作誠可惜矣臣等欲望聖慈特令胡瑗同勾當國子監或專一作兼管勾太學所貴生徒不至分散伏候勑旨

薦布衣蘇洵狀嘉祐五年

右臣猥以庸虛叨塵侍從無所裨補常愧心顏竊慕古人薦賢推善之意以謂爲時得士亦報國之一端往時自國家下詔書戒時文諷勵學者以近古蓋自天聖迄今二十餘年通經學古履忠守道之士所得不可勝數而四海之廣不能無山巖草野之遺其自重者既伏而不出故朝廷亦莫得而聞此乃如臣等輩所宜求而上達也伏見眉州布衣蘇洵履行淳一作純固性識明達亦嘗一舉有司不中遂

退而力學其論議精於物理而善識變權文章不爲空言而期於有用其所撰權書衡論機策二十篇辭辨閎偉博於古而宜於今實有用之言非特能文之士也其人文行久爲鄉閭所稱而守道安貧不營仕進苟無薦引則遂棄於聖時其所撰書二十篇臣謹隨狀上進伏望聖慈下兩制看詳如有可採乞賜甄錄謹具狀奏聞伏候勑旨

舉梅堯臣充直講狀嘉祐元年

右臣等忝列通班無裨聖治知士不薦咎在蔽賢伏見太常博士梅堯臣性純一作淳行方樂道守節辭學優贍經術通明長於歌詩得風雅之正雖知名當時而不能自達竊見國學直講見闕二員堯臣年資皆應選格欲望依孫復例以補直講之員必能論述經言教導學者使與國子諸生歌詠聖化于庠序以副朝廷育材之美如後不如舉狀臣等並甘同罪

舉布衣陳烈充學官劄子嘉祐元年

臣伏見國家崇建學校近年以來太學生徒常至三四百人此朝廷盛美之事數百年來未嘗有也然而教導之方必慎其選其進德修業必有篤行君子可以不言而化者使居其間以爲學者師法庶幾內修其實不止聚徒之多爲虛名之美也伏見福州處士陳烈清節茂行著自少時晚而益勤久而愈信非惟一方學者之所師蓋天下之士皆推尊其道德謂宜以禮致之朝廷必有裨補近聞命以官秩使教學於鄉里其禮甚薄未足以稱勵賢旌德之舉臣今乞以博士之職召致太學雖未能盡其材亦足以副天下學者之所欲而成一作爲朝廷崇賢勸學之實取進止

再乞召陳烈劄子嘉祐二年

臣嘗奏舉福州處士陳烈有道德可爲博士處之太學竊聞朝廷命以官秩俾之講說而烈辭讓不起臣亦嘗知烈之爲人其學行高古然非矯激之士一有也字其所蘊蓄亦欲有所施爲況聖恩優異褒

責所及足以勸天下之爲善者在烈不宜辭避然其進退之際亦有所難蓋朝廷前命以本州教授彼方辭讓而遽有國學之召義不得不辭然自古國家樂賢好士未始不如此在下者逡巡而避讓在上者勤勤而不已以勵難進之節而天下靡然識上有好賢不倦之心上下相成以勸風俗臣謂朝廷宜再加優命致烈必來則於其一作其於進退之際已足以勉勵媮薄臣今欲乞未命以官但且召至京師彼必無名辭避俟其既至徐可推恩況今胡瑗疾病方乞致仕學校之職不可闕人能繼瑗者非烈不可欲乞早賜指揮取進止

薦王安石呂公著劄子至和中

臣伏見陛下仁聖聰明優容諫諍雖有狂直之士犯顏色而觸忌諱者未嘗不終始保全往往亟加擢用此自古明君賢主一作聖王之所難也然而用言既難獻言者亦不爲易論小事者既可鄙而不足爲陳大計者又似迂而無速效欲微諷則未能感動將直陳則先忤

貴權而旁有羣言奪於衆力所陳多未施設其人遽已改遷致陛下
有聽言之勤而未見用言之效頗疑言事之職但爲速進之階蓋緣
臺諫之官資望已峻少加進擢便履清華而臣下有厭人言者因此
亦得進說直云此輩務要官職所以多言使後來者其言益輕而人
主無由取信辜陛下納諫之意違陛下賞諫之心臣以謂欲救其失
惟宜擇沉默端正守節難進之臣置之諫署則既無干進之疑庶或
其言可信伏見殿中丞王安石德行文學爲衆所推守道安貧剛而
不屈司封員外郎呂公著是夷簡之子器識深遠沉靜寡言富貴不
染其心利害不移其守安石久更吏事兼有時才曾召試館職固辭
不就公著性樂閑退淡於世事然所謂夫人不言言必有中者也往
年陛下上遵先帝之制增置臺諫官四員已而中廢復止兩員今諫
官尚有虛位伏乞用此兩人補足四員之數必能規正朝廷之得失
裨益陛下之聰明臣叨被恩榮未知報效苟有所見不敢不言取進

止乞留中遂不出

薦張立之狀

臣伏見朝廷之議常患方今士人名節不立民俗禮義不修所以取士多濫而浮僞難明愚民無知而冒犯者衆蓋由設教不篤而奬善無方也伏見徐州進士同三禮出身見守選人張立之能事父母有至孝之行著聞鄉里本州百姓僧道列狀稱薦前後長吏累次保明安撫臣寮亦嘗論奏至今未蒙朝廷甄擢其人母年八十無祿以養銓司近制於選人祇許入邊遠官立之家居則患祿不逮親欲就遠官則難於扶侍有至孝之行而進退失所有累薦之美而褒勸不及於立之養親之志所希至少於朝廷奬善之道所施至多伏望聖慈特下銓司採閱本人行止及前後論薦迹狀與一本州合入官所貴旌一士之行勸一鄉之人伏以古今致理先於孝子勸賞最勤今孝悌之科久廢不舉旌表之禮久闕不行欲乞今後應有孝行著聞累

被薦舉者與一本州官令自化其鄉里仍乞著爲永式其張立之如

臣所奏乞送銓司施行

奏議卷第十四

翰苑

條約舉人懷挾文字劄子嘉祐二年四月知貢舉

臣伏見國家自興建學校以來天下學者日盛務通經術多作古文其辭藝可稱履行修飭者不可勝數然累次科場人數倍多於往歲事既大盛弊亦隨生竊聞近年舉人公然懷挾文字皆是小紙細書抄節甚備每寫一本筆工獲錢三二十千亦有十數人共斂錢一一作三二百千雇倩一人虛作舉人名目依例下家狀入科場只令懷挾文字入至試院其程試則他人代作事不敗則賴其懷挾共一作互相傳授事敗則不過扶出一人既本非應舉之人雖敗別無刑責而坐獲厚利竊以國家取士務得實材今若浮僞之人容其濫進則使負辛勤蘊實學者無以自別且自來科場務存事體所以優加禮遇用待賢能今浮薄之徒不知朝廷崇獎之意自爲姦僞以至於此

甚可歎也謂一作惟宜峻立科條明加約束使浮薄姦僞之徒不容於其間則實有學行之人得被選進然後士子無濫舉朝廷得實才臣今欲乞增定貢院新制寬監門之責重巡捕之賞蓋以入門之時一一搜檢則慮成擁滯故臣乞自舉人入院後嚴加巡察多差內臣及清幹京朝官巡捕每獲懷挾者許與理爲勞績或免遠官或指射差遣其監門官與免透漏之責若搜檢覺察得人數多者令知舉官聞奏取旨重加酬奬其巡捕官除只得巡察懷挾及傳授文義外不得非理侮慢舉人庶存事體且朝廷待士甚厚而小人自爲浮薄不可不行禁止以革弊源一作厚弊如允臣所奏乞立定巡捕官賞格及懷挾人責罰刑名添入貢院新定條制仍牓南省門及下進奏院頒告天下所貴先明條約然後必行取進止

論保明一無明字舉人行實一作止劄子同前

臣伏覩近降勑命更定科場條制內一節令本縣令佐知州通判保

明舉人行實委無玷缺若因事彰露只罪令佐知州通判所斷刑名並用舊制雖去官經恩不得原減者伏緣舊制刑名甚重今來去官經恩不得原減則官吏所責不輕而玷缺之累中人所不能免小過微累皆為玷缺難以必用深刑責官吏保其所不能盡知者若謂止坐大事則又無明文竊慮後有犯者難用必行之法臣今欲乞指定舉人玷缺事狀如事親不孝行止踰濫冒哀匿服曾犯刑責及雖有蔭贖而情理重者以上事節苟犯其一並不得收試如違必一作並用舊制刑名所貴事簡而易遵法嚴而必用如允臣所請乞下禮部貢院施行今取進止

論契丹求御容劄子嘉祐二年

臣伏見契丹所遣汎使專為御容而來中外之議皆謂前歲既已許之於理不可中止失於不早踐言至彼非時遣使及朝夕以來傳聞頗異或云大臣共議欲遂拒而不與若然則臣恐釁隙之端自此而

始禍患之起未易遽言大凡爲國謀事者必先明信義重曲直酌人情量事勢四者皆得然後可以不疑苟一有未然尚恐敗事況四者俱失豈可不思契丹與中國通盟久矣而嚮來宗真特於信好自表慇懃別有家書繼以畫像聖朝納其來意許以報之而乃遷延至今遂欲食言而中輟是則彼以推誠結我我以不信待之失信傷義甚非中國待夷狄之術而又其曲在我使彼易以爲辭自南北通和以來信問往復之際每於報答常從優厚假借既久其心已驕況此畫像之來特表慇懃之意是則於平常之禮厚報以驕之慇懃之來則不報以沮一作阻下同之沮之彼必怒不報彼必恥懷恥蓄怒何所不爲此人之常情也許其父不許其子厚薄之際此亦人情之難處也臣竊見契丹來書初無寒温候問之言直以踐言孤約爲說其意在於必得若此時被沮勢必更來事既再三豈能堅執若待其失於遜順已成釁隙然後與之則重爲中國之辱又使夷狄謂中國難以

恩意交惟可以勢力脅因之引惹別有他求則爲後患何可涯哉今虜主雖弱而中國邊備未完廟謀未勝未可生事而欲執我曲彼直之議以起戎而結禍夫察彼事勢必不能中止量我事勢又未能必沮之臣故曰四者俱失也臣又聞虜使入境之日地震星殞變異非常先事深防猶恐不及失計招禍豈可自爲臣願聖慈出於獨斷勿沮其善意無失我信言臣今欲乞回諭虜中告以如約直候今冬因遣常使時與之則於事體稍便伏乞速下兩府商議上繫國家利害臣不敢不言今取進止

論選皇子疏一作書 嘉祐二年

八月日翰林學士朝散大夫右諫議大夫知制誥充史館修撰刊修唐書判太常寺兼禮儀事上輕車都尉賜紫金魚袋臣歐陽某謹昧死再拜上書于體天法道欽文聰武聖神孝德皇帝陛下臣聞言天下之難言者不敢冀必然之聽知未必聽而不可不言者所以盡爲

忠之心況臣遭遇聖明容納諫諍言之未必不聽其可默而不言臣
伏見自去歲以來羣臣多言皇嗣之事臣亦嘗因災異竊有奏陳雖
聖度包容不加誅戮而愚誠懇至天聽未回臣實不勝愛君之心日
夜區區未嘗忘此思欲再陳狂瞽而未知所以爲言今者伏見兗國
公主近已出降臣因竊思人之常道莫親於父子之親人之常情亦
莫樂於父子之樂雖在聖哲異於凡倫其爲天性於理則一陛下嚮
雖未有皇嗣而尚有公主之愛上慰聖顏今既出降漸疎左右則陛
下萬機之暇處深宮之中誰可與語言誰可承顏色臣愚以謂宜因
此時出自聖意於宗室之中選材賢可喜者錄以爲皇子使其出入
左右問安侍膳亦足以慰悅聖情臣考於書史竊見自古帝王雖曰
至尊未嘗獨處也其出而居外也不止百司公見奏事而已必有儒
臣學士講論於閑宴又有左右侍從顧問語言其入而居內也不止
宦官宮妾在於左右而已其平居燕寢也則有太子問安侍膳於朝

夕其優游宴樂也多與宗室子弟懽然相接如家人計其一日之中未嘗一時獨處也今陛下日御前後殿百司奏事者往往仰瞻天顏而退其甚幸者得承一二言之德音君臣之情不通上下之意不接其餘在廷之臣儒學侍從之列未聞一人從容親近於左右入而居內則至於問安侍膳亦闕於朝夕是則陛下富有四海之廣躬享萬乘之尊居外則無一人可親居內則無一人得親此臣所以區區而欲言也伏況陛下荷祖宗之業承宗廟社稷之重皇子未降儲位久虛羣臣屢言大議未決臣前所奏陳以謂未必立爲儲貳而且養爲子既可以徐察其賢否亦可以待皇子之降生於今爲之亦其時也臣言狂計愚伏俟斧鉞臣昧死再拜

乞寫祕閣書令館職校讎劄子嘉祐二年九月兼判祕閣祕書省

臣近準敕兼判祕閣檢會先準皇祐元年七月十一日中書劄子節

文奉聖旨秘閣有闕者書名件用崇文總目逐旋補寫依例酬校了以黃絹裝褫正副二本收附準備御覽內中取索一作借本閣尋具畫一合行事件聞奏蒙依所奏施行當時雖有此行遣尋值抄寫觀文殿書權住至今伏見館閣校讎之官員數甚多除係省府南曹外其餘主判閑局及別無主判者並各無書校對既無職事因此多不入館伏以館閣國家優養賢材之地自祖宗以來號爲清職今館宇闃然塵埃滿席有同廢局甚可嘆嗟臣今欲乞檢會先準皇祐元年七月十一日所降指揮及一宗行遣次第許從本閣選請在院館職官員先將秘閣書目與崇文總目點對內有見闕書籍即於三館取索先校定然後抄寫成書仍差初校覆校官刊正裝褫其合行事件已有畫一起請依奏指揮亦乞檢會施行惟元乞公用錢乞更不支破其抄寫楷書候見得闕書數目將見在楷書人數酌量多少如一作照闕人即別具擘畫聞奏今取進止

乞定兩制員數劄子嘉祐三年

臣竊以學士待制號爲侍從之臣所以承宴閒備顧問以論思獻納爲職自祖宗以來尤精其擇一作尤所精擇苟非清德美行藹然衆譽高文博學獨出一時則不得與其選是以選用至艱員數至少官以難得爲貴人以得職爲榮搢紳之望既隆則朝廷之體增重其後用人頗易員數漸多往時學士待制至六七十員近年以來稍慎除拜卽今猶及四十餘員臣以謂愛惜名器不輕授人朝廷既已知之矣而爲國家一無矣而家三字計者宜於此時一作亦宜及今創立經制今惟翰林學士中書舍人知制誥各有定員其餘學士待制未有定一作員數臣今欲乞檢詳前史及國朝故事自觀文殿大學士至待制並各立定員數遇有員闕則精擇賢材以充其選苟無其人尚可虛位以待如允臣所請乞賜詳議施行取進止

論編學士院制詔劄子嘉祐三年

臣伏見國家承五代之餘建萬世之業誅滅僭亂懷來四夷封祀天地制作禮樂至於大臣進退政令改更學士所作文書皆繫朝廷大事示於後世則爲王者之訓謨藏之有司乃是本朝之故實自明道以前文書草稾尚有編錄景祐以後漸成散失臣曾試令類聚收拾補綴十已失其五六使聖宋之盛文章詔令廢失湮淪緩急事有質疑有司無所檢證蓋由從前雖有編錄亦無類例卷第只是本院書吏私自抄寫所以易爲廢失臣今欲乞將國朝以來學士所撰文書各以門類依其年次編成卷帙號爲學士院草錄有不足者更加求訪補足之仍乞差本院學士從下兩員專切管勾自今已後接續編聯如本行人吏不畫時編錄致有漏落許令本院舉察理爲過犯此臣本院常事也所以上煩聖聽者蓋以近歲以來百司綱紀相承廢壞事有曾經奏聞及有聖旨指揮者僅能遵守若只是本司臨時處置其主判之官纔罷去則其事尋亦廢停所以臣欲乞朝廷特降指

揮所貴久遠遵行不敢廢失今取進止

請今後乞內降人加本罪二等劄子嘉祐三年

臣伏見諫官陳旭起請僥求內降之人委二府劾奏干請者之罪蒙朝廷依奏施行尋聞李璋因內降責罰自後罕聞敢求內降以希恩賞者以此見至公之朝必信之法可以令行而禁止也然旭所請只爲恩賞之一端而小人僥求無所不至臣自權知開封府未及兩月之間十次承準內降或爲府司後行或爲宮院姨嬭或爲內官及干繫人吏等本府每具執奏至於再三而干求者一無三字內降不已至於婢妾賤人犯姦濫等事亦敢上煩聖聰以求私庇宦豎小臣自圖免過反彰聖君曲法之私雖有司執奏終許公行然小人干求未有約束止絕臣今一無此字欲乞今後應有因事敢干求內降者依舊許本府執奏外更乞根究因緣干求之人奏擧下府勘劾重行責罰如本人自行干請者亦乞一就勘鞫加元犯本罪二等斷遣其情

理稍深及干求不已者亦許本府一面牒報御史臺彈糾勘劾施行
所貴止絶小人干亂公朝敗紊綱紀今取進止

論梁舉直事封回內降劄子嘉祐二年

臣勘會本府見勘內臣梁舉直公事兩曾執奏三準內降特與放罪
臣伏見近年權倖之臣多是公然作過不畏憲法恃干求內降紊亂
紀綱所以前後臣寮累具論述陛下特降明詔許承受官司執奏不
得施行布告天下著爲信令今梁舉直累煩睿聽干求不已本府遵
依前後詔勑再具執奏未許公行伏以曲庇小臣撓屈國法自前世
帝王苟有如此等事史冊書之以著人君之過失今梁舉直不欲受
過於其身寧彰陛下之過於中外舉直此罪重於元犯之罪今縱未
能法外重行以戒小人干求內降者其元犯本罪豈可曲恕舉直苟
爲愛身之計不思愛君之心乃是小人全無知識爾如臣忝被恩寵
列於侍御職在獻納合思裨補豈可阿意順旨爲陛下曲法庇縱小

臣以彰聖君之失其內降臣更不敢下司謹具狀繳連進納今取進止

論郭皇后影殿劄子嘉祐三年

臣所領太常禮院得御藥院公文稱奉聖旨送畫到景靈宮廣孝殿後修蓋郭皇后影殿圖子一本赴太常禮院詳定者其圖子已別具狀繳奏訖臣伏見近年京師土木之功糜耗國用其弊特深原其本因只爲差內臣監修利於偷竊官物及訖功之後僥求恩賞以故多起事端務廣興作其甚則託以祖宗神御張皇事勢近年以來如此興造略無虛歲伏以景靈宮建自先朝以尊奉聖祖陛下又建真宗皇帝章懿太后神御殿於其間天下之人皆知陛下奉先廣孝之意然則此宮乃陛下奉天奉親之所今乃欲以後宮已廢未一作追復之后建殿與先帝太后並列瀆神違禮莫此之甚臣竊謂此事必不出於聖意皆小人私於興作有所僥求爾蓋自前世帝王於宗廟之

外別爲廟享以追奉祖宗者則有之未聞有自追奉其妃后者也蓋小人不識事體但苟一時之利不思虧損聖德伏乞特賜寢罷以全典禮今取進止

論孟陽河開掘墳墓劄子嘉祐四年春

臣勘會府界搬開孟陽新河相次據祥符縣人戸經府披訴稱被人夫開掘墳墓斫伐桑棗拆拽舍屋等事尋差兵曹參軍張稚圭往彼檢視得已開河道六里有餘計三料開掘却村民墳墓八十二所大墓園三所草瓦屋七十七間其未開三料猶有墳墓二十五所舍屋四十七間桑五百餘株田土八十段臣因體問得村民所掘墳墓屍首骨殖布在新河兩岸子孫骨月環坐守之仰天號慟屍骨暴露並無所歸其甚貧一作貧甚者用火燒焚向空撒棄其庄宅屋宇累世安居旦夕毀拆全家露坐冤痛之聲聞於遠近方此春月朝廷務行仁政之時橫屍暴骨殃及幽明可爲憫傷可爲驚駭兼體問得所開

新河有害無利其萬勝斗門及陽武橋斗門兩處減水盡入白溝河所以年年決溢今又刱開新河亦入白溝是則三道減水盡聚一河將來決溢可知兼今所開新河深六尺至七尺白溝河只深四尺至五尺下源高仰水勢難行臣今欲乞權住夫役三兩日差朝臣一員計會都水監開封府各差官一員同行相度苟如臣所說不虛未開三料乞更不開掘却移夫役修整舊河其元獻利見開河之人本爲自圖功賞及從初檢計壕寨官吏蒙昧朝廷不言有墳墓宅舍桑棗在所開地內情理難恕欲乞下開封府取勘一作會其獻利之人與壕寨等並行決配官員悉與停廢所貴少謝枯骨兼慰生人今取進止

乞罷上元放燈劄子嘉祐四年

臣伏以上元放燈不出典禮蓋因前世習俗所傳陛下二字一作皆以俯狥衆心欲同民樂勉出臨幸非爲嬉游若乃時歲豐和一作時

豐歲和人物康富以爲樂事亦是人情今自立春以來陰寒雨雪小民失業坊市寂寥寒凍之人死損不少薪炭食物其價增倍民憂凍餓何暇遨遊臣本府日閱公事內有投井投河不死之人皆稱因爲貧寒自求死所今日有一婦人凍死其夫尋亦自縊竊惟里巷之中失所之人何可勝數昨日聖恩差官俵錢正爲如此目下陰雪未解假使便得晴明坊市不免泥淖聖駕所歷衝冒風寒況方以日蝕之災一無二字避殿減膳聖心憂畏中外所知欲乞特罷放燈所有常年酌獻之禮若至日未得晴明一作和亦乞差大臣攝事所是見今供擬遊幸及修道路寒凍兵士並乞放罷庶幾上副陛下畏天憂民之心今取進止

論包拯除三司使上書嘉祐四年三月

臣聞治天下者在知用人之一作在用人知先後而已用人之法各有所宜軍旅之士先材能朝廷之士先名節軍旅主成功惟恐其不

趨賞而爭利其先材能而後名節者亦勢使之然也朝廷主教化風俗之薄厚治道之汙隆在乎用人而教化之於下也不能家至而諄諄諭之故常務尊名節之士以風動天下而聳勵其媮薄夫所謂名節之士者知廉恥修禮讓不利於苟得不牽於苟隨而惟義之所處白刃之威有所不避折枝之易有所不爲而惟義之所守其立於朝廷進退舉止皆可以爲天下法也其人至難得也至可重也故其一無二字爲士者常一作當下同貴名節以自一無此字重其身而君人者亦常全名節以養成善士伏見陛下近除前御史中丞包拯爲三司使命下之日中外一作外議喧然以謂朝廷貪拯之材而不爲拯惜名節然猶冀拯能執節守義堅讓以避嫌疑而爲朝廷惜事體數日之間遽聞拯已受命是可惜也亦可嗟也拯性好剛天姿峭直然素少學問朝廷事體或有不思至如逐其人而代其位雖初無是心然見得不能思義此皆不足怪若乃嫌疑之迹常人皆知可避而

拯豈獨不思哉昨聞拯在臺日常自至中書詬責宰相指陳前三司使張方平過失怒宰相不早罷之既而臺中寮屬相繼論列方平由此罷去而以宋祁代之又聞拯亦嘗彈奏宋祁過失自其命出臺中寮屬又交章力言而祁亦因此而罷而拯遂代其任此所謂蹊田奪牛豈得無過而整冠納履當避可疑者也如拯材能資望雖別加進用人豈爲嫌（一作閒言）其不可爲者惟三司使爾非惟自涉嫌疑其於朝廷所損不細臣請原其本末而言之國家自數十年來士君子務以恭謹靜慎爲賢及其弊也循默苟且頹（一作媮）惰寬弛習成風俗不以爲非至於百職不修紀綱廢壞時方無事固未覺其害也一旦黠虜犯邊兵出無功而財用空虛公私困弊盜賊並起天下騷然陛下奮然（四字一作天子）感悟思革其弊進用三數大臣銳意於更張矣於此之時始增置諫官之員以寵用言事之臣俾之舉職由是修紀綱而繩廢壞遂欲分別賢不肖進退材不材而久弊之俗驟見

而駭因共指言事者而非之或以謂好訐陰私或以爲公相傾陷或謂沽激名譽或謂自圖進取羣言百端幾惑上聽上賴陛下至聖一無二字至明察見諸臣本以一無此字忘身狥國非爲己利纔聞不入遂荷保全而中外之人久而亦漸爲信自是以來二十年間臺諫之選屢得讜言之士中間斥去姦邪屏絕權倖拾遺救失不可勝數是則納諫之善一作臣從古所難自陛下臨御以來實爲盛德於朝廷補助之效不爲無功今中外習安上下已信纖邪之人凡所舉動每畏言事之臣時政無巨細亦惟言事官是聽原其自始開發言路至於今日之成效豈易致哉可不惜哉夫言人之過似於一無此字下同激訐逐人之位似於傾陷而言事之臣得以自明者惟無所利於其間爾而天下之人所以爲信者亦以其無所利焉今拯併逐二臣自居其位使將來姦佞者者字一作之人得以爲說而惑亂主聽今後言事者不爲人信而無以自明是則聖明一作朝用諫之功一

旦由拯而壞夫有所不取之謂廉有所不爲之謂恥近臣舉動人所儀法使拯於此時有所不取而不爲可以風天下以廉恥之節而拯取其所不宜取爲其所不宜爲豈惟自薄其身亦所以開誘他時言事之臣傾人以覬得相習而成風此之爲患豈謂小哉然拯所恃者惟以本無（一作無本）心耳夫心者藏於中而人所不見迹者示於外而天下所瞻今拯欲自信其不見之心而外掩天下之迹是猶手探其物口云不欲雖欲自信人誰信之此臣所謂嫌疑之不可不避也況如拯者少有孝行聞於鄉里晚有直節著在朝廷但其學問不深思慮不熟而處之乖當其人亦可惜也伏望陛下別選材臣爲三司使而處拯他職置之京師使拯得避嫌疑之迹以解天下之惑而全拯之名節不勝幸甚臣叨塵侍從職號論思昔嘗親見朝廷致諫之初甚難今又復見陛下用諫之效已著實不欲因拯而壞之者爲朝廷惜也臣言狂計愚伏俟誅戮

翰苑

乞與尹構一官狀嘉祐四年

右臣等伏見故起居舍人直龍圖閣尹洙文學議論爲當世所稱忠義剛正有古人之節初蒙朝廷擢在館閣而能不畏權臣力排衆黨以論范仲淹事遂坐貶黜其後元昊僭叛用兵一方當國家有西顧之憂思得材謀之臣以濟多事而洙自初出師至於元昊納款始終常在兵間比一時之人最爲宣力而羣邪醜正誣構百端卒陷罪辜流竄以死響蒙陛下仁聖恩憐哀其寃枉特賜清雪俾復官資足以感動羣心勸勵忠義今洙孤幼並在西京家道屢空衣食不給洙止一男構年方十餘歲惸然無依實可嗟惻伏見將來祫享大禮在近羣臣皆得奏蔭子孫伏望聖慈錄洙遺忠憫洙不幸特賜其子一官庶霑寸祿以免饑寒則天地之仁幽顯蒙德臣等忝列侍從愧無獻

納苟有所見不敢不言謹具狀奏聞伏候勑旨

舉丁寶臣狀同前

右臣竊見太常丞湖州監酒務一作稅丁寶臣前任知端州日因遭儂智高事停官敘理監當方智高攻劫嶺南州縣例以素無備禦官吏各至犇逃如一作兼聞當時獨寶臣曾捉得智高探事人便行斬決及曾鬭敵朝廷以其如此故他人皆奪兩官獨寶臣只奪一官以此見其比衆人情理之輕臣伏見寶臣履行清純頗有官業惟海賊遽至力屈致敗出於不幸今者伏遇祫享恩赦欲望聖慈特與不候監當滿任牽復官資就移一親民差遣如後犯入己贓臣甘當同罪謹具奏聞伏候勑旨

乞免舉臺官劄子嘉祐四年

臣近準勑爲見闕臺官下學士院令臣與孫抃等同共保舉兩人聞奏者伏以學士之職置自有唐初以文辭供奉人主其後漸見親信

至於朝廷機密及大除拜每被詢訪皆與參決當時居是職者選擇既精信任亦重下至五代莫不皆然國朝遵用唐制尤重其任自比年以來選用之際時容繆濫職以人廢官以人輕往時臺官闕人只命學士一員獨舉今乃令三人共舉若以爲俱可信則一員足以公舉若以爲俱不可信則雖衆舉亦豈爲得人若以爲有可信有不可信者則自宜捨不可信者專委可信者其不可信者既不稱職罷黜之可也以臣思之朝廷所以遽改舊制而學士不足取信皆由用非其人如臣是也今在院學士三員孫抃胡宿各曾獨舉臺官朝廷嘗所取信惟臣未曾舉人伏念臣材識庸暗不能知人使臣隨衆署名則臣實爲恥欲三人所見皆一則理必不能欲望聖慈免臣共舉却依舊制只命學士一員專舉況孫抃胡宿嘗曾舉官可以不疑如以臣爲不可獨任乞候將來續有臺官員闕更不差臣專舉非敢避事直以任非其才不足取信致煩朝廷改更舊制以此不敢不言今取

進止

論許懷德狀嘉祐五年

右臣今月初四日當直準內降許懷德讓恩命表一道撰批答臣勘會昨來許懷德祫享加恩自合兩表陳讓只曾投進一表批答後更不曾進第二表稽停至今四十餘日制書留在閤門既不受命又不陳讓直至今來移鎮方於讓表內因帶引敘前來祫享加恩乞併寢二命蓋懷德以祫享例加恩命爲輕所以更無表讓却於今來表內因帶敘陳其前來恩制久已稽留不讓不受顯是輕侮朝廷違慢君命閤門無所申舉臺司風憲亦無彈糾況懷德身是將臣職典禁衛敢此違廢國家典制罪大不恭其批答臣未敢撰辭乞下所司勘劾懷德正以典刑庶肅朝綱以戒不恪謹具狀奏聞伏候勑旨

再論許懷德狀同前

臣竊以謂治天下在明號令正朝廷在修紀綱號令所行紀綱所振

由人主有賞罰之柄也若號令出而不從紀綱弛而不整又不以賞罰臨之而欲正朝廷治天下臣不知其可也今者陛下親祀宗廟不敢獨受其福推恩羣臣徧及中外此聖德之至深厚也而臣下輒敢有所輕重以謂例恩泛及視以爲輕而慢之原其情理其可恕乎方祫享始畢恩典推行命出之日宰相押班百官在列宣揚制誥布告天下而將臣偃蹇不肯受命稽停制書四十餘日有司無所申舉恬然不以爲怪是陛下號令不能行於朝廷而紀綱弛壞於武士凡士之知治體者皆爲陛下惜也臣謂方今國家全盛天下無虞非有強臣悍將難制之患而握兵之帥輒敢如此不畏朝廷者蓋由從前不惜事體因循寬弛有以馴致也今若又不正其罪罰而公爲縱弛則恐朝廷失刑自此而始武臣驕慢亦自此而始號令不行於下紀綱遂壞於上亦自此而始夫古人所謂見於未萌者智之明也若事有萌而能杜其漸者又其次也若見其漸而興之浸成後患者深可戒

也臣前日爲許懷德事曾有奏論略陳大概蓋以方今賞罰之行只據簿書法令以從事而罕思治體況如懷德在法非輕於事體又重故臣復罄愚瞽伏乞聖慈裁擇而行之

論茶法奏狀嘉祐五年

右臣伏見朝廷近改茶法本欲救其弊失而爲國誤計者不能深思遠慮究其本末惟知圖利而不圖其害方一二大臣銳於改作之時樂其合意倉卒輕信遂決而行之令下之日猶恐天下有以爲非者遂直詆好言之士指爲立異之人峻設刑名禁其論議事既施行而人知其不便者十蓋八九然君子知時方厭言而意殆（一無二字）不肯言小人畏法懼罪而不敢言今行之踰年公私不便爲害既多而一二大臣以前者行之大果令之大峻勢既難回不能遽改而士大夫能知其事者但騰口於道路而未敢顯言於朝廷幽遠之民日被其患者徒怨嗟於閭里而無由得聞于天聽陛下聰明仁聖開廣言

路從前容納補益尤多今一旦下令改事先爲峻法禁絶人言中外聞之莫不嗟駭語曰防民之口甚於防川川壅而潰傷人必多今壅民之口已踰年矣民之被害一作患者亦已衆矣古不虛語於今見焉臣亦聞方一作初改法之時商議已定猶選差官數人分出諸路訪求利害然則一二一作二三大臣不惟初無害民之意實亦未有自信之心但所遣一作使之人既一無此字見朝廷必欲更改不敢沮議又志在希合以求功賞傳聞所至州縣不容一作用吏民有所陳述直云朝廷意在必行但來一無此字要一審狀爾果如所傳則誤事者在此數人而已一無二字蓋初以輕信於人施行大果今若明見其害救失何遲患莫大於遂非過莫深乎不改臣於茶法本不詳知但外論既喧聞聽漸熟古之爲國者庶人得謗於道商旅得議於市而士得傳言於朝正爲此也臣竊聞議者謂茶之新法既行而民無私販之罪歲省刑人甚多此一利也然而爲害者五焉江南荆

湖兩浙數路之民舊納茶稅今變租錢使民破產亡家怨嗟愁苦不可堪忍或舉族而逃或自經而死此其爲害一也自新法既用小商所販至少大商絕不通行前世爲法以抑豪商不使過侵國利與爲僭侈而已至於通流貨財雖三代至治猶分四民以相利養今乃斷絕商旅此其爲害二也自新法之行稅茶路分猶有舊茶之稅而新茶之稅絕少年歲之間舊茶稅盡新稅不登則頓虧國用此其爲害三也往時官茶容民入雜故茶多而賤徧行天下今民自買賣須要真茶真茶不多其價遂貴小商不能多販又不暇遠行故近茶之處頓食貴茶遠茶之方向去更無茶食此其爲害四也近年河北軍糧用見錢之法民入米於州縣以鈔筭茶於京師三司爲於諸場務中擇近上場分特留八處專應副河北入米之人翻鈔筭請今場務盡廢然猶有舊茶可筭所以河北和糴日下未妨竊聞自明年以後舊茶當盡無可筭請則河北和糴實要見錢不惟客旅得錢變轉不動

兼亦自京師歲歲輦錢於河北和糴理必不能此其爲害五也一利不足以補五害今雖欲減放租錢以救其弊此得寬民之一端爾然未盡公私之利害也伏望聖慈特詔主議之臣不護前失深思今害黜其遂非之心無襲弭謗之迹除去前令許人獻說亟加詳定精求其當庶幾不失祖宗之舊制臣冒禁有言伏待罪責謹具狀奏聞伏候敕旨李燾長編說五害處止是節文仍改變轉不動一句爲艱於移用

論監牧劄子嘉祐五年

臣所領羣牧司近準宣差吳中復王安石王陶等同共相度監牧利害事竊以國馬之制置自祖宗歲月既深官司失守積習成弊匪止一時前後因循重於改作今者幸蒙朝廷因言事之官有所陳述選差臣寮相度更改臣以謂監牧之設法制具存條目既繁弊病亦衆若秪坐案文籍就加增損恐不足以深革弊源如欲大爲更張剏立

制度則凡於利害難以遙度必須目見心曉熟於其事然後可以審詳裁制果決不疑蓋謀於始也不精則行於後也難久況此是臣本職豈敢辭勞欲乞權暫差臣仍於吳中復等三人內更差一人與臣同詣左右廂監牧地頭躬親按視至於土地廣狹水草善惡歲時孳牧吏卒勤惰以至牝牡種類各隨所宜棚井溫涼亦有便否嚮何以致馬之耗減今何以得馬之蕃滋既詳究其根源兼旁采於衆議如此不三數月間可以周遍然後更將前後臣寮起請與衆官參詳審處與其坐而遙度倉卒改更其爲得失不可同日而論也臣又竊思今之馬政一有者字皆因唐制而今馬多少與唐不同者其利病甚多不可悉一作概舉至於唐世牧地皆與馬性相宜西起隴右金城平涼天水外暨河曲之野內則岐豳涇寧東接銀夏又東至於樓煩皆一作此唐養馬之地也以今考之或陷沒夷狄或已爲民田皆不可復得惟聞今一作惟今之河東一有路字嵐石之間山荒甚多及

汾河之側草地亦廣其間草軟水甘最宜牧養往時河東軍馬常在此處牧放今馬數全少閑地極多此乃唐樓煩監地也可以興置一監臣以謂推迹而求之則天池元池三監之地尚冀可得又臣往年因奉使河東嘗行威勝以東及遼州平定軍見其不耕之地甚多而河東一路山川深峻水草甚佳其地高寒必宜馬性及京西唐汝之間久荒之地其數甚廣欲乞更下河東京西轉運司差官就近於轄下訪求草地有可以興置監牧處如稍見次第即乞朝廷差官與羣牧司官員同共往彼踏行擘畫若可以興置新監則河北諸監內有地不宜馬處却可議行廢罷惟估馬一司利害最爲易見若國家廣捐金帛則券馬利厚來者必多於其多中時得好馬若有司惜費則蕃部利薄馬來漸少兼亦好馬不來然而招誘之方事非一體亦須知其委曲欲乞特差羣牧司或禮賓院官一員直至秦州以來體問蕃部券馬利害凡此三者雖暫差官比及吳中復等檢閱本司文字

講求商議未就之間已各來復可以參酌相度庶不倉卒輕爲改更如允臣所請乞賜施行今取進止

一作國馬之制置自祖宗歲月既深官失其守積習成弊厞止一時伏覩詔書命奎等商度利害將有更革臣以謂監牧之設法制具存條目既繁其弊亦衆若止坐案文籍就加增損恐不足以深革弊源如欲大爲更張剏立制度則凡於利害難以遙度蓋謀於始也不精則行於後也難久請詔相度官一人同臣躬按左右廂監牧凡土地廣狹水草善惡歲時孳牧吏卒勤惰以至牝牡種類各隨所宜棚井溫涼亦有便否嚮何以致馬之耗減今何以得馬之蕃滋詳究根源旁采衆議然後以此日臣寮奏請參詳審處與其坐而遙度倉卒改更其爲得失不可同日而論也臣又竊思今之馬政皆因唐制而今馬多少與唐不同者其利病甚多不可概舉至於唐世牧地皆與馬性相宜西起隴右金城平涼天水外暨河曲之野內則岐豳涇寧東接銀夏又東至於樓煩此唐養馬

之地也以今考之或陷沒夷狄或已為民田皆不可復得惟聞今河東路嵐石之間山荒甚多及汾河之側草地亦廣其間草軟水甘最宜養牧此乃唐樓煩監地也可以興置一監臣以謂推迹而求之則樓煩元池天池三監之地尚冀可得又臣往年奉使河東嘗行威勝以東及遼州平定軍見其不耕之地甚多而河東一路山川深峻水草甚佳其地高寒必宜馬性及京西路唐汝之間久荒之地其數甚廣請下河東京西轉運司遣官訪草地有可以興置監牧則河北諸監有地不宜馬可行廢罷至於估馬一司利害易見若國家廣捐金帛則券馬利厚來者必多若有司惜費則蕃部利薄馬來寖少然而招誘之方事非一體請遣羣牧司或禮賓院官一人至邊訪蕃部券馬利害以此三者參酌商議庶不倉卒輕為改更以上乃通鑑長編所載與集本頗異

舉章望之曾鞏王回等充館職狀同前

右臣猥以庸虛過蒙獎任竊惟古人報國之效無先薦賢雖知人之難愧於不廣而高材實行亦莫多得苟有所見其敢默然臣竊見祕書省校書郎章望之學問通博文辭敏麗不急仕進行義自修東南士子以爲師範太平州司法參軍曾鞏自爲進士已有時名其所爲文章流布遠邇志節高爽自守不囘前亳州衛真縣主簿王囘學行純固論議精明尤通史傳姓氏之書可備顧問此三人者皆一時之秀宜被朝廷樂育之仁而或廢處江湖或沉淪州縣不獲聞達議者惜之其章望之曾鞏王囘臣今保舉堪充館閣職任欲望聖慈特賜甄擢如後不如舉狀臣甘當同罪謹具狀奏聞伏候勑旨

舉蘇軾應制科狀嘉祐五年

右臣伏以國家開設科目以待儁賢又詔兩省之臣舉其所知各以聞達所以廣得人之路副仄席之求臣雖庸暗其敢不勉臣伏見新授河南府福昌縣主簿蘇軾學問通博資識明敏一作姿識敏明文

采爛然論議蠭出其行業修飭名聲甚遠臣今保舉堪應材識兼茂明於體用科欲望聖慈召付有司試其所對如有繆舉臣甘伏朝典謹具狀奏聞伏候勑旨

免進五代史狀同前

右臣準中書劄子爲知制誥范鎮等奏乞取臣五代史草付唐書局繕寫上進事伏念臣本以孤拙初無他能少急養親遂學干祿勉作舉業以應所司自忝竊於科名不忍忘其素習時有妄作皆應用文字至於筆削舊史褒貶前世著爲成法臣豈敢當往者曾任夷陵縣令及知滁州以負罪謫官閑僻無事因將五代史試加補緝而外方難得文字檢閱所以銓次未成昨自還朝便蒙差在唐書局因之無暇更及私書是致全然未成次第欲候得外任差遣庶因公事之暇漸次整緝成書仍復精加考定方敢投進冀於文治之朝不爲多士所誚謹具狀奏聞伏候勑旨

論刪去九經正義中讖緯劄子

臣伏見國家近年以來更定貢舉之科以爲取士之法建立學校而勸養士之方然士子文章未純節行未篤不稱朝廷勵賢興善之意所以化民成俗之風臣愚以謂士之所本在乎六經而自暴秦焚書聖道中絕漢興收拾亡逸所存無幾或殘編斷簡出於屋壁而餘齡昏耗得其口傳去聖既遠莫可考證偏學異說因自名家然而授受相傳尚有師法暨晉宋而下師道漸亡章句之篇家藏私畜其後各爲箋傳附著經文其說存亡以時好惡學者茫昧莫知所歸至唐太宗時始詔名儒撰定九經之疏號爲正義凡數百篇自爾以來著爲定論凡不本正義者謂之異端則學者之宗師百世之取信也然其所載既博所擇不精多引讖緯之書以相雜亂怪奇詭僻所謂非聖之書異乎正義之名也臣欲乞特詔名儒學官悉取九經之疏刪去讖緯之文使學者不爲怪異之言惑亂然後經義純一無所駁雜其

用功至少其爲益則多臣愚以謂欲使士子學古勵行而不本六經欲學六經而不去其詭異駁雜欲望功化之成不可得也伏望聖慈下臣之言付外詳議今取進止

議學狀 一有新字 嘉祐元年

右臣等伏見近日言事之臣爲陛下言建學取士之法者衆矣或欲立三舍以養生徒或欲復五經而置博士或欲但舉舊制而修廢墜或欲特創新學而立科條其言雖殊其意則一陛下慎重其事下其議於羣臣而議者遂欲創新學立三舍因以辨士之能否而命之以官其始也則教以經藝文辭其終也則取以材識德行聽其言則甚備考於事則難行夫建學校以養賢論材德而取士此皆有國之本務而帝王之極致也而臣等謂之難行者何哉蓋以古今之體不同而施設之方皆異也古之建學取士之制非如今之法也蓋古之所謂爲政與設教者遲速異宜也夫立時日以趨事考其功過而督以

賞罰者爲政之法也故政可速成若夫設教則以勸善興化尚賢勵
俗爲事其被於人者漸則入於人也深收其效者遲則推其功也遠
故常緩而不迫古者家有塾黨有庠遂有序國有學自天子諸侯之
子下至國之俊選莫不入學自成童而學至年四十而仕其習乎禮
樂之容講乎仁義之訓敦乎孝悌之行以養父兄事長上信朋友而
臨財廉處衆讓其修於身行於家達於隣里聞於鄉黨然後詢於衆
庶又定於長老之可信者而薦之始謂之秀士久之又取其甚秀者
爲選士久之又取其甚秀者爲俊士久之又取其甚秀者爲進士然
後辨其論隨其材而官之夫生七八十歲而死者人之常壽也古乃
以四十而仕蓋用其半生爲學考行又廣察以隣里鄉黨而後其人
可知然則積德累善如此勤而久求賢審官如此慎而有次第然後
矯僞干利之士不容於其間而風俗不陷於媮薄也古之建學取士
其施設之方如此也方今之制以貢舉取人往者四歲一詔貢舉而

議者患於太遲更趣之爲間歲而應舉之士來學於京師者類皆去其鄉里遠其父母妻子而爲旦暮干祿之計非如古人自成童至於四十就學於其庠序而隣里鄉黨得以衆察徐考其行實也蓋古之養士本於舒遲而今之取人患於急迫此施設不同之大概也臣請詳言方今之弊旣以文學取士又欲以德行官人且速取之歟則真僞之情未辨是朝廷本欲以學勸人脩德行（一有而字）反以利誘人爲矯僞此其不可一也若遲取之歟待其衆察徐考而漸進則文辭之士先已中於甲科而德行之人尙未登於內舍此其不可二也且今入學之人皆四方之遊士齎其一身而來烏合羣處非如古人在家在學自少至長親戚朋友隣里鄉黨衆察徐考其行實也不過取於同舍一時之毀譽而決於學官數人之品藻爾然則同學之人蹈利爭進愛憎之論必分朋黨昔東漢之俗尙名節而黨人之禍及天下其始起於處士之橫議而相訾也此其不可三也夫人之材行若

不因臨事而見則守常循理無異衆人苟欲異衆則必爲迂僻奇怪以取德行之名而高談虛論以求材識之譽前日慶曆之學其弊是也此其不可四也今若外方專以文學貢士而京師獨以德行取人則實行素履著於鄉曲而守道丘園之士皆反見遺此其不可五也近者朝廷患四方之士寓一有籍字京師者多而不知其士行遂嚴其法使各歸於鄉里今又反使來聚於京師云欲考其德行若不用四方之士一作人止取京師之士則又示人以不廣此其不可六也夫儒者所謂能通古今者在知其意達其理而酌時之宜爾大抵古者教學之意緩而不迫所以勸善興化養賢勵俗在於遲久而不求近效急功也臣謂宜於今而可行者立爲三舍可也復五經博士可也特創新學雖不若卽舊而脩廢然未有甚害創之亦可也教學之意在乎敦本一作在於敦本教學之意而修其實事給以糇糧多陳經籍選士之良者以通經有道之士爲之師而舉一作謹察其有過

無行者黜去之則在學之人皆善士也然後取以貢舉之法待其居官爲吏已接於人事可以考其賢善優劣而時取其尤出類者旌異之則士知修身力行一作士修其行非爲一時之利而可伸於終身則矯僞之行不作而婾薄之風歸厚矣此所謂實事之可行於今者也臣等伏見論學者四人其說各異而朝廷又下臣等俾之詳定是欲盡衆人之見而採其長者爾故臣等敢陳其所有以助衆議之一非敢好爲異論也伏望聖慈特賜裁擇

奏議卷第十六

珍倣宋版印

樞府

論均稅劄子嘉祐五年

臣爲諫官時嘗首言均稅事乞差郭諮孫琳蒙朝廷依臣所言起自蔡州一縣以方田法均稅事方施行而議者多言不便尋卽罷之近者伏見朝廷特置均稅一司差官分往河北陝西均稅始聞河北傳言人戶虛驚斫伐桑棗尚不爲信次見陝西州郡有上言歲儉民饑乞罷均稅者稍已疑此一事果爲難行而朝廷之意決在必行言者遂不能入近者又見河北人戶凡千百人聚訴於三司然則道路傳言與州郡上言雖爲不足信其如聚集千人於京師此事不可掩蔽則民情可知矣蓋均稅非以規利而本以便民如此民果便乎竊知朝廷本只一作則以見在稅數量輕重均之初不令其別生額外之數也近聞衢州通利軍括出民冒佃田土不於見在管催數內均減

重者攤與冒佃戶却別一無此字生立稅數配之此非朝廷本一作之意而民所以喧訴也又聞澶州諸縣一有於字見今實額管催數外將帳頭自來樁坐有名無納及一有夫字開閣將行一無二字兩項遠年稅數並係祥符景德已前以至五代長興年樁管虛數並攤與見今人戶又聞以地肥瘠定爲四等其下等田有白鹻帶鹹地幷鹹鹵沙薄可殖地死沙不可一無此字殖地並一例均攤與稅數謂此雖不可耕種尚可煎鹽且河北之民自祖宗以來蒙賜恩卹放行鹽不一無此字禁只令據鹽斤兩納稅今煎鹽者已納鹽稅又令更納田稅豈祖宗所以惠河北之民意又聞河南不殖之地係禁鹽地分者亦均攤與稅又不知使一無此字民何以納也澶衛去京師近偶可聞知者如此其餘遠方一作地謂所均稅悉便於民其可得乎以此見朝廷行事至難小人希意承旨者言利而不言害俗吏貪功希賞見小利忘大害爲國斂怨於民朝廷不知則已苟已知之其可

不爲救其失哉欲望聖慈特賜指揮令均稅所只如朝廷本議將實
催見在稅數量輕重均之其餘生立稅數及遠年虛數却與放免及
未均地分並且罷均且均稅一事本是臣先建言聞今事有不便臣
固不敢緘默今取進止

乞差檢討官校國史劄子嘉祐六年

臣前爲學士日兼充史館脩撰竊見本院國史自進本入內後官守
空司因具奏陳乞降付院收藏以備檢討尋準朝旨於龍圖閣寫本
關送本院令修撰官躬親對讀修改其國史尋已寫了竊緣本院元
有修撰官三員後來孫抃及臣相次別蒙差任今止有胡宿一員其
未經對讀一有國史二字卷數尚多竊慮寫下多日闕官校對久不
了當漸至因循欲乞添差檢討官三兩員同共對讀早令了當況檢
討官檢閱本朝故事亦是本職仍乞不令漏泄今取進止

論牧馬草地劄子嘉祐六年

臣爲學士日兼充羣牧使朝廷以馬政久弊差吳中復等與臣共議利害欲有改（一有更字）爲未見得牧地善惡多少難爲廢置欲乞差官先且打量牧馬草地次臣遽蒙恩擢在樞府所有牧馬利害商量未了事件臣有愚見方欲條陳今聞諸監所差官各將前去竊緣監牧帳舊管（一作管舊）地甚多自來界至不明官私作弊積久爲民間侵占耕種年歲已深昨已曾差高訪等根括打量人戶多稱父祖世業失却契書無憑照驗但追呼搔擾而已今若更行根究必亦難明徒爲追擾未見其利民先被害臣今欲乞令差去官只據見在草地逐段先打量的實頃畝明立封標界至因便相度其地肥瘠宜與不宜牧馬其廢置改更候逐官回日令相度牧馬所據利害擘畫申奏其已爲民間侵耕地土更不根究蓋以本議欲以見在牧地給與民耕豈可却根究已耕之地重爲搔擾至於民間養馬等事利害甚多臣當續具奏聞其不根究侵耕地土一事伏乞先賜指揮今取進止

論臺諫官唐介等宜早牽復劄子 嘉祐六年

臣材識庸暗碌碌於衆人中蒙陛下不次拔擢置在樞府其於報效自宜如何而自居職以來已逾半歲凡事關大體必須衆議之協同其餘日逐進呈皆是有司之常務至於謀猷啓沃蔑爾無聞上辜聖恩下愧清議人雖未責臣豈一作豈敢自安所以夙夜思維願竭愚慮苟有可採冀裨萬一臣近見諫官唐介臺官范師道等因言陳旭事得罪或與小郡或竄遠方陛下自臨御已來擢用諍臣開廣言路雖言者時有中否而聖慈每賜優容一旦臺諫聯翩被逐四出命下之日中外驚疑臣雖不知臺諫所言是非但見唐介范師道皆久在言職其人立朝各有本末前後一有言事二字補益甚多豈於此時頓然改節故爲欺罔上昧聖聰在於人情不宜有此臣竊以謂自古人臣之進諫於其君者有難有易各因其時而已若剛暴猜忌之君不欲自聞其過而樂聞臣下之過人主好察多疑於上大臣側足畏

罪於下於此之時諫人主者難而言大臣者易若寬仁恭儉之主動遵禮法自聞其失則從諫如流聞臣下之過則務爲優容以保全之而爲大臣者外秉國權內有左右之助言事者未及見聽而怨仇已結於其身故於此（一有之字）時諫人主者易言大臣者難此不可不察也自古人主之聽言也亦有難有易在知其術而已夫忠邪並進於前而公論與私言交入於耳此所以聽之難也若知其人之忠邪辨其言之公私則聽之易也凡言拙而直逆耳違意初聞若可惡者此忠臣之言也言婉而順希旨合意初聞若可喜者邪臣之言也至於言事之官各舉其職或當朝正色顯言於廷或連章列署共論其事言一出則萬口爭傳衆目共視雖欲爲私其勢不可故凡明言於外不畏人知者皆公言也若非其言職又不敢顯言或密奏乞留中或面言乞出自聖斷不欲人知言有主名者蓋其言涉傾邪懼遭彈劾故凡陰有奏（一有陳字）而畏人知者皆挾私之說也自古人主能

以此術知臣下之情則聽言易也伏惟陛下仁聖寬慈躬履勤儉樂聞諫諍容納直言其於大臣尤所優禮常欲保全終始思與臣下愛惜名節尤慎重於進退故臣謂方今言事者規切人主則易欲言大臣則難臣自立朝耳目所記景祐中范仲淹言宰相呂夷簡貶知饒州皇祐中唐介言宰相文彥博貶春州別駕至和初吳中復呂景初馬遵言宰相梁適並罷職出外其後趙抃范師道言宰相劉沆亦罷職出外前年韓絳言富弼貶知蔡州今又唐介等五人言陳旭得罪自范仲淹貶饒州後至今凡二十年間居臺諫者多矣未聞有規諫人主而得罪者臣故謂方今諫人主則易言大臣則難陛下若推此以察介等所言則可知其用心矣昨所罷黜臺諫五人惟是從二字一作呂誨一有新進二字入臺未久其他四人出處本末迹狀甚明可以歷數也唐介前因言文彥博遠竄廣西煙瘴之地賴陛下仁恕哀憐移置湖南得存性命范師道趙抃並因言忤劉沆罷臺職守外

郡連延數年然後一有來字復今三人者又以言樞臣罷黜然則介
不以前蹈必死之地爲懼師道與抃不以中滯進用數年爲戒遇事
必言得罪不悔蓋所謂進退一節終始不變之士也至如王陶者本
出孤寒只因韓絳薦舉始得臺官及絳爲中丞陶不敢內顧私恩與
之爭議絳終得罪夫牽顧私恩人之常情爾斷恩以義非知義之士
不能也以此言之陶可謂徇公滅私之臣矣此四人者出處本末之
迹如此可以知其爲人也就使言雖不中亦其情必無他議者或謂
言事之臣好相朋黨動搖大臣以作威勢臣竊以謂不然至於去歲
一無十一字韓絳言富弼之時介與師道不與絳爲黨乃與諸臺諫
共論絳爲非然則非相朋黨非欲動搖大臣可明矣臣固謂未可以
此疑言事之臣也況介等此者雖爲謫官幸蒙陛下寬恩各得爲郡
未至失所其可惜者斥逐諫臣非朝廷美事阻塞言路不爲國家之
利而介等盡忠守節未蒙憐察也欲望聖慈特賜召還介等置之朝

廷以勸守節敢言之士則天下幸甚今取進止

政府進

舉劉攽呂惠卿充館職劄子嘉祐六年

臣伏見前廬州觀察推官劉攽辭學優贍履行修一作淸謹記問該博可以備朝廷詢訪前眞州軍事推官呂惠卿材識明敏文藝優通好古飭躬可謂端雅之士並宜置之館閣以副聖朝養育賢材之選臣以庸繆參聞政論無能報國敢舉所知其劉攽呂惠卿欲望聖慈俾充館閣之職如後不如舉狀臣甘同罪取進止

論祠祭行事劄子嘉祐八年

臣近準勑差祭神州地祇於北郊竊見有司行事不合典禮據開寶通禮當先引行事官於東壝門外道南北向立次引入壝門就壇東南位西向行事蓋郎事有漸自外而入於禮爲宜今却先引行事官於壇下阼階之側北向立次引東行向外就行事位由內而外乖背

禮文臣遂於本院檢詳蓋是往年撰祀儀之時誤此一節今據祀儀
四時及三一作土王五帝上辛祈穀春分祀九宮朝日高禖孟夏雩
秋分夕月仲秋祀九宮貴神季秋大享明堂冬至祀昊天臘蜡夏至
祀皇地祇及孟冬祭神州地祇凡一十七祭並係大祀一例錯誤並
合改正依開寶通禮兼禮生贊唱生疎多不依禮文臣伏見朝廷近
年新製祭祀器服修飭壇壝務極精嚴而有司失傳行事之際於禮
繆誤伏乞下禮院詳定依開寶通禮改正祀儀及教習禮生使依典
禮以上副聖朝精嚴祀事之意今取進止

論逐路取人劄子治平元年

臣伏見近有臣寮上言乞將南省考試舉人各以路分糊名於逐路
每十人解一人等事雖已奉聖旨送兩制詳定臣亦有愚見合具敷
陳竊以國家取士之制比於前世最號至公蓋累聖留心講求曲盡
以謂王者無外天下一家故不問東西南北之人盡聚諸路貢士混

合爲一而惟材是擇又糊名謄錄而考之使主司莫知爲何方之人誰氏之子不得有所憎愛薄厚於其間故議者謂國家科場之制雖未復古法而便於今世其無情如造化至公如權衡祖宗以來不可易之制也傳曰無作聰明亂舊章又曰利不百者不變法今言事之臣偶見一端卽議更改此臣所區區欲爲陛下守祖宗之法也臣所謂偶見一端者蓋言事之人但見每次科場東南進士得多而西北進士得少故欲改法使多取西北進士爾殊不知天下至廣四方風俗異宜而人性各有利鈍東南之俗好文故進士多而經學少西北之人尚質故進士少而經學多所以科場取士東南多取進士西北多取經學者各因其材性（一無此字）所長而各隨其多少取之今以進士經學合而較之則其數均若必論進士則多少不等此臣所謂偏見之一端其不可者一也國家方以官濫爲患取士數必難增若欲多取西北之人則却須多減東南之數今東南州軍進士取解者

二三千人處只解二三十人是百人取一人蓋已痛裁抑之矣西北州軍取解至多處不過百人而所解至十餘人是十人取一人比之東南十倍假借之矣若至南省又減東南而增西北則（一無此字）是已裁抑者又裁抑之已假借者又假借之此其不可者二也東南之士於千人中解十人其初選已精矣故至南省所試合格者多西北之士學業不及東南當發解時又十倍優假之蓋其初選已濫矣故至南省所試不合格者多今若一例以十人取一人則東南之人合格而落者多矣西北之人不合格而得者多矣至於他路理不可齊偶有一路合格人多亦限以十一落之偶有一路合格人少亦須充足十一之數使合落者得合得者落取捨顛倒能否混淆其不可者三也且朝廷專以較藝取人而使有藝者屈落無藝者濫得不問繆濫只要諸路數停此其不可者四也且言事者本欲多取諸路士著之人若此法一行則寄應者爭趨而往今開封府寄應之弊可驗矣

此所謂法出而姦生其不可者五也今廣南東西路進士例各絶無舉業諸州但據數解發其人亦自知無藝只來一就省試而歸冀作攝官爾朝廷以嶺外煙瘴北人不便須藉攝官亦許其如此今若一例與諸路一無二字十人取一人此爲繆濫又非西北之比此其不可者六也凡此六者乃大槩爾若舊法一壞新議必行則弊濫隨生何可勝數故臣以謂且遵舊制但務擇人推朝廷至公待四方如一惟能是選人自無言此乃當今可行之法爾若謂士習浮華當先考行就如新議亦須只考程試安能必取行實之人議者又謂西北近虜士要牢籠此甚不然之論也使不逞之人不能爲患則已茍可爲患則何方無之前世賊亂之臣起於東南者甚衆其大者如項羽蕭銑之徒是已至如黄巢王仙芝之輩又皆起亂中州者爾不逞之人豈專西北矧貢舉所設本待材賢一作能牢籠不逞當別有術不在科場也惟事久不能無弊有當留意者然不須更改法制止在振舉

綱條爾近年以來舉人盛行懷挾排門大譟免冠突入虧損士風傷敗善類此由舉人既多而君子小人雜聚所司力不能制雖朝廷素有禁約條制甚嚴而上下因循不復申舉惟此一事爲科場大患而言事者獨不及之願下有司議革其弊此當今科場之患也臣忝貳宰司預聞國論苟不能爲陛下守祖宗之法而言又不足取信於人主則厚顏尸祿豈敢偷安而久處乎故猶此彊言乞賜裁擇

乞獎用孫沔劄子治平二年

臣伏見諒祚猖狂漸違誓約僭叛之迹彰露已多年歲之間必爲邊患國家禦備之計先在擇人而自慶曆罷兵以來至今二十餘年當時經用舊人零落無幾惟尚書戸部侍郎孫沔尚在西事時沔守環慶一路其人磊落有智勇但以未嘗出兵又不遇敵故未有臨陣破賊之功然其養練士卒招撫蕃夷恩信著於一方至今邊人思之雖世不乏材朝廷方務推擇若求曾經西事可用之人則臣謂無如沔

者沔今年雖七十聞其心力不衰飛鷹走馬尙如平日況所用者取其智謀藉其威信前世老將彊起成功者多沔雖中間曾以罪廢棄瑕使過正是用人之術臣今欲乞朝廷更加察訪如沔實未衰羸伏望聖慈特賜獎用庶於擇一作人材難得之時可備一方之寄取進止

英宗實錄所載乃節文但於孫沔姓名之上添致仕二字又國家禦備作朝廷禦備

奏議卷第十七

政府

言西邊事宜第一狀治平二年

右臣伏見諒祚狂僭釁隙已多不越歲年一無此字必爲邊患臣本庸暗不達時機輒以外料敵情內量事勢鑒往年已驗之失思今日可用之謀雖兵不先言俟見形而應變然坐而制勝亦大計之可圖謹具條陳庶裨萬一臣所謂外料敵情者諒祚世有夏州自彝興克叡以前止於一鎮五州而已太宗皇帝時繼捧繼遷始爲邊患其後遂陷靈鹽盡有朔方之地蓋自淳化咸平用兵十五餘年旣不能翦滅遂務招懷適會繼遷爲潘羅支所殺其子德明乃議歸款而我惟以恩信復其王封歲時俸賜極於優厚德明旣無南顧之憂而其子元昊亦壯遂併力西攻回紇拓地千餘里德明旣死地大兵彊元昊遂復背叛國家自寶元慶曆以後一方用兵天下騷動國虛民弊如

此數年元昊知我有厭兵之患遂復議和而國家待之恩禮又異於前矣號爲國主僅得其稱臣歲予之物百倍德明之時半於契丹之數今者諒祚雖曰狂童然而習見其家世所爲蓋繼遷之叛而復王封元昊再叛而爲國主今若又叛其志可知是其欲自比契丹抗衡中國以爲鼎峙之勢爾此臣竊料敵情在於如（一無此字）此也夫所謂內量事勢者蓋以慶曆用兵之時視方今禦邊之備較彼我之虛實彊弱以見勝敗之形也自真宗皇帝（一無二字）景德二年盟北虜於澶淵明年始納西夏之款遂務休兵至寶元初元昊復叛蓋三十餘年矣天下安於無事武備廢而不修廟堂無謀臣邊鄙無勇將將愚不識干戈兵驕不識（一作知）戰陣器械朽腐城郭隳頹而元昊勇鷙桀黠之虜也其包畜姦謀欲窺中國者累年矣而我方恬然不以爲慮待其謀成兵具一旦（一作日）反書來上然後茫然不知所措中外震駭舉動倉惶所以用兵之初有敗而無勝也既而朝廷用韓琦

范仲淹等付以西事極力經營而勇夫銳將亦因戰陣稍稍而出數年之間人謀漸得武備漸修似可枝梧矣然而天下已困也一無此字所以屈意忍恥復與之和此慶曆之事爾今則不然方今甲兵雖未精利不若往年之腐朽也城壘粗嘗完緝不若往年之隳頹也士兵蕃落增添訓練不若往年寡弱之驕軍也大小將校曾經戰陣者往往尚在不若往年魏昭炳夏隨之徒綺紈子弟也一二執政之臣皆當時宣力者其留心西事熟矣不若往時大臣茫然不知所措者也蓋往年以不知邊事之謀臣馭不識干戈之將用驕兵執朽器以當桀黠新興之虜此所以敗也方今謀臣武將城壁器械不類往年而諒祚狂童不及元昊遠甚往年忽而不思今又已先覺可以早爲之備苟其不叛則已若其果叛未必不爲中國利也臣謂可因此時雪前恥收後功但顧人謀如何爾若上憑陛下神威睿筭係纍諒祚君臣獻於廟社此其上也其次逐狂虜於黃河之北以復朔方故地

最下盡取山界奪其險而我守之以永絕邊患此臣竊一作內量事勢謂或如此臣所謂鑒往年已驗之失者其小失非一不可悉數臣請言其大者夫夷狄變詐兵交陣合彼佯敗以爲誘我貪利而追之或不虞橫出而爲其所邀或進陷死地而困於束手此前日屢敗之戒今明習兵戰者亦能知之此雖小事也亦不可忽所謂大計之繆者攻守之策皆失爾臣視慶曆禦邊之備東起麟府西盡秦隴地長一千餘里分爲路者五而路分爲州軍者又二十有四而州軍分爲寨爲堡爲城者又幾二百皆須列兵而守之故吾兵雖衆不得不分所分既多不得不寡而賊之出也常舉其國衆合聚爲一而來是吾兵雖多分而爲寡彼衆雖寡聚之爲多以彼之多擊吾之寡不得不敗也此城寨之法既不足自守矣而五路大將所謂戰一作此字兵者分在二十四州軍欲合而出則懼後空而無備欲各留守備而合其餘則數少不足以出攻此當時所以用兵累年終不能一出者以

此也夫進不能出攻退不足一作能自守是謂攻守皆無策者往年已驗之失也臣所謂今日可用之謀者在定出攻之計爾必用先起制人之術乃可以取勝也蓋列兵分地而守敵得時出而撓於其間使我處處爲備常如敵至師老糧匱我勞彼逸昔周世宗以此策困李景於淮南昨元昊亦用此策以困我之西鄙夫兵分備寡兵家之大害也其害常在我以逸待勞兵家之大利也其利常在彼所以往年賊常得志也今誠能反其事而移我所害者予敵奪敵所利者在我則我當先爲出攻之計使彼疲於守禦則我亦得志矣一無此字凡出攻之兵勿爲大舉我每一出彼必呼集而來拒彼集於東則別出其西我歸彼散則我復出而彼又集我以五路之兵番休出入使其一國之衆聚散犇走無時暫停則無不困之虜矣此臣所謂方今可用之謀也蓋往年之失在守方今之利在攻昔至道中亦嘗五路出攻矣當時將相爲謀不重一作密蓋欲攻黠虜方彊之國不先以

謀困之而直為一戰必取之計大舉深入所以不能成功也夫用兵至難事也故謀既審矣則其發也必果故能動而有成功也若其山川之險易道里之迂直蕃漢兵馬之彊弱騎軍步卒長兵短兵之所利與夫左右前後一出一入開闔變化有正有奇（一無四十八字）凡用兵之形勢有可先知者有不可先言者臣願陛下遣一重臣出而巡撫遍見諸將與熟圖之以先（一無此字）定大計凡山川道里蕃漢步騎出入之（一無此字）所宜可先知者悉圖上方略其餘不可先言付之將卒使其見形應變因敵制勝至於諒祚之所為宜少屈意含容而曲就之既以驕其心亦少緩其事以待吾之為備而且嚴戒五路訓兵選將利器甲蓄資糧常具軍行之計待其反書朝奏則王師暮出以駭其心而奪其氣使其枝梧不暇則勝勢在我矣往年議者亦欲招輯橫山蕃部謀取山界之地然臣謂必欲招之亦須先藉勝捷之威使（一有其字）知中國之彊則方肯來附也由是言之亦以出

攻爲利矣凡臣之所言者大略如此爾（一無此字）然臣足未嘗踐邊陲目未嘗識戰陣以一儒生偏見之言誠知未可必用直以方當陛下勞心西事廣詢衆議之時思竭愚慮備芻蕘之一說爾

言西邊事宜第二劄子（同前）

臣近曾上言諒祚爲邊患朝廷宜早圖禦備及乞遣一重臣親與邊將議定攻守大計等事至今多日未蒙降出施行臣竊見慶曆中元昊作過時朝廷輕敵翫寇無素定之謀每遇邊奏急來則上下惶恐倉卒指揮既多不中事機所以落賊姦便敗軍殺將可爲痛心今者諒祚以萬騎寇秦渭兩路焚燒數百里間掃蕩俱盡而兩路將帥不敢出一人一騎則國威固已挫矣諒祚負恩背德如此陛下未能發兵誅討但遣使者齎詔書賜之又拒而不納使者羞媿俛首懷詔而回則大國不勝其辱矣當陛下臨御之初遭此狂童威沮國辱此臣等之罪也臣謂陛下宜赫然發憤以邊事切責大臣至於山川形勢

有利有不利士卒勇怯孰可用孰不可用何處宜攻何處宜守何兵宜屯某地何將可付某兵如此等事甚多皆陛下聖慮所宜及者臣謂陛下宜因閑時御便殿召當職之臣使按圖指畫各陳所見陛下可以不下席而盡在目前然後制以神機睿略責將相以成功而陛下以萬機之繁既未及此兩府之臣如臣一無二字等日所進呈又皆常程公事亦未嘗聚首合謀講定大計外則四路邊臣自賊馬過後亦不聞別有擘畫臣恐上下因循又如慶曆之初矣近者韓琦曾將慶曆中議山界文字進呈此邊事百端中一端爾蓋琦亦患事未講求假此文字爲題目以牽合衆人之論爾自進呈後尋送密院至今多日亦未曾擬議臣以非才陛下任之政府便是國之謀臣若其謀慮淺近所言狂妄自可黜去不疑臣亦昨因目疾懇求解職由蒙聖恩未許其去既使在其位又棄其言而不問使臣尸祿厚顏何以自處所有臣前來所上奏狀欲望聖慈一無二字降付中書密院與

韓琦山界文字一處商量若其言果不足取棄之未晚今取進止

乞補館職劄子治平三年

臣竊以治天下者用人非止一端故取士不以一路若夫知錢穀曉刑獄熟民事精吏幹勤勞夙夜以辦集爲功者謂之材能之士明於仁義禮樂通於古今治亂其文章論議與之謀慮天下之事可以決疑定策論道經邦者謂之儒學之臣善用人者必使有材者竭其力有識者竭其謀故以材能之士布列中外分治百職使各辦其事以儒學之臣置之左右與之日夕謀議講求其要而行之而又於儒學之中擇其尤者置之廊廟而付以大政使總治羣材衆職進退而賞罰之此用人之大略也由是言之儒學之士可謂貴矣豈在材臣之後也是以前世英主明君未有不以崇儒嚮學爲先而名臣賢輔出於儒學者十常八九也臣竊見方今取士之失患在先材能而後儒學貴吏事而賤文章自近年以來朝廷患百職不修務一作而獎材

臣故錢穀刑獄之吏稍有寸長片善爲人所稱者皆已擢用之矣夫材能之士固當擢用然專以材能爲急而遂忽儒學爲不足用使下有遺賢之嗟上有乏材之患此甚不可也臣謂方今材能之士不患有遺固不足上煩聖慮惟儒學之臣難進而多棄滯此不可不思也臣以庸繆過蒙任使俾陪宰輔之後然平日論議不能無異同雖曰奉天威又不得從容曲盡拙訥今臣有館閣取士愚見具陳一作列如別奏一作劄欲望聖慈因宴閒之餘一賜睿覽或有可采乞常賜留一有聖字意今取進止

又論館閣取士劄子同前

臣竊以館閣之職號爲育材之地今兩府闕人則必取於兩制翰林學士謂之內制中書舍人知制誥謂之外制今并雜學士待制通謂之兩制兩制闕人則必取於館閣然則館閣輔相養材之地也材既難得而又難知故當博採廣求而多畜之時冀一得於其間則傑然

而出爲名臣矣其餘中人以上優游養育以獎成之亦不失爲佳士也自祖宗以來所用兩府大臣多矣其間名臣賢相出於館閣者十常八九也祖宗用人初若不精然所采既廣故所得亦多也是以有文章有學問有材有行或精於一藝或長於一事者莫不畜之館閣而獎養之其傑然而出者皆爲賢輔相矣其餘不至輔相而爲一時之名臣者亦不可勝數也先朝循用祖宗舊制收拾養育得人尤多自陛下卽位以來所用兩府之臣一十三人而八人出於館閣此其驗也只自近年議者患館職之濫遂行釐革而改更之初矯失大過立法旣峻取人遂艱使下多遺賢之嗟國有乏材之患今先朝收拾養育之人或已被遷擢或老病死亡見在館者無幾而新法艱阻近年全無選進臣今略具館閣取人舊制并新格則可見取人之法如何所得之人多少也

一舊制館閣取人以三路進士高科一路也大臣薦舉一路也歲

月疇勞一路也進士第三人以上及第者并制科及第者不問等第並只一任替回便試館職進士第四第五人經兩任亦得試此一路也兩府臣寮初拜命各舉三兩人卽時召試此一路也其餘歷任繁難久次或寄任重處者特令帶職此一路也今三路塞其二矣自科場改爲間歲後第一人及第者須兩任回方得試自第二人至第五人更永不試制科入第三者亦須兩任回方得試凡五七次科場未有一人中第三等者其餘等第並永不試則進士高科一路已塞矣兩府大臣所薦之人並只上簿候館職有闕則於簿內點名召試其如館閣本無員數無有闕時故自置簿來至今九年不曾點試一人則大臣薦舉一路又塞矣惟有疇勞帶職一路尚在爾

一新制館閣共置編校八員本爲館中書籍久不齊整而館職多別有差遣不能專一校正乃別置此八員故選新進資淺人令

久任而專一校讀所以先令作編校二年然後升爲校勘未是正館職爲校勘四年後升爲校理始是正館職爲校理又一年方罷編校別任差遣然自置編校後適值館閣取人之路漸廢今議者遂只以編校爲取士新格往時直館直院直閣校理皆無定員惟材是用不限人數今編校限以八員爲定以此待天下之多士宜其遺材於下矣八員之內仍每七年方遇一員一有之字闕而補一人以此知天下滯材者衆矣

右以臣愚見編校八員自可仍舊每有員闕令中書擇人進擬陛下必欲牢籠天下英俊之士則宜脫去常格而獎拔之今負文學懷器識磊落奇偉之士知名於世而未爲時用者不少惟陛下博訪審察悉召而且置之館職養育三數年間徐察其實擇其尤者而擢用之知人自古聖王所難然不以其難而遂廢但拔十而得一二亦不爲無益矣況中人上下養育獎成之不止十得一二也

薦司馬光劄子治平四年

臣伏見龍圖閣直學士司馬光德性淳正學術通明自列侍從久司諫諍讜言嘉話著在兩朝自仁宗至和服藥之後羣臣便以皇嗣爲言五六年間言者雖多而未有定議最後光以諫官極論其事敷陳激切感動主聽仁宗豁然開悟遂決不疑由是先帝選自宗藩入爲皇子曾未踰年仁宗奄棄萬國先帝入承大統蓋以人心先定故得天下帖然今以聖繼聖遂傳陛下由是言之光於國有功爲不淺矣可謂社稷之臣也而其識慮深遠性尤慎密光既不自言故人亦無知者臣以忝在政府因得備聞其事臣而不言是謂蔽賢掩善詩云無言不酬無德不報光今雖在侍從日承眷待而其忠國大節隱而未彰臣既詳知不敢不奏

青州進

言青苗錢第一劄子熙寧三年

臣伏見朝廷新制俵散青苗錢以來中外之議皆稱不便多乞寢罷至今未蒙省察臣以老病昏忘雖不能究述利害苟有所見其敢不言臣今有起請事件謹具畫一如後

一臣竊見議者言青苗錢取利於民爲非而朝廷深惡其說至煩聖慈一作聽命有司具述本末委曲申諭中外以朝廷本爲惠民之意然告諭之後搢紳之士論議益多至於田野之民蠢然固不知周官泉府爲何物但見官中放債每錢一百文要二十文利爾是以申告雖煩而莫能諭也臣亦以謂等是取利不許取三分而許取二分此孟子所謂以五十步笑百步者以臣愚見必欲使天下曉然知取利非朝廷本意則乞除去二分之息但令只納元數本錢如此始是不取利矣蓋二分之息以爲所得多耶固不可多取於民所得不多耶則小利又何足顧何必以此上累聖政

臣檢詳元降指揮如災傷及五分已上則夏料青苗錢令於秋料送納秋料於次年夏料送納臣竊謂年歲豐凶固不可定其間豐年常少而凶歲常多今所降指揮蓋只言偶然一料災傷爾若連遇三兩料水旱則青苗錢積壓拖欠數多若纔遇豐熟却須一併催納則農民永無豐歲矣至於中小熟之年不該得災傷分數合於本料送納者或人戶無力或頑猾拖延本料尚未送納了當若令又請次料合俵錢（一作散）數則積壓（一作欠）轉多必難催索臣今欲乞人戶遇災傷本料未曾送納者及人戶無力或頑猾拖延不納者並更不支俵與次料錢如此則人戶免積壓拖欠州縣免鞭朴催驅官錢免積久（一作欠失陷）

臣竊聞議者多以抑配人戶為患所以朝廷屢降指揮丁寧約束州縣官吏不得抑配百姓然諸路各有提舉管勾等官往來催促必須盡錢俵散而後止由是言之朝廷雖指揮州縣不得

抑逼百姓請錢而提舉等官又却催促盡數散俵故提舉等官以不能催促盡數散俵爲失職州縣之吏亦以俵錢不盡爲弛慢不才上下不得不遞相督責者勢使之然各不獲已也由是言之理難獨責州縣抑配矣以臣愚見欲乞先罷提舉管勾等官不令催督然後可以責州縣不得抑配其所俵錢取民情願專委州縣隨多少散之不得一作必須要盡數亦不必須要闔縣之民戶戶盡請如此則自然無抑配之患矣

右謹具如前臣以衰年昏病不能深識遠慮所見目前止於如此然而青苗之議久已喧然中外羣臣乞行寢罷者不可勝數其所陳久遠利害必已詳盡而無遺矣一日陛下赫然開悟悉採羣議追還新制一切罷之以便公私天下之幸也若中外所言雖多猶未能感動天聽則見行不便法中有此三事尤繫目下利害如臣畫一所陳伏望聖慈特賜裁擇今取進止

言青苗第二劄子同前

臣近曾奏爲起請俵散青苗錢不便事數內一件乞遇災傷夏料未納及不係災傷人戶頑猾拖欠者並更不俵散秋料錢數至今未奉指揮臣勘會今年二麥纔方成熟尚未收割已係五月又合俵散秋料錢數竊緣夏料已散錢尚未有一戶送納若又俵散秋料錢竊慮積壓拖欠枉有失陷官錢臣已指揮本路諸州軍並令未得俵散秋料錢別候朝廷指揮去後一作訖臣伏思除臣近所起請災傷未納及人戶拖欠不納者乞且不俵次料一事外臣今更有愚見不敢緘默臣竊見自俵青苗錢已來議者皆以取利爲非朝廷深惡其說遂命所司條陳申諭其言雖煩而終不免於取利然猶有一說者意在惠民也以臣愚見若夏料錢於春中俵散猶是青黃不相接之時雖不戶戶闕乏然其間容有不濟者以爲惠政一作濟尚有說焉一作可說若秋料錢於五月俵散正是蠶麥成熟人戶不乏之時何名濟

闕直是放債取利爾若二麥不熟則夏料尚欠豈宜更俵秋料錢使人戶積壓拖欠以此而言秋料錢可以罷而不散欲望聖慈特賜詳擇伏乞一無八字早降指揮今取進止

舉宋敏求同知太常禮院劄子嘉祐二年

臣等勘會同知太常禮院張師中近被朝命差充兩浙提點刑獄伏見太常丞集賢校理宋敏求文學該贍多識故事家藏古今書史禮樂制度記傳尤多禮官博士每有所疑多就之質諮其人見是知州差遣資望不淺臣等今保舉欲乞就差充同知太常禮院一次如後不如舉狀臣等甘當朝典今取進止六月日

右公在翰苑時薦宋敏求奏劄得之汪逵既云臣等則非獨薦或公自草或止預名不可知也

奏議卷第十八

畫一起請劄子

臣準勅差往河東擘畫粮草合有起請事件今具畫一如後

一臣伏詳勅旨本爲河東民力困乏差臣擘畫利害竊慮州縣未體朝廷之意因而搔擾臣今欲乞特降聖旨指揮下河東路候臣到彼不得令官吏及諸色人出城迎送及不得作樂筵席

一臣準勅計置擘畫河東一路經久利害竊緣河東地分闊遠山川險絶竊慮僻遠之處不能徧至又緣本路文武官吏不少內有久諳彼處民情事體者或在不當驛路守官致臣無由見得臣今欲乞許臣採問官吏就近召與相見所貴詢訪兵民利病仍慮有合行事件亦乞於本路選擇幹事官員暫差勾當

一臣所授勅只是與轉運司計置擘畫邊上粮草竊緣一路州縣賦租戶口兵馬錢帛及公私財用利害要見本末文字竊慮所

在不畫時應副仍乞指揮一路州軍凡有取索文字並令畫時
應副
一臣伏見國家自兵興以來言事之人多陳利害竊慮有前後上
文字人內有陳河東一路事宜所言大體利害詳明朝廷未暇
施行者乞於中書樞密院檢尋所上文字付臣看詳到彼參驗
利害可否回日聞奏
一臣準勑除擘畫粮草外竊慮更有可以因便勾當事件伏乞令
中書樞密院畫一條目付臣施行取進止
辟郭固隨行劄子
臣準勑差往河東路計置經久利害伏見新授寧州軍事推官郭固
熟知沿邊兵民利害曾隨韓琦奉使陝西近差充涇原路參謀見未
赴任臣今欲乞暫將帶本人隨行候臣回日令一面發赴本任如允
臣所請乞降朝旨指揮取進止

免晉絳等州人戸遠請蠶鹽牒

當所訪聞晉絳慈隰四州百姓每年所請蠶鹽並於解池請領近聞省司指揮支移往三門鹽倉請領道路遙遠竊知百姓多不願往彼般請須議專行公文者右具如前今欲牒州候牒到日請不移時疾速詳前項事理如委實省司有此指揮及百姓情願依舊送納鹽錢不請三門官鹽仰立便差人前路曉示百姓各令逐便不得勒抑監催須令前去免使麥蠶農忙之際虛勞百姓遠路艱辛兼當所已具一面施行奏聞仍請具已施行公文疾速入馬遞回報當所不管遲延住滯者

同前

當所訪聞晉絳慈隰四州百姓每年所請蠶鹽並於解池請領近聞省司指揮支移往三門鹽倉請領道路遙遠竊知百姓多不願往彼般請須議專行公文者右具如前當所雖已牒晉絳慈隰等四州請

詳前項事理如委實省司有此指揮及百姓情願依舊送納鹽錢不請三門官鹽仰立便差人前路曉示百姓各令逐便不得抑勒監催須令前去竊慮百姓已到解池及前去未遠今欲牒解州安邑知縣請詳前項事理如是請鹽百姓見在彼處請就近告示逐人如依舊送納鹽錢情願不往三門請鹽者各令歸本縣仍希已施行公文回報當所者

相度併縣牒

當所體量得潞州八縣內屯留黎城壺關三縣地居僻遠戶口凋零全少詞訟盜賊逐縣虛占令佐及諸色公人色役今欲擘畫將三縣併省分割入隣近縣分可以寬減民役兼省吏員須議差官相度利害者右具如前今欲牒上黨縣鄭主簿請詳上項事理躬親遍往屯留等縣相度地里遠近接連疆畔就近可以分割併省利害務令人戶穩便仍具可以分併地里畫成紙圖及取索逐縣見在戶口賦稅

見役諸色公人數目畫一開坐連申無致鹵莽者

同前奏狀

右臣近自威勝軍至遼州體量得遼州州界東西二百五十里南北一百五十九里所管戶口主客二千七百餘戶地里人戶不及一中下小縣而分建一州四縣內榆社縣主客一千七十二戶其餘遼山縣主客五百六十九戶平城縣主客六百一十八戶和順縣主客四百五十九戶各不及一鎮人煙及潞州管內八縣亦有似此地里絕近人戶全少處虛立縣名枉占官吏每縣曹司弓手手力解子之類各近伯人外別有供應本州廳子客司承符散從及本村里正戶長耆長壯丁色役人戶凋零差役繁重以臣相度可以將帶就近分割併省庶使減省官吏寬紓民役緣臣時暫經過竊慮不盡民間利害已密牒知遼州國子博士蓋平上黨縣主簿鄶唐等審細相度可與不可分併利害臣今前去所過州縣除邊防要切縣分外其餘地里

廹窘人戶凋零絶然小縣有可以分割併省者並欲隨近選差幹敏之官密切先行相度可與不可分割利害候臣奉使回日別具條陳敷奏次

倚閣忻代州和糴米奏狀

右臣準中書劄子節文臣寮上言勘會忻代二州裏外分配博糴斛斗共玖萬餘碩即今催納方及二分今來已是五月粒食踴貴之際民間斛斗甚是難得欲乞朝廷特賜愍許將已支絹帛及大鐵錢合納米粟特與倚閣候將來秋成一併送納奉聖旨令臣與河東轉運司同共相度施行者臣尋至忻代二州取索逐州元分配錢絹次第及見納見欠白米一宗文字看詳元是富弼起請爲去年河東秋大熟乞朝廷輟那錢銀絹廣謀粮草三司遂支雜州絹二十萬疋與河東內代州分配到五萬疋並是在京及并晉等州比及旋旋般來往復拖延直至冬末春初方行俵散至今年五月分配纔畢已是麥熟

夏稅起納民間豈復更有白米輸官其絹五萬疋幷本州舊有絹三千餘疋共博糴白米九萬五千二百餘碩州縣從春至夏枷棒催驅只納到四萬餘碩見欠五萬四千餘石本州爲催納不前遂申轉運司乞令將隔年陳米減價折納雖有此擘畫亦並無人送納蓋爲過時無可收糴其忻州差配名目尤多去年一年內除稅賦和糴沿邊送納外配銀送納見錢收買肉羊羊皮數目不少又有酒務十五年積壓損爛酒糟白酵分配人戶令納清醋價錢又有轉運司先配絹三千疋博糴諸色斛米除此多般科配已催納了足外方到一項大鐵錢絹博糴白米是今來臣寮起請乞行倚閣者其鐵錢絹元拋配博糴白米肆萬餘石因轉運司自見人民不易先減一半外尚有二萬八千四百餘碩後爲送納不前運司又已與倚閣一半候秋熟併納外有一萬餘碩係見行催納臣遂取索本倉受納日曆點檢逐日全無人戶送納亦爲過時無可收糴兼兩州百姓累經臣陳狀臣上

稟朝旨親見民間疾苦又緣轉運使二人並在潞州相去絶遠不及
計會商量兼勘會二州人粮見在忻州約支二年有餘代州亦約支
一年半不至闕備又前去秋熟日月不遠臣已一面出牓及牒本州
令倚閣候至秋熟一併送納施行訖謹具狀奏聞

義勇指揮使代貧民差役奏狀

右臣準中書批送下二狀河東都轉運司準康定元年九月十四日
勅節文河東路强壯應見充正副指揮使內雖係第一至第三等戶
者州縣更不得輪次別差色役竊緣義勇指揮使各是鄉村第一第
二等力及有家活產業人戶今來一年之內只是一季上番多在本
家管勾農業兼當司體量得正副指揮使等俱是上等人戶揀充最
屬僥倖其餘等第人戶丁數稍多亦是一般點充義勇祇應仍更不
免州縣差役所有軍員已是優便仍更依條免放州縣色役頗見影
庇却鄉縣重難差役却差下等義勇人戶充州縣重難里正或衙前

等差役計其勞逸深爲不便欲乞朝廷早賜特降指揮下諸處義勇正副指揮使乞依其餘義勇體例各依等第戶例輪次差定州縣色役庶得均濟臣勘會河東一路鄉兵除係籍強壯不勾追教閱外所有刺手背義勇見管七萬二千八百七十二人每年秋冬上番教閱州縣因而諸雜役使常於秋冬邊地支移稅賦和糴遠納之時復有上番之役凡一家三兩丁者一人上州教閱一人供送一人或在州縣執役或遠地輸納稅租所存但有衰老或有全無倚托者廢業忘家不勝其苦其間惟有正副指揮使並是州縣中最有物力上等人戶却獨得免差役是下等人戶常有勞役最豪富者獨得寬優兼自兵事已來州縣差役頻併素來力及之戶累世勤儉積畜只於三五年重疊差役例各減耗貧虛逃亡破敗而州郡事多差役難減往往將第三第四等人差充第一等色役亦有主戶小處差稍有家活客戶充役勾當如此上下窘乏之際惟義勇正副指揮使豈容獨免兼

自差管轄義勇以來已避免却數年色役當衆人苦於勞耗之際獨
獲寛優之幸已多兼臣累過州軍體問得逐處義勇指揮使等家業
例皆物力不減人丁又多若令一例差役可以貧富均濟稍寛已困
之民其都轉運司起請伏乞朝廷特賜允許施行今具狀奏聞伏候
勅旨

舉米光濬狀

右臣伏自準勅計置河東沿邊粮草所過州軍遍見文武官吏不少
其間臨民治軍可稱邊任者絶難得人伏見西頭供奉官閤門祗候
嵜嵐軍使米光濬年四十餘世家代州熟知本路邊事出於將種練
習兵機兼有膽勇會弓馬自到嵜嵐二年處置皆合事宜昨代州寧
化各爲守將非才引惹北人爭侵疆界惟嵜嵐草城川正當北界要
害之地去年北人來侵疆界光濬應機拒守故獨嵜嵐得不侵却地
土亦不張皇臣自過本軍體問軍民備得其實伏覩近降宣命指揮

差李偉替令赴闕切以邊鄙常患難材苟得其人豈宜屢易兼自有
移替宣命軍民並各衆狀舉留其米光濬臣今同罪保舉再任岢嵐
如再任後犯入己贓及邊防軍政但有一事敗惧並甘連坐今欲具
狀奏聞伏候敕旨

米光濬斬決逃軍乞免勘狀

右臣訪聞岢嵐軍昨於四月中捉獲逃走萬勝長行張貴虎翼張貴
李德等三人並係禁兵本軍勘正法司檢用編敕禁軍料錢滿五百
文逃走捕捉獲者處斬訖奏其張貴等並依法處斬訖本路轉運司
檢會先降令敕春夏不行斬刑合決重杖處死糾駮本軍不合斬斷
見差嵐州團練判官劉述取勘岢嵐軍使米光濬等竊緣岢嵐軍地
接西北二虜正是秋冬大屯軍馬之處若管軍將率斬一逃軍却遭
勘罰則無由統衆漸啓兵驕況重杖與處斬俱是死刑無所失入運
司守令敕糾按雖執常科兵官以軍令斬人亦是常事況米光濬等

勘成公案亦不過得違制失入刑名論情定罪所犯至輕沮將率以
長兵驕其損不細伏乞朝廷只作訪聞此事特降聖旨與免勘劾所
貴沿邊將率知朝廷委遇之恩盡心効用兵戎畏肅不致驕恣生事
謹具狀奏

乞減配賣銀五萬兩狀

右臣伏見河東路轉運司近準三司從京支撥得銀十萬兩於本路
州軍配賣見錢臣體問得此銀本非運司因闕乏陳乞忽自省司特
行支撥蓋是朝廷優恤三路軍須不足特此輟賜助濟用度以舒疲
民又慮朝廷訪聞今年河東二麥大熟欲使將此銀十萬兩乘時收
糴軍儲有以見聖心憂念邊防寬卹民力臣昨因至寧化軍有百姓
衆狀經臣馬前陳訴爲配銀數多臣遂取索本軍人戶物力次第及
前後配斂數目看詳本軍人戶全少城郭主客十等共三十四戶內
五等已上只十五戶其餘六等已下貧弱之家共有一十九戶去年

共配銀三百兩數月枷棒催驅方能了納今年所配一千兩比常年三倍是致百姓送納不前衆狀詞訴又緣寧化軍屯兵不多本軍自有納便鹽錢及諸雜課利見錢不致闕用本軍地寒民不種麥又無夏糴倉當其軍用未闕民間難得錢時可惜虛困民力臣已牒本軍且令配賣五百兩其餘别候朝旨尚慮河東一路州軍極有見今未至闕錢及地高不種二麥無可收糴去處不宜一例急歛横困疲民臣今欲乞聖慈特下本路轉運司令將已分銀十萬兩除見今闕錢州軍及二麥大熟合行收糴處依數配賣其餘見不闕錢及不糴夏麥處且只配一半候闕錢不得已即漸漸分配所貴少舒民力上副陛下憂民念邊之意謹具狀奏聞伏候勑旨

相度銅利牒

當所據澤州進士閻玠司法參軍萬頤等狀並爲河東鼓鑄鐵錢盜鑄者不少竊見絳州稷山垣曲縣三處皆有銅鑛欲乞遍往有銅鑛

處密切詢訪採取烹煉鼓鑄錢幣者當所檢尋古跡翼城縣有唐錢
坊一在縣東十五里翔皋山下又有唐王城冶在縣北平城三十六
里又有曹公冶在縣東南七十五里又有廢銅窟在縣西三十里稷
山縣甘祚鄉有銅冶村絳縣有唐古銅冶在縣南五十里含山谷內
垣曲縣有錢坊在縣西北九十二里程子村銅源監內自唐以來絳
州舊曾鼓鑄銅錢鑪冶古跡見在其廢已久山澤銅鑛產育必多兼
訪知絳州人戶多私採鑄貨賣銅器近年錢幣闕乏以來亦曾有人
獻言乞尋銅鑛烹鑄前後差官尋訪多是不曉事體張皇驚擾私鑄
之家避犯禁之罪不肯指引採取又鑛銅側近民居懼見官中興置
爐冶各相蔽固並稱無銅所差官員又不盡心多方求訪遂使銅寶
不能興發須議專委通幹之官密切求訪者右具如前欲牒絳州管
界巡檢孫借職仰細詳前項事理只作界內巡警名目遍至四縣多
設方略先且誘賺得民間私賣銅器一兩件然後詢求出鑛之家及

細問烹煉之法須使姦民不能隱蔽或須要私鑄之人指引烹煉即設權宜許其免罪或別加酬獎務要求出銅寶不爲民間藏閉候見次第密具公文申聞申無至張皇懊事者

再乞減配銀狀

右臣近爲三司拋降銀一十萬兩與河東諸州軍配賣臣尋體量得河東諸州軍錢糧各有準備見今不至闕乏民間即日難得見錢遂曾具狀論奏且欲配賣一半乞朝廷特降指揮與都轉運司後來聞有朝旨只與減得些小價錢其諸州軍百姓累經臣告訴並稱銀價雖然不高各爲見錢難以變轉伏緣河東州軍昨來只是澤潞兩州二麥大熟晉絳并分石隰等處係種麥地分並只熟及三五分其秋稼尋遭夏旱垂欲焦死近方得雨只可救得四五分見今物價甚高民間窘急無異凶歲況配賣銀絹乃是緩急不得已之事今諸州軍幸各錢糧不闕不必非時抑配重擾人民只可留之以備緩急若已

知縣官實爲闕乏則勵力供納自不怨嗟以理論之其銀盡可罷配
又緣都轉運司已俵與州軍故臣且乞只配一半日近臣不住見百
姓以配銀爲苦已牒諸州軍且令先配一半其餘聽候朝旨比欲候
臣到闕更自論請竊慮臣離河東後轉運司依舊催促盡令俵配伏
望聖慈特賜矜恤仍乞檢會臣前後奏狀早降朝旨

再舉米光濬狀

右臣近曾同罪奏舉西頭供奉官閤門祗候米光濬再任岢嵐軍使
竊知朝廷爲光濬病患曾加體量臣昨往岢嵐親見光濬絶無病狀
體問得去年偶因飲酒暫曾不安竊緣本人有心力會弓馬諳熟邊
事善撫軍民況岢嵐當草城川一路地形平坦與北虜止隔界壕不
比代州尚有險固捍禦控扼尤藉得人臣嘗見朝廷選擇邊將比及
於武臣中求得一人常患難得而任使俟其知次第亦須年歲之間
其米光濬於武臣之中不易多得在岢嵐既久又已知次第其人既

不病患又無過犯料其替去別得差遣必與今任輕重一般與其移易往來不若責之久任況知光濬亦累曾乞替臣今所舉非狥光濬之私蓋爲邊防之計其米光濬伏望聖慈特加奬擢與優轉一官且令再任以防緩急可以使喚如朝廷遷官及再任後犯入己贓及邊事有所敗悞臣並甘同罪

論礬務利害狀

臣昨準三司牒繳連錄到晉州博賣生熟礬始末一宗事理及備錄中書批狀牒臣候到河東與施昌言等同共相度經久利害聞奏臣未到河東閒施昌言等已一面先具相度申奏訖尋又準中書劄子送下施昌言等奏狀付臣奉聖旨更切相度具經久利害聞奏者臣看詳都轉運司狀內元牒晉州通判殿中丞榮諲相度事節似有未便遂牒幷州通判祕書丞張日用就晉州計會榮諲取索一宗文字子細議定經久利害尋據張日用狀果與榮諲始初相度利害不同

今具畫一如後

一晉州折博務元定年額錢一十六萬餘貫自來許客人入中紬絹絲綿見錢茶貨算請生礬上京重別煎煉後取便賣與通商路分客人後至景祐四年三司爲客旅並不入銀絹見錢只將茶貨入納遂額定令客人每年於晉州折博務入納茶一十萬斤在京榷貨務入納見錢五萬貫文自此杜昇李慶等六戶管認上件年額錢茶等請生礬於京師重煎貨賣

一慶曆元年河東都轉運司始於晉州官置鍋鑊自煎熟礬一面勒杜昇等六戶依舊管認年額錢茶博算生礬一面將新煎熟礬別招客旅出賣是致杜昇等六戶稱積壓礬貨出賣不行累年拖欠課利有煩官司催督及引惹六戶詞訟不絕

一據榮諲元狀內聲說晉州起立煉礬重煎作明白熟礬貨賣慶曆元年入到絲綿見錢五萬七千八百餘貫并收在京入納見

錢及晉州入到茶錢一十一萬六千八百餘貫都收一十七萬四千六百餘貫慶曆二年收絲絹綿錢四萬二千餘貫并錢茶都收一十九萬五百餘貫慶曆三年收絲綿錢四萬七千餘貫并錢茶都收二十萬五千餘貫自晉州置煉礬務後來比祖額各有增剩況自六家撲斷後來景祐四年只賣過生礬五十五萬七千餘斤寶元元年賣過生礬七十二萬二千餘斤寶元二年賣過生礬三十五萬一千餘斤康定元年賣過生礬三十六萬五千餘斤自慶曆元年起置煉礬務重煎後來當年支賣生熟礬八十四萬九千餘斤慶曆二年支賣生熟礬八十五萬五千餘斤慶曆三年支賣生熟礬一百四萬六千餘斤比附未煎已前逐年大有增剩今相度欲乞依已前體例指揮在京榷貨務及本州折博務出牓告示招召諸色客旅投狀在京入納見錢及取便於晉潞等州入納茶貨金銀錢帛絲布斛㪷更不限

定人數姓名斤兩多少取便依則例入折博算請晉州重煉熟礬兼問得晉慈州生礬染麄色亦可以生使並許依則例算射興販更不拘定杜昇等六戶認納年額錢茶仍乞指揮逐戶將煎礬鍋鑊家事納官今後更不衷私重煎只令晉州煉礬務一面重煎收辦課利

一據張日用狀與晉州通判榮殿丞將慶曆元年置煎礬務後收到課利比對本州煎礬務止賣到折撲見錢五萬七千八百二十三貫八百三十文在京六戶納折到錢一十一萬六千八百三十八貫八百五十文慶曆二年本務止賣到四萬二千一十八貫一百一十文在京六戶收到一十四萬八千四百八十六貫五十文慶曆三年本務收到四萬七千二百三十三貫七百五十五文在京六戶收到一十五萬八千三百四十五貫三百五十文是煉礬務出賣得錢常少六戶入納數目常多遂將三

年置到煎礬務通比皆不過五萬貫及四萬貫今年自正月一日至六月終收到入絲課利錢一千九百五十九貫有零課利不敷惟是六戶逐年納數常多若遂放令六戶逐便必致大段虧少課利況今用兵之際若行寬法客人有利必歲額遂增今將三年止於五萬數目遂便止令官賣必恐大虧年計今乞廢罷晉州煉礬務一就令在京六戶管認年額錢茶所貴經久通行逐年入得茶貨充備河東路并汾等十餘州軍支折和糴有備不致誤闕

右謹具如前臣今將二司錄到一宗始末文字子細看詳蓋由河東都轉運司改法官自煉礬出賣見一時之小利致經久之難行從初本為課額不敷遂定為錢茶十五萬數許六戶管認即不當更自官賣與其爭利若云官賣有利則六戶便合除免年額臣今看詳榮諲張日用等二人狀內開說自官置煉礬務後來逐年所賣生熟礬折

撲到見錢數目蓋是滎諲從初將生熟兩色礬博賣到錢數衮合比
算便謂自起立煉礬務後來年額課利增盈遂欲罷六戶算請生礬
舊額及滎諲再與張日用等子細將生熟兩色礬課利遞年比類其
熟礬自慶曆元年只賣及五萬二年三年已只及四萬貫有零今年
自正月一日至六月終半年只賣及一千貫若將生礬貨利與熟礬
衮合算數則似有增盈若各別比較則熟礬賣錢全少又一年虧於
一年今若依滎諲罷賣生熟礬卽據近年課利虧減次第必慮向去
無客算請虧陷官中年額錢茶臣今相度欲乞官罷自煎熟礬出賣
只令杜昇等六戶依舊管認年額入納錢茶十五萬數將見今晉州
已煎下熟礬并生礬相兼其六戶本爲官賣熟礬侵爭其利致其積
壓貨賣不行今若官罷自賣則六戶更難詞說如此則官中雖歲失
三五萬貫自賣之利而於錢茶十五萬舊額卻有凖的不至虧陷必
若不欲抑勒六戶認額卽乞未立定年額但選差清強官吏刱新一

面博賣熟礬候三二年取一年爲定額蓋緣熟礬見已課利大虧若自新官賣必不能敷及遞年與生礬俱賣時常額免使監臨官吏枉遭決罰年計用度虛爲指準於此二說伏乞朝廷裁擇施行

論西北事宜劄子

臣昨在河東聞北虜事宜說者多端而少實其役兵動衆修城掘壕凡所興爲則有蹤跡昨三月四月之閒於北界地名大柳谷銀瓮口與蕃族相殺契丹累敗折却主將數人見今抄點中軍秋冬必大交戰此亦說者多同而不虛惟云夾山部落叛歸元昊契丹與西賊相攻又云西賊見在河灣會劄寨兵馬尤多或云二虜詐謀欲合而攻我此一事則說者雖多而以人情料之皆不可信自西賊叛我以來更事契丹甚謹蓋已與中國交爭則屈己事隣乃其常理二虜自來未聞釁隙而忽納夾山小族反與契丹立爲大敵但恐元昊黠羌不爲此事以此言之不可信也契丹若寇邊鄙當先自河北不應便出

河東若云出吾不意則兵釁未成必未突然入吾險地是北虜必不攻河東矣西賊二年之閒累次遣人通好國家過當許物已多今盟約垂成而忽借契丹數百里之路崎嶇勞師入吾險固以此而言是西賊必不攻河東此其不可信者也然北戎抄點人馬聲張已久今漸向秋必已聚集邊臣但見虜兵聚在界上不得不至驚疑惟在朝廷料敵制謀養威持重不爲輕發使虜不可窺則得計矣其密爲禦備次第臣今具管見畫一如後

一據今事宜不問北虜攻夾城與元昊但不過夷狄自相攻耳然虜兵在我境上不可不爲支準惟當持重以待未宜便若寇至而大集窮邊虛成自擾但訓兵練卒於并忻嵐憲屯結以俟大原去忻州一日半可至忻州去代州一日半可至嵐州去岢嵐一日中可至憲州亦然今以兵屯忻并而應援代州屯嵐憲而應援岢嵐賊至則使代州岢嵐堅壁清野待其師老徐以忻嵐

等兵擊之此用兵之法也如此則虜來不失應敵不來不至虛

驚其代州岢嵐但用去年防秋兵數可矣惟治器械擇將帥此

非倉卒可辦宜急為之具

一河東沿邊州軍器械全然不堪臣昨到彼見逐處弓弩無十數

枝可施用者問其何故云為省司惜筋膠支請不得縱支得即

角短筋碎不堪使用久無物料修治是致廢壞臣亦知京中筋

膠角絕少然若遍支與諸州軍即恐不及欲乞且只支與沿邊

州軍仍乞選差幹事官逐州自遣一員上京支請便令自監修

補其諸州木羽箭臣曾逐色用草人被甲去三十步以硬弩射

之或箭幹飛掉不至或箭頭卷折不入甲此乃臨陣悞事之物

十無一二堪者惟舊竹箭雖翎損鏃生秀然射之亦能入甲又

數目不多亦乞委官揀點修換

一代州知州康德輿老懦不濟事臣方欲到京奏乞替却近知已

差張亢然德輿却充并代鈐轄只此職亦非德輿所堪乞與一

近裏小處知州鈐轄別選差人

一代州諸寨主監押三十餘員內無三四人能幹而曉事者伏乞

早行替換仍乞於近日臣寮準密院劄子舉到堪充將領人內

差充寨主監押

一岢嵐軍地接草城川口無險可恃而城小壕淺須合增城浚壕

乞降指揮下河東那打白草厢軍及本軍係役兵士早併力脩

葺臣曾兩狀奏乞米光濬且令知軍蓋光濬已知彼中次第當

事宜之際若李緯乍到恐處事未盡合宜又緯必非岢嵐久住

之人其米光濬伏乞檢會臣前奏施行取進止

論宣毅萬勝等兵劄子

臣昨準勅差往河東續準樞密院劄子奉聖旨所到州軍體量諸軍

指揮自來習學武藝并教閱戰陣次第精與未精緩急堪與不堪陣

敵使喚者臣尋至諸州軍令主兵官吏依常式教閱觀其精粗所用陣法除四官陣舊法外亦有自爲新陣者大抵只是齊得進退不亂行伍而已諸處所較不多其陣法則皆未可用惟有踏硬射親最爲實藝見今經略司分差主將諸州巡教以三等弓弩拍試漸次亦當精熟然而主將不一器械不精此二事須更別爲制置其諸軍禁兵共九萬五千餘人內駐泊兵三萬餘人惟萬勝最多最不精本路就糧禁兵六萬餘人惟宣毅最多最不精臣今欲乞定主將精器械此二事條目甚多容臣續具畫一其宣毅萬勝等兵臣今先具起請如後

一臣勘會河東駐泊禁兵六十八指揮共三萬二千餘人內萬勝二十指揮一萬一千一百餘人當初招募倉卒不能精擇此中外共知自到河東已及三年其射親踏硬弩比初到則漸慣熟但其人大小強怯不等又不耐辛苦其事藝勉力不及河東最

下清邊而料錢請受與最上神衛等見今多差在河外五寨緣
請受既大於他軍則重難倫次須至差撥其使喚乃不及下軍
緩急常憂敗悞臣今欲乞於河東見在厢軍三萬人數內揀少
壯有勇力者增置清邊及於京師差撥三百料錢禁軍充足一
萬人數抵替萬勝抽回兼其人到河東已二年餘人各有辛苦
思歸之意
一臣勘會河東本路就糧禁兵共一百四十九指揮六萬二千七
百餘人內宣毅四十四指揮二萬二百餘人宣毅招揀不精無
異萬勝惟河東稍勝諸路蓋土人天性勁勇耐辛苦然終是不
及自投軍者其農夫生梗難以教訓至今全未堪使喚臣到澤
州有一指揮只揀出九十餘人呈教尚亦生踈威勝軍兩指揮
內一指揮絕然不成次第問之云差出近方歸本營蓋河東多
將宣毅差在巡檢下及諸處使不教閱臣今欲乞將見在宣毅

委河東都轉運使親至諸州將短小怯弱者先揀退充廂軍其餘堪教者不得差往巡檢下及防河寨柵不教閱處專令逐州軍教一二年必漸可用

論麟州事宜劄子

臣昨奉聖旨至河東與明鎬商量麟州事緣臣未到閒鎬已一面與施昌言等先有奏議尋再準樞密院劄子備錄鎬等所奏令臣更切同共從長相度臣遂親至河外相度利害與明鎬等再行商議乞那減兵馬人數可以粗減兵費已具連署奏聞此外臣別有短見合盡條陳其利害措置之說列爲四議一曰辨衆說二曰較存廢三曰減寨卒四曰委土豪如此則經久之謀庶近禦邊之策謹具畫一如後

一曰辨衆說者臣竊詳前後臣寮起請其說有四或欲廢爲寨名或欲移近河次或欲抽兵馬以減省饋運或欲添城堡以招輯蕃漢然廢爲寨而不能減兵則不若不廢苟能減兵而省費則

何害爲州其城壁堅完地形高峻乃是天設之險可守而不可
攻其至黄河與府州各纔百餘里若徙之河次不過移得五七
十里之近而棄易守難攻之天險以此而言移廢二說未見其
可至如抽減兵馬誠是邊議之一端然兵冗不獨麟州大弊乃
在五寨若只減麟州而不減五寨與不減同凡招輯蕃漢之民
最爲實邊之本然非朝廷一力可自爲必須委付邊臣許其久
任漸推恩信不限歲年使得失不繫於朝廷之急而營緝如其
家事之專方可收其遠効非二年一替之吏所能爲也臣謂減
兵添堡之說近之而未得其要

二曰較存廢者今河外之兵除分休外尚及二萬大抵盡河東二
十州軍以贍二州五寨爲河外數百邊戶而竭數百萬民財賊
雖不來吾已自困使賊得不戰疲人之策而我有殘民斂怨之
勞以此而思則似可廢然未知可存之利今二州五寨雖云空

守無人之境然賊亦未敢據吾地是尙能斥賊於二三百里外若麟州一議移廢則五寨勢亦難存兀爾府州便爲孤壘而自守不暇是賊可以入據我城堡耕牧我土田夾河對岸爲其巢穴今賊在數百里外沿河尙費於防秋若使夾岸相望則泛舟踐冰終歲常憂寇至沿河內郡盡爲邊戍以此而慮則不可不存然須得存之之術

三曰減寨卒者臣勘會慶曆三年一年用度麟州用糧七萬餘石草二十一萬餘束五寨用糧一十四萬餘石草四十萬餘束其費倍於麟州於一百二十五里之地列此五寨除分兵歇泊外尙有七千五百人別用二千五百人負糧又有弁忻等十州軍百姓輸納外及商旅入中往來其冗長勞費不可勝言逐寨不過三五十騎巡綽伏路其餘坐無所爲蓋初建五寨之時本不如此寨兵各有定數建寧置一千五百人其餘四寨各止三百

至五百今之冗數並是後來增添臣謂今事宜稍緩不比建寨之初然且約舊數尙不至冗費臣請只於建寧留一千人置一都巡檢其鎭川中堠百勝三寨各留五百其餘寨兵所減者屯於清塞堡以一都巡檢領之緣此堡最在近東隔河便是保德軍屯兵可以就保德軍請糧則不煩輸運過河供饋若平日路人宿食諸寨五百之卒巡綽有餘或些小賊馬則建寧之兵可以禦捍若賊數稍多則清塞之兵不失應援蓋都不去百里之內非是減兵但那移就食而已如此則河外省費民力可紓

四曰委土豪者今議麟州者存之則困河東棄之則失河外若欲兩全而不失莫若擇一土豪委之自守麟州堅險與兵二千其守足矣況所謂土豪者乃其材勇獨出一方威名既著敵所畏服又能諳敵情僞凡於戰守不至乖謀若委以一州則其當自視州如家繫己休戚其戰自勇其守自堅又其既是土人與其

風俗情接人賴其勇亦喜附之則蕃漢之民可使漸自招集是外能捍賊而戰守內可輯民以實邊省費減兵無所不便比於命吏而往凡事仰給於朝廷利害百倍也必用土豪非王吉不可吉見在建寧寨蕃漢依吉而耕於寨側者已三百家其材勇則素已知名況其官守自可知州一二年間視其後効苟能善守則可世任之使長爲捍邊之守

右臣所陳乃是大計伏望聖慈特賜裁擇若可以施行則紓民減費之事容臣續具條列取進止

乞罷鐵錢劄子

臣準中書劄子備錄臣寮四狀並爲上言河東大小鐵錢事奉聖旨相度利害聞奏者臣尋至河東取索晉澤二州鑄錢監及諸州軍見使鐵錢數又將都轉運司供到慶曆三年一年都收支錢數約度用度多少及採問軍民用鐵錢便與不便今具利害畫一如後

一見在大小鐵錢數大鐵錢自起鑄至目下共鑄到四萬四千八百餘貫小鐵錢自起鑄至目下共鑄到一十一萬七千七百餘貫是大小鐵錢未及六十萬貫銅錢數見在官私行用

一大小鐵錢官本及淨利數目晉州大錢計用一萬七千八百餘貫省陌銅錢官本鑄成大錢二萬八千八百餘貫當二十八萬八千餘貫銅錢凡用一萬七千餘貫本得二十七萬餘貫利其利約一十五倍有餘晉州小錢計用四萬六千貫足陌銅錢官本鑄成一十一萬四千五百餘貫凡用四萬六千貫本得六萬八千餘貫淨利其利一倍有餘澤州大錢計用六千四百餘貫省陌銅錢官本鑄成大錢一萬六千餘貫省當一十六萬餘貫銅錢凡用六千四百餘貫本得一十五萬三千八百餘貫利其利二十三倍有餘澤州小錢計用九百八十貫省陌銅錢官本鑄成四千餘貫凡用九百餘貫本得三千餘貫利其利兩倍

一都轉運司一年支收錢數實收諸雜課利客便賣鹽礬斗秤夏

秋稅出糴斛斗賣疋帛絲綿銀進納雜收等錢二百一十七萬

二千二百三十貫實支係隨衣添支特支料錢旬設公使國忌

獄空際神地理脚錢買羊馬糧草客便招軍人戶和糴礬本雜

支等錢一百九十九萬八千四百一十四貫

右謹具如前臣今相度大小鐵錢其可廢者有五據都轉運司慶曆

三年一年支收實數比算實收二百一十七萬二千餘貫實支一百

九十九萬八千餘貫是每歲只將河東一路實收錢支遣自足外尙

有一十七萬四千餘貫剩數其大小鐵錢可以罷鑄一也小鐵錢將

本利計算其利甚薄不過一倍略將鑄造工課約算兩監逐日共鑄

不過四百貫文一歲不過鑄得十六萬貫內除約六萬貫爲官本外

只獲淨利十萬貫若罷大錢而只用小錢是一歲爲十萬貫錢而壞

銅錢舊法陷民刑戮者不絕其大錢利旣博至二十餘倍議者皆謂

其利厚於黃白術雖有死刑不能禁止臣昨在河東於提刑司取索
得犯私錢人數已五火自臣出界後又續供到新捉獲二火是小錢
利薄不足鑄大錢犯法者日漸多皆可以罷鑄二也今開厚利之門
而致人死法則誘愚民以趍死若貸其死則犯者愈多急於捕察則
良民一例搔擾縱而緩禁則民不勝姦是深法不可緩法又不可捕
察又不可縱之又不可以此而言其可罷三也用之既久幣輕物貴
惟姦民盜鑄者獲利而良民與官中常以高價市貴物是官私久遠
害深其可罷四也臣勘會河東十九州軍凡四十九處抝新開沽酒
務據轉運司供到每月約收二萬貫有餘計一歲合得二十四五萬
貫又麟州元許入中七萬石斛㪷昨來爲入中數多無處收貯見移
於府州入中日近明鎬又減放馬軍歸京是利入之數漸多用物之
兵日減此其可罷五也今見在官私鐵錢共不過六十萬數既未多
罷之甚易況河東一路二十二州軍贍廂禁兵共十二三萬略計所

關不多不比陝西事體其大小鐵錢伏乞特罷鑄造行用取進止

麟州五寨兵糧地里

河外糧草共二百一十九萬三千七百石束

糧三十四萬一千三百石

草八十五萬二千四百束

已上六月中旬見在馬料不在數

河外馬步禁軍一萬八千三百一十一人

馬軍二千一百三十六人

馬一千四百五十三疋

步軍一萬六千一百七十五人

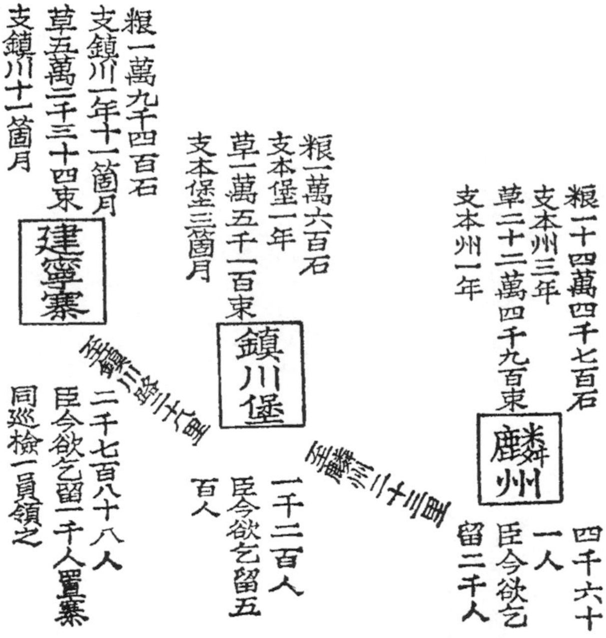

麟州

糧一十四萬四千七百石

支本州三年

草二十二萬四千九百束

支本州一年

四千六十一人

臣今欲乞留二千人

至麟州二十三里

鎮川堡

糧一萬六百石

支本堡一年

草一萬五千一百束

支本堡三箇月

一千二百人

臣今欲乞留五百人

至鎮川路二十六里

建寧寨

糧一萬九千四百石

支鎮川一年十一箇月

草五萬二千三十四束

支鎮川十一箇月

二千七百八十八人

臣今欲乞留一千人置寨

同巡檢一員領之

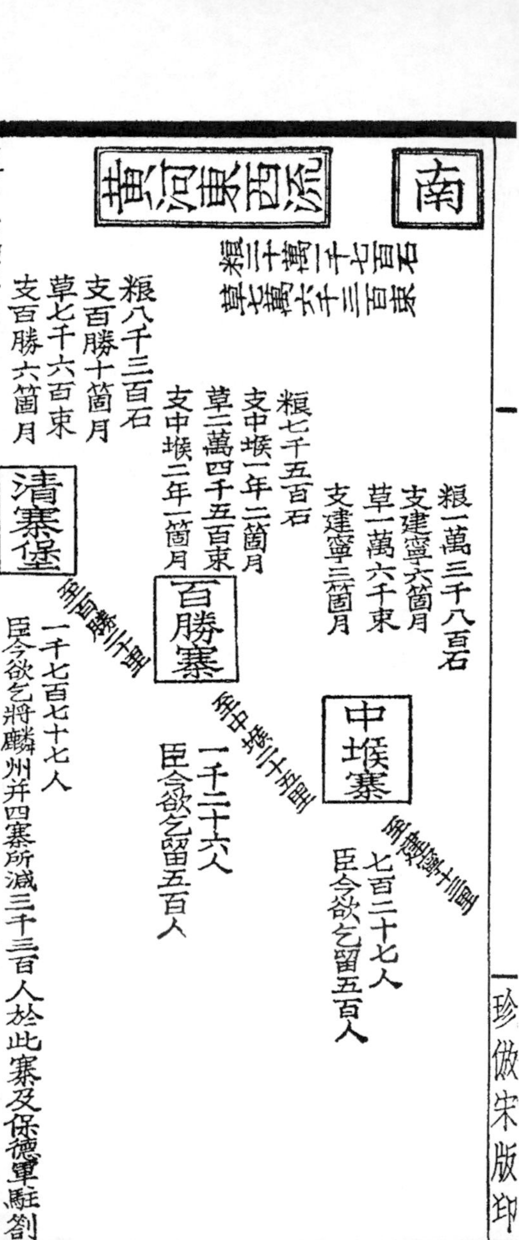
南
黃河東西流
糧三十萬二千七百石
草七萬六千三百束
糧一萬三千八百石
支建寧六箇月
草一萬六千束
支建寧三箇月
中堠寨
至建寧十三里
七百二十七人
臣今欲乞留五百人
糧七千五百石
支中堠一年二箇月
草二萬四千五百束
支中堠二年一箇月
百勝寨
至中堠三十里
一千二十六人
臣今欲乞留五百人
糧八千三百石
支百勝十箇月
草七千六百束
支百勝六箇月
清塞堡
至百勝三十里
一千七百七十七人
臣今欲乞將麟州并四寨所減三千三百人於此寨及保德軍駐劄
緩急應副四寨及麟州其兵并清塞本兵共七千人仍乞置五寨
都同巡檢二員分領之
糧一十三萬七千石
支一年一箇月
草五十萬一千束
支一年六箇月
府州
至清塞三十里
六千七百三十二人
臣已與明鎬等共奏乞減一千人過河屯岢嵐軍
本州在清塞兵見過河於保德軍請此糧草不曾支動

乞免諸州一年支移劄子

臣昨至河東體訪一路百姓貧弊勞擾本爲河外麟府二州闕少軍糧遂於近裏二十州軍遞相支配今來麟州見在兵馬糧可支三年府州見有一十三萬石不支糧米諸寨各有糧不少兼臣將慶曆三年轉運司拋配秋稅支移數目勘算得今年博糴斛㪷可以減放和糴可以不支過河如此則少紓民困大息怨嗟其科配減放次第今具畫一如後

一河外麟州見有三年糧府州兵士見於河南保德軍請給府州見有不支糧一十三萬石

一去年并忻嵐憲石州岢嵐火山寧化保德等軍凡九處和糴斛㪷共十四萬二千餘石支往河外麟府二州送納今來河外糧斛已多上件九州軍和糴只乞於保德軍送納

一去年并忻汾遼潞晉絳澤石隰慈等州威勝平定軍凡十三處博糴斛㪷共一十七萬六千餘石往保德軍送納今來河外既

不支移那得幷忻等九州軍和糴十四萬石於保德軍納則此
十三處博糴可以減放

乞不配賣醋糟與人戶劄子

臣昨至忻州見百姓人戶經臣出頭怨嗟告訴爲轉運司將十五年
積壓損爛酒糟俵配與人戶要清醋價錢緣已配納了當臣方欲奏
乞今後不得抑配續據石州狀申本務見管醋糟六千餘石本州見
取索在州及諸縣坊郭鄉村酒戶第等及州縣色役公人姓名欲行
俵配次其糟每𣁾價錢二十五文足陌緣臣已離河東只曾行移文
字且令未得俵配別候指揮臣欲乞特降朝旨下轉運司今後醋糟
只許官務造醋沽買及令百姓取便買糟醞醋不得抑配人戶其糟
所得之利不多但虛爲搔擾以斂怨嗟伏望聖慈特賜矜免其石州
醋糟尚慮本州已行俵配即乞特與減落一半價錢令漸次送納

河東奉使公草卷上

乞減放逃戶和糴劄子

臣伏見河東百姓科配最重者額定和糴糧草五百萬石往時所糴之物官支價直不虧百姓盡得茶絲見錢自兵興數年糧草之價數倍踴貴而官支價直十分無二三百姓每於邊上納米二斗用錢叄伯文而官支價錢三十內二十折得朽惡下色茶草價大約類此遂致百姓貧困逃移而州縣例不申舉其本戶二稅和糴不與開閣稅則戶長陪納和糴則村戶均攤已逃者既破其家而未逃者科配日重臣至代州崞縣累據百姓陳狀其一村有逃及一半人戶者尚納全村和糴舊額均配與見在人臣兼曾差大理寺丞史譚檢得嵐州平夷一縣已逃未檢人戶共四十一戶諸州似此者甚衆臣今欲乞下轉運司差清幹官三兩人於并代等十五州軍係有和糴處檢括已逃人戶其逐戶下二稅和糴額定數目並與倚閣候招輯得人戶

歸業各令依舊均配仍許諸縣人戶見均攤着和糴及戶長陪納逃稅者列狀自陳所貴重困之民免此重疊科配

請耕禁地劄子

臣昨奉使河東相度沿邊經久利害臣竊見河東之患患在盡禁沿邊之地不許人耕而私糴北界斛斗以為邊儲其大害有四以臣相度今若募人耕植禁地則去四大害而有四大利河東地形山險輦運不通邊地既禁則沿邊乏食每歲仰河東一路稅賦和糴入中和博斛㪷支往沿邊人戶既阻險遠不能輦運遂賫金銀絹銅錢等物就沿邊貴價私糴北界斛㪷北界禁民以粟馬南入我境其法至死今邊民冒禁私相交易時引爭鬬輒相斫射萬一興訟遂搆事端其引惹之患一也今吾有地不自耕植而偷糴鄰界之物以仰給若敵常歲豐及緩法不察而米過吾界則尚有可望萬一虜歲不豐或其與我有隙頓嚴邊界禁約而閉糴不通則我軍遂至乏食是我師飢

飽繫在敵人其患二也代州岢嵐寧化火山四州軍沿邊地既不耕荒無定主虜人得以侵占往時代州陽武寨爲蘇直等爭界訟久不決卒侵卻二三十里見今寧化軍天池之側杜思榮等又來爭侵經年未決岢嵐軍爭掘界壕賴米光濬多方力拒而定是自空其地引惹北人歲歲爭界其害三也禁膏腴之地不耕而困民之力以遠輸其害四也臣謂禁地若耕則一二歲間北界斛㪷可以不糴則邊民無爭糴引惹之害我軍無飢飽在敵之害沿邊地有定主無爭界之害邊州自有粟則內地之民無遠輸之害是謂去四大害而有四大利今四州軍地可二三萬頃若盡耕之則其利歲可得三五百萬石伏望聖慈特下兩府商議如可施行則召募耕種稅入之法各有事目容臣續具條陳取進止

乞減樂平縣課額劄子

臣昨至河東據平定軍知樂平縣孫直方狀爲本縣酒稅課利錢舊

額四千一百餘貫本縣不當驛路舊有兵士四指揮軍營在縣自慶曆三年三月內移起軍營往幷州在縣只有居民百餘戶人煙既少客旅不來酒稅課利無由趁辦本軍亦曾申奏乞行減額省司下轉運司保明尋蒙轉運司令將起移軍營後一年比較重立租額只及二千八百餘貫亦曾差遼州知州孟濟定奪及轉運司保明申省省司指揮勒本縣收趁課利不得減額臣勘會平定軍樂平縣最處孤僻若無軍營人戶絕少實難趁辦課利見今專副等逐月逐季逐年各有比較決責未嘗虛日及虛令監官殿降考第臣今欲乞特降勅旨下轉運司令自起却樂平縣軍營後來一年內所收課利立爲租額與免舊額虛數所責專副不至重疊被刑監官虛負殿罰取進止

乞放麟州百姓沽酒劄子

臣伏見麟州元是百姓沽酒自經事宜後來轉運司擘畫官自開沽臣昨令本州勘會一年自去年十二月開沽至今年六月用米麴本

錢三千五百貫所收淨利只及一千八百貫然官私勞費不少自幷嵐等州造麴千里般運又配百姓造酒黃米遠行輸納麟州自經賊馬後來人戶纔有三二百家又榷其沽酒之利市肆頓無營運居者各欲逃移今來麟州既不移廢則凡事却須葺理其沽酒之利官中所得不多而勞費甚大臣今欲乞令百姓依舊開沽所貴存養一州人戶漸成生業今取進止

舉孫直方奏狀

右臣伏見平定軍知樂平縣事著作佐郎孫直方進士及第爲性明敏有吏材臣昨至河東備見直方治縣事善狀臣今保舉堪充大藩通判兼臣勘會代州通判李舜元到任已及二年三箇月有餘見今北面事宜代州最爲要地尤藉得人伏乞就差孫直方充代州通判如後犯正入己贓及職事敗闕並甘同罪謹具狀奏聞

條列文武官材能劄子

臣昨奉勅差往河東體量得一路官吏才能善惡其間文武官共二十五人各有所長堪備任使今具姓名條列如後

一戰將八人緩急可以使喚

如京使孟元知兵書疎財善撫士然未經戰陣

內殿承制郝質沉厚有勇善用兵累經戰陣

北作坊使田朏有勇累戰有功

崇儀副使王吉臣已有論薦

禮賓副使張岊河西人有武勇智謀善戰

百勝寨主折繼長有勇好戰曾立功

權鎮川堡陳懷順府州人有勇好戰

麟州兵馬都監田嶼有勇好戰

一武臣中材幹者四人

嵐軍使米光濬已曾薦舉

知保德軍劉承嗣

建寧寨主陳昭兼有勇好戰未曾經行陣

岢嵐軍五谷巡檢夏侯合

一通判中五人可以升陟差使

幷州通判祕書丞張日用通曉民事

嵐州通判殿中丞董沔清潔勤於吏事

寧化軍通判大理寺丞武陶勤幹

屯田員外郎麟州通判孫預清勤

保德軍通判贊善大夫吳中廉幹

一知縣令州縣職官中材幹可用者十人

著作佐郎知平定軍樂平縣事孫直方

代州崞縣令王旭

府州簽署判官公事史譚

絳州稷山縣令劉處中
潞州屯田縣令張曜縣尉王荀龍
大理寺丞知幷州陽曲縣事張景儉
知幷州大谷縣張伯玉
大理寺丞知榆次縣吳天常
嵐軍嵐谷縣尉安吉
右謹具如前伏乞聖旨送中書樞密院紀録姓名差使今取進止
舉劉羲叟劄子
臣昨奉勅差往河東伏見澤州進士劉羲叟有純樸之行爲鄉里所稱博涉經史明於治亂其學通天人禍福之際可與漢之歆向張衡郎顗之徒爲比致之朝廷可備顧問伏乞特賜召試或不如所舉臣甘當朝典今取進止
繳進劉羲叟春秋災異奏狀

右臣近曾薦舉澤州進士劉羲叟學通天人禍福之際如漢歆向張衡郎顗之比乞賜召試升之朝廷可備顧問臣今有收得劉羲叟所撰春秋災異集一冊其辭章精博學識該明論議有出於古人文字可行於當世然止是羲叟所學之一端其學業通博詰之不可窮屈其文字一冊臣今謹具進呈伏望聖慈下兩制看詳如有可採乞早賜召試謹具狀奏聞

論代州開壕事宜劄子

臣昨到代州見其城壁甚堅壕雖三重而地高無水惟一面有城中棄水停聚其壕不足恃以爲固然尙爲三重高下相連猶可以隔奔突近年有臣寮擘畫欲掘出重岸通爲一壕以臣相度若壕無水而通爲一則坦爲平地不異無壕又工料極大去年大役鄉兵所開未及三二分又治險爲平非自固之計兼工大猝難了當虛勞人力欲乞特賜止絕取進止

舉張旨代王凱劄子

臣昨至河東伏見西京作坊使王凱見在麟府路勾當軍馬司公事此一職乃是河外將領其任非輕凱雖將家姿性柔謹雖聞前後累經戰鬬而詢訪彼中衆議皆云得功非實冒賞最多見今勾當軍馬一司雖無大過而軍民將校不得其情衆口紛然莫能服衆臣亦累詢其蘊畜絶無所長緩急邊防事宜必不能指揮諸將奮勇立功況其在彼將及二年伏見河東提點刑獄職方員外郎張旨爲人有心力膽勇材幹可稱先在府州經第一次圍閉倉卒之際應變有謀至今府人思之不已兼諳知邊事曉達軍情臣今保舉堪充邊將任使欲乞特出聖恩與超換一近上使名令代王凱庶幾緩急可捍邊防如蒙朝廷擢用後犯正入己贓及邊事敗悞臣並甘同罪今取進止

論不才官吏狀

臣昨往河東一路所見官吏內有全然不任其職須至替移者今具

姓名如後

一知澤州度支郎中直史館鮑亞之年老昏昧視聽不明行步艱澁本州職事全然不治昨轉運使劉京至澤州決遣公人手分六十餘人兼信縱手分拆諸縣村學要葢州學及斂掠人戶錢一千餘貫充葢造州學使用等事件甚多其人西京廣有家活而昏病之年貪祿不止伏乞轉與一致仕官

一知汾州虞部郎中范尹年老昏昧不能檢束子弟在州販賣擾人民伏乞特與一致仕官

一憲州通判國子博士劉與年及七十行步艱難精神昏昧雖已得替伏乞特與一致仕官

一平定軍樂平縣監酒借職石貴本是軍中出職因捉賊不獲降充監當其人不識字又是獨員如允臣所奏乞下樞密院三班著爲定令

右謹具如前今取進止

乞罷刈白草劄子

臣昨至河東問得去年轉運司擘畫於諸州軍差兵士收刈白草數目雖多然其害不淺臣所過州軍皆稱白草爲患蓋河東山嶮地土平闊處少高山峻坂並爲人戶耕種惟荒閑草地去人絶遠兼又不多兵士收刈般擔地里闊遠工課不辦其兵士往往逃亡州縣遂差鄉兵及村民配數般擔百姓避見遠般辛苦裹費又多遂只將稈草送納非次更戍一種科配其納下真白草者支與軍人餵馬不及稈草又皆不樂及草場中不耐停留專副有損爛陪填之患兼虛占却雜役兵士諸處脩補城壁諸般工役處處闕人不便事多臣今略舉數事如後

一據遼州狀分析勘會在州及外縣寨專副楊晸等下山白草共肆萬柒阡伍伯陸拾肆束內在州每月約支叁伯壹拾叁束及

外縣寨每月約支壹伯肆拾餘束約得向去捌年零柒箇月支遣其上件山白草自去年八月已後至年終本州及外縣鎮差兵士并散從官步奏官承符手力諸色公人等入山收刈到逐旋般運赴場送納積疊收管其上件山白草若經今夏雨水必是大段損爛不堪經久存留委是詣實

一臣昨六月中旬內至保德軍聞得本處白草差百姓公人般擔至今尚未了疑其白草是去年秋間刈下積露田野必須損爛因探問得村外白草已並無其差配着擔草人戶卻於請白草兵士處旋買納官每一馱子三百文省

一據岢嵐軍狀自八月二日起首至十月三日住止元差兵士一千三十八人至放散日逃亡一百三十六人只有九百餘人入役收刈到草玖萬二千九百餘束將軍人請受諸般錢物計七千三百七十二貫文若比算買草價錢每束及七十九文省

一平定軍元差宣毅兵士刈草本軍爲兵士辛苦逃亡及自縊者一月中四五十人遂放散兵士差兩縣村民往往只將稈草送納折州亦爲刈下無人般擔配與百姓人戶亦多將稈草送納

右具如前其諸州軍各稱白草不便不能一一條列伏乞特降朝旨速令止絶緣臣昨七月初離汾州見轉運司已抽晉絳兵士稱於沿邊刈草竊恐卽今已下手收刈乞早降指揮放散況勘會本路一年秋稅和糴等草共五百餘萬束慶曆三年一年只支四百餘萬今年馬軍抽減歸京後馬數少於去年其稈草等數必不至闕少今取進止

乞免浮客及下等人戶差科劄子

臣昨見河東人民疲獘道路怨嗟蓋自兵革一興調斂繁重今兵未能減用未能節但當卹其貧困稍得均平則民力粗寬怨嗟可息往時因爲臣寮起請將天下州縣城郭人戶分爲十等差科當定戶之

時繫其官吏能否有只將堪任差配人戶定爲十等者有將城邑之
民不問貧窮孤老盡充十等者有只將主戶爲十等者有并客戶亦
定十等者州縣大小貧富既各不同而等第差科之間又由官吏臨
時均配就中僻小州縣官吏多非其人是小處貧民常苦重斂河東
諸州并州最大遼州最小并州客戶不入等第遼州盡入等第臣昨
至遼州人戶累有詞狀遂牒本州據州狀稱檢估得第七等一戶高
榮家業共直十四貫文省其人賣松明爲活第五等一戶韓嗣家業
二十七貫文第八等一戶韓祕家業九貫文第四等一戶開餅店爲
活日掠房錢六文其餘嵐憲等州岢嵐寧化等軍並係僻小凋殘之
處其十等人戶內有賣水賣柴及孤老婦人不能自存者並一例科
配臣勘會慶曆三年一年諸州軍科配惟并遼州火山軍三處第九
第十兩等人戶免得配率若并州免得則他處豈可不免蓋由官吏
臨時均配是致不均臣今欲乞特降朝旨下河東路一概將貧民下

戶減放差配今具畫一如後
一并州最大在城浮客不入等第遼州最小縣郭浮客盡充等第
臣今欲乞將遼州客戶比類并州特與放免等第其嵐保德
軍嵐忻等州亦有浮客充等第者緣彼處浮客當屯兵之地經
營物力過於主戶尚堪差配遼州荒僻與近邊州郡不同乞特
與放免
一臣體問得河北陝西二路州縣科配止於第六第七等今河東
除并遼火山三處外並差配下及十等臣今欲相度并晉絳潞
汾澤等六州在河東物力比他州富實其第九第十兩等人戶
乞與免差配其餘州軍第八第九第十三等人戶並乞特與放
免差配取進止
乞免蒿頭酒戶課利劄子
臣竊見河東買撲酒戶自兵興數年不計遠近並將月納課利支往

邊上折納米粟近又轉運司擘畫將課利稍多者四十九處並已官
自開沽其餘衙前百姓買撲者皆是利薄之處其衙前公人差遣重
難百倍往日而酬奬場務有利處官已奪之其見今利薄場務又更
有邊遠折納陪塡之費兌欠課額破家業被鞭撲不堪其苦其百姓
買撲者自兵興以來苦於支移輸納並無人肯承替有開沽五七年
十年已上者家業已破酒務不開而空納課利民間謂之蒿頭供輸
臣昨至忻州據百姓陳明狀稱元有蓋順天禧四年買撲酒務至乾
興元年身死家破什保人陳明等蒿頭代納至今二十五年臣遂差
崞縣令王旭於忻代二州一一點檢酒戶見今開沽及卽日正名身
死人戶蒿頭代納者尋據王旭狀列一十八戶係正名身死什保人
開沽送納十二戶係並無人開沽只是什保及干繫公人里正等陪
納及什保人家破後來承買什保人產業戶下蒿頭代納臣略行勘
會二州已有三十戶則諸州其數極多臣今欲乞下轉運司差官遍

詣諸州點檢應有蒿頭供納者並與開閣放免係代保人開沽并正
名買撲見開沽人並乞特與權免支移邊上三二年所貴利薄酒戶
稍獲寬舒況今沿邊粮儲不至闕少

舉陸詢武劄子

臣昨奉使河東得西頭供奉官并代州駐泊都監米光濬西京作坊
使并代州鈐轄王凱四方館使并代州鈐轄張亢內殿承制并代州
都監郝質供備庫使并代州都監田朏崇儀副使麟府路都監王吉
等六狀各爲進士陸詢武有材勇久在邊上累曾隨諸將戰鬬乞朝
廷錄用臣亦曾召詢武詢問其人曾應進士舉熟知邊事通習兵書
善弓馬有膽勇伏乞朝廷特賜收錄與一借奉職或縣尉名目安排
令於邊防或內地多賊縣分展効如後本人犯入己贓及不如舉狀
臣並甘同罪今取進止

論舉官未行劄子

臣近曾有劄子奏舉河東路提點刑獄張旨乞超換一近上使額替王凱勾當麟府路軍馬公事兼奏舉平定軍知樂平縣孫直方堪充代州通判替李舜元各未蒙朝廷擢用臣伏見近日保州兵士作過與國家生一大患只爲知州通判非人不能早察軍情制於未亂朝廷以此可爲鑑戒王凱在河外不得軍民之情及李舜元不曉邊郡事體臣所舉張旨孫直方並無僥倖但以臣忝在兩制奉朝命巡行邊郡所見官吏能否合有陳列兼臣並是同罪保舉伏望朝廷特加信納其張旨孫直方早與升擢移換

論永寧軍捉獲作過兵士劄子

臣近據永寧軍捉獲作過兵士已曾具結集作過因依聞奏訖蓋以河北屯聚兵馬雖多自來未有威名將帥鎭撫而卒士驕狠相習爲常昨自保州變亂之後安肅軍衞州通利軍等處相繼結集不已只如今來趙牧等本亦别無酷虐情狀只是偶然束試不當況自有部

署轉運提點刑獄司等處自可依公論訴豈得小不如意便謀結集
以此見雖是官吏乖方亦由驕兵好亂臣伏見有唐驕兵逐帥之禍
起自河北始務姑息養成大患況今河北爲國家重地事之利害所
繫不輕尤宜遠慮周思防微杜漸今官吏敗事偶寬責罰未至失刑
若驕兵過示姑息一啓其端則他時有不可制之患昨保州之事知
州通判並遭殺害其餘官吏各重行責降至今保兵自爲得志動皆
引以爲言而卽日統兵之官亦自始以爲戒軍威日削士氣益驕今
永寧之事亦因茲而馴致也其趙牧等雖爲可罪若便重行黜責則
河北驕兵結集竊恐自此漸多開啓其端養成後患以此而言趙牧
等可罪之人誠不足惜所可惜者朝廷事體也其趙牧等欲乞候斷
訖作過兵士且與移之河北隣近依舊資序差遣不使驕兵得志而
後患轉滋必欲更行移降事疑朝旨定逾時亦未爲晚

河東奉使奏草卷下

乞許同商量保州事劄子

臣準勅差充河北轉運按察使伏見河北驕兵作過見據保州招之未肯開門擊之未能速破諸將集於城下而進退攻取未有定計臣今偶被擬擢俾當繁使至於應副糧草軍需之類皆有司之常事臣雖竭力供職未足以稱陛下用臣之意臣今欲乞每遇軍馬攻討招撫應干保州事宜許臣與田況李昭亮等同共商量施行庶幾愚慮有裨萬一如允臣所奏乞特降聖旨劄子付臣及乞劄與田況等今取進旨

舉官劄子

臣近蒙聖恩擢備任使臣勘會本路州縣至多甲馬甚衆比於三路最號繁難況今兵據保州河決德博虜人對境未測事宜當此之時以臣非才驟當重責苟一敗職所繫非輕須藉衆能庶可共濟臣今

有奏舉下項官吏五人伏乞朝廷特賜勘會本路州縣闕員及有成資滿任闕處各與差除以備緩急勾當庶幾職務辦集不至敗悞今具姓名畫一如後

一前知長垣縣著作佐郎黄贊臣前任滑州通判日與贊縣境相隣熟聞其政治之迹本人近準勅移知大寧監竊知長垣縣係祗應北朝人使有例免得遠官臣今欲乞下審官院及開封府會問保明本官實曾祗應人使及合免遠官體例特除一河北路通判差遣

一權兖州掌書記龔鼎臣有詞學明於吏術歷官六考有舉主磨勘循資今又成一考見有舉主臣今欲乞檢會本人考第舉主特改轉一京官除注河北路簽判知縣差遣

一新授舒州團練判官徐玉爲性明敏有吏幹曉民政其人新授官未赴任臣今欲乞特除一河北職官或知縣差遣

一大廟齋郎姜濳有文行通曉民閒利病熟知河北事宜臣今欲
乞特除一河北路縣令或主簿差遣
一試國子四門助教李邊有膽勇材或本因白身効用捉賊得功
臣今欲乞特除一河北縣尉差遣
右謹具如前臣所奏舉黃贄等五人如蒙朝廷擢用後犯正入己贓
及不如舉狀臣並甘同罪謹具狀奏聞伏候勅旨

乞不親教閱劄子

臣近準中書劄子節文河北宜選轉運使二員密授經略之任使其
熟圖利害陰爲預備仰不住遍行巡歷所到據城壁并烽火臺防城
動使家事衣甲器械一一覷步仍躬親於教閱處試驗兵士鞍馬次
第者臣偶以不才被此責任若乃詢究軍民之利害相度山川之險
要幹運芻粟建易城寨以至按察將吏廉其否臧營辦工材督治器
甲如此等事乃是朝廷密授臣經略之職敢不盡心至如躬親教閱

此則主兵之官日行常事兼臣本司自有職事凡於軍政既不精專
而又所至州軍一歲不過一兩次暫時按視難盡精詳縱欲處置改
更未必皆當況主兵之權貴於統一侵官失職於理非便臣今欲乞
除點檢城壁器甲並依中書劄子內聖旨指揮外所有轉運使提點
刑獄司等躬親教閱一事乞更不施行如允臣所奏乞明降朝旨

乞許轉運司差兵士捉賊

當司準樞密院劄子節文奉聖旨令真定府路定州路高陽關部署
司各行移文字與合行本路管轄軍馬州軍今後每遇勾抽係路分
管轄軍馬候見本屬部署司文字即得起發幷劄付河北都轉運司
亦仰依此指揮
右謹具如前當司近因巡歷至邢州據趙州寧晉縣鄉兵部頭管用
德狀及口稱緝得昨來北京走却壯城兵士強賊一十一人見在趙
州贊皇縣窩藏乞差使臣兵士指引前去掩捕臣尋爲本州及側近

地方巡檢縣尉並在磁洺州會合見捉打劫武安縣賊人次側近應急別無巡檢使臣可差又緣近準上件樞密院劄子轉運司差撥兵士不得偶值宣撫使富弼到邢州遂具狀乞就差使臣兵士已差殿直高惟正帶兵甲前去掩捕次臣看詳近降樞密院劄子蓋爲大段起發兵臣須候部署司勾抽不欲令他司侵主兵之權事要統一敢不遵行臣欲乞今後遇有強惡賊人之處巡檢縣尉地分遙遠未能救應中間許令轉運司於就近州軍勾撥兵士一二百人以來應急掩捕所貴不致透漏強惡賊人其餘大段起移兵馬卽依近降樞密院劄子指揮如允臣所奏乞降付本司及部署司施行

奏洺州盜賊事

今月十日準樞密院劄子邢州駐泊都監胡承澤奏近準樞密院劄子監逐大名府磁相邢洺州巡檢等捉殺賊盜者今有賊人徒伴殺併到軍賊頭劉貴首級幷前後捉殺獲共七人外只有三兩人見已

殺併散相度更不消臣監逐收捉欲乞却歸邢州管勾本職公事候

旨奉聖旨令河北都轉運司相度指揮訖奏

右臣昨自到任累據北京邢洺磁等州節次申報軍賊或十人十五

人至二十人在西路數州之内驚劫人戶掠奪遞馬并鄉村生馬騎

乘倏忽往來不辨頭首姓名及每火人數尋根問得元有殺巡檢縣

尉軍賊劉貴一火及近日大名府走却壯城兵士九人共兩火略知

姓名雖曾捉殺得數人然其餘黨昌熾愈甚或旋合火伴或脅逐村

人到處一二十人動成羣隊臣今月九日巡歷到洺州南準本州巡

檢走報稱有軍賊十四人打奪臨洺界馬遞鋪同時又據磁州申武

安縣軍賊二十人入縣衙鬭敵傷着兵士及燒却草市當日又據權

巡檢殿直高惟正申邢州沙河縣九月一日有賊一火打劫村民史

秀至十一日臣離洺州至故城馬鋪又聞前面馬鋪有賊四人白日

騎馬帶甲羣行過往向東雞澤縣賊勢如此交横其巡檢縣尉等並

各未見向前捉捕臣雖已一面催促巡檢縣尉等及牒逐處併力掩捕及體量巡檢縣尉內有畏懦不能捉賊者續乞替換行遣次不委胡承澤妄有申奏只有三兩人未獲意欲速罷捉賊差使兼臣曾召承澤問當口稱奉宣監捉本不令躬親捉殺兼宣撫使富弼已權差供奉官武承孚內殿承制魏辛等充邢洺五州軍捉賊方今盜賊勢雖未衰其胡承澤臣已牒令却歸本任去訖

乞一面罷差兵士拽磨

右臣準中書劄子訪聞昨來石待舉擘畫酒務內令兵士拽磨所貴省得草料轉運司尋依此遍下諸州軍施行訖今仰立便指揮只依舊用驢子拽磨仍具因依聞奏臣今檢取到元初一宗行遣公案勘會得慶曆三年十一月九日轉運使張沔因巡歷到保州本州通判石待舉擘畫申請乞更不差磨憔驢子只以廂軍兵士推磨所有轉運使張沔尋依所申行下今來朝廷指揮仰疾速止絕本司相度即

日己是秋深磨憔踏麴罷多日兼又保塞亂兵纔息若非時急行出上件指揮深慮扇惑小人別致引惹欲乞直候來年將及踏麴之時只作本司一面行遣依舊却差驢子所貴不至張皇引惹謹具狀奏

聞

奏李昭亮私取叛兵子女

右臣近巡歷至保州訪聞得部署李昭亮昨因保州開門後入城將雲翼第九兵士妻女分配與諸州軍軍員等本為是作亂兵士妻女配與軍營要行戒勵却於其中揀選軍人女子先自將入昭亮本家及手下兵士使臣通判官等遞相倣傚亦各私取歸家軍民傳聞道路喧沸其李昭亮等知臣覺察舉行遂却轉遞出外即日未知去處尋據定州通判馮博文狀陳首稱收得長行許秀女一人臣等勾到許秀女子小姐及元傳送兵士楊遂王在共三人已牒送真定府通判王鵬於本府置院推勘去訖謹具狀奏聞

乞不詰問劉渙斬人

臣近知吉州刺史劉渙新到保州因點檢軍資庫有虞侯張吉無禮及擅開金銀籠子不伏知州指揮已行處斬訖竊聞前轉運使張沔會具奏聞深意朝廷別致疑惑況保州新經兵亂河北士卒素驕處置權宜難依常法伏乞朝廷更不詰問所貴不致引惹今取進旨

訪問逐州利害牒

當司勘會轄下州軍縣鎮地里闊遠戶口財賦兵甲甚多逐處官吏所見公私利病竊慮當司巡歷未到之間無由一一詢訪須議專行公文者牒具如前事須牒某州候到仰遍牒在州及外縣鎮官員內有見得本路及本職務不便事件及民間弊病可以興利除害者並密具文字子細條列直赴當司投下以憑看詳可否

乞不令提刑司點檢賞給

臣近準樞密院劄子節文河北諸州軍將來所支廂禁軍賞給折支

奉聖旨劄與轉運提點刑獄司疾速分頭遍行點檢續準宣頭節文
今下河北轉運使副提點刑獄朝臣使臣候到逐處將賞給物色若
是估價尚高便仰重行估計其劄子宣頭並不得下司者臣伏詳朝
旨本爲賞給之物不可虧損軍人又緣士卒素驕亦須鎮靜故每于
賞給文字多令不得下司者蓋慮張皇卻生引惹今若只令轉運司
點檢即可以因巡歷名目每到州軍自合點檢倉庫因便於軍資庫
內點檢如此方可不至張皇其提刑司自來不管錢穀忽至州軍卻
入軍資庫點檢即兵士皆知朝廷畏懼軍人特令點檢如此卻成引
惹又慮諸州軍見自來提刑不管錢穀忽要入軍資庫不肯應副則
須明言有朝旨點檢賞物又全違不下司之意有此事體不便伏乞
朝廷專責轉運使一面點檢準備況臣累準朝旨指揮丁寧嚴切已
各行下諸州軍及見巡歷因便點檢亦恐州軍數多南郊漸近遍到
不得即乞密委本州通判等就點檢所貴不至張皇如允臣所奏乞

明降聖旨指揮更不令提刑司點檢所貴別不張皇引惹取進止

保舉王果

右臣等伏見前知定州皇城使王果移知密州或聞朝議罪果昨攻保州之日傷中兵士數多及縱兵掠奪南關人戶財物所以降移差遣臣等體量得昨來保州兵士作亂之初便欲自南門突出賴果領兵力拒守得南關賊既不能奔突遂閉城門兼初閉門之時尚可斬關而入爲諸將心不齊一致果不能獨進其兵士傷中人多蓋是果能得士死力奮勇爭先雖有中傷尋各完復其後累降招牓賊衆據城投降亦因外兵攻圍示以必取賊知窮蹙方肯聽命果之力戰不爲無助其南關人戶財物乃是招收兩指揮初作亂之時先自南關劫掠然後入城果到南關只令兵士於招收叛卒營內就其糧水兵士或得些小物色多是叛卒遺棄之物然東關人戶亦不免劫掠昨來保州城開之後兩關人戶皆有狀稱劫掠財物不少足明因亂被

刼不獨南關蓋緣王果爲性剛勇奮不顧身但務盡忠不恤毀譽若
朝廷當用兵伐叛之初爭先登効命之將使冒矢石中傷者被責而
被賊不戰偶無傷中者得遷竊慮賞罰失中無以勸戒兼臣昨因巡
歷至沿邊州軍訪聞軍民嗟憤皆以果當被賞而不意被責累經本
司及宣撫司陳訴舉留伏望朝廷審察愛憎之言保全忠勇之士其
王果伏乞特與清雪復一河北沿邊重地差遣所貴下叶軍民之議
激勸將吏之心謹具狀奏聞

保明張景伯

準宣頭節文磁州奏據武安知縣張景伯申今月六日有軍賊約二
十餘人入縣圍却縣城有守把兵士三十餘人於縣門樓上相射賊
人中箭後便惚出往城西草市打刼劉簡家財物乞指揮收捉去訖
奏聞事宜令河北都轉運司疾速體量詣實如是上件賊人曾打刼
縣城裏面人戶財物所有本縣官員仰依近降指揮取勘施行并下

提刑司火急指揮應干繫地分都同巡檢使臣及捕盜官等仰立便
部領兵甲弓手等會合捉殺須管敗獲所乞權差兵士百十人防護
縣城即仰轉運司疾速相度差撥訖奏聞者
右謹具如前當司勘會先據磁州狀申今月六日有軍賊二十餘人
入武安縣內打劫被知縣張景伯部領守把兵士於縣門樓上相射
賊人中箭出往城西草市內打劫劉簡家財物粘逐前去值夜捉賊
不獲乞差巡檢縣尉會合捉殺及乞於諸縣添差守把兵士及權差
義勇防托當司尋遍牒都大捉賊徐夔及地分巡檢縣尉等分頭捉
殺及牒磁州差兵士義勇量支器甲防守縣城相次據徐夔及沙河
縣令甲斫到賊頭一箇及胡承澤申永年縣百姓殺頭二箇又據磁
州申活捉到軍賊張㝡一人斫到徐木大趙二頭二箇其餘並是元
被賊人驅虜去遞鋪兵士及百姓等並各詰逐處首身訖外即目磁
洺之間別無賊盜當司體量得上件賊人元初於武安縣打劫被知

縣張景伯與兵士三十餘人用命射中賊人致其潰散因此徐㬚等
接勢收捉斫殺方得盡靜其武安縣吏難議更行取勘謹具狀奏聞

乞罷郭承祐知邢州

臣近日伏覩差郭承祐知邢州臣自蒙朝廷差充轉運按察使已來
前後累準密降不下司宣頭劄子令常用心體量轄下官吏臣細詳
朝旨本爲河北於天下諸路最爲用武之地曩因北虜通和之後弛
備多年一旦恐有事宜百事隳廢朝廷悔鑑前弊故先慎擇官吏務
欲脩整頽綱昨準宣頭節文一十九州軍擇人久任外其餘州軍長
吏令中書門下樞密院選差并下轉運司體量大小文武官不堪其
任者不得容庇不才因循不切糾舉却致臨事闕悞朝廷留意河北
丁寧切至如此加以近自保州兵亂之後至今民尚虛驚軍情未帖
相次順安軍瀛州安肅軍衛州通利軍等諸處不住驕兵扇搖結構
當此之際臣實不意選差郭承祐爲河北長吏承祐頃知澶州引惹

修城兵士幾至作鬧去年差來河北將兵臣在諫院曾極論列尋罷知相州貪穢之狀狠籍多端又爲按察使張昷之奏論罷爲北京部署今者移陝西遷延不去又以邢臺委之當河朔多事朝廷丁寧留意之時承祐累任不離河北不審其人果以何能當此慎選承祐庸劣貪穢奴廝之材若以曾効僕使之勞不忍廢棄豈無閑處可畜養之況邢州北連鎮定控扼西山軍馬所屯人民繁富禦戎鎮俗尤須擇吏萬一乏人選差止得中常之材尚勝承祐伏望朝廷顧惜河朔名藩重地不使庸劣小人壞之其郭承祐伏乞特賜指揮罷去邢州別選差人取進止

再奏郭承祐

臣昨覩朝廷差郭承祐知邢州已曾具劄子奏論乞別選差人至今未奉朝旨臣昨因準中書劄子權知成德自邢州經過見其城壁嚴整居人繁富不惟爲朝廷惜此名藩重地兼痛惜一城軍民將罹其

壽仍採問得邢州之民自聞朝廷差下郭承祐其上等人戶各訴免行戶及欲逃移他郡緣承祐久在河北其贓穢之狀人盡知之竊恐朝廷未知民情不悅如此謹再具奏聞取進止

五保牒

當司檢會轄下諸州軍近年不住申報盜賊羣火極多蓋緣盜賊必先須鄉村各有宿食窩藏之處及所得贓物常有轉賣寄附之家然後方能作賊所以自來每有羣盜驚劫及至官司捕捉又却分散不見蹤跡卒難尋覓蓋為鄉村不相覺察致得姦盜之人到處便可容隱兼檢會準戶令諸戶皆以隣聚相保以相檢察勿造非違如有遠客來過止宿及保內之人有所行詣並語同保知雖然有此令文州縣多不舉行昨因巡歷到通利軍問得舊來常有盜賊逃軍為患近歲黎陽衛縣各將鄉村之人五家結為一保自結保後來絕無逃軍賊盜公私簡靜其利甚博須議專有施行

右具如前當司相度隣聚相保之法是國家見行勅令於公私甚利然今既舉行若縣令非才不能制馭公人胥吏則勾追搔擾未見其利先爲民害以此當司未欲一槩遍行指揮今且於轄下諸縣東選知縣縣令公明材幹可以差委者先次施行數內某官見知某縣事須實封專牒某官候到請詳前項事理施行當司所錄去合保次第只是大綱若更有合從彼處民便別加增損事件亦請一面增損施行仍請先具如何施行次第公文供報無至張皇鹵莽者

乞推究李昭亮

準中書劄子節文奉聖旨馮博文爲陳首特放更不置院推勘如更有官員使臣等將帶却保州作過兵士人口往本家者並許陳首亦與放罪仰本處依前來體例配與軍員收養者

右謹具如前當司昨爲真定府定州等路部署李昭亮身爲大將不能統轄致得保州兵士作亂及朝廷累降勅牓屈法招誘叛卒方肯

歸降旣城開之後其李昭亮轉帖號令諸軍不得私取人口幷財物
却先將叛卒女口私入本家當司爲見李昭亮忝爲大將不恤國家
憂患幸此亂兵利其妻女當司職在按察理合舉行遂當面詢問李
昭亮其人妄稱不曾收得及通判馮博文處亦有一人知臣覺察遂
急送保州陳首當司爲要見得李昭亮處私取叛兵士女口歸着遂
勾追馮博文處許秀女一人及轉送兵士等於真定府差官置院根
勘本爲要李昭亮私取手下叛兵妻女歸着今準中書劄子內上項
聖旨指揮欲乞除馮博文特放更不推勘及其餘官員使臣等未發
覺者並許陳首外其李昭亮身爲大將不憂國家幸此亂兵私取妻
女其情理不輕况已發覺無容自首伏乞許臣根勘見歸着奏取勅
裁兼本司已牒推勘院令疎放馮博文處許小姐及催促根究李昭
亮私取人等早行結絶未得斷遣繳送當司以憑看詳聞奏去訖伏
緣當司職在按察今來若舉察轄下官吏未容根究便行疎放卽按

察之司是爲虛設今後官吏作過者無由糾舉伏乞朝廷特賜詳察

謹具狀奏聞

乞將誤降配廂軍依舊升爲禁軍

當司近牒真定府定州等路部署司取索昨來保州分配作過兵士人數尋準部署司公文分析到一宗分配兵士人數內二千一百六十五人配諸州軍禁軍一百九十八人配諸州軍廂軍臣昨因巡歷到通利軍勘會本軍分配係保州分配來兵士共九十人內八十人配禁軍武衛指揮十人配廂軍威邊保節指揮尋體問所配禁軍兵士八十人並是城中作過殺戮吏民劫奪財物汚辱良善靡所不爲其人等並各配禁軍指揮仍升得軍分其十人配廂軍者元在保州城外巡警聞城中兵亂遂投定州別不曾作過當分配之時卻責以擅離地分降配諸處充廂軍仍體問其人等爲見城中作過兵士卻升得軍分亦累曾經知軍出頭有狀聲冤稱無過降作廂軍本軍不

敢接狀然亦以其人等怨忿不敢差使功役只與閑慢處窠坐羈縻
當司看詳部署司分配保州兵士之時升降之間顯是倒置今來通
利軍威邊等兵士被作過之人升得軍分事相形比不得無言今若
先其無事之時便與措置尚全大體若萬一漸形怨忿別起事端至
時難爲鎮靜不免改更則轉更引惹驕兵生事者
右具如前當司雖子細體問得上件降充威邊保節等廂軍事節蓋
慮引惹又不敢親喚本人取問分配因依今錄白部署司元牒分析
到廂軍人數頭連在前欲乞特降指揮下真定府定州等路部署司
分析元降配諸處兵士允係是何指揮及坐何等過犯降配若會問
得與當司體問得事理不別即乞將降配廂軍人數只作因南郊該
恩赦却與升爲禁軍所貴於事稍允伏乞早降指揮

乞一面除放欠負

臣竊見自來每遇南郊赦勑除放天下欠負朝廷雖示恩卹而有司

未嘗奉行是致天下常有積年欠負累經赦宥除放不得使破敗逃亡之人傳子至孫攤在親戚干繫人等追擾陪填不勝其苦臣究其弊蓋爲先降天聖編勅內欠負官物該恩除放者須得諸州軍及轉運司節次保明申奏送三司幷理欠司定奪經歷官司既多則往復問難拖延日月故每一次赦恩除放則未能了當者蓋由關防太密經歷處多使赦宥之恩擁隔不能及下而官司胥吏反爲搔擾之資臣伏覩今年赦書節文內所該欠負官物特與除放者若干項內若干項並特與除放內一項卽令本屬及轉運司保明聞奏切緣雖申奏下三司理欠司卽不免往復問難拖延日月使除放赦恩不時及下臣今欲乞除赦文內一項元指定令保明申奏者依赦施行外若干項係赦恩特與除放者並許轉運司子細勘會先行除放訖一面申三司及理欠司乞行點檢如敢夾帶不合除放之人誤行除放者其轉運司官吏並料違制之罪況三司轉運司俱是掌錢穀之司其

轉運司尤以聚斂爲功只患刻剝大過雖不經三司覆驗必不敢濫
行除放如允臣所請乞特降指揮下諸路申明赦文內令保明者並
須申奏其餘特與除放者許轉運司除放訖申三司今具畫一如後
一應乾興年已前諸州軍帳內有樁管諸色欠負年深及累經界
分登帶不見年代名件見無家業抵當及正身亡沒配流不在
攤在妻男及干繫人處理索自來催納不行者不以有無侵欺
盜用並特與除放此一項臣今欲乞先行除放訖申三司
一今日已前諸色欠負官物并於干繫十保人處攤理元不顯侵
欺盜用者或雖是侵欺盜用本家并干繫十保人內有委實見
無抵當者並仰本屬及轉運司保明聞奏當議特與除放此一
項臣今欲乞依赦文保明申奏
一應陝西河東諸般綱運般送衣甲器械等緣路死損却官驢騾
并磨擦損折潰污及去失疋帛係剝納虧官錢元不是侵欺盜

用者並與除放此一項臣今欲乞先行除放訖申三司
一應天下州府軍監縣等應干繫節級手分自來有失行遣催納
官物并誤行支遣委不是啓倖侵欺見行攤納者並與除放此
一項臣今欲乞先行除放訖申三司
一應慶曆三年終已前諸道州府軍監人戶先因災傷支借過貸
糧草斛㪷除納外見在欠數目並特與除放此一項臣今欲乞
先行除放訖申三司
一應慶曆三年已前諸處夏秋因災傷倚閣稅數並特與除放此
一項臣今欲乞先行除放訖申三司
一應今日已前幕職州縣官在任及未到任亡沒者如曾借過月
俸並特與除放此一項臣今欲乞先行除放訖申三司
一應諸般啓倖隱陷稅租今日已前已根磨出累年積欠數目見
行理納者並特與除放此一項臣今欲乞先行除放訖申三司

一應羊綱死損虧折斤兩別無欺弊者並特與除放此一項臣今
欲乞先行除放訖申三司
一應江淮兩浙荆湖福建川峽等州軍監并黄河在京肆排岸稍
工兵士牽駕綱船般運物色內有少欠元無欺弊見尅折請受
者並特與除放此一項臣今欲乞先行除放訖申三司
一應諸處有水火損敗官物及綱船遭風水抛失不虛及賊偷盜
勘會分明別無欺弊者並特與除放此一項臣今欲乞先行除
放訖申三司
乞真定府分驍武兵士別作指揮
臣勘會昨準河北宣撫使司指揮真定府驍武雲翼共五指揮各以
五百人爲一指揮外共賸併出九百三十七人別爲兩指揮本司已
依近降樞密院劄子未敢分擘先具分擘團併人數聞奏聽候朝廷
指揮去訖臣檢會昨準宣撫司劄子下河北諸路分併指揮兼令轉

運司應副木植人工修蓋營房其諸處各爲少闕材木未曾修蓋營房仍未及分併指揮之間已準樞密院劄子令奏候朝旨以此諸州兵士指揮各未曾分擘營房亦未敢脩蓋惟有真定府一處爲有見在木植甚多於未降到劄子已前尋便依準宣撫司指揮踏逐到營房地支撥一色新好材木修蓋到營一座即令將欲了手元指定作驍武兵士各爲住營內人多屋少多是兩三家共住一間經夏暑雨存住不得爲見官中修營分擘指揮人各忻然遂其私便各自用功修蓋全不曾催督只及月餘已相次了手竊慮朝廷元降劄子指揮內有七百人已上處方許分擘今來驍武三指揮各只是六百四五十人已上以此不令分擘又慮朝廷不見得本府驍武兵士已共力興工蓋成好屋今若却不令分擘即恐兵士已指望上件營房屋住頓然失望於軍情不便伏乞朝廷特賜詳察其諸州軍即須候奏得朝旨分定指揮方得興蓋營房其真定府一處已蓋了營屋者伏乞

早降指揮許令將驍武兵士分擘爲一指揮於新蓋成營內居住所貴下順軍情別不生事仍乞檢會部署司前奏人數早賜施行取進止

乞放行牛皮膠鰾

臣累據轄下州軍狀申爲脩造添修兵器乞牛皮筋角膠鰾物勘會本路見在常是全然闕絕民間雖有禁法合逐旋納官及點檢帳曆亦全無人戶納到數目亦曾聞奏及申三司乞自京師支撥又爲京師諸庫各稱亦是數少或累申奏不曾支得縱或支下亦數目不多應副使用不足其諸州軍又爲上下催促造作甚嚴每於難得之中或時支得些小不暇揀擇好弱兼更使用不足須至減料那融只且備數修脩僅能成器全不堪用今河北一路兵器萬數雖然不少而精好堪用之器十無一二臣究其弊蓋爲皮角筋膠難得之故臣因勘會自來國家明有禁法民間筋角須盡納官河南膠鰾又不許過

河北既有此禁便合民間更無兵器今河北見管義勇十七萬有餘人人自有私弓弩此是官司明知其數者更有不係義勇之家例有弓弩不少其筋角膠鰾從何而得能致弓弩如此之多以此見國家禁法未便只是禁得官中絕無民間不能禁止臣今有起請擘畫事件伏乞朝廷特賜詳度如允臣所請乞賜施行庶得今後更不專仰朝廷輟那支撥而物料漸有兵器可精今具畫一如後

一未兵興以前舊制民間自死牛皮筋角並中賣入官量爲三等支價錢其不及等者退還百姓及許客旅販賣官中置場收買當時公私却不闕少自兵興後來改法甚嚴人戶自死牛馬皮筋角限半月赴官送納許人陳告隱藏者支賞自有此指揮後來人戶絕更不曾經官送納亦無人告者隱藏者豈可二年之內舉河北牛馬全然不倒死以此足見改法之弊蓋其拋死牛馬已是下民之苦更不支得價錢令人戶自納及更令陪錢於

官司使用了納又令盡底納官絶却民間使用以此民不爲便
緣此等物各是民間要用之物陳告又支賞錢不多所以各相
蔽蓋無由發露今年雖亦許破官錢收買緣已有上項盡底納
官之條民若不納官而中賣卽是違禁之物以此收買不得臣
今欲乞却依天聖編勅及前後舊條許人戶自死牛馬皮筋角
中賣入官分爲三等支錢不及等者退還本主及置場收買客
旅興販者如有及等皮角不中官賣卽許人陳告如此所貴却
似舊日公私各獲濟用
一臣體量得河北私置弓弩並無河南過者膠鰾只是河北自有
蓋滄州大海出魚不異南方及塘泊之中魚亦不少河北人民
並能煎鰾出處只百十文一斤自來民間公行官司只是黃河
不放過南膠外本土膠鰾州縣無人點檢禁絶民間取足使用
但官中自禁耳臣今欲乞滄州及瀛保等州相度置場收買必

然大段易得糴處議者猶恐官既收買則民間公行因此北界

爲不便況今官雖不買民間亦不曾禁北人從來不藉南界販

糶豈聞無弓使用以此言之不足疑也

右謹具如前所有牛皮筋角等臣只見得本路利害仍乞更下諸路

轉運司相度利害取進止

乞展便糴斛㪷限

當司近準三司牒爲便糴斛㪷仰依編勑至三月終住便更不展限

者當司勘會沿邊軍儲事大累年斛斗入便不敷慶曆元年只便到

八十五萬二年只便到四十五萬三年只便到一百四萬今年方遇

豐熟正是好行入便之時價例比去年大段低減兼每年客人雖有

斛斗不肯便行入中須待體探年歲豐儉及伺候官中價例高低常

至三四月間方始猛來入中今若只於三月盡頓然中止卽邊儲大

段闕悞況元抛四百餘萬斛斗卽今全未糴得莫州元抛二十萬方

糴便到一萬二千有餘信安三十萬方便到四千有餘霸州一十九
萬方便到三千有餘其餘大約似此全未及數只指望四五月間趁
逐入便若便及省司元抛數目只及四百萬石不得一年約支之數
若頓然住却必見大段誤事者
右謹具如前伏乞朝廷特賜詳酌體認河北軍馬糧儲事大兼累年
便糴不前趁此年豐價賤之時且乞依常年便糴至五六月已來只
便及省司元抛數目卽止兼自有便糴已來年年展限客人以習慣
其事皆廣爲計置直候依常年四五月方來入中今若只於三月止
住卽不惟全無入中致闕乏悞事兼恐賺悞客人向後無由入中伏
乞特下三司許令且依當年體例候糴及元數別聽朝旨仍乞速降
指揮

乞置御河催綱

臣伏見沿邊鎮定等十六州軍每年入中斛㪷並支在京一色見錢

自來不止全仰沿邊入中亦於近裏州軍計置斛斗從御河漕運輸
邊所以軍儲不闕近年廢却御河運船不曾般運只藉沿邊入中加
又京師近歲難得見錢客旅交鈔無價雖於沿邊多添價例終亦入
中不前近裏州軍却合相兼計置然須先修運路俟漕運路既行方
敢近裏儲積今有擘畫事件一乞復置御河催綱二員一乞將見行
三說新法地分與沿邊見錢糴州軍分爲兩番更互入中所貴漕運
通流邊儲易備在京亦省費見錢之半今具利害畫一如後
一點檢本司帳曆係管御河堪好糧船一千八百隻見在只有三
百餘隻內一千五百隻不知所在自來不曾點檢見差官二員
根磨尋覓至今未見歸着其見在三百餘隻每年亦全不曾般
運斛㪷只是雜般虛名占使蓋由御河催綱廢罷後來綱運無
人提轄致得綱梢偷減拌和濕爛損惡却饋邊之粟因此轉運
司漸廢漕運之利殊不思若只仰沿邊入中則在京廣費見錢

在京錢少則沿邊亦難入中兼昨本司近據廣信軍通判蔣賁
擘畫求得江南配來船匠打造鏁栿船比舊船減省得物料人
工又可以封鏁不令偷拌已打成一隻甚見利便見今廣謀打
造次臣今欲乞朝廷却復催綱二員一員依舊於大名府一員
於乾寧軍漸用新船與行漕運之利

一勘會沿邊十六州軍元係見錢便糴外近裏大名府等七州軍
近年已許客人三說入中然二法不可並行若兩處鈔價苦相
爭即客人只就近裏入中蓋沿邊全少土居斛斗皆藉近裏客
人販去中官若沿邊價高有利即近裏少人肯入以此二法並
行未便臣今欲乞將見錢三說二法分爲兩番一年於沿邊見
錢入中則近裏權住三說次年於近裏行三說即沿邊權住見
錢若近裏入中而權住沿邊斛斗無所往官中便糴必多若沿
邊隔年一入則京師減費見錢之半不至滯却客鈔則沿邊入

中亦必多矣若明立二法分番示信於客人則久遠不勞朝廷
改法自可省得見錢邊備亦易計置然近裏沿御河州軍用三
說本要輸邊則須先修運路故先乞復催綱二員也
右謹具如前臣所乞復置催綱及糴便利害伏乞朝廷特賜裁度如
允臣所請即更有約束條件候朝旨別具奏聞
乞催納放外稅物
臣等近覩赦書節文應今年係災傷處已經體量見欠稅物未得催
理奏取指揮當司勘會本路一十二州軍各係水災人戶已委官體
量到合放稅數具帳申奏其放外稅物並是見在苗畝上合納稅數
若更行減放則姦倖之人枉有拖陷省稅及元計度軍儲失備已具
狀奏聞乞將第四等已下人戶依赦取奏朝旨外第三等已上人戶
放外合納稅物乞許依例催納至今未蒙指揮當司今再將合納合
放稅數勘會合放稅數已及七十四萬餘石束貫外合納尚有四十

餘萬若更行減放卽恐無名虛放數多軍儲大段失備況今年河北大豐熟三二十年未有如此豐歲其係災傷地分已盡數檢放外合納稅數若於豐歲更行除放卽恐軍儲失備將來歲不常豐或小遇不熟及緩急闕乏不免卻煩科斂臣等今欲乞朝廷檢會本司前奏特降指揮其第三等已上人戶除已放外合納稅數乞依例催納外第四等已下人戶放外合納稅數仍乞與免支移折變只令納本色或見錢則優倖已多所貴赦恩下及貧民上戶不至僥倖兼卽今輸納是時如允臣所請乞速降指揮今取進止

乞置弓弩都作院

當司勘會近曾擘畫乞於磁相州置都作院打造兵器已蒙朝廷依奏及差到監官等見催促磁相州蓋造營房作院及抽束工匠打造一色精好器械次切緣磁相二州只是鐵作院所有弓弩元未曾別有擘畫當司今相度得西山一帶所產弓弩良材甚多自來係相州

盤陽務採斫應副諸處使用今欲乞就近於邢州置都作院一所專打造一色好弓弩久遠甚爲利便蓋緣弓弩二物於兵器之中最難打造尤要精專至於煎膠披筋各有法度燥濕寒暑有日時製造遲速之間若一事不精遂不堪用兼亦不久易損壞見今諸州軍弓弩造作之時既皆草草造成不久尋復損壞又須從頭修換一番修換未了一番已却損壞卽目諸州並不暇打造新弓弩只是終年修換舊者積壓無由了絶有打造成後不曾經使已修三五次者修換既頻轉不堪用虛費人功物料久遠誤事不細其弊如此蓋由散在諸州打造工匠及監官皆不齊一本司亦難爲點檢故也若蒙朝廷許置都作院卽選得專一監官柬擇精好工匠製定二料法式明立賞罰可以責成兼亦易爲點檢者

右謹具如前所有磁相州鐵作院并今來起請弓弩都作院䂓置事初合立規法欲候朝旨許置弓弩作院䂓置事一就條列續奏乞賜

指揮遵守施行次伏乞早降指揮謹具狀奏聞

乞再定奪減放應役人數

臣勘會轄下州軍使州院節級前後行并通引官客司書表司等並各於元定勅額人數外有影占上等人戸前轉運使張昷之等遂令諸州軍據元額合留人數外剩占之人並減放歸農雖減得人數不少其如當時逐州行遣不一或不問戸等高下從下名減放者或有於下名之中柬上等人戸影占之人減放者或有不問節級前後行只柬上等人戸減放者遂致減放之後不絶詞訟近累據減放公人等過狀却乞收敘又緣諸州減放事體不一若盡據減放之人却行收敘則顯違先降勅條額定之數若全不收敘則又有前行節級繫名多年者難盡不收亦有州軍經減放往往輒已行收敘者臣等兼檢會日近雖有條貫前行不免里正然額外人多終是不便若額外手分無賄賂乞覓之倖則不可使其更當兩役若有賄賂乞覓之倖

則不當額外剩置人數以此而言只合依勅額爲當竊以事旣干衆必欲州縣久遠遵行則須乞自朝廷明降指揮庶爲定令臣等今欲乞特降朝旨申明元定人數許本司遍取轄下州軍見管人數及已減放之人衮同依入事年月上名下次排連從上據勅額元定人數存留外截下額外之人不問戶第高下一時減放如此則年深上名卻得收敘額外盡減又不違勅條內有州軍元定人數全少後來戶口增盈及公事委實繁多之處乞許本司差官定奪量與添人具數聞奏立定爲額庶絕詞訟兼可永久遵行取進止

乞不免兩地供輸人役

近又準中書劄子節文知保州劉渙奏欲乞朝廷相度沿邊州軍應係兩地供輸人戶比附一州軍內人戶量與減免州縣色役奉聖旨宜令轉運司勘會聞奏本司方行勘會相度次續再準三司牒伏乞朝廷指揮內有界河北兩地供輸衙前兩地人戶全放歸農只令輸

納稅賦奉聖旨依所奏施行臣勘會沿邊界河以北百姓雖有兩地供輸虛名其稅賦已經太宗皇帝朝全放卽今只於北界納稅唯有差役則兩地共之今若全放界河北人戶差役卽是稅賦差徭全不屬中國所管旣不能賦役其民卽久遠其地亦非中國之有此事所繫利害不輕又緣放免界河以北人戶歸農指揮元不曾降下本司相度只是朝廷下三司直降下沿邊施行已行之事雖失難追然昨來所放只是衙前客司第一等人戶差役所有以次戶第等諸般差遣竊慮人戶援例別有詞說及邊臣更有奏請乞不與施行其劉渙起請亦乞更不施行取進止

再乞不放兩地供輸人色役

臣勘會本司近準三司牒爲臣寮起請沿邊乞減放兩地供輸衙前及係自京支下官物並令三司差軍大將管押前去及係外州軍支撥者卽令支下州軍差衙前人管押赴逐處奉聖旨依奏施行臣看

詳臣寮所起請上項三節事理內減放兩地供輸衙前及般運官物令支下州軍差衙前管押此二事甚爲不便其兩地供輸人減役一節本司累曾具不便利害奏聞近因程琳有奏已蒙朝廷行下却且依舊差役外有般運官物令支下州軍差衙前管押此一事蓋是元起請臣寮不見得本司逐時支移官物次第所以不詳利害切緣河北一路沿邊州軍每年所用絲綿紬絹見錢等數目不少並只出在瀛滄德博四州每遇邊上州軍少闕卽本司於此四州支撥無有虛月若一一並令此四州衙前盡應副沿邊諸州軍卽衙前人數有限官物般運長無虛月其四州本處亦各自有重難差遣要人差使若如此施行不待久遠只年歲閒立見四州衙前破蕩盡及逃亡避役有悞緩急沿邊闕絕要用之物般運不前況自去年河水決溢德博二州人戶災傷貧困及係災傷地分破敗場務甚多正是衙前人等困乏不易之時尤宜存恤臣今相度若令沿邊州軍各自般運則每

年轉數不多若一切令此四州應副沿邊州軍則大爲繁併臣今欲除自京支與沿邊綱運不多乞令自京差軍人將外所有本路支般官物並令沿邊且依久來體例般運所貴各得均濟今取進止

乞重定進納常平倉恩澤

臣等勘會本司近爲諸州軍有人戶進納常平倉斛斗檢會到元降勅命內定到等第恩澤太優比省倉進納軍儲數目全然數少竊以募民入粟鬻以官爵蓋是國家權宜不得已之事苟遇軍須闕乏不欲科率人民權許兼幷之家進納誘以官爵蓋備一時緩急之用其常平倉乃餘力惠民之所及豈容兼幷之家緣此僥倖恩澤兼慮豪民見常平倉納物不多見得恩澤一向只就常平倉進納更無進納軍儲之人失權宜鬻爵之本意本司爲見有此不便曾具狀申奏乞增應常平倉進納物數與省倉進納一般所貴杜絕僥倖兼不妨招誘進納軍儲具狀申奏多日至今未蒙降下指揮後來累準提刑司

牒諸處漸有人戶進納常平斛斗蓋爲恩澤僥倖所以人戶各來進納本司爲已有申奏起請乞增數目見聽候朝旨已各牒逐處且令未得受納伺候朝廷降下指揮今再具畫一常平倉并省倉進納軍儲數目酬獎次第伏乞朝廷比類裁酌體認本司見止住人戶進納伺候勅旨次乞早降勅命指揮

乞條制催綱司

當司近準朝旨已差太子中舍賈態充潮御河等催綱伏緣御河運路不修催綱職事久廢是致催綱兵梢因緣作過偷減官物遲滯行程所過州軍任意截撥舟船所經地分隨處拆拽釘板因此於一千八百隻綱船內失却一千五百隻至今根究不見蹤由蓋因自來全闕關防不嚴條制而致茲積弊也今已蒙朝廷却置催綱所有合行起請事件今具畫一如後伏乞朝廷特賜裁酌降下本司及提轄催綱司等處遵守施行所貴革絕自來綱運積弊

一自來綱船利於雜般多將未及年限糧船故意損壞及虛有申報退作雜般船既充雜船之後多是妄稱不堪行運便行毀拆或於沿河孤迥村落地分故意損壞靠閣便於本處拆拽推埰枉破兵梢看守有至三四年者兵梢恣於村坊作過及偷賣釘板提轄催綱司元無拘轄無由點檢欲乞起今年已後打造到三百料糧船每二十隻爲一綱同用一字爲號幷造年月刻於船梁額上用官火印記訖給與綱官梢工主管團成一綱後不得輒更分破所貴見得年限遠近不敢故意損壞及妄行毀拆

一糧船每隻以三百料爲率逐船所用釘板小大名件既已一般欲乞令催綱司將三百料船所用釘板名件一一開坐雕爲印板每差梢工給帖之時頭連一本旋鑿釘板大小數目給與令據數交割主掌如遇損壞合行拆拽即却據元數釘板名件送納或有少數並勒梢工陪填如遇行運之次損壞不堪即仰申

報本地分官司檢覆亦據元數拆收立報催綱司指揮因便舟船附帶令元主掌梢工於造船場依數交納出給收附仍令造船場納訖據數關報催綱司照會施行所有合退作雜般船者亦須依刻記造成年月先後資次撥充雜般不得隔驀將新好船揀退仍每綱據少數却以新船撥填足數

一自來提轄司支撥綱船般載官物至逐處下卸了其空船便被沿路州軍取意截撥諸般不急使用因此積弊散失數多不能拘轄點檢今欲乞指揮沿河諸州軍不得專擅截撥遇有合般載官物並申提轄催綱官梢工候見提轄催綱等司文字支撥方得裝載行運如違各乞重行勘罪官員奏罰

一御河等水並無風波走射險阻其地里行程可以制定自來上下水空重船亦有程限但無關防點檢之法今欲乞委轉運司將通利軍下至潮河西盡順安軍地理遠近所至沿河州軍立

爲程限牒與提轄催綱司每遇轉運司有合般運斛㪷抛撥下
數目裝發糧船即令提轄司具裝發去處至下卸州軍除裝卸
各給十日候外沿路地里指定行程帖與綱官梢工等及一面
牒催綱司依程催促仍令提轄司預先將簿照會行程約度合
到下卸地頭月日續便支撥或令回載官物或令轉載向下行
運亦便牒與催綱司依程催促如是下卸後並無官物般載即
仰乾寧大名兩處就近赴催綱司岸下繫泊祇候差撥所貴綱
運無由散失住滯作弊
一所有帳籍文簿今欲乞令提轄催轄等司各置簿三道一置綱
船都曆一道抄上都大舟船數目逐綱依字號隻數造成年月
主捉梢工姓名開坐如有退撥充雜般及損壞拆拽及新收充
塡數目亦一一開坐轉計每半年一度造帳供申轉運司一置
裝發勾朱簿一扇具逐綱隻數綱官姓名裝卸官物數目月日

依程限抄上催促候下卸了勾鑿了畢逐一關報照會一置修

折簿一扇每遇合修舟船卽上簿拘管取索造船務修補日限

上簿催促候修了勾鑿如合毁拆變轉卽先具合拆數目上簿

候折了赴造船場納畢取到收附於催綱司呈驗開落勾銷仍

於都曆上照會開落每遇轉運使巡歷並須子細點檢

右謹具如前當司起請催綱司條件只是規矩大綱更有合何事件

乞令催綱司續次申舉其催促行程點檢官物拘轄新舊舟船及拆

修除破等事並委催綱司專切管勾所有支撥舟船應副般運卽申

擬轄司總領仍令本路轉運司逐時點檢如有違慢並乞嚴行斷決

其情理重者仍乞奏取勅裁所貴上下遵行久遠漕運通流不至悞

事

河北奉使奏草卷上

乞免差人往岢嵐軍築城

臣近準朝旨令於河北差兵士二千人往岢嵐軍修城本司尋曾奏乞於閑慢路分抽差今奉樞密院劄子奉聖旨如委實人數不足即仰抽差一千人者雖蒙朝廷許減一千人伏緣本路除祁瀛定雄霸等州見闕修城兵士外近又節次據滄博州狀申爲河水汎漲向着緊急乞差人夫兵士應副功役本司爲轄下例各闕人已牒滄州如河水大段汎漲令應急量差人夫功役博州即見於諸州軍剗刷例各無可抽差方欲奏聞乞朝廷於隣路抽差應副次今準朝旨令依前降指揮於近便州軍應急抽那臣非不知河東河北俱係邊防路分若本路實有兵數不少臣亦豈敢自私一路妄有占留只緣本路實爲闕人處多今若朝廷須令差撥即將轄下見役處罷役那往岢嵐縱河北事有闕悞緣臣已有奏請朝廷必未深罪其如於事有闕

在臣之職不敢不言況今年黃河水勢不類常年即今五月已汎漲如此將來夏末秋初必大段漲溢本司方別具奏乞於京東西路差人次兼本路役兵多惟河上及修城西山採木等處各有人數河上既不可抽那若抽河北修城兵士與河東修城又兩地事體不異而西山採木蓋爲即令諸處分擘七百已上人禁軍別立指揮各要營房及敵棚樓子防城器用並是緊切不可闕用之物若不於逐處功役內抽人即轄下例各別無閑占之人可差伏乞朝廷更賜體卹且乞令河東路一面應副岢嵐功役謹具再奏聞

再奏

臣近準朝旨令本路差兵士一千人往岢嵐軍修城臣已再具劄子奏乞占留其本路黃河及修城採木緊切功役浩大及闕人次第已具前奏劄子臣伏詳朝廷指揮令於近便州軍應副劄刷勘會本路與河東近便惟有成德軍最近其路出土門經天威軍平定軍至幷

州又出天門關經憲州飛鳶軍入洪谷方至岢嵐約一千五百餘里據明鎬元奏稱向去二十二箇月方了今縱河北差一千人往彼遠涉一千五百里山險到彼卒未了當將來冬月岢嵐苦寒役兵各須歸營歇泊令一千人往來三千里苦寒山路必致大段逃亡作賊況北虜縱有事宜必先河北河北重地莫如定州今定州所修城池將元計工料及見役人數亦須五六年方了今若更抽減人往河東即河北完緝禦備全然弛廢況除定州外瀛雄祈霸等州修城處亦須向秋兼用強壯一二年內期可了當本司非不能張皇事體煩瀆朝廷乞人蓋以北虜即今別無事宜一二年間幸可漸次了當今岢嵐修城功限比定州全小路分事宜緊慢又與河北不同亦未銷得遠涉三千里於緊切處抽人所有德博黃河今年水勢甚大於去年今春朝廷差到河上兵士全少如去歲若旦夕逐州更有申報須至煩朝廷乞人外所有諸處修城功役雖見闕人本司亦當斟量事體緊

慢只於本路漸次修葺惟乞朝廷體卹更不抽撥往別路庶免本路
闕悞其抽差一千人劄子臣亦未敢施行取進止

乞選差文臣知定州

臣等伏見知定州李昭亮已抽赴闕見闕知州定州控扼西山險要
於河北三路最爲重地軍民政事邊鄙機宜須藉通才方能辦集況
即今北界見於界首興建寨柵及於銀坊口侵占疆封處置之間或
須應變鎮撫之術尤要得人況河北比於陝西四路事體甚重今秦
渭延慶並用文臣伏乞朝廷特於文臣兩制已上選差一員知定州
或便兼部署或別差武臣充部署所貴委任得人邊事有備取進止

乞預聞邊事

臣昨蒙朝廷選擢差充河北都轉運使之日授到付身不下司劄子
云河北宜選有文武才識轉運使二員密授經略之任使其熟圖利
害陰爲預備以臣非才誠不當文武才識之目其如朝廷責任之意

然而必欲密爲經略熟圖利害則須外詳邊鄙之事內不爲朝廷所疑竭慮盡心猶恐不副委寄檢會去年定州軍城寨爲北虜於石臼子口侵入內界卓立鋪屋本寨爲地分不屬沿邊安撫司遂依例申報轉運司無何安撫司並不勘會不係地分便發怒妄奏軍城官吏不合申轉運司乞行取勘又蒙朝廷更不照會便下轉運司詰問軍城官吏賴本寨引執元降勅條分明臣與本寨主等偶免罪譴其不屬安撫地分合申轉運司者尚如此其他沿邊係安撫司地分固不得與聞矣昨來北虜於安肅軍北欲移界標南侵邊臣既承例不以事報轉運司臣心不能安因以手書問知軍侍其濬濬亦不敢答又昨臣寮有起請復支保州沿邊巡檢兵士口食者是臣本路本司職事竊聞本爲小人上言不識事體乞不下轉運司朝廷因此只下程琳一面相度臣竟不得與聞臣既親蒙密授經略之任使其圖利害爲預備而外則邊防之事了不聞知內則不足爲朝廷取信而本司

職事亦不得與議平日無事之時尸祿而居尚當憂愧況聞近日邊
鄙頻有事端飛狐界上興立城柵漸貯甲兵又於銀坊冶谷以來壘
石爲城包侵南界大役人夫卓立堡寨竊慮嚮去沿邊別有事宜臣
既授上件劄子內委任之意凡事不可不知兼臣體問得舊日邊上
州軍事宜並申轉運司只自通和後漸廢臣今欲乞應係沿邊事宜
自來申報安撫部署司者亦乞令逐州軍申報轉運司所貴稍得與
聞邊事至於儲蓄糧草修城池器械亦量酌事體緊慢不至乖方其
間愚慮或有所長更冀裨助萬一而少副委任之意如允臣所請乞
明降指揮取進止

再奏

臣近曾奏爲先授朝廷密旨令熟圖河北利害陰爲預備然邊防事
意元不與聞乞今後沿邊事宜並令申報轉運司至今未奉朝旨者
臣伏以轉運使雖合專掌錢穀不與兵戎然河北事體不同他路故

授之密旨常使經營況今沿邊知州武臣不過諸司使副已下其通判即是常參初入京朝官等臣被朝廷責任比沿邊知州通判故不爲輕下至機宜司手分亦是轉運司所差並得盡聞機宜事臣之本司獨不得與且臣愚慮非欲侵邊臣之權攬事多管以招罪累蓋臣所職糧草錢帛蓄積之備其賦斂緩急須量邊事緊慢以至按察沿邊將吏能否亦要知其處事如何伏望朝廷細詳元降不下司劄子內事意及比類沿邊通判初入京朝官等許本司今後與聞邊事所有沿邊申到事宜即不得直便行遣文字苟有所見須令密具奏陳不得下司漏洩如此則本司得知邊事緩急凡於計置準備不至緊慢乖方而又愚見苟有所思亦得少裨萬一取進止

乞令邊臣辨明地界

臣伏見近日北虜於四望口起立寨柵及於銀坊冶谷已來侵過南界壘石爲城寨等事竊以北虜刱立寨柵已違誓書然猶在彼界內

可以佯爲不知不須緊問兼萬一中國却合有興修去處可以引彼爲詞以塞問難雖然如此亦當早爲預備便合於界首分明界防彼亦必更南侵事既造形理須杜漸其如朝廷選任非人從來以定州一路付與李昭亮其人昏懦而不曉事機雖有勾當事人並不能先詗探得起寨事端及已立了寨柵又不能預防侵界之患直至囚捉了巡邊指揮使湯則侵了銀坊以南邊地大興人夫壘立城寨至今終亦不能辨理疆界拒絶侵凌竊以北虜號爲犬戎自古畏強欺弱今若便示以怯不爭於初則必更引其貪心別有侵擾養成事體漸大而不與之爭則爲患不細爭之則必起事端惟在卽今速爲處置據今事體不煩朝廷只委邊臣自可了當然湯則被囚之後亦不聞別有擘畫至今侵界立寨等事但聞婉順止約彼既不聽亦別無謀臣近體問得往年雄州西北亦曾爲北戎侵界立數處鋪屋當時邊臣葛懷敏力以公牒往來爭辨拆却鋪屋北人竟不敢爭況今來所

侵南界百姓見耕種田中地界分明易爲理會今來已蒙朝廷差王德基知定州其人久在雄州頗諳邊事伏乞早降朝旨下邊臣速令止絶辨理地界早見分明兼軍城西北山路險絶銀坊等口皆可出兵我於此口扼其險要是中國必爭之地彼於今日侵得此一二十里則險固在彼而他日行兵是彼可以來我不可往之勢以此言之尤不比河東陽武天池等處侵地便因循不爭伏乞朝廷早賜指揮王德基如婉順止約不得卽須力與論辨仍乞令檢會雄州安撫司等處往年曾拆却鋪屋行遣令依此相度施行所貴邊防不生他患取進止

乞差武衛人員

臣昨權成德軍日爲屯駐淄州武衛第六十六指揮兵士高林等乞替曾有劄子奏聞尋蒙朝旨以京東一路所管武衛不少例各差在別路屯駐奉聖旨劄與臣詳此照會者臣尋作本府行遣備錄聖旨

告示本營知委訖臣今勘會上件武衞兵士共六百三十一人並無
正轄官員只有權管副都頭四人並是往年曾在信安軍作過之人
及本營雖有正軍頭十將等八人亦並是曾在信安軍作過之人部
轄此六百人思歸之卒久遠深不為便伏乞朝廷檢會早賜自京選
差有心力能部轄正副指揮使及逐都正都頭所貴可以部轄久遠
別不生事臣亦密體問得權管人員姓名因依今具如後
一人軍頭劉緒　三人右十將孫榮田榮蔡斌已上四人元係
本州武衞第九指揮內軍頭及右十將昨於慶曆三年十一月內
準州帖準步軍司牒權充第六十六指揮副都頭勾當並未曾正
授查其人等各係曾在信安軍作過之人
一人軍頭韓筠　十人左右十將四人左徐吉賀進谷興段千
三人右王清丁用楚興
已上八人亦元係本州武衞第九指揮將虞候承局昨於慶曆三

年正月內授州帖差到於慶曆四年四月授步軍司帖正充六十

六指揮勾當亦係曾在信安軍作過人數

右具如前所有上件武衛兵士高林等當京東武衛刺面排定軍分

之時獨此一指揮累次糺合陳詞今來準密院劄子告示後雖不敢

別有詞說然此一軍兵士已是累日扇搖人數既多又無正管人員

只令曾作過人權管深爲不便伏乞朝廷特賜允臣所奏早與差補

有心力正副指揮使及軍頭等部轄

乞住買羊

勘會河北自前不曾配買羊畜自西事已來分配於河北收買竊見

京師羊畜有備準三司指揮截住榷場上供羊綱於西路州軍牧放

一萬六千餘口至冬深死却五千餘口所有今年人戶配買羊已上

京送納訖却償下榷場羊綱在邢洺等州牧養竊慮冬深枉有死損

臣等相度剩數羊綱見在河北州軍牧養只以盡數上京自可供用

得足乞今後河北特住配買羊數委得公私俱利仍乞今後京師羊
少却於陝西依舊配買取進止

乞條制都作院

當司檢會近蒙朝廷依奏差到磁相二州都鐵作院監當使臣二員
各已赴任訖所有作院工匠營房蓋造亦已了畢當司見揀選轄下
州軍內打造得兵器精好處取樣及於本路軍器庫內揀選往時經
使舊兵器內試驗精利者取爲樣及申三司於南北作坊檢會工課
料例及於轄下抽揀工匠令都作院依樣打造次伏緣本路鐵炭出
自磁相二州自來諸州軍不以遠近並於磁相般請生鐵差占衙前
枉費脚乘般於不出炭州軍廣破官錢買炭變煉及散在逐州軍打
造監官多不得人加又當司巡歷地分闊遠每年內不過各到得一
次往往有不及到處難爲點檢不惟虛破人工物料不少兼更造成
不精器械久遠有悞使用今來已蒙朝旨許置都作院若制置得久

遠不廢本路兵器必皆精好其利甚博伏緣搠置事初合有諸般規式今具畫一如後伏乞朝廷特賜勅命指揮所貴久遠官吏遵守施行

一都作院所造兵器其閑雜不急名件欲乞並不得打造只令打造一色切要使用之物箭頭甲葉搶劍手刀等候打造成於本州軍內送納仍令別作一項封樁專準備緩急支與合要州軍除許轉運司支撥本州不得專擅使用所有其餘閑雜之物及修補舊器械並令諸州軍量留工匠自造

一本路轉運提刑共四員欲乞每次季輪一員專至都作院點檢將前季工課文字磨算造到兵器候見數卽依數點檢試驗內手刀及劍每一百口內抽揀三二十口用甲葉或墮錢斫試鋼刃箭頭亦於每一百箇內揀三二十箇安入箭簳用鐵甲硬弓弩試射搶亦試驗鋼刃如是搶刀劍刃軟卷缺及箭頭尖卷鐔

折甲葉長闊厚薄不依斤重者並勒專工匠等陪填打造及等第區分

一都作院逐作工課欲乞依本州作院起置工課文曆監官與本州知州通判都監依例簽押及旬呈如是一任內造到兵器經轉運提刑點檢並無揀退各得精好即乞據造成萬數批上曆子理爲勞績內本監官將見監一任理合入差遣得替優與先次點差如任內更有知州提刑轉運三人保舉即乞與轉官酬獎如逐季點檢揀退三分已上並畫時取勘奏乞重行朝典如知州通判都監候一年終如揀退三分已上亦乞等第責罰如揀退二分本監官乞許本司量罪勘罰如揀退不及分數即工匠干繫人等許點檢官員酌量勘斷

一河北一路諸州軍作院欲乞且令依舊內合行造作及合減罷者乞許當司相度施行候年歲間都作院打造兵器各及萬數

可以應副諸處使用卽將諸州軍作院工作及舊有監官處漸
次減省
右謹具如前所有上件畫一事理更乞朝廷特賜詳酌如得允當乞
降勅命指揮下本司及磁相州都作院及提點刑獄司等處遵守施
行

再乞放行皮角

臣近爲兵興以來改法禁絶民間牛皮筋角等令人戶盡底直納入
官因此却致官中闕絶使用後來雖亦許破官錢收買緣已有上項
盡底納官禁法民若不納入官却於官場中賣卽是違禁之物致人
戶不敢赴場中賣乞却依天聖編勅及前後舊條許人戶自死牛馬
皮筋角中賣入官分爲三等支錢其不及等者退還本主及置場收
買客旅興販者所貴却似舊日公私各獲濟用曾具利害劄子奏聞
至今未奉朝旨臣近體問得河東路亦爲禁止牛皮筋角已來闕絶

使用近已却依舊放行卽今河東大段有牛皮筋角等使用甚爲利便勘會本路合修兵器萬數不少自來累據諸州乞支物料本司只是牒逐處拘攔使用及申奏乞自京支撥檢會只自今年正月後諸州所少牛皮筋角等七萬一千餘事件累次申省乞支撥及令逐處拘攔自死者使用據諸州軍所申卽云無可拘攔乞行支撥及申奏乞支撥卽準省牒又却令逐處拘攔空煩行遣文字繁多積壓下未修軍器萬數終是無由了當況今見行之法其弊易見禁民令盡納則絕無納者置場收買則民礙法不敢中賣兼河東近已放行甚見其利欲乞朝廷檢會臣前奏劄子特賜詳酌明降指揮許依舊法令人戶將三等牛皮筋角入官中賣支與價錢及許收買客旅興販者其不中等者退還本主所貴公私各獲濟用不至時時紊煩朝省乞行支撥及不空費文移令逐處拘攔虛積壓下未修軍器久遠深爲不便今取進止

奏北界爭地界

準密院劄子節文北界於銀坊城創修寨壘侵占南界奉聖旨令程琳河北都轉運司提點刑獄司擘畫如何理占拆去者

右謹具如前當司勘會昨據定州軍城寨申銀坊城南冶谷口有北界兵馬創起寨子當司尋具聞奏乞下沿邊安撫司施行自後雖知安撫司曾與北界公文往來至今未曾拆去寨子又緣自來安撫司邊機文字不曾關報當司不見得安撫司逐度說何事意如何占理及不知北界却以何詞爲答今來已立寨子貯畜器甲及防戍之人不少事勢已成竊恐難爲追理蓋是邊臣從初失於違慢當其建寨未成之時不早爭占及建寨雖成未貯甲兵之際又不能拆去今已縱成其計却欲理會必須費力兼當司全不知北界與沿邊往復意度見行體問候見次第或有管見別具奏聞次謹具狀奏

論契丹侵地界狀

右臣伏見北虜近於界首添建城寨及拘囚定州巡兵湯則侵過銀坊冶谷地界等事竊聞朝廷至今未有分明嚴切指揮令邊臣以理爭辨竊料朝廷之意必謂爭之恐有引惹之虞此乃慮之過而計之失也夫虜性貪狠號爲犬戎欺弱畏彊難示以怯今杜之於早而力爲拒絕猶恐不能若縱之不爭而誘其來侵乃是引惹況西山道路有三十餘處皆可行兵其險要所扼在於軍城銀坊等路爲彼奪據而不爭則北寨王柳等口漸更來侵豈能爭矣是則西山險要盡爲彼奪一日使虜以大兵渡易水由威虜之西平陸而來以奇兵自飛狐出西山諸口而下則我腹背受敵之患不知何以禦之此蓋兵法必爭之地也且與人爲隣敵而自棄險要任彼奪據而不爭雖使我弱彼彊尚須勉強何況勢鈞力敵又違誓約而彼曲我直乎臣謂朝廷所以然者蓋由未察虜中強弱之形而不得其情僞之實也臣又見朝廷常有懼虜之色而無憂虜之心夫憂之與懼名近而意殊憂

者深思極慮而不敢暫忘懼者臨事惶惑而莫知所措今邊防之事措置多失其機者懼虜之意過深也若能察其強弱之形得其情僞之實則今日之事誠不足懼而將來之患深有可憂奈何不憂其深可憂而反懼其不足懼且戎虜雖以戰射爲國而耶律氏自幼承其父祖與中國通和之後未嘗躬戰陣遭勍敵謀臣舊將又皆老死今其臣下如貫寧者無三兩人寧才不及中人已是彼之傑者所以君臣計事動多不臧當初對梁適遣使河西使與中國通好及議和垂就不能小忍以邀中國厚利乃與元昊爭夾山小族遂至交兵而累戰累敗亡人失馬國內瘡痍誅斂山前漢人怨怒往時虜殺漢人者罰漢人殺虜者死近聞反此二法欲悅漢人漢人未能收其心而虜人亦已怒矣又聞今春女貞渤海之類所以離叛攻劫近纔稍定方且招輯敗亡修完器甲內恐國中之復叛外有西夏之爲虞心自懷疑憂我乘虛而北襲故於界上勉彊虛張因我巡兵侵我地界蓋其

實弱而示彊者用兵之詭計故臣謂苟能察其彊弱知其情僞則無不爭之理何必懼其不足懼哉自國家困於西鄙用兵常慮北戎合謀乘隙而動及見二虜相失而交攻議者皆云中國之福夫幸其相攻爲我之福則不幸使其解仇而復合豈不爲我禍乎臣謂北虜昨所以敗於元昊者亦其久不用兵驟戰而逢勍敵耳聞其自敗衂以來君臣恐懼日夜謀議通招丁口柬募甲兵處處開教閱之場家家括糧馬之數以其天姿驍勁之俗加以日夜訓練之勤則其彊難敵矣今虜國雖未有人然大抵爲國者久無事則人難見因用兵則將自出使其交戰既頻而謀臣猛將爭能並出則是夾山一敗警其四十年因循之弊變驕心而爲憤志化墮卒而爲勁兵因屢戰而得驍將此乃北虜之福非中國之福也此臣所謂將來之患者也然二虜勢非久相攻者也一二年間不能相幷則必復合使北虜驅新勵之彊兵無西人之後害而南向以窺河北則又將來之患大者也臣雖

不知朝廷顧河北爲如何但於本路之事以今年較去年則亦可見去年以前河北官吏無大小皆得舉材而擇能急於用人如不及者惟恐一事之失計故也自今春已來差除漸循舊弊凡幹敏之吏熟於北方事者舉留奏乞百不一從不惟使材臣能吏不勸而殆亦足見朝廷不憂河北之事辦否也至如廢緣邊久任之制而徙劉貽孫以王世文當冀州李中吉當廣信王中庸當保州劉忠順當邢州如此數人於閑慢州軍尚憂敗政况於邊要之任乎臣愚以朝廷不以北事爲憂則又怯懼如此既曰懼矣則於用人之際又若忽而不憂此臣之所未諭也臣聞虜人侵我冶谷雖立寨屋三十餘間然尚遲延未敢便貯兵甲更伺我意緊慢若不及早毀拆而少緩縱之使其以兵守之則尤難爭矣此旦夕之間不可失也至於湯則亦聞囚而未敢殺此亦不可不爭臣願陛下但以將來之患爲憂不忘此事用人之際革去舊例而惟材是擇勿聽小人之繆謀勿於忠良而疑貳

使得上下畢力庶幾漸成禦備至於目今小事未銷過自怯懼夫事之利害激切而言則議者以爲太過言不激切則聽者或未動心此自古以爲難也況未形之事雖曰必然而敢冀盡信乎伏望陛下留意聽納不以人廢言則庶竭愚瞽少裨萬一謹具狀奏聞謹奏

論河北財產上時相書

某頓首啓仲春漸暄伏惟相公尊體動止萬福某不佞少以文章言語自任而頃備諫諍之臣得與朝廷論議當中外多事天子急於聽納之時不以爲愚而屢加奬擢及得寵太過受恩太深則自視區區素所任者不足以報一作稱萬一故方欲勉彊不能以圖自三字一作以伸報效而蒙相公不以爲不才而擇天下諸路中最重之地以授之而責其所爲一作報效當此之時自宜如何可以塞責及臨職以來迨一作逝將半歲齷齪自守未知所措一作爲非敢怠也誠有說也一作焉至於山川險易城寨屯防邊陲守備等事是皆河朔之

大者朝廷已委樞密富公經畫之矣而本司之事自不爲少凡自河以北州軍縣寨一作州府軍縣一百八十有七城主客之民七十萬五千有七百戶官吏在職者一千二百餘員廂禁軍馬義勇民兵四十七萬七千人騎歲支糧草錢帛二千四百四十五萬而非常之用不與焉其閒事目之節利害之源非詳求而審察之不能得其要前張昷之等急於舉職公家之利知無不爲其興利除害便於事者極多而時有失於不審更改過繁而涉一作失於苛碎者故自繼職以來遵其所長戒其所短凡事關利害者愼之重之未敢輕議今半歲矣官吏之能否公私之弊病粗已得其十七八而又取一作先求其事涉苛碎紛繁而下切患之有司自可改復不煩朝廷處分者先以次第行之乃暇及於其宅然其事繫利害有司不敢自決必當一作而必上聞者其類甚多而久之一作初則未敢干一作以煩朝聽者不惟自疑於不審誠慮朝廷鑒昷之等前失不能盡信其說而必一

無必字從之今慎之久矣得之詳矣苟有所請實有望於見信而從之也凡河北大事富公經營之外其要不過五六其一作凡不可爲者一其可爲者四五耳雖皆有司之事然朝廷主張之則能行不主張之則亦不能爲也自古邦國財產之利必出山澤故傳曰山海天地之藏也自兩漢以來摘山煑海之利必歸公上而今天下諸路山澤悉已榷之無遺利矣獨河北一方兵民所聚最爲重地而東負大海西有高山此財利之產天地之藏而主計之吏皆不得取焉祖宗時哀閔河北之民歲爲夷狄所困盡以海鹽之利乞與疲民此國家恩德在人已深而不可奪者也西山之長數百里其產金銀銅鐵丹砂之類無所不有至寶久伏於下而光氣苗礦往往溢發而出地官禁之不許取故捨此惟有平地耳河北之地四方不及千里而緣邊廣信安肅順安雄霸之間盡爲塘水民不得耕者十八九澶衛德博濱滄通利大名之界東與南歲歲河災民不得耕者十五六今年大

豐秋稅尚放一百萬石滄瀛深冀邢洺大名之界西與北鹹鹵大小鹽池民不得耕者十三四又有泊淀不毛監馬棚牧與夫貧乏之逃而荒棄者不可勝數大山大海之利既不可取而平地堪出財賦者又有限而不取一作入不多其取者不過酒稅之入耳其入有數而用度無常也故雖研桑之心計捨山澤與平地不能爲之此所謂不可爲者一也一本無此九字及其用有不足不過上干朝廷乞銀絹而配一作下殃疲民號爲變轉爾此近年之弊也此六字一作所謂不可爲者二也然若能擇官吏以辦職事裁僥倖以減浮費謹良材精器械以助武備因貴賤通漕運而移有無如此之類苟能爲之尚可使邊防粗足而京師省費用此冀此三字一作尚足以裨萬一而皆有弊病理須更改事目委曲非書可殫敢具其大綱列於別紙伏望特加省覽察其利害或其所說不至大乖戾望少信而從之俾畢其所爲若夫盡其所爲而卒無成焉則不待朝廷之責而自當劾去

若其有以裨萬一則何幸如之伏惟聰明少賜裁擇不宣某頓首再拜

自劾乞罷轉運使

右臣檢會轉運司近爲相度順安軍塘泊水口予與楊懷敏等所奏頗有異同議方未决近準樞密院劄子節文臣寮奏乞今後近塘泊州軍人戶地内蘆葦等並不得採取及自順安軍以西漸近西山水難瀦聚今郎不往開治及乞今後標占却人戶田土郎將官地給還人戶或估計價錢給付等第奉聖旨依奏仍令本路提刑田京專切管勾者臣伏見國朝之制河北轉運使皆領都大制置屯田使之名兼臣赴職之初被朝旨密授經略之任以此見朝廷差選之際其任非輕於臣職分之間所責尤重至於塘泊邊防利害之事皆其職也職隳其守咎將安歸豈有親蒙密授經略之旨身領都大制置之名而煩朝廷别委他官專切管勾則臣之不才不能任事不待彈劾可

以自知況臣將及朞年絶無績効考其常課已合黜幽又以不才失其本職且都大制置豈是假人之虛名苟非其人自當易去豈可容不才之人尸位移本職於他司使臣偷安實難自處伏望聖慈據臣不才失職之狀降授一小郡差遣庶以警勸在位之人臣無任祈天望聖激切屏營之至謹具狀自劾奏聞伏候勅旨

河北奉使奏草卷下

珍傲朱版印

自治平一年六月十一日已後其日進書者乃已前事志其月日矣

論孫長卿爲臺諫所劾事

孫侍郎長卿罷環慶路總管拜集賢院學士爲河東都轉運使臺諫交章論列長卿守邊無狀宜加降黜中書以長卿無敗事昨因朝廷起孫沔於致仕欲委以西事而長卿以歲滿得代無過可黜而臺諫論奏不已最後賈中丞二章六月十一日進呈上厲聲曰已行之事何可改易臣脩奏曰臣等不爲已行難改若朝廷果是除授不當能用臺諫之言改正足以上彰陛下從諫之聖至於臣等能不遂非而服義改過不悋聖賢所難亦是臣等好事但以長卿除授不爲過當若曲從臺官之言使彼銜冤受黜於理豈安故難行也韓公曰自陛下親政已來臺諫所言施行者少外人之議謂致人主有拒諫之名

者是臣等之過若其言有可行者臣等豈敢不行直以長卿無過難徇言者濫行黜罰耳上皆然之上又曰人言臺諫奪權臣脩奏曰此則爲陛下言者過也朝廷置臺諫官專爲言事若使默然却是失職苟以言事爲奪權則臺諫無職可供矣

辨蔡襄異議

蔡侍郎襄自給事中三司使除禮部侍郎端明殿學士知杭州初上入爲皇子中外相慶知大計已定矣既而稍稍傳云有異議者指蔡公爲一人及上卽位始親政每語及三司事便有忿然不樂之色蔡公終以此疑懼請出既有除命韓曾二公因爲上言蔡襄事出於流言難以必信前世人主以疑似之嫌害及忠良者可以爲鑒也臣脩亦啓曰或聞蔡襄文字尚在禁中陛下曾親見之乎上曰文字卽不曾見無則不可知其必無臣脩奏曰若無文字則事未可知就使陛下曾見文字猶須更辨真僞往時夏竦欲陷富弼乃先令婢子學石

介書字歲餘學成乃僞作介與弼書謀廢立事書未及上爲言者廉知而發之賴仁宗聖明弼得免禍至如臣自丁母憂服闋初還朝時有嫉臣者乃僞撰臣一劄子言乞沙汰內官欲以激怒羣閹是時家家有本中外諠傳亦賴仁宗保全得至今日由是而言陛下曾見文字猶須更辨真僞何況止是傳聞疑似之言何可爲信上曰官家若信傳聞蔡襄豈有此命

獨對語八月十四日

是日昭文與西廳趙侍郎皆在告集賢私忌臣脩獨對崇政殿進呈文字畢斂笏將退上有所問所問不錄臣脩因奏曰近聞臺諫累有文字彈奏臣不合專主濮王之議上荷陛下保全知此議非臣所得獨主臺諫文字既悉留中言者於是稍息上曰參政性直不避衆怨每見奏事時或與二相公有所異同便相折難其語更無回避亦聞臺諫論事往往面折其短若似奏事時語可知人皆不喜也今後宜

少戒此臣脩對曰臣以愚拙敢不如聖訓上曰水災以來是月三日言事者多云不進賢臣脩曰近年以來進賢之路太狹此誠當今之患臣每與韓琦等論議未合上曰何謂進賢路狹中書常所進擬者其人皆如何臣脩對曰自富弼韓琦當國以來十數年間外自提刑轉運內則省府之類選擢甚精時亦得人比於往年絕不同也然皆錢穀刑名強幹之吏此所謂用材也如臣所言進賢之路謂館職也上曰如何臣脩曰朝廷用人之法自兩制選居兩府今學士舍人待制通謂之兩制自三館選居兩制是則三館者輔相養材之地也往時入三館有三路今塞其二矣此臣所謂太狹也上曰何謂三路臣脩曰進士高科一路也大臣薦舉一路也因差遣例除一路也往時進士五人已上及第者皆入館職第一人有及第纔十年而至輔相者今第一人及第者兩任近十年方得試館職而第二人已下無復得試是高科一路塞矣往時大臣薦舉隨即召試今但令上簿候館

閣闕人與試而館閣人無員數無有闕時則上簿者永無試期是薦舉一路又塞矣唯有因差遣例除者半是年勞老病之人也此臣所謂進賢之路太狹也後數日上因中書奏事遂處分令擇人試館職

御藥陳承禮監造衮冕事八月

先是三司奏造作諸物舊屬少府監文思院後苑作紫雲樓下近年多別置局以內臣監作各爭占工匠乞一切依舊歸于有司遂依奏既而少府監申造衮冕內批令御藥院陳承禮監造中書覆奏上以南郊日近須內臣庶可辦集韓曾二公奏以衝改近降指揮不若令承禮就少府監作上意未決臣脩奏曰此是陛下新降指揮從來所患朝令夕改今若依前用承禮監作只是移御藥院置局就少府監中耳如此何害集事上遂曰可

內降補僧官九月十九日

先朝僧官有闕多因權要請謁內降補人當時諫官御史累有論列

元帝深悟其事因著令僧職有闕命兩街各選一人較藝而補至是鑒義有闕中書已下兩街選一人未上而內臣陳承禮以寶相院僧慶輔爲請內降令與鑒義中書執奏以爲不可韓曾二公極陳其事臣脩亦奏曰補一僧官當與不當至爲小事何繫利害但中書事已施行而用內降衝改先朝著令則是內臣干撓朝政此事何可啓其漸又奏曰宦女近習自前世常患難於防制今小事若蒙聽許後有大事陛下必以害政不從是初欲姑息而返成怨望不若絕之於漸此一小事陛下不以爲意而從之彼必自張於外以謂爲上親信朝政可迴在陛下目前似一閑事外邊威勢不小矣上遽可中書所奏令只依條例選試臣脩又奏一（有日字）事既不行彼必有言萬事只由中書官家豈得自由行一事陛下試思從私請與從公議孰爲得失而韓曾二公亦所陳甚多上皆嘉納也

歐陽文忠公在政府時手錄奏對語此前一（無前字）五事得之

林子中家文忠手錄皆密語筆札精楷蓋欲傳示後今而子職不謹身沒未幾已流落於他人家其曰追書者皆不見又未知其何在耶後三事亦子中錄以相示云得之於史院曾布子宣

題

又三事

三司使給事中蔡襄除端明殿學士尚書禮部侍郎知杭州初上自濮邸立爲皇子中外欣然無間言既即位以服藥故慈壽垂簾聽政嘗爲中書言仁宗既立皇子因追思鄂王等悲傷涕泣宦官宮妾爭相熒惑而近臣亦有異議者可怪者一二知名人也因言執政數人不顧家族以定社稷之計而小人幾壞大事又云近臣文字只在先帝臥床頭近日已於燒錢爐內焚之矣然莫知爲誰也中書不敢問其姓名但唯唯而退已而外人亦稍稍言蔡襄嘗有論議尚莫知虛實既而上疾愈親政數問襄如何人一日因其請朝假上變色謂中

書曰三司掌天下錢穀事務繁多而襄十日之中在假者四五何不別用人韓公已下共奏曰三司事無闕失罷之無名今更求一人材識名望過襄者亦未有脩奏曰襄母年八十餘多病況其只是請朝假不趁起居耳日高後便却入省亦不廢事然每奏事語及三司未嘗不變色襄亦自云每見上必厲色詰責其職事其後諒祚攻劫涇原西邊日有事宜上遂督中書以邊事將興軍須未備三司當早選人韓公等初尚揮解上意不回因奏待其陳乞可以除移初傳者多端或云上在慶寧已聞蔡異議或云上入宮後親見奏牘尚在至是因蔡乞罷劄子韓公遂質於上上曰內中不見文字然在慶寧即已聞之韓公曰事出曖昧若虛實未明乞更審察苟令襄以飛語獲罪則今後小人可以搆害（一作陷字）善人人難立矣曾公曰京師從來善造謗議一人造虛而衆人傳之便以爲實前世以疑似之言陷害忠良者非惟臣下被禍兼與國家爲患脩曰陛下以爲此事果有果

無上曰雖不見其文字亦不能保其必無脩曰疑似之謗不唯無迹可尋就令迹狀分明猶須更辨真僞只如先朝夏竦欲害富弼令其婢子學石介字體久之學成乃僞作介爲弼撰廢立詔草賴仁宗聖明弼得保全又如臣至和末丁母憂服闋初至闕下小人中有嫉忌臣者僞撰臣乞沙汰內官奏藁傳布中外家家有之內臣無不切齒只判銓得六日爲內臣楊永德以差船事罷知同州亦賴仁宗保全未久知其無罪遂卻留住至今以此而言就令有文字猶須更辨真僞況此無迹狀陛下幸不致疑韓曾又各進說上曰數家各有骨肉意謂異議若行則執政被禍又曰造謗者因甚不及他人據此似聖意未解也

仁宗既連失褒豫鄂三王遂更無皇子自至和三年正月得疾踰時不能御殿中外憂恐既而康復自是言者常以根本爲急交章論述每輒留中故樞密副使包公拯今翰林學士范景仁所言尤激切其

餘不爲外人所知者不可勝數今樞密富相與昭文韓相亦屢進說
雖余亦嘗因大水言之然初無采納之意如此五六年言者亦已稍
怠嘉祐六年秋余自樞庭過東府忽見内降一封乃諫官司馬光言
立皇子事既而知江州呂誨亦有疏論述昭文與集賢曾公及余晚
議來日當將上相顧以爲如何韓公曰若上稍有意卽當力贊成之
曾公與余偕曰此吾儕素所願也既而明日奏事垂拱殿二章讀畢
未及有所啓仁宗遽曰朕有意多時矣但未得其人余自爲校勘及
在諫垣忝兩制迨此二十年每進對常極從容至此始聞仁宗自稱
朕既而又左右顧曰宗室中孰爲可韓公惶恐對曰不惟宗室不接
外人臣等不知此事豈臣下敢議當出自聖擇仁宗曰宮中嘗養二
子小者甚純然近不惠大者可也遂啓曰其名謂何仁宗卽道今上
舊名曰名某今三十歲矣余等遂力贊之議乃定余等將下殿又奏
曰此事至大臣等未敢施行請陛下今夕更思之臣等來日取旨明

日奏事崇政殿因又啓之仁宗曰決無疑也余等遂奏言事當有漸容臣等商量所除官來日再奏既退遂議且判宗正時今上猶在濮王喪乃議起復自大將軍遙郡團練使除泰州防禦使來日將上仁宗大喜曰如此甚好二公與余又奏曰此事若行不可中止乞陛下斷在不疑仍乞自內中批出臣等奉行仁宗曰此事豈可使婦人知只中書行可也余等喜躍稱賀時六年十月也命既出今上再三辭避有旨候服除取旨至七年二月一日服除今上堅臥稱疾前後十餘讓至七月韓公議曰宗正之命始出則外人皆知必爲皇子也不若遂正其名使其知愈讓而愈進示朝廷有不可回之意庶幾肯受曾公與余皆以爲然及將上今上累讓表仁宗問如何韓公未對余卽前奏曰宗室自來不領職事今外人忽見不久擢此子又判宗正則天下皆知陛下將立爲皇太子也今不若遂正其名命立爲皇子緣防禦使判宗正降誥勑御名得以堅臥不受若立爲皇子只煩陛

下命學士作一詔書告報天下事卽定矣不由御名受不受也仁宗沈思久之顧韓公曰如此莫亦好否韓公力贊之仁宗曰如此則須於明堂前速了當遂降詔書立爲皇子仍更今名自議皇子事凡所奏請皆余與西廳趙侍郎自書其改名劄子余所書也初擇日旁十字請仁宗點之其最下一字乃今名也是仁宗親點今封在中書今上自在濮邸卽有賢名及還入內良賤不及三十口行李蕭然無異寒士有書數廚而已中外聞者相賀

嘉祐八年上元京師張燈如常歲歲常以十四日上晨出遊幸諸宮寺賜從臣飲酒留連至暮而歸遂御宣德門與從臣看燈酒五行而罷是歲自正初上覺體中不佳十四日遂不晨出至晚略幸慈孝相國兩寺御端門賜從臣酒三行止自是之後雖日視朝前後殿而寖若不佳既而韓蟲兒事稍稍傳於外云去歲臘月上閑居見一宮婢汲井有小龍纏其汲綆而出以問左右皆云不見上獨見之以爲異

遂召宮婢視之乃宮正柳瑤真之私身韓蟲兒也其後柳夫人宿直閤中明日下直遣蟲兒取夜直坐墪上獨處閤中召而幸之遂有娠蟲兒自云上已幸我取我臂上金錠子一隻云爾當爲我生子以此爲驗外人所傳如此而蟲兒於宮中亦自道云上幸我有娠又言金錠子上與黎伯使藏之矣黎伯者上所愛扶侍內臣黎永德也是月二十七八間春寒微雨上不御崇政殿祇坐延和見羣臣奏事而殿中熾爐火云聖體畏風寒蓋自上臨御四十年盛暑未嘗揮扇極寒未嘗御火至是始見御前設爐火也自是之後上益不豫至于大漸今上卽位於柩前中外帖然無一言之異唯韓蟲兒事籍籍不已云大行嘗有遺腹子誕彌當在八九月也九月十七日余以服藥請一日假家居晚傳內出宮女三人送內侍省勘并召醫官產科十餘人坐婆三人入矣十九日入對內東門小殿簾前奏事將退太后呼黃門索韓蟲兒案示中書余等於簾前讀之見蟲兒具招虛僞事甚詳

云自正月至今月水行未嘗止今方行也醫官坐婆軍令狀皆云去
歲臘月黎永德奉使成都未還不在閤中而鋌子埋在柳夫人佛堂
前閾下太后使人監蟲兒至埋所自掘之深尺餘得金鋌子一隻折
爲三段矣合之以比臂上者同秤之各重一兩半兩鋌重輕又同信
爲是矣因以金鋌俾余等傳看之太后言問蟲兒何爲作此僞事云
以免養孃笞捶庶日得好食耳蓋自蟲兒言有娠太后遣宮人善護
之日給緡錢二千以市可食物如此至其月滿無娠始加窮詰耳余
等遂前奏曰蟲兒事外已暴聞今其僞迹盡露可以釋中外之疑然
蟲兒當勿留庶外人必信也太后曰固當如是既而樞密院奏事簾
前示之如前明日福寧上大行謚冊罷見入內都知任守忠於廷中
云蟲兒決臂杖二十送承天寺充長髮

濮議卷第一　集一百二十

英宗皇帝初即位既覃大慶於天下羣臣並進爵秩恩澤遍及存亡而宗室故諸王亦已加封贈惟濮安懿王上所生父也中書以爲不可與諸王一例乃奏請下有司議合行典禮（奏狀具別卷）有旨宜俟服除其議遂格（音閣）治平二年四月上既釋服乃下其奏兩制雜學士待制禮官詳議翰林學士王珪等議濮安懿王高官大國極其尊榮而已（其議狀具別卷）中書以爲贈官及改封大國當降制行冊命而制冊有式制則當曰某親具官某可贈某官追封某國王其冊則當曰皇帝若曰咨爾某親某官某今冊命爾爲某官某王而濮王於上父子也未審制冊稱爲何親及名與不名乃再下其議而珪等請稱皇伯而不名（其議狀具別卷）中書據儀禮喪服記云爲人後者爲其父母報又據開元開寶禮皆云爲人後者爲其所生父齊衰不杖期爲所後父斬衰三年是所生所後皆稱父母而古今典禮皆無改

稱皇伯之文又歷檢前世以藩侯入繼大統之君不幸多當衰亂之世不可以爲法唯漢宣帝及光武盛德之君也皆稱其父爲皇考而皇伯之稱既非典禮出於無稽故未敢施行乃略具古今典禮及漢孝宣光武故事并錄皇伯之議別下三省集官與臺官共加詳議未及集議而皇太后以手書責中書不當一有議字稱皇考中書具對所以然其對劄子具別卷而上見皇太后手書驚駭遽降手詔罷議而追崇之禮亦寢後數日禮官范鎮等堅請必行皇伯之議其奏留中已而臺官亦各有論列上既以皇太后之故決意罷議故凡一有有字言者一切留中上聖性聰睿英果燭理至明待遇臣下禮極謙恭然而不爲姑息臺官所論濮園事既悉已留中其言他事不可從者又多寢而不行臺官由此積忿出怨言并怒中書不爲施行中書亦嘗奏云近日臺官忿朝廷不用其言謂臣等壅塞言路致陛下爲拒諫之主乞略與施行一二事上曰朝廷當以至公待天下若臺官

所言可行當卽盡理施行何止略行一二若所言難行豈當應副人情以不可行之事勉強行之豈不害事耶中書以上語切中事理不敢更有所請一作言上仍問曰所言莫有可行而未行者否韓琦已下相顧曰實無之因一有奏字曰如此則未有是時雜端御史數人皆新被擢用銳於進取務求速譽見事輒言不復更思職分故事多乖繆不可施行是時京師大雨水官私屋宇倒塌無數而軍營尤甚上以軍士暴露聖心焦勞而兩府之臣相與憂畏夙夜勞心竭慮部分處置各有條目矣是時范純仁新除御史初上殿中外竦聽所言何事而第一劄子催修營房責中書何不速了因請每一營差監官一員中書勘會在京倒塌軍營五百二十坐如純仁所請當差監官五百二十員每員當直兵士四人是於國家倉卒多事闕人之際虛破役兵二千人當直五百員監官而未有瓦木笆箔一併興修未得其狂率疎繆如此故於中書聚議時臣脩不覺笑之而臺中亦自覺

其非後數日呂大防再言乞兩營共差一官其所言煩碎不識事體不可施行多類此而臺官不自知其言不可施一無施字行但怨朝廷沮而不行故呂大防又言今後臺官言事不行者乞令中書具因何不行報臺其忿戾如此而怨怒之言一作語漸傳於士大夫間臺官親舊有戲而激一作咲之一有者字曰近日臺官言事中書盡批進呈訖外人謂御史臺爲進呈院矣此語甚著朝士相傳以爲戲笑而臺官益怏怏慚憤遂爲決去就之計以謂因言得罪猶足取美名是時人主聖德恭儉舉動無差失兩府大臣亦各無大過未有事可決去就者惟濮議未定乃曰此好題目所謂奇貨不可失也於是相與力言然是時手詔既已罷議皇伯皇考之說俱未有適從其他追崇禮數又未嘗議及朝廷於濮議未有過失故言事者但乞早行皇伯之議而已中書以謂前世議禮連年不決者甚多此事體大況人主謙抑已罷不議有何過舉可以論列於是置而不問臺官羣至中

書揚言曰相公宜早了此事無使一作與他人作奇貨上亦已決意罷議故言者雖多一切不聽由是臺官愈益愧恥旣勢不能止又其本欲以言得罪而買名故其言惟務激怒朝廷無所忌憚而肆爲誣罔多引董宏朱博等事借指臣某爲首議之人恣其醜詆初兩制以朝廷不用其議意已有不平一有者字及臺憲有言遂翕然相與爲表裏而庸俗中下之人不識禮義者不知聖人重絶人嗣凡無子者明許立後是大公之道但習見閭閻俚俗養過房子及異姓乞養義男之類畏人知者皆諱其所生父母以爲當然遂以皇伯之議爲是臺官旣挾兩制之助而外論又如此因以言惑衆云朝廷背棄仁宗恩德崇奬濮王而庸俗俚巷之人至相語云待將濮王入太廟換了仁宗木主中外洶洶莫可曉諭而有識之士知皇伯之議爲非者微有一言佑朝廷便指爲姦邪太常博士孫固嘗有議請稱親議未及上而臺官交章彈之由是有識之士皆鉗口畏禍矣久之中書商量

欲共定一酌中禮數行之以息羣論乃略草一事目進呈乞依此降詔云濮安懿王是朕本生親也羣臣咸請封崇而子無爵父之義宜令中書門下以塋爲園即園立廟令王子孫歲時奉祠其禮止於如此而已乃是歲九月也(忘其日矣)上覽之略無難色曰只如此極好然須白過太后乃可行且少待之是時漸近南郊朝廷事多臺議亦稍中息上又未暇白太后中書亦更不議及郊禋既罷明年正月臺議復作中書再將前所草事目進呈乞降詔上曰待三兩日間白過太后便可施行矣不期是夕忽遣高居簡就曾公亮宅降出皇太后手書云濮王許皇帝稱親又云濮王宜稱皇三夫人宜稱后與中書所進詔草中事絶異而稱皇稱后二事上亦不曾先有宣諭從初中書進呈詔草時但乞上直降詔施行初無一語及慈壽宮而上但云欲白過太后然後施行亦不云請太后降手書此數事皆非上本意亦非中書本意(一作議)是日韓琦以祠祭致齋惟曾公亮趙槩與臣

脩在垂拱殿門閤子內相顧愕然以事出不意莫知所為因請就致齋處召韓琦同取旨少頃琦至不及交言遂同上殿琦前奏曰臣有一愚見未知可否上曰如何琦曰今太后手書三事其稱親一事可以奉行而稱皇稱后乞陛下辭免別降手詔止稱親而却以臣等前日進呈詔草以塋為園因園立廟令王子孫奉祠等事便載於手詔施行上欣然曰甚好遂依此降手詔施行手詔具別卷初中外之人為臺官眩惑云朝廷尊崇濮王欲奪仁宗正統故人情洶洶及見手詔所行禮數止於如此皆以為朝廷處置合宜遂更無異論惟建一作是皇伯之議者猶一作稍以稱親為不然而呂誨等已納告勑杜門不出其勢亦難中止遂專指稱親為非益肆其誣罔言韓琦交結中官蘇利涉高居簡惑亂皇太后致降手書又專指臣脩為首議之人乞行誅戮以謝祖宗其奏章正本進入副本便與進奏官令傳布誨等既欲得罪以去故每對見所言悖慢惟恐上不怒也上亦數諭

中書云誨等過人主無復君臣之禮然上聖性仁厚不欲因濮王事逐言事官故屈意含容久之至此知其必不可留猶數遣中使還其告勑就家宣召既決不出遂各止以本官除外任蓋濮園之議自中書始初建（一作啓）請以至稱親立廟上未嘗有一言欲如何追崇但虛懷恭己一付大臣與有司而惟典禮是從爾其不稱皇伯欲稱皇考自是中書執議上亦無所偏執及誨等累論久而不決者蓋以上性嚴重不可輕回謂已降手詔罷議故稱伯稱考一切置而不議爾非意有所偏執也上嘗諭韓琦等云昔漢宣帝即位八年始議追尊皇考昨中書所議何太速也以此見上意慎重不敢輕議耳豈欲過當追崇也至於中書惟稱號不敢用皇伯無稽之說欲一遵典故耳其他追崇禮數皆未嘗議及者蓋皇伯皇考稱呼猶未決而遽罷議故未暇及追崇之禮也其後所議止於即園立廟而已如誨等廣引哀桓之事爲厚誣者皆未嘗議及也初誨等既決必去之意上屈意

留之不可得趙瞻者在數人中尤爲庸下殊不識事體遂揚言於人云昨來官家但不曾下拜留我耳以此自誇有德色而呂誨亦謂人曰嚮若朝廷於臺官所言事十行得三四使我輩遮羞亦不至決去由是言之朝廷於濮議豈有過舉逐臺官豈是上本意而誨等決去豈專爲濮議耶士大夫但見誨等所誣之言而不知濮事本末不究誨等用心者但謂以言被黜便是忠臣而爭爲之譽果如誨等所料誨等既果以此得虛名而薦誨等者又欲因以取名夫揚君之惡而彰己善猶不可況誣君以惡而買一作賣虛名哉嗚呼使誨等心迹不露而誣罔不明先帝之志不諭於後世臣等之罪也故直書其實以備史官之采

濮議卷第一

濮議卷第二　　集一百二十一

或問罷議之詔有權罷之文議者謂權罷者有待之言也蓋朝廷迫於皇太后不得已而罷故云權罷者欲俟皇太后千秋萬歲後復議追崇耳朝廷之意果如是乎答曰此厚誣之一事也使朝廷果有此意手詔雖無權字他日別議追崇何施不可何必先露此意示人是時臺諫方吹毛求疵以指爲朝廷過失若君臣果有此意亦當深謀密計豈肯明著詔令以資言者之口問者曰然則何故云權罷答曰事體自當如此爾追崇以彰聖君之孝而示天下也本無中罷之理今不得已而罷當爲迤邐之辭故云權罷集議更令禮官徐求典禮者乃體當如此一有耳字此事人所易知而呂誨等欲恐迫人主故厚誣以有待之說也先帝每語及此事則不勝其憤仰天而歎曰天鑒在上豈有此心或問皇太后既已責中書不當議稱皇考而手書復有稱皇稱后等事議者謂韓琦交結高居簡惑亂皇太后請降手

書其稱親稱皇稱后皆非皇太后本意果若是乎答曰手書非皇太后本意事出禁中非外人所得知也若云因韓琦使高居簡請降手書則又厚誣也何以明之若手書是韓琦所請既降出便合奉行豈敢却有沮難又請上別降手詔也以此而言但見韓琦沮止手書稱皇稱后二事不見琦請降手書也（一作詔）問者又曰然則出於上意乎答曰亦非也若出於上意亦（一作則）當先諭中書商議安得絕無一言及之又若上意果有所主而中書雖欲不奉行猶須再三論列方可回聖意豈有韓琦一言上卽從之略無難色以此知上意不主也問者又曰然則稱皇稱后是哀桓之事中書以爲非而不奉行者也而呂誨表乃（一作又云）致主之謀不恥哀桓之亂制者何謂也答曰此所以爲厚誣也且稱親置園寢及稱皇考皆是漢宣光武事呂誨等指以爲哀桓之亂制乃是指鹿爲馬爾以此見其誣罔何所不至也據漢書師丹上疏云定陶恭皇謚號既已前定義不可復改據

此則恭王稱皇乃師丹許以爲是者故云不可復改爾昨國家於濮王固自不議稱皇就使稱皇亦是師丹所許者也問者曰若此則師丹當時與漢爭論何事答曰董宏欲去定陶國號而止稱恭皇及欲立廟京師爾此二事是師丹所爭也蓋恭皇之號常繫於定陶則自是於諸侯國稱皇爾與漢不相干也若止稱恭皇而不繫以國則有進干漢統之漸又立廟京師則亂漢宗廟此師丹不得不爭也昨濮王既不稱皇而立廟止在濮園事無差僭而呂誨等動以師丹自比不知朝廷有何過舉誨等果爭論何事也問者曰誨等所論者稱親也稱親果是乎答曰稱親是矣此乃漢宣故事也謹按宣帝之父曰史皇孫初丞相蔡義議稱親謚曰悼裁置奉邑而已其後魏相始改親稱皇考而立廟京師至哀帝時議毀漢廟不合禮經者於是毀悼皇考廟在京師者是時丞相平晏等百餘人議曰親謚曰悼裁置奉邑皆應經義由是言之立廟京師則當毀稱親置奉邑則自合經義

也所謂應經義者卽儀禮云爲人後者爲其父母報是也親者父母之稱也問者曰京師廟既毀而又毀奉明園者何也答曰漢制宗室諸侯王皆有園悼皇考自合置園初名奉明園置奉邑三百家可矣其後增爲一千六百家而改奉明園爲縣則僭天子之制矣故議毀之也今國家追崇濮王其禮數三而已稱親一也置園二也立廟三也稱親則漢儒所謂應經義者也置園則漢宗室諸侯王之制也立廟則一品家廟之制也如漢諸王廟當在本國今濮國一有爲字虛名無立廟處故卽園而立廟爾其依經合義可以爲萬世法也問者曰漢儒既以稱親爲應經義又以兩統貳父爲非一有禮字者何謂也豈其議自相矛楯乎答曰兩議皆是不相矛楯也其初稱親而置邑也止在下國與漢朝不相干故不違經義也及其後立廟於京師與漢祖宗並立至元帝時議毀親盡之廟時昭帝既以親未盡不毀悼皇考亦以親未盡不毀是則悼皇考與漢祖宗並爲世數此爲一

作謂字兩統貳父也元帝既上承昭宣而又承悼皇考爲世所謂違離祖統者其議皆是也使悼皇考廟在奉明園而不與漢朝宗廟相干豈有兩統貳父之説乎問者曰父有貳乎答曰何止貳也父之別有五母之別有八皆見於經與禮而父之別曰父也所生父也所後父也同居繼父也不同居繼父也不同居繼父者父死而母再適人子從而暫寓其家後去而異居矣猶以暫寓其家之恩終身謂其人爲父而所生父者天性之親也反不得謂之父是可謂不知輕重者也問者曰父母之名果不可改乎對曰能深嫉爲後者尊其父母莫如魏明帝也明帝之詔曰有謂考爲皇稱妣爲后者大臣共誅之然則稱皇與后是其所禁而考妣之名雖明帝不能易也明帝之不能易是不可改也問者曰所生所後父之名徒見於禮文而今世未嘗用也今公卿士大夫至于庶人之家養子爲後者皆以一有其字所生父爲伯叔久矣一旦欲用古禮而違世異俗其能使衆論不諠乎

答曰禮之廢失久矣始於閭閻鄙俚之人不知義禮者壞之而士族之家因相習見遂以成風然國家之典禮則具存也今士大夫峨冠束帶立於朝廷號爲儒學之臣爲天子議禮乃欲不遵祖宗之典禮謂開寶通禮五服年月等書而徇閭閻鄙俚之弊事此非臣某之所敢知也使臣以此得罪臣固無慚而不悔也況所謂以養子所生爲伯叔父者今但行於私家爾有司之議禮議律則未嘗不遵典禮也方禮官議以濮王爲皇伯也是時王子融卒初故相王曾之無子也以其兄子融之子繹爲後及子融之死也禮官議繹服所生父齊衰期而心喪三年夫以子融爲所生父是典禮也以濮王爲伯是閭閻之所稱也兩議並發於一時而爲臣下議則用典禮爲天子議則用閭閻其任情顛倒有如此而人莫與之辨也問者曰或謂所生父之名出於喪服記止可爲議服而言其他不可稱也果若是乎答曰律言所養父殺其所生父聽其子告者又豈因議服而言乎問者曰禮

有明文（一作禮存父名）而世不用者何也答曰聖人以立後爲公不畏人知故不諱不諱則其子必有所生父母也小人不知義禮以養子爲私畏人知之故諱其自有父母欲一心以爲我生之子故唯恐諱之不密也嘗試論之曰（一本無此五字）古之不幸無子而以其同宗之子爲後者聖人許之著之禮經而不諱也而後世閭閻鄙俚之人則諱之諱之則不勝其欺與僞也故其苟偷竊取嬰孩襁褓之子諱其父母而自欺以爲我生之子曰不如此則不得其一志盡愛於我而其心必二也而爲其子者亦自諱其所生而絕其天性之親反視以爲叔伯父以此欺其九族而亂其人鬼親疏之序凡物生而有知未有不愛其父母者使是子也能忍（一有而字）真絕其天性歟曾禽獸之不若也使其不忍而外陽絕之是大僞也夫閭閻鄙俚之人之（一作其）慮於事者亦已深矣然而苟竊欺僞不可以爲法者小人之事也惟聖人則不然以爲人道莫大於繼絕此萬世之通制而天

下之至公也何必諱哉所謂子者未有不由父母而生者也故爲人後者必有所生之父此理之自然也其簡易明白不苟不竊不欺不僞可以爲通制而公行者聖人之法也又以謂爲人後者所承重故加其服以斬而所生之親恩有屈於義故降其服以期服可降父母之名不可諱故著於經曰爲人後者爲其父母報自三代以來有天下國家者莫不用之問者曰以濮王稱親則於仁宗之意如何答曰大哉仁宗皇帝之至聖至明也知立後爲公不畏人知而不諱也故明詔天下曰是濮安懿王之子也然則濮安懿王者爲所生父可知矣此仁宗先告于天下矣所謂簡易明白不苟不竊不欺不僞者聖人之法也問者曰議者以謂恭愛之心分施於彼則不得專一於此也此兩制議稱皇伯議狀之文也如是則恭愛可專施於一而不分施於二也使上之待濮王也既不施恭又不施愛是以行路之人待其所生也不亦過乎答曰行路之人遇其鄉閭之長者與有德者則

必竦然有肅恭之容遇其交遊故舊久不相見者則必忻然有驩愛之語今遇其所生而旣不施恭又不施愛是不如行路之人也忍爲斯言者誰乎君子之爲言也度可行於己然後可責於人今斯人也偶不爲人後耳使其自度爲人後而能以不恭不愛待其父母則能忍而爲此言也問者曰爲人後而不絕其所生之恩者施於臣民可矣施於國家而有宗廟社稷之重則將干乎正統柰何答曰濮園之稱親立廟今二歲矣而與宗廟朝廷了不相關也其於正統有何所干乎於此足以見言者之誣罔也復何疑乎

濮議卷第二

珍倣宋版印

中書請議濮王典禮奏狀

韓琦等狀奏伏以出於天性之謂親緣於人情之謂禮雖以義制事因時適宜而親必主於恩禮不忘其本此古今不易之常道也伏惟皇帝陛下奮乾之健乘離之明擁天地神靈之休荷宗廟社稷之重即位以來仁施澤浹九族既睦萬國交歡而濮安懿王德盛位隆宜有尊禮陛下受命先帝躬承聖統顧以大義後其私恩慎之重之事不輕發臣等忝備宰弼實聞國論謂當考古酌禮因宜稱情使有以隆恩而廣愛庶幾上以彰孝治下以厚民風臣等伏請一本臣等四字却作願字下有司議濮安懿王及譙國太夫人王氏襄國太夫人韓氏仙遊縣君任氏合行典禮詳處其當以時施行

兩制禮官議狀

臣等謹按儀禮喪服爲人後者傳曰何以三年也受重者必以尊服

服之爲所後者之祖父母妻妻之父母昆弟昆弟之子若子若子者
言皆如親子也又爲人後者爲其父母報傳曰何以期也不貳斬也
何以不貳斬也持重於大宗者降其小宗也又爲人後者爲其昆弟
傳曰何以大功也爲人後者降其昆弟也以此觀之爲人後者爲之
子不敢復顧私親聖人制禮尊無二上若恭愛之心分施於彼則不
得專一於此故也是以秦漢以來帝王有自旁支入承大統者或推
尊父母以爲帝后皆見非當時取譏後世臣等不敢引以爲聖朝法
況前代入繼者多宮車晏駕之後援立之策或出母后或出臣下非
如仁宗皇帝年齡未衰深惟宗廟之重祗承天地之意於宗室衆多
之中簡拔聖明授以大業陛下親爲先帝之子然後繼體承祧光有
天下濮安懿王雖於陛下有天性之親顧復之恩然陛下所以負扆
端冕富有四海子子孫孫萬世相承者皆先帝之德也臣等愚淺不
達古今竊以爲今日所以崇奉濮安懿王典禮宜一準先朝封贈期

親尊屬故事高官大國極其尊榮譙國太夫人襃國太夫人仙遊縣君亦改封大國太夫人考之古今實爲宜稱

中書進呈劄子

準內降翰林學士王珪等奏崇奉濮安懿王典禮宜一準先朝封贈期親尊屬故事高官大國極其尊榮譙國太夫人襃國太夫人仙遊縣君亦改封大國太夫人考之古今實爲宜稱者伏詳王珪等所奏未見詳定濮安懿王當稱何親名與不名欲乞再下王珪等詳定聞奏

兩制禮官再議稱皇伯狀

臣等參詳真宗大中祥符八年楚王元佐以皇兄詔書不名仁宗即位涇王元儼以皇叔贊拜不名天聖五年加詔書不名此國朝崇奉尊屬故事今濮安懿王於仁宗皇帝其屬爲兄於皇帝合稱皇伯而不名謹具狀聞奏伏候敕旨

中書請集官再議進呈劄子

准內降翰林學士王珪等狀稱臣等參詳真宗大中祥符八年楚王元佐以皇兄詔書不名仁宗即位涇王元儼以皇叔贊拜不名天聖五年加詔書不名此國朝崇奉尊屬故事今濮安懿王於仁宗皇帝其屬爲兄於皇帝合稱皇伯而不名者臣等謹按儀禮爲人後者爲其父母報及按令文與五服年月勑並云爲人後者爲其所後父斬衰三年爲人後者爲其父母齊衰期即出繼之子於所繼所生皆稱父母又漢宣帝光武皆稱其父爲皇考今來王珪等議稱皇伯於典禮未見明有引據伏請下尚書省集三省御史臺官定議聞奏

奏慈壽宮劄子

二十三日中使韓和齎到皇太后實封劄子一封付中書爲尚書省集議濮王典禮事中書檢勘自皇帝登極後應皇親尊屬並各追封加贈惟有濮王幷夫人爲是皇帝本生父母合下有司檢尋典禮幷

前代故事遂具奏請尋奉聖旨候過諒闇別取旨近自皇帝釋服從吉遂再奏乞下兩制以上及太常禮院詳定尋據王珪等奏稱崇奉濮安懿王典禮宜一準先朝封贈期親尊屬故事高官大國極其尊榮中書爲未見議定合稱何親再下詳議續據王珪等議稱皇伯中書檢詳儀禮爲人後者爲其父母報及今文與五服年月敕並云爲人後者爲所後父斬衰三年係義服爲人後者爲其父母齊衰期係正服卽出繼之子於所繼所生皆稱父母是古今禮律明文其王珪等議稱皇伯卽前代並無典故須今奏乞下尚書省集官再議只是令議合稱呼何親所有合行尊崇典禮未曾議及今來忽蒙皇太后降出指揮臣等竊恐是間諜之人故要衒惑聖聽離間兩宮將前代已行典禮隱而不言但進呈一作呈字皇伯無稽之說欲撓公議臣等各是先朝舊臣若於仁宗承繼大統有礙事體豈敢妄爲自取衆人之罪況今來已奉皇帝手詔令權罷集議臣等若不具述前後理

道慮皇太后不知始末兼外廷凡百公（一作博）議若皇太后却欲親
見兩府幷百官理會竊恐有虧聖德兼臣等限以朝廷規制亦必不
敢對見謹具奏聞謹奏

稱親手詔

朕面奉皇太后慈旨爲議濮安懿王典禮久未施行已降手書付中
書濮安懿王譙國太夫人王氏襄國太夫人韓氏仙遊縣君任氏令
朕稱親仍尊濮安懿王爲濮安懿皇王氏韓氏任氏並稱后朕以方
承大統懼德不勝稱親之禮謹遵慈訓追崇之典豈易克當且欲以
塋爲園增置吏卒守衛卽園立廟俾王子孫主奉祠事皇太后諒茲
誠懇卽賜允從宜令中書門下依此施行

牓朝堂手詔

朕近奉皇太后慈旨濮安懿王令朕稱親仍有追崇之命朕惟漢（一有史字）
宣帝本生父稱曰親又謚曰悼裁置奉邑皆應經義既有典

故遂遵慈訓而不敢當追崇之典朕又以上承仁考宗廟社稷之重義不得兼奉其私親故但卽園立廟俾王子孫世襲濮國自主祭祀遠嫌有別蓋欲爲萬世法豈皆權宜之舉哉而臺官呂誨等始者專執合稱皇伯進一作追封大國之議朕以本生之親改稱皇伯歷考前世並無典據進一作追封大國則又禮無加爵之道向自罷議之後誨等奏促不已忿其未行乃引漢哀帝去恭皇定陶之號立廟京師干亂正統之事皆朝廷未嘗議及者歷加誣詆自比師丹意欲搖動人情衒惑衆聽以至封還告勑擅不赴臺明繳留中之奏於中書錄傳訕上之文於都下暨手詔之出誨等則以稱親立廟皆爲不當朕覽誨等前疏亦云生育之恩禮宜追厚俟祥禫既畢然後講求典禮襃崇本親今反以稱親爲非前後之言自相牴牾繼以堯俞等不顧義理更相唱和旣撓權而恃衆復歸過以取名朕姑務含容屈於明憲止命各以本官補外尙慮搢紳之間士民之衆不詳本末但惑

傳聞欲釋羣疑理宜申諭宜令中書門下俾御史臺出牓朝堂及進

奏院遍牒告示庶知朕意

濮議卷第三

劄子一首是歲十月撰不曾進呈

臣伏見朝廷議濮安懿王典禮兩制禮官請稱皇伯中書之議以謂事體至大理宜慎重必合典故方可施行而皇伯之稱考於經史皆無所據方欲下三省百官博訪羣議以求其當陛下屈意手詔中罷而衆論紛然至今不已臣以謂衆論雖多其說不過有三其一曰宜稱皇伯者是無稽之臆說也其二曰簡宗廟致水災者是厚誣天人之言也其三曰不當用漢宣哀爲法以干亂統紀者是不廣本末之論也臣請爲陛下條列而辨之謹按儀禮喪服記曰爲人後者爲其父母報報者齊衰期也謂之降服以明服可降父母之名不可改也又按開元開寶禮國朝五服年月喪服令皆云爲人後者爲其所生父齊衰不杖期蓋以恩莫重於所生故父母之名不可改義莫重於所繼故寧抑而降其服此聖人所制之禮著之六經以爲萬世法者

是中書之議所據依也若所謂稱皇伯者考於六經無之方今國朝見行典禮及律令皆無之自三代之後秦漢以來諸帝由藩邸入繼大統者亦皆無之可謂無稽之臆說矣夫儀禮者聖人六經之文開元禮者有唐三百年所用之禮開寶通禮者聖宋百年所用之禮五服年月及喪服令亦皆祖宗累朝所定方今天下共行之制今議者皆棄而不用直欲自用無稽之臆說此所以不可施行也其二曰簡宗廟致水災者臣伏以上天降災皆主人事故自古聖王逢災恐懼多求闕政而修之或自知過失而改悔之庶幾以塞天譴然皆須人事已著於下則天譴爲形於上今者濮王之議本因兩制禮官違經棄禮用其無稽之臆說欲定皇伯之稱中書疑其未可施行乃考古今典禮雖有明據亦未敢自信而自專方更求下外廷博議而陛下遽詔中罷欲使有司徐求典禮是則臣下慎重如此人君謙畏如此君臣不敢輕議妄舉而天遽譴怒殺人害物此臣所謂厚誣天也議

猶未決仍罷不議而便謂兩統二父以致天災者厚誣人也其三引漢宣哀之事者臣謹按漢書宣帝父曰悼皇考初稱親謚曰悼置奉邑寢園而已其後改親稱皇考而立廟京師皇考者親之異名爾皆子稱其父之名也漢儒初不以爲非也自元帝以後貢禹韋玄成等始建毀廟之議數十年間毀立不一至哀帝時大司徒平晏等百四十七人奏議云親謚曰悼裁置奉邑皆應經義是不非宣帝稱史皇孫爲親也所謂應經義者卽儀禮云爲人後者爲其父母報是也惟其立廟京師亂漢祖宗昭穆故晏等以謂兩統二父非禮宜毀也定陶恭王初但號共皇立廟本國師丹亦無所議至其後立廟京師欲去定陶不繫以國有進于漢統之漸丹遂大非之故丹議云定陶恭皇謚號已前定議不得復改而但論立廟京師爲不可爾然則稱親置園皆漢儒所許以爲應經義者惟去其國號立廟京師則不可爾今言事者不究朝廷本議何事不尋漢臣所非者何事此臣故謂不

原本末也中書之議本謂稱皇伯無稽而禮經有不改父名之義方議名號猶未定故尊崇之禮皆未及議而言事者便引漢去定陶國號立廟京師之事厚誣朝廷以爲干亂大統何其過論也夫去國號而立廟京師以亂祖宗昭穆此誠可非之事若果爲此議宜乎指臣等爲姦邪之臣而人主有過舉之失矣其如陛下之意未嘗及此而中書亦初無此議而言事者不原本末過引漢世可非之事以爲說而外庭之臣又不審知朝廷本議如何但見言事者云云遂以爲欲加非禮干亂統紀信爲然矣是以衆口一辭紛然不止而言事者欲必遂其皇伯無稽之說牽引天災恐迫人主而中書守經執禮之議及指以爲姦邪之言朝廷以言事之臣禮當優容不欲與之爭辨而外庭羣論又不可家至而戸曉是非之禮不辨上下之情不通此所以呶呶而不止也夫爲人後者既以所後爲父矣而聖人又存其所生父名者非曲爲之意也蓋自有天地以來未有無父而生之子也

既有父而生則不可諱其所生矣夫無子者得以宗子爲後是禮之所許也然安得無父而生之子以爲後乎此聖人所以不諱無子者立人之子以爲後亦不諱爲人後者有父而生蓋不欺天不誣人也故爲人後者承其宗之重任其子之事而不得復歸於本宗其所生父母亦不得往與其事至於喪服降而抑之一切可以義斷惟其父母之名不易者理不可易也易之則欺天而誣人矣子爲父母服謂之正服出爲人後者爲本生父母齊衰期謂之降服又爲所後父斬衰三年謂之義服今若以本生父爲皇伯則濮安懿王爲從祖父反爲小功而濮王夫人是本生嫡母也及爲義服自宗懿已下本生兄弟於禮雖降猶爲大功是禮之齊衰期今反爲小功禮之正服今反爲義服上於濮王父也反服小功於宗懿等兄弟也反服大功此自古所以不稱所生父爲伯父叔父者稱之則禮制乖違人倫錯亂如此也伏惟陛下聰明睿聖理無不燭今衆人之議如彼中書之議如

此必將從衆乎則衆議不見其可欲違衆乎則自古爲國未有違衆而能舉事者　願陛下霈然下詔明告中外以皇伯無稽決不可稱而今所欲定者正名號爾至於立廟京師干亂統紀之事皆非朝廷本議庶幾羣疑可釋若知如此而猶以謂必稱皇伯則雖孔孟復生不能復爲之辨矣

爲後或問上

或問爲人後者不絕其所生之親可乎曰可矣古之人不絕也而降之何以知之曰於經見之何謂降而不絕曰降者所以不絕也若絕則不待降也所謂降而不絕者禮爲人後者降其所生父母三年之服以爲期而不改其父母之名者是也問者曰今之議者以謂爲人後者必使視其所生若未嘗生己者一以所後父爲尊卑疎戚若於所後父爲兄則以爲伯父爲弟則以爲叔父如此則如之何余曰吾不知其何所稽也苟如其說沒其父母之名而一以所後父爲尊卑

疎戚則宗從世數各隨其遠近輕重自有服矣聖人何必特爲制一有爲字降服乎此余所謂若絶則不待降者也稽之聖人則不然昔者聖人之制禮也爲人後者於其父母不以所後之父尊卑疎戚爲別也直自於其父子之間爲降殺爾親不可降降者降其外物爾喪服是也其必降者示有所屈也以其承大宗之重尊祖而爲之屈爾屈於此以伸於彼也生莫重於父母而爲之屈者以見承大宗者亦重也所以勉爲人後者知所承之重以專任人之事也此以義制者也父子之道天性也臨之以大義有可以降其外物而本之於至仁則不可絶其天性絶人道而滅天理此不仁者之或不爲也故聖人之於制服也爲降三年以爲期而不沒其父母之名以著於六經曰爲人後者爲其父母報以見服可降而父母之名不可沒也此所謂降而不絶者以仁存也夫事有不能兩得勢有不能兩遂爲子於此則不得爲子於彼矣此俚巷之人一作人之所共知也故其言曰爲

人後者爲之子此一切之論非聖人之言也是漢儒之說也及一作乃衆人之所能道也質諸禮則不然方子夏之傳喪服也苟如衆人一切之論則不待多言也直爲一言曰爲人後者爲之子則自然視其父母絕若未嘗生己者矣自然一以所後父爲尊卑疎戚矣柰何彼子夏者獨不然也其於傳經也委曲而詳言之曰視所後之某親某親則若子若子者若所後父之真子以自處而視其族親一以所後父爲尊卑疎戚也故曰爲所後者之祖父母妻妻之父母昆弟昆弟之子若子猶嫌其未備也又曰爲所後者之兄弟之子若子其言詳矣獨於其所生父母不然而別自爲服曰爲其父母報蓋於其所生父母不使若爲所後者之真子者以謂遂若所後者之真子以自處則視其所生如未嘗生己者矣其絕之不已甚乎此人情之所不忍者聖人亦所不爲也今議者以其所生於所後爲兄者遂以爲伯父則是若所後者之真子以自處矣爲伯父則自有服不得爲齊衰

期矣亦不得云爲其父母報矣凡見於經而子夏之所區區分别者皆不取而又忍爲人情之所不忍者吾不知其何所稽也此大義也不用禮經而用無稽之說可乎不可也問者曰古之人皆不絶其所生而今人何以不然曰是何言歟今之人亦皆然也而又有加於古焉今開寶禮及五服圖乃國家之典禮也皆曰爲人後者爲其所生父母齊衰期服雖降矣必爲正服者示父母之道在也爲所後父斬衰三年服雖重矣必爲義服者示以義制也而律令之文亦同五服者皆不改其父母之名質於禮經皆合無少異而五服之圖又加以心喪三年以謂三年者父母之喪也雖以爲人後之故降其服於身猶使行其父母之喪於其心示於所生之恩不得絶於心也則今人之爲禮比於古人又有加焉何謂今人之不然也

爲後或問下

問者曰子不能絶其所生見於經見於通禮見於五服之圖見於律

見於今其文則明矣其所以不絕之意如之何曰聖人以人情而制禮者也問者曰事有不能兩得勢有不能兩遂爲子於此則不得爲子於彼此豈非人情乎曰是衆人之論也是不知仁義者也聖人之於人情也一本於仁義故能兩得而兩遂此所以異乎衆人而爲聖人也所以貴乎聖人而爲衆人法也父子之道正也所謂天性之至者仁之道也爲人後者權也權而適宜者義之制也恩莫重於所生義莫重於所後仁與義二者常相爲用而未嘗相害也故人情莫厚於其親抑而降其外物者迫於大義也降而不絕於其心者存乎至仁也抑而降則仁不害乎義降而不絕則義不害乎仁此聖人能以仁義而相爲用也彼衆人者不然也其爲言曰不兩得者是仁則不義義則不仁矣夫所謂仁義者果若是乎故曰不知仁義者衆人也嗚呼聖人之以人情而制禮也順適其性而爲之節文爾有所強焉不爲也有所拂焉不爲也況欲反而易之其可得乎今謂爲人後者

必絶其所生之愛豈止強其所難而拂其欲也是直欲反其天性而易之曰爾所厚者爲我絶之易爾之厚於彼者一以厚於此是其可以強乎夫父母猶天地其大恩至愛無以加者以其生我也今苟以爲人後之故一旦反視若未嘗生我者其絶之固已甚矣使其眞絶之歟是非人情也迫於義而一(一有僞字)絶之歟則是仁義者教人爲僞也是故聖人知其無一可也以謂進承人之重而不害於仁退得伸其恩而不害於義又全其天性而使不陷於爲僞惟降而不絶則無一不可矣可謂曲盡矣夫惟仁義能曲盡人情而善養人之天性以濟於人事無所不可也故知義可以爲人後而不知仁不絶其親者衆人之偏見也知仁義相爲用以曲盡人情而善養人之天性使不入於僞惟達於禮者可以得聖人之深意也問者曰爲人後而有天下者不絶其所生則將干乎大統柰何曰降則不能干矣自漢以來爲人後而有天下者尊其所生多矣何嘗干於大統使漢宣哀不

立廟一有於字京師以亂昭穆則其於大統亦何所干乎

漢魏五君篇

治平二年秋八月京師大雨水壞官私廬舍而民被壓溺者千餘人或謂是時方議濮王典禮議者以謂天災之應信乎曰議猶未決而天已降災殺人害物此厚誣天人之言也余已論之詳矣問者曰前世已驗之事如之何曰自漢以來由諸侯入繼大統之君多矣不可遍舉今略舉入繼大統之君追尊所生父母者二人不追尊父母者三人而試推以禍福之驗可以知之矣其追尊所生者二人曰漢宣帝也光武也宣帝初稱其父曰親置園邑而奉之漢儒以爲應經義者也光武稱其父爲皇考立廟南陽而祭之後世無非者是皆進不干大統退不絶本親最爲得禮而宣帝爲前漢中興之主光武爲後漢世祖其德業隆盛天下富安享國長久此二人者追尊所生者也天不降以禍而降之以福生爲明帝歿享榮名爲萬世所尊者也其

不追崇所生者三人曰魏廢帝也高貴鄉公也常道鄉公也魏自明帝無子養齊王芳以爲子乃下詔後世有入繼之主敢追尊父母者大臣共誅之故終魏之世謹遵其約然自明帝下詔後連三世皆以宗子入繼皆不敢追尊其父母其一曰齊王芳立十六年而被廢謂之廢帝其次曰高貴鄉公立七年爲司馬文王所弑其次曰常道鄉公立七年爲晉所篡魏遂以滅亡此三人者能不追尊其所生者也天不降以福而降之以禍一被廢一被弑一被篡喪身亡國爲萬世所悲者也彼漢魏五君者其享國盛衰長短雖自有歷數繫於天命不繫於一作其追尊所生與不追尊也然就以禍福推之追尊者未必不享福不追尊者未必不得禍也

晉問

或謂爲人後者改其所生父母之名考於六經與古今典禮固無之矣而前世有天下之君多矣果無之乎曰有而不足法也蓋自漢以

來由藩侯入繼大統其爲人後合禮而得正之君皆無之也惟五代晉出帝嘗以其所生父爲皇伯矣此何足道也彼出帝者立不以正非爲後繼統之君也蓋其不當立而立必絕其所生則得立不絕則不得立故不得已而絕之也出帝父曰敬儒高祖之兄也敬儒早卒高祖憐出帝孤而養以爲己子而高祖自有子五人高祖疾病以其子重睿託於大臣及高祖崩晉大臣背約欲得長君故捨重睿而立出帝其義不當立惟欺天下以爲高祖真子故得立則其勢豈敢復顧其所生父也哉其以爲皇伯者不得已也蓋立不以正之君又不得已而至此其可爲後世法哉嗚呼五代之際禮樂崩壞三綱五常之道絕先王之制度文章於是掃地矣蓋篡逆賊亂之始一作世也而晉氏尤甚自高祖與契丹爲父子出帝以耶律德光則爲祖以其所生父則臣而名之是其可以人理責乎是其可以爲世法乎出帝既立不旋踵而契丹滅晉遷其族于北荒幽之黃龍府舉族餓死承

爲夷狄之鬼其滅亡禍敗自古未有若斯之酷也議者謂漢哀桓亂世不足爲法可矣若晉出帝者果可爲法乎

濮議卷第四

崇文總目敘釋一卷　集一百二十四

易類

前史謂秦焚三代之書易以卜筮而得不焚及漢募羣書類多散逸而易以故最完及學者傳之遂分爲三一曰田何之易始自子夏傳之孔子卦象爻象與文言說卦等離爲十一篇而說者自爲章句易之本經也二曰焦贛之易無所師授自言得之隱者第述陰陽災異之言不類聖人之經三曰費直之易亦無師授專以象彖文言等參解卦一作易文凡以彖象文言雜入卦中者自費氏始田何之學施孟梁丘之徒最盛費氏初微止傳民間至後漢時陳元鄭衆康成之徒皆學費氏費氏興而田學遂息古十二篇之易遂亡其本及王弼爲注亦用卦一作彖象相雜之經自晉已後弼學獨行遂傳至今然易比五經其來最遠自伏羲畫卦下更三代別爲三易其變卦五十有六命名皆一作甚殊至於七八九六筮占之法亦異周之末世夏

商之易已亡漢初雖有歸藏已非古經今書三篇莫可究矣獨有周易時更三聖世歷三古雖說者各自名家而聖人法天地之緼則具存焉

書類

書原於號令而本之史官孔子刪爲百篇斷堯訖一作迄秦序其作意遭秦之故孔子末孫惠與濟南伏勝各藏其本于家楚漢之際勝失其所藏但口以傳授勝既耄昏乃繆合二十四篇爲二十九歐陽夏侯之徒皆學之寫以漢世文字號今文尚書至武帝時孔惠之書始出屋壁百篇皆在而半已磨滅又皆科斗文字惠孫安國以隸古定之得五十八篇爲之作傳號古文尚書至陳隋之閒伏生之學廢絕而孔傳獨行先是一作時孔傳亡其舜典東晉梅頤一作賾乃以王肅所注伏生舜典足其篇至唐孝明不喜隸古始更以今文行于一作於世

詩類

昔孔子刪古詩三千餘篇取其三百一十一篇著于經秦楚之際亡其六漢興詩分爲四一曰魯人申公作訓詁號魯詩二曰齊人轅固生作傳號齊詩三曰燕人韓嬰作內外傳號韓詩四曰河間人毛公作故一作詁訓傳號毛詩三家並立學官而毛以後出至平一作章帝時始列于學其後馬融賈逵鄭衆康成之徒皆發明毛氏其學遂盛魏晉之間齊魯之詩廢絕韓詩雖在而益微故毛氏獨行遂傳至今韓嬰之書至唐猶在今其存者十篇而已漢志嬰書五十篇今但存其外傳非嬰傳詩之詳者而其遺說時見於他書與毛之義絕異而人亦不信去聖既遠誦習各殊至於考風雅之變正以知王政之興衰其善惡美刺不可不察焉

禮類

禮樂之制盛于三代而大備於周三代之興皆數百年而周最久始

武王周公修太平之業畫天下以爲九服上自天子至于一作於庶人皆有法度方其郊祀天地開明堂以會諸侯其車旗服器文章爛然何其盛哉一作也及幽厲之亂周室衰微其後諸侯漸大然齊桓賜胙而拜晉文不敢必請隧以禮維持又二百餘年禮之功亦大矣下更戰國禮樂殆絕漢興禮出淹中后戴諸儒共爲補綴得百餘篇三鄭王肅之徒皆精其學而說或不同夫禮極天地朝廷宗廟凡人之大倫可謂廣矣雖二一作百家殊說豈不博哉自漢以來沿革之制有司之傳著于書者可以覽焉

樂類

三代禮樂自周之末其失一作亡已多又經秦世滅學之暴然書及論語孝經得藏孔氏一作子之家易以卜筮不禁而詩本諷誦不專在於竹帛人得口以傳之故獨禮之於六經其亡最甚而樂又有聲器尤易爲壞失及漢興考求典籍而樂最缺一作闕絕學者不能自

立遂幷其說於禮家書爲五經流別爲六藝夫樂所以達天地之和而飭化萬物要之感格人神象見功德記曰五帝殊時不相沿樂所以王者有因時制作之盛何必區區求古遺缺一作闕至於律呂鍾石聖人之法雖更萬世可以考也自漢以來樂之沿革惟見史官之志其書不備隋唐所錄今著其存者云

春秋類

昔周法壞而諸侯亂平王以後不復雅而下同列國吳楚徐夷並僭稱王天下之人不稟周命久矣孔子生其一作於末世欲推明王道以扶一作救周乃聘諸侯極陳君臣之理一作禮諸侯無能用者退而歸魯卽其舊史考諸行事加以王法正其是非凡其所書一用周禮爲春秋十二篇以示後世後世學者傳習既久其說遂殊公羊高穀梁赤左丘明鄒氏夾氏分爲五家鄒夾最微自漢世已廢而三家盛行當漢之時易與論語分爲三詩分爲四禮分爲二及學者散亡

僅存其一而餘家皆廢獨春秋三傳並行至今初孔子大修六經之文獨於春秋欲以禮法繩諸侯故其辭尤謹約而義微隱學者不能極其說故三家之傳於聖人之旨各有得焉太史公曰爲人君者不可不知春秋豈非王者之法具在乎

論語類

論語者蓋孔子相與弟子時人講問應答之言也孔子卒羣弟子論次其言而撰之漢興傳者三家魯人傳之謂之魯論齊人傳之謂之齊論而齊論增問王知道二篇今文無之出於孔子壁中者則曰古論有兩子張是三家者篇第先後皆所不同考今之次卽所謂魯論者也

小學類

古者教學之法八歲而入小學以習六甲四方書數之藝至於成童而後授經儒者究極天地人神事物之理無所不通故其學有次第

而後大成焉爾雅出於漢世正名命物講說者資之於是有訓詁之學文字之興隨世轉易務趨便省久後乃或亡其本七字一作者或去其本三蒼之說始志字法而許慎作說文於是有偏傍之學五聲異律清濁相生而孫炎始作字音於是有音韻之學篆隸古文爲體各異秦漢以來學者務極其能於是有字書之學先儒之立學其初爲法未始不詳而明而後世猶或訛失二字一作失之故雖小學不可闕焉

正史類

昔孔子刪書上斷堯典下訖秦誓著爲百篇觀其堯舜之際君臣相與吁俞和諧於朝而天下治三代已下約束賞罰而民莫敢違考其典誥誓命之文純深簡質丁寧委曲爲體不同周衰史廢春秋所書尤謹密矣非惟史有詳略抑由時君功德薄厚異世而殊文哉自司馬氏上採黃帝迄于漢武始成史記之一家由漢以來千有餘歲其

君臣善惡之迹史氏詳焉雖其文質不同要其治亂興廢之本可以考焉

編年類

昔春秋之後繼以戰國諸侯交（一作皆）亂而史氏廢失策書所載紀次不完司馬遷始爲紀傳表志之體網羅千載馳騁其文其後史官悉用其法春秋之義書元最謹一時無事猶空書其首月以謂四時不具則不足成年所以上尊天紀（二字一作時紀）下正人事自晉荀悅爲漢紀始復編年之體學徒稱之後世作者皆與正史並行云

實錄類

實錄起於唐世自高祖至于（一作於）武宗其後兵盜相交史不暇錄而賈緯始作補錄十或得其二三五代之際尤多故矣天下乖隔號令並出傳記之士（一作事）訛謬尤多幸而中國之君實錄粗備其盛衰善惡之迹較然而著者不可泯矣

雜史類

周禮天子諸侯皆有史官晉之乘楚之檮杌考其紀事爲法不同至于周衰七國交侵各尊其主是非多異尋亦磨一作靡滅其存無幾若乃史官失職畏怯回隱則游談處士亦必各記其說以伸所懷然自司馬遷之多聞當其作史記必上採帝繫世本旁及戰國荀卿所錄以成其書則諸家之說可不備存乎

僞史類

周室之季吳楚可謂彊矣而仲尼脩春秋書荆以狄之雖其屢進不過子爵所以抑黜僭亂而使後世知懼三代之弊也亂極于七雄並主漢之弊也亂極于三國魏晉之弊也亂極于永嘉以來隋唐之弊也亂極于五代一又有五代字之際天下分爲十三四而私竊名號者七國及大宋受命王師四征其係纍負質請死不暇九服遂歸于有德歷考前世僭竊之邦雖一有其字因時苟偷自彊一方然卒歸

于二字一作於禍敗故錄于一作於篇以爲賊亂之戒云

職官類

堯舜三代建官名數不同而周之六官備矣然漢唐之興皆因秦隋官號而損益之足以致治興化由此而言在一作存乎舉職勤一無此字事代公治物一字作工一而已至於車服印綬爵秩俸廩因時爲制著于有司一有焉字書曰無曠庶官又曰允釐百工夫百官象物奉職恭位此虞舜一有之字所以端拱無爲而化成天下可不重哉

儀注類

昔漢諸儒得古禮十七篇以爲儀禮而大射之篇獨曰儀蓋射主於容升降揖讓不可以失記曰禮之末節有司掌之凡爲天下國家者莫不講乎三代之制其采章文物邦國之典存乎禮官秦漢以來世有損益至於一作于車旗服器有司所記遺文故事凡可錄者皆附

于一作於史官云

刑法類

刑者聖人所以愛民之具也其禁暴止殺之意必本乎至仁然而執梃刃刑人而不疑者審得其當也故法家之說務原人情極其真僞必使有司不得銖寸輕重出入則其爲書不得不備歷世之治因時制法緣民之情損益不常故凡法令之要皆著于篇

地理類

昔禹去水害定民居而別九州之名記之禹貢及周之興畫爲九畿而宅其中內建五等之封外撫四荒之表職方之述備矣及其衰也諸侯並爭二字一作兼并并一作爭吞削奪秦漢以來郡國州縣一作邦國郡縣廢興治亂割裂分屬更易不常至於日月所照要荒附叛山川風俗五方不同行師用兵順民施政考於圖諜可以覽焉

氏族類

昔黃帝之子二十五人得姓命氏由其德之薄厚自堯舜夏商周之先皆同出於黃帝而姓氏不同其後世封爲諸侯者或以國爲姓至於一作于公子公孫官邑謚族遂因而命氏其源流次序帝繫世本言之甚詳秦漢以來官邑謚族不自別而爲姓又無賜族之禮至于近世遷徙不常則其得姓之因與夫祖宗曲次人倫之記尤不可以不考焉

歲時類

傳曰民生在勤勤則不匱故堯舜南面而治考星之中以授人時秋成春作教民無失周禮六官亦因天地四時分其典職然則天時者聖人之所重也自夏有小正周公始作時訓日星氣節七十二候凡國家之政生民之業皆取則焉孔子曰吾不如老圃至於山翁野夫耕桑樹藝四時之說其可遺哉

傳記類

古者史官其書有法大事書之策小事載之簡牘至於風俗之舊者老所傳遺言逸行一作迹史不及書則傳記之說或有取焉然自六經之文諸家異學說或不同況乎幽人處士聞見各異或詳一時之所得或發史官之所諱參求考質可以備多聞焉

儒家類

仲尼之業垂之六經其道閎博君人治物百王之用微是無以爲法故自孟軻楊雄荀況一作卿之徒又駕其說扶而大一作本之歷世諸子轉相祖述自名一家異端其言或破碎於大道然計其作者之意要之孔氏不有殊焉

道家類

道家者流本清虛去健羨泊然自守故曰我無爲而民自化我好靜而民自正雖聖人南面之術一作治不可易也至或不究其本棄去仁義而歸之自然以因循爲用則儒者病之一有二云字

法家類

法家者流以法繩天下使一本於其術商君申韓之徒乃推而大之挾其說以干世主收取功名至其尊君抑臣辨職分輔禮制於王治不爲無益然或狃細苛持刻深一作深刻不可不察者也

名家類

名家者流所以辨覈名實流別一作源流等威使上下之分不相踰也仲尼有云必也正名乎言爲政之大本不可不正者也

墨家類

墨家者流其言貴儉兼愛尊賢右鬼非命上一作尚同此墨家之所行也孟子之時墨與楊其道塞路軻以墨子之術儉而難遵兼愛而不知親疏故辭而闢之然其彊本嗇用之說有足取焉

縱橫家類

春秋之際王政不明而諸侯交亂談說之士出於其間各挾其術以

于時君其因時適一作遇變當權事而制宜有足取焉

雜家類

雜家者流取儒墨名法合而兼之其言貫穿衆說無所不通然亦有補於治理一作道不可廢焉一作也

農家類

農家者流衣食之本一作大原也四民之業其次曰農稷播百穀勤勞天下功炳後世著見書史孟子聘列國陳王道未始不究一作論耕桑之勤漢興劭農勉人爲之著令今集其樹藝之說庶取法焉

小說類

書曰狂夫之言聖人擇焉又曰詢于蒭蕘是小說之不可廢也古者懼下情之壅於上聞故每歲孟春以木鐸徇于路採其風謠而觀之至於俚言巷語亦足取也今特列而存之

兵家類

周禮夏官司馬掌軍戎以九伐之法正邦國書之洪範八曰師易之
繫辭取諸睽此兵之所由始也湯武之時勝以仁義春秋戰國出奇
狃變其術無窮自田齊始著司馬之法漢興張韓之徒序次其書武
帝之世楊僕又捃摭之謂之紀奏孝成命任宏乃以權謀形勢陰陽
技巧析爲四種繇是兵家之文既修列矣然而司馬之法本之禮讓
後世莫行焉惟孫武之書法術大詳考今之列非特四種又雜以卜
筮刑政之說存諸篇云

崇文總目敘釋一卷

西元二〇二二年一月一日重製一版

歐陽文忠全集　冊三（宋歐陽修撰）

平裝四冊基本定價參仟捌佰元正
（郵運匯費另加）

發行人　張敏君
發行處　中華書局
臺北市內湖區舊宗路二段一八一巷
八號五樓（5FL., No. 8, Lane 181,
JIOU-TZUNG Rd., Sec 2, NEI HU,
TAIPEI, 11494, TAIWAN)
客服電話：886-8797-8396
公司傳真：886-8797-8909
匯款帳戶：華南商業銀行西湖分行
179100026931
印　刷：維中科技有限公司
海瑞印刷品有限公司

No. N3075-3

國家圖書館出版品預行編目(CIP)資料

歐陽文忠全集/(宋)歐陽修撰. -- 重製一版. -- 臺北市 :
中華書局, 2022.01
冊 ; 公分
ISBN 978-986-5512-73-6(全套 : 平裝)

845.15 110021467